春の雪

（豊饒の海

一

学校で日露戦役の話が出たとき、松枝清顕《まつがえきよあき》は、もっとも親しい友だちの本多繁邦《ほんだしげくに》に、そのときのことをよくおぼえているかときいてみたが、繁邦の記憶もあいまいで、提灯《ちょうちん》行列を見に門まで連れて出られたことを、かすかにおぼえているだけであった。あの戦争がおわった年、二人とも十一歳だったのであるから、もう少し鮮明におぼえていてもよさそうなものだ、と清顕は思った。したりげにそのころのことを話す級友は、大てい大人からの受売りで、自分のあるかなきかの記憶を彩《いろど》っているにすぎなかった。

松枝一族では、清顕の叔父が二人、そのときに戦死している。祖母は今でも息子二人のおかげで、遺族扶助料をもらっているが、その分は使わずに、神棚に上げっぱなしになっている。

そのせいかして、家にもある日露戦役写真集のうち、もっとも清顕の心にしみ入る写真は、明治三十七年六月二十六日の、「得利寺《とくりじ》附近の戦死者の弔祭」と題する写真であった。

セピアいろのインキで印刷されたその写真は、ほかの雑多な戦争写真とはまるでちがっている。構図がふしぎなほど絵画的で、数千人の兵士が、どう見ても画中の人物のようにうまく配置されて、中央の高い一本の白木の墓標へ、すべての効果を集中させているのである。

遠景はかすむなだらかな山々で、左手では、それがひろい裾野《すその》を展《ひら》きながら徐々に高まっているが、右手のかなたは、まばらな小さい木立と共に、黄塵《こうじん》の地平線へ消えており、それが今度は、山に代って徐々に右手へ高まる並木のあいだに、黄いろい空を透かしている。

前景には都合六本の、大そう丈の高い樹々《きぎ》が、それぞれのバランスを保ち、程のよい間隔を以《もっ》てそびえ立っている。木の種類はわからないが、亭々として、梢《こずえ》の葉叢《はむら》を悲壮に風になびかせている。

そして野のひろがりはかなたに微光を放ち、手前には荒れた草々がひれ伏している。

画面の丁度中央に、小さく、白木の墓標と白布をひるがえした祭壇と、その上に置かれた花々が見える。

そのほかはみんな兵隊、何千という兵隊だ。前景の兵隊はことごとく、軍帽から垂れた白い覆布と、肩から掛けた斜めの革紐《かわひも》を見せて背を向け、きちんとした列を作らずに、乱れて、群がって、うなだれている。わずかに左隅の前景の数人の兵士が、ルネサンス画中の人のように、こちらへ半ば暗い顔を向けている。そして、左奥には、野の果てまで巨大な半円をえがく無数の兵士たち、もちろん一人一人と識別もできぬほどの夥《おびただ》しい人数が、木の間《こま》に遠く群がってつづいている。

前景の兵士たちも、後景の兵士たちも、ふしぎな沈んだ微光に犯され、脚絆《きやはん》や長靴《ちようか》の輪郭をしらじらと光らせ、うつむいた項《うなじ》や肩の線を光らせている。画面いっぱいに、何とも云《い》えない沈痛の気が漲《みなぎ》っているのはそのためである。

すべては中央の、小さな白い祭壇と、花と、墓標へ向って、波のように押し寄せる心を捧《ささ》げているのだ。野の果てまでひろがるその巨《おお》きな集団から、一つの、口につくせぬ思いが、中央へ向って、その重い鉄のような巨大な環《わ》を徐々にしめつけている。……

古びた、セピアいろの写真であるだけに、これのかもし出す悲哀は、限りがないように思われた。

清顕は十八歳だった。

それにしても、彼がそういう悲しい滅入《めい》った考えに、繊細な心をとらわれるには、その生れて育った家は、ほとんど力を及ぼしていない、と云ってよかった。

渋谷の高台のひろい邸《やしき》で、彼に似通った心事の人を、探すのにさえ骨が折れた。武家でこそあれ、父侯爵《こうしやく》が、幕末にはまだ卑《いや》しかった家柄を恥じて、嫡子《ちやくし》の清顕を、幼時、公卿《くげ》の家へ預けたりしなかったら、おそらく清顕は、そういう心柄の青年には育っていなかったろうと思われる。

松枝侯爵邸は、渋谷の郊外の広大な地所を占めていた。十四万坪の地所に、多くの棟が甍《いらか》を競っていた。

母屋《おもや》は日本建築だったが、庭の一角にはイギリス人の設計師の建てた壮麗な洋館があり、靴のまま上れる邸は、大山元帥《げんすい》邸をはじめとして、四つしかないと云われていたその一つが、松枝邸なのであった。

庭の中心は、紅葉山《もみじやま》を背景にしたひろびろとした池であった。その池ではボートあそびもでき、中ノ島もあり、河骨《こうほね》も花咲き、蓴菜《じゅんさい》もとれた。母屋の大広間もこの池に面し、洋館の饗宴《きょうえん》の間もこの池に臨んでいた。

岸辺や島のあちこちに配された灯籠《とうろう》は二百にのぼり、島には鉄の鋳《い》ものの鶴《つる》が三羽立っていて、一羽はうなだれ、二羽は天を仰いでいた。

紅葉山の頂きに滝口があり、滝は幾重にも落ちて山腹をめぐり、石橋の下をくぐり、佐渡の赤石のかげの滝壺《たきつぼ》に落ちて、池水に加わり、季節には美しい花々をつける菖蒲《しょうぶ》の根を涵《ひた》した。池では鯉《こい》も釣れ、寒鮒《かんぶな》も釣れた。侯爵は年に二度、小学生たちの遠足がここへ来るのを許していた。

清顕が子供のころ、召使におどかされて、怖《おそ》れていたのは鼈《すっぽん》であった。それは祖父が病気になったとき、力をつけるために百疋《ぴき》の鼈が贈られ、それを池に放生《ほうじょう》したのが殖えたのだが、指を吸いつかれたら最後、とれなくなるという話を、召使たちがしたのである。

茶室もいくつかあり、大きな撞球室《どうきゅう》もあった。

母屋の裏には祖父の植えた檜林《ひのきばやし》があり、そのあたりで自然薯《じねんじょ》がよくとれた。林間の小径は、一つは裏門へ出るが、一つは平らな丘へむかってのぼってゆき、家中が「お宮様」と呼んでいる社殿が、ひろい芝生を控えている一劃《いっかく》に出た。そこには祖父と二人の叔父が祠《まつ》られている。石段や石灯籠や石の鳥居は型どおりだが、石段の下の左右、ふつうなら狛犬《こまいぬ》のあるべきところに、日露戦役の大砲の弾丸《たま》が一対、白く塗って据えつけてある。

社殿より低いところに稲荷《いなり》も祠られ、その前にみごとな藤棚《ふじだな》があった。

祖父の命日は五月の末だったから、そのお祭に一家がここに集まるときには、藤はいつも花ざかりで、女たちは日ざしを避けて、藤棚の下に集うた。すると、いつもよりひとしお念入りにお化粧をした女たちの白い顔には、花の藤いろの影が、優雅な死の影のように落ちた。

女たち……。

実際この邸には、数知れぬほどの女たちが住んでいた。

筆頭は云うまでもなく祖母だったが、祖母は母屋からかなり離れた隠居所に住み、八人の祖母附の女中に侍《かしず》かれていた。雨の日も晴れの日も、朝、身じまいをすませると、母は二人の召使を連れて、祖母の御機嫌伺いにゆくのが習慣であった。

そのたびに、姑《しゅうとめ》は母の姿をと見こう見して、

「その髪はあなたに似合わないね。あしたはハイカラにしてごらん。そのほうがきっとお似合いだから」

と慈愛の目を細めて言った。そしてあくる朝ハイカラに結ってゆくと、

「どうも都志子《つじこ》さんは、古風な別嬪《べっぴん》だから、ハイカラは似合わないね。あしたはやっぱり丸髷《まるまげ》にしてごらん」

と言った。こうしたわけで清顕の知るかぎり、母の髪型はたえず変っていた。

邸には髪結が弟子もろとも入りびたりになっており、主人の髪はむろんのこと、四十人をこえる女中の髪の面倒を見ていたが、この髪結が男の髪に関心を持ったのは、ただ一度、清顕が学習院中等科一年のとき、宮中の新年賀会に、お裾持で出た折だけであった。

「いくら学校で丸坊主《まるぼうず》がきまりだと云っても、今日お召しになるそんな大礼服《たいれいふく》には丸坊主はいけませんや」

「だって、伸ばしたら叱《しか》られるもの」

「ようがす。私がちょっと形をつけて差上げましょう。どうせ帽子をお冠《かぶ》りなさるんだろうが、脱ぎなすったとき、ほかの若様方より格段に男ぶりが上って見えなさるように」

そうは云っても、十三歳の清顕の頭は、青く見えるほどに涼しく刈り上げられていた。髪結の入れてくれる櫛目《くしめ》は痛く、髪油は肌にしみ、彼がどんなに腕前を誇っても、鏡に映る頭は変りばえがしては見えなかった。

しかしこの賀宴で、清顕は、めずらしいほどの美少年の誉れを得た。

明治大帝は一度この邸にも御幸《みゆき》があり、そのときのおもてなしに、庭で天覧相撲が催おされ、大銀杏《おおいちょう》を中心に幔幕《まんまく》を張りめぐらし、洋館の二階のバルコニーから、陛下は角力《すもう》をごらんになった。そのときお目通りを許されて、頭を撫《な》でていただいてから、この新年のお裾持まで、四年を経ているけれど、陛下はまだ顔をおぼえていて下さるかもしれない、と思って、清顕は髪結にもそう言った。

「そう、そう、若様のお頭《つむ》は、天子様に撫でていただいたお頭でしたっけ」

と髪結は畳の上を退《すさ》って、まじめに清顕の、まだ幼なさののこっている後頭部へ向って柏手《かしわで》を打った。

お裾持の小姓の服は、膝《ひざ》の下まで届く半ズボンと上着がそろいの藍《あい》の天鵞絨《ビロード》地で、胸の左右に四対の大きな白い鞠毛《まりげ》がつき、同じふくよかな白い鞠毛が左右の袖口《そでぐち》にも、ズボンにもついていた。腰には剣を佩《は》き、白靴下の足には黒エナメルの釦《ボタン》留《ど》めの靴を穿《は》いた。白いレエスのひろい襟飾《えりかざ》りの中央に、白絹のタイを結び、大きな羽根飾りのついたナポレオン風の帽子は、絹の紐で背へ吊《つ》られていた。華族の子弟のうちから、成績のよい子だけが二十人あまり選ばれ、新年の三日間、かわり合って、皇后のお裾は四人で持ち、妃殿下方のお裾は二人で持つ。清顕は皇后のお裾を一度と、春日宮《かすがのみや》妃殿下のお裾を一度持った。

皇后のお裾にまわったときは、舎人《とねり》たちが麝香《じゃこう》を焚《た》きしめたお廊下を、しずしずと謁《えっ》見《けん》の間まで進み、賀宴がはじまる前、謁見される皇后のうしろに侍立していた。

皇后は気品の高い、比類のない聡明《そうめい》な方だったが、このときはすでにお年を召されて、六十に垂《なんな》んとするお齢《とし》であった。それに比べて、春日宮妃は三十そこそこのお年頃で、お美しさといい、気品といい、堂々としたお体つきといい、花の咲き誇ったようなお姿だった。

今も清顕の目にうかぶのは、諸事地味ごのみの皇后のお裾よりも、黒い斑紋《はんもん》の飛ぶ大きな白い毛皮のまわりに、無数の真珠を鏤《ちりば》めた妃殿下のお裾のほうである。皇后のお裾には四つの、妃殿下のお裾には二つの把手《とって》がついていて、清顕たち侍童は何度も練習を重ねていたから、一定の歩度で、その把手を持って歩くのに難儀はなかった。

妃殿下のお髪《ぐし》は漆黒で、濡羽《ぬれば》いろに光っていたが、結い上げたお髪のうしろからは、次第にその髪の名残が、ゆたかな白いおん項《うなじ》に融《と》け入ってゆき、ローブ・デコルテのつややかなお肩につらなるのが窺《うかが》われた。姿勢を正して、まっすぐに果断にお歩きになるから、御身の揺れがお裾に伝わってくるようなことはないのだが、清顕の目には、その末広がりの匂《にお》いやかな白さが、奏楽の音《ね》につれて、あたかも頂きの根雪が定めない雲に見えかくれするように、浮いつ沈みつして感じられ、そのとき、生れてはじめて、そこに女人《にょにん》の美の目のくらむような優雅の核心を発見していた。

春日宮妃は、お裾にまでふんだんに仏蘭西《フランス》香水を染《し》ませておいでだったから、その薫りは古くさい麝香の香《か》を圧した。お廊下の途中で、清顕がちょっとつまずいて、お裾はそのために、瞬間ではあったが、一方へ強く引かれた。妃殿下はかすかにお首をめぐらして、少しも咎《とが》める気持はないというしるしの、やさしい含み笑いを、失態を演じた少年のほうへお向けになった。

妃殿下は、それとわかるほどはっきりと振向かれたのではなかった。まっすぐに背筋を立てたまま、片頬の端だけを心持向けられて、そこに微笑をちらと刻んでおみせになったのである。そのとき、屹立《きつりつ》する白い頬のかたえに、ほのかに鬢《びん》の毛が流れ、切れ長のおん目のはじに、黒い一点のきらめく火のような微笑が点じられ、形のよいお鼻筋は、何事もなくそのかなたに清く秀《ひい》でているさま、……こういう妃殿下の、横顔とさえ云えぬ角度の一瞬のお顔のひらめきが、何かの清い結晶の断面を、斜めに透かし見るときに、ほんの一刹那《いっせつな》ゆらめいてみえる虹《にじ》のように感じられた。

さて、父の松枝侯爵は、この賀宴で目《ま》のあたりわが子を見、その華美な礼服に包まれたわが子の晴れの姿を眺めたときに、永年夢みていたことが、実現されたという喜びに涵った。それこそは、どんなに天皇を自邸へお迎えするほどの身分になろうと、侯爵の心を占めていた贋物《にせもの》の感じを、のこりなく癒《い》やすものであった。そのわが子の姿に、侯爵は、宮廷と新華族とのまったき親交のかたち、公卿的なものと武士的なものとの最終的な結合を見たのである。

侯爵は又、賀宴のあいだ、わが子について語られる人々のほめ言葉に、はじめは喜び、おしまいには不安になった。十三歳の清顕は美しすぎた。ほかの侍童と比べても、清顕の美しさは、どんなひいき目もなしに、際立《きわだ》っていた。色白の頬が上気してほのかに紅をさしたように見え、眉《まゆ》は秀で、まだ子供らしく張りつめて懸命にみひらいている目は、長い睫《まつげ》にふちどられて、艶《つや》やかなほどの黒い光りを放った。

人々の言葉に触発されて、侯爵ははじめて自分の嫡子の、あまりの美しさに、却《かえ》って果《は》敢《か》ない感じのするような美貌《びぼう》に、はじめて目ざめた。侯爵の心には不安が兆《きざ》した。しかしきわめて楽天的な人だったから、こんな不安は、その場かぎりで、忽《たちま》ち心から洗い去られた。

むしろこうした不安は、清顕のお裾持の年の一年前に、十七歳でこの邸に住み込んだ飯沼《いいぬま》の胸に澱《よど》んでいた。

飯沼は清顕附の書生として、鹿児島の郷里の中学校から推薦を受け、学業にも体格にも秀でた少年の誉れを担《にな》って、松枝家へ送られて来た。松枝侯爵の先代は、その地では豪宕《ごうとう》な神と見做《みな》され、彼は侯爵家の生活を、家庭や学校で語り伝えられた先代の面影をとおしてだけ想像していた。しかしここへ来て一年のあいだに、侯爵家の奢侈《しゃし》はすべて彼の脳裡《のうり》の像に逆らって、素朴な少年の心を傷つけた。

他のことには目をつぶることもできるが、自分に託された清顕にだけはそうすることができない。清顕の美しさ、ひよわさ、そのものの感じ方、考え方、関心の持ち方、すべてが飯沼には気に入らなかった。侯爵夫妻の教育の態度も、意表に出ることばかりであった。

『俺がたとえ侯爵になっても、俺の子だったら、決してこんな風には育てない。侯爵は先代の御遺訓をどう思っておられるのだろうか』

侯爵は先代のお祭だけはねんごろに執り行ったけれども、ふだん先代に言及することがあまりにも少なかった。飯沼はもっとたびたび侯爵が先代の思い出について語り、そのときに多少とも、先代に対するやさしい追慕の情を示してくれたらと夢みたが、この一年でこうした望みも消えた。

清顕がお裾持《すそもち》の務めを終って帰った晩、侯爵夫妻は内輪ながらそのお祝いの宴を張った。十三歳の少年が面白半分に強《し》いられた酒に頬を染めて、寝床へいそぐ時刻が来て、飯沼は彼を扶《たす》けて寝室までついて行った。

少年は絹物の蒲団《ふとん》に身を埋め、枕《まくら》に頭を委《ゆだ》ねて、熱い息を吐いた。短かい髪から緋《ひ》いろの耳もとへつづくあたりに、内部の脆《もろ》い硝子《ガラス》の機構が窺われるほど格別に薄い肌が、ときめいている青筋を浮き出させていた。唇は薄闇《うすやみ》のうちにも紅《あか》く、そこから吐かれる息の音は、このすこしも苦悩のきびしさなど知らないようにみえる少年の、戯《たわむ》れに苦悩を摸《も》している歌かときこえた。

長い睫、よく動く薄いなよやかな水棲類《すいせい》の瞼《まぶた》、……飯沼はこういう顔に、今夜、栄《は》えある任務を果たした雄々しい少年の、感激と忠誠の誓いを期待することはできないのを知った。

又みひらいて天井を見ている清顕の目が潤《うる》んでいる。この潤んだ目にみつめられると、すべては飯沼の意に反しているのに、彼は自分の忠実を信ずる他はなくなった。清顕が暑そうに、なめらかなほの紅い裸の腕を、頭のうしろへ組もうとするので、飯沼は搔巻《かいまき》の襟を引き上げてやって、こう言った。

「風邪を引きますよ。もう寐《やす》まれたほうがよかとです」

「ねえ、飯沼。僕は今日ひとつ失敗をしたんだ。お父様にもお母様にも内緒にしてくれれば教えて上げよう」

「何ですか」

「僕、今日、妃殿下のお裾を持ちながら、ちょっとつまずいてしまったんだ。妃殿下はにっこりして恕《ゆる》して下さったよ」

飯沼はその言葉の浮薄、その責任感の欠如、その潤んだ目にうかぶ恍惚《こうこつ》をことごとく憎んだ。

二

こうして十八歳になった清顕が、だんだん自分の環境から孤立してゆく思いにとらわれたのは当然だろう。

孤立してゆくのは、家庭からばかりではない。学習院が院長乃木《のぎ》将軍のあのような殉死を、もっとも崇高な事件として学生の頭に植えつけ、将軍がもし病いに死んでいたら、それほど誇張した形であらわれなかったろう教育の伝承を、ますます強く押しつけてきたことから、武張ったことのきらいな清顕は、学校に漲《みなぎ》っている素朴で剛健な気風のゆえに学校を嫌った。

友だちと云《い》っては、同級生の本多繁邦だけと親しく附合った。もちろん清顕と友だちになりたがる人は多かったけれども、彼は同年の野卑な若さを好まず、院歌を高唱してうっとりしたりする粗雑な感傷を避け、その年齢にしてはめずらしい本多の、もの静かな、穏和な、理智《りち》的な性格にだけ心を惹《ひ》かれた。そうかと云って、本多と清顕は、外見も気質もそんなに似通っているというのではなかった。

本多は年よりも老《ふ》けた、目鼻立ちも尋常すぎて、むしろ勿体《もったい》ぶってみえる風貌《ふうぼう》を持ち、法律学に興味を持っていたが、ふだんは人に示さない鋭い直観の力を内に蔵《かく》していた。そしてその表面にあらわれるところでは、官能的なものは片鱗《へんりん》もなかったけれど、時あってずっと奥処《おくが》で、火の燃えさかって薪《まき》の鳴っている音がきこえるような感じを人に与えた。それは本多が、やや近眼の目を険しく細め、眉《まゆ》を寄せて、いつもは強く締《きつ》めすぎる唇をほのかにひらくような表情をするときに窺《うかが》われた。

もしかすると清顕と本多は、同じ根から出た植物の、まったく別のあらわれとしての花と葉であったかもしれない。清顕がその資質を無防備にさらけ出し、傷つきやすい裸かで、まだ自分の行動の動機とはならぬ官能を、春さきの雨を浴びた仔犬《こいぬ》のように、目にも鼻にも滴《しずく》をなして宿しているのと反対に、本多は人生の当初はやくもその危険を察して、その明るすぎる雨を避けて、軒下に身をちぢめているほうを選んだのかもしれない。

しかしこの二人が、世にも親しい友だちであったことはたしかで、学校で毎日顔を合わせるだけでは足りずに、日曜には必ずどちらかの家へ行って終日すごした。もちろん清顕の家のほうがはるかにひろく、散策の場所にも恵まれていたので、本多が来る数のほうが多かった。

大正元年の十月、紅葉《もみじ》が美しくなりかけた或《あ》る日曜日に、本多は清顕の部屋へ遊びに来ていて、池のボートに乗ろうと云った。

例年なら紅葉の客がそろそろ多くなる季節であるが、この夏の御大喪のあと、松枝家はさすがに派手な交際を慎しんでいたので、庭もいつにまして深閑として見えた。

「それじゃ、あのボートは三人乗りだから、飯沼に漕《こ》がして僕らが乗ろう」

「何だって人に漕がす必要があるんだ。俺が漕ぐよ」

と本多は、さっき玄関からこの部屋まで、案内の要る筈《はず》もない本多を黙って執拗《しつよう》に丁重に案内してきた、あの暗い目をした、いかつい顔立ちの青年を思い浮べた。

「本多はあいつが嫌いだね」

と清顕は微笑を含んで言った。

「嫌いというわけじゃないが、いつまでたっても気心が知れないんだ」

「あいつはもう六年もここにいるから、僕にはもう空気のような存在なんだ。あいつと僕がお互いに気が合っているとも思えない。そのくせあいつは僕には献身的だし、忠義者で勉強家で堅物《かたぶつ》だよ」

清顕の部屋は母屋《おもや》の外れの二階にあった。もともとは和室ながら、絨毯《じゅうたん》や洋家具を入れ、洋間風にしつらえてある。本多は出窓に腰かけていて、身をひねって、紅葉山と池と中ノ島の全景を見る。池水は午後の陽に和んでいる。ボートのつながれた小さな入江はすぐ下方にある。

そして又、友の倦《だる》そうな風情《ふぜい》をうかがい見る。清顕は何でも進んで先に立ってやるということがなく、気に染まぬ様子ではじめてそれなりに興じることもあるのだ。従って何かにつけて本多が提唱し、本多が引きずって行かなければならない。

「ボートが見えるだろ」

と清顕が言った。

「ああ、見えるさ」

と本多は怪訝《けげん》そうに振向いた。……

清顕はそのとき何を言おうとしたのか。

強《し》いて説明すれば、彼は何事にも興味がないと言おうとしたのだ。

彼はすでに自分を、一族の岩乗《がんじょう》な指に刺った、毒のある小さな棘《とげ》のようなものだと感じていた。それというのも、彼は優雅を学んでしまったからだ。つい五十年前までは素朴で剛健で貧しかった地方武士の家が、わずかの間に大をなし、清顕の生い立ちと共にはじめてその家系に優雅の一片がしのび込もうとすると、もともと優雅に免疫《めんえき》になっている堂上家とはちがって、たちまち迅速な没落の兆《きざし》を示しはじめるだろうことを、彼は蟻《あり》が洪水を予知するように感じていた。

彼は優雅の棘だ。しかも粗雑を忌《い》み、洗煉《せんれん》を喜ぶ彼の心が、実に徒労で、根無し草のようなものであることをも、清顕はよく知っていた。蝕《むし》ばもうと思って蝕ばむのではない。犯そうと思って犯すのではない。彼の毒は一族にとって、いかにも毒にはちがいないが、それは全く無益な毒で、その無益さが、いわば自分の生れてきた意味だ、とこの美少年は考えていた。

自分の存在理由を一種の精妙な毒だと感じることは、十八歳の倨傲《きょごう》としっかり結びついていた。彼は自分の美しい白い手を、生涯汚すまい、肉刺《まめ》一つ作るまいと決心していた。旗のように風のためだけに生きる。自分にとってただ一つ真実だと思われるもの、とめどない、無意味な、死ぬと思えば活《い》き返り、衰えると見れば熾《おこ》り、方向もなければ帰結もない「感情」のためだけに生きること。……

そうして、今は、何事にも興味がないのだ。ボートだって？　それは父にとっては、外国から輸入した、洒落《しゃれ》た形の、青と白のペンキ塗りの小舟だった。父にとっては、それは文化であり、文化が形をとった物質だった。

自分にとっては何なのだ。ボートだって？……

本多は本多で、こんなときに清顕が突然陥る沈黙を、持ち前の直感でよく理解していた。清顕と同年なのに、彼のほうはもう青年で、とにかく「有用な」人間になろうと決意した青年だった。もうすっかり自分の役割を選んでいた。そして清顕に対しては、いつも多少鈍感に粗雑にと心がけ、そういう巧まれた粗雑さなら、友によく受け容《い》れられることを知っていた。清顕の心の胃は、人工的な餌《えさ》ならおどろくほどよく受け容れるのだ。友情でさえも。

「貴様は何か運動をはじめるといいんだがな。本を読みすぎるわけでもないのに、万巻の書を読み疲れたような顔をしている」

と本多はずけずけ言った。

清顕は黙って微笑していた。なるほど本は読まない。しかし夢は頻繁に見る。その夜《よ》毎《ごと》の夢の夥《おびただ》しさは、万巻の書も敵《かな》わぬほどで、いかにも彼は読み疲れたのだ。

……昨夜は昨夜で、彼は夢のなかで自分の白木の柩《ひつぎ》を見た。それが窓のひろい、何もない部屋の只中《ただなか》に据えてある。窓の外は紫紺の暁闇《ぎょうあん》、小鳥の囀《さえず》りがその闇いっぱいに立ちこめている。一人の若い女が、黒い長い髪を垂らして、うつぶせの姿勢で柩に縋《すが》りついて、細いなよやかな肩で歔欷《きょき》している。女の顔を見たいと思うけれど、白い憂《うれ》わしげな富士額のあたりがわずかに見えるだけだ。そしてその白木の柩を、豹《ひょう》の斑紋《はんもん》の飛んだひろい毛皮の、沢山の真珠の縁飾りのあるのが、半ば覆《おお》うている。夜あけの最初の不透明な光沢が、その真珠の一列《ひとつら》にこもっている。部屋には香の代りに、熟れ切った果実のような西洋の香水の匂《にお》いが漂っている。

清顕はといえば、中空からそれを見下ろし、柩の中に自分の亡骸《なきがら》が横たわっていることを確信している。確信しているけれど、どうしてもそれを見て、確かめてみたいと思う。しかし彼の存在は朝の蚊のようにはかなげに中空に羽を休めるばかりで、決してその釘《くぎ》附けられた柩の中を窺うことはできない。

……そういう焦躁《しょうそう》がとめどもなく募るにつれて、目がさめた。そして清顕はひそかにつけている夢日記に、昨夜のその夢を誌《しる》した。

結局二人は舟附へ下りて、ボートの纜《ともづな》を解いた。見渡す池の水面は、半ば色づいた紅葉山を映して燃えている。

乗り移るときの舟のやみくもな動揺が、清顕に、この世界の不安定についてのもっとも親しい感覚を呼び起した。その瞬間、心の内面が、清く塗られたボートの白いペンキの舟べりに、大きく動いて鮮明に映るようだった。そういうことから、彼は快活になった。

本多はオールを岸の岩組に突いて、ボートをひろい水面へ遣《や》った。緋いろの水は砕け、なめらかな波紋は、そのまま清顕の放心を拡《ひろ》げた。この深い咽喉《のど》から出る、野太い声のような暗い水音。彼は自分の十八歳の秋の或る一日の、午後の或る時が、二度と繰り返されずに確実に辷《すべ》り去るのを感じた。

「中ノ島まで行ってみるか」

「行ってみてもつまらないよ。何もないよ」

「まあ、そう言わずに、行ってみようよ」

と本多は年相応の浮き立った少年らしさを、漕いでいる胸から出る活潑《かっぱつ》な声にあらわした。清顕は、耳には中ノ島の向う側の滝の音をはるかに聴きながら、澱《よど》みと赤い反射のためによく見えぬ池の中へ目を凝らした。その中を鯉《こい》が泳ぎ、また水底《みなそこ》の或る岩かげには鼈《すっぽん》がひそんでいることは知れていた。心には幼ないころの恐怖が、かすかに蘇《よみがえ》って、消えた。

日はうららかに射《さ》して、彼らの刈り上げた若々しい項《うなじ》に落ちた。静かな、何事もない、富み栄えた日曜日であった。それというのに、清顕は依然、水を充《み》たした革袋のようなこの世界の底に小さな穴があいていて、そこから一滴一滴「時」のしたたり落ちてゆく音を聴くように思った。

二人は松のなかに一本の紅葉のある中ノ島へ辿《たど》りつき、三羽の鉄の鶴《つる》を据えた頂きの、丸い草地まで石段をのぼった。天に向って嘯《うそぶ》いている二羽の鶴の足もとに、二人は腰を下ろし、さらに仰向けに寝ころんで、よく晴れた晩秋の空を仰いだ。芝草が二人の着物の背を刺し、それが清顕には苛酷《かこく》に痛く、本多には、耐えなければならないもっとも甘い爽《さわ》やかな苦難を、背に折り敷いているような感じを与えた。そして二人の目のはじには、風雨に晒《さら》され、小鳥の糞《ふん》に白く汚された鉄の鶴の、なだらかにさしのべられた頸《くび》の曲線が、雲の動くにつれて、ゆっくりと動いていた。

「すばらしい日だな。こんなに何もなくて、こんなにすばらしい日は、一生のうちに何度もないかもしれない」

本多は何かの予感に充たされてそう思い、そう口にも出した。

「貴様は幸福ということを言っているのか」

と清顕は訊《き》いた。

「そんなことを言った覚えはないよ」

「それならいいけれど、僕には、貴様みたいなことはとても怖くて言えない。そんな大胆なことは」

「貴様はきっとひどく欲張りなんだ。欲張りは往々悲しげな様子をしているよ。貴様はこれ以上、何が欲しいんだい」

「何か決定的なもの。それが何だかはわからない」

とこの非常に美しい、何事も未決定な若者は倦そうに答えた。こんなに親しくしていながら、彼のわがままな心には、時々、本多の犀利《さいり》な分析力と、その口ぶりの確信的な、「有為な青年」ぶりとが、煩《わずら》わしく感じられた。

彼は突然、寝返りを打って、草を腹に敷いて、首をもたげ、池を隔てた母屋の大広間の前庭を遠く眺めた。白砂のあいだの飛び石が池に達すると、そのあたりはことさら複雑な入江をなして、石橋が幾重にもかかっている。そこに女たちの一群を認めたのである。

三

清顕は友の肩をつついてそのほうへ注意を向けた。本多も首をめぐらして、草間《くさま》から、水のかなたのその一群に目をとめた。こうして二人は、若い狙撃兵《そげき》のように窺《うかが》っていた。それは気の向いたときに母がする散歩の一群で、母のほかは側仕《そばづか》えの女共だけなのが例なのに、今日はなかに老若《ろうにゃく》二人の客の姿がまじっていて、母のすぐうしろを歩いていた。

母や老婆《ろうば》や女共の着物は地味だったが、一人の若い客の着物だけは何か刺繡《ししゅう》のある淡い水色で、白砂の上でも、水のほとりでも、絹の光沢が、冷たく、夜明けの空の色のように耀《かがよ》うていた。

又、そこからは、不規則な飛び石の足もとを構うらしい笑い声が秋空に流れ、しかもその清らかすぎる笑いに一種の作為があって、この邸《やしき》の女たちのそんな様子ぶった笑い声が清顕はきらいだったが、本多は雌鳥たちの囀《さえず》りをきいた雄鳥《おすどり》のように、日を輝やかせてくるのが清顕にもわかった。二人の胸もとでは、晩秋の乾いてきた草の茎が脆《もろ》く折れた。

清顕は水いろの着物の女だけは、そういう笑い声を立てぬだろうと信じた。女共は、水ぎわから紅葉山へゆく小径の、わざと幾度か石橋を渡る難路を、主人や客の手を曳《ひ》き、大仰に辿《たど》りだしたので、一群の姿は二人の目からは草のかげに隠れてしまった。

「貴様の家は全く女が多いなあ。家《うち》は男ばかりのようなものだ」

と本多は自分の熱意の言いわけをして立上り、今度は西側の松かげに倚《よ》って、女たちの行き悩むさまを眺めた。紅葉山は西側に山ふところをひろげているので、九段の滝の四段までは西側にあり、佐渡の赤石の下《もと》の滝壺《たきつぼ》へ導かれる。女たちはその滝壺の前の飛び石を渡ってゆくところで、そこらの紅葉は殊《こと》に色づいているので、第九段の小滝の白い飛沫《ひまつ》さえ木叢《こむら》に隠れて、そのあたりの水は暗赤色に染っている。女中に手を引かれながら飛び石を渡る水色の着物の人の、うつむいた白い項《うなじ》を遠く望んだ清顕は、忘れがたい春日宮妃殿下の豊かな白いおん項を思い出した。

滝壺を渡ると、小径はしばらく平坦に水際を縁取り、岸はそれからもっとも中ノ島へ近づいてくる。清顕はそこまで熱心に目で辿ってきて、水色の着物の女の横顔に、聡子《さとこ》の横顔をみとめて落胆した。どうして今まで、それを聡子と気づかなかったものであろう。一途《ず》に見知らぬ美しい女だと信じ込んでいたのであろう。

相手が幻影を裏切ったとなれば、こちらも身を隠している必要はなくなった。彼は草の実を袴《はかま》から払いながら立上り、松の下枝から十分に姿をあらわして、

「おおい」

と呼んだ。

清顕のこんな突然の快活さに、本多もおどろいて身を伸ばした。夢を裏切られたときに快活になるという友の持ち前を知らなかったら、本多は彼に先を越されたとさえ思ったにちがいない。

「誰だい」

「聡子さんさ。貴様にも写真を見せたことがあるだろう」

と清顕は、その名を軽んじているさまを、語調にさえあらわして言った。岸の聡子はたしかに美しい女だった。しかし少年は断乎《だんこ》としてその美しさを認めないふりをしていた。なぜなら彼は、聡子が彼を好いていることをよく知っていたからである。

自分を愛してくれる人間を軽んじ、軽んじるばかりか冷酷に扱う清顕のよくない傾向を、本多ほど前々からよく察している友はなかったろう。この種の倨傲《きよごう》は、十三歳の清顕が自分の美しさに対する人々の喝采《かっさい》を知ったときから、心の底にひそかに養われてきた黴《かび》のような感情だろうと、本多は推量していた。触れれば鈴音を立てそうな銀白色の黴の花。

実際、友として清顕が彼に及ぼしている危険な魅惑も、正にそこに由来するものかもしれなかった。清顕の友になろうとして失敗して、結局彼に嘲笑《ちようしよう》される羽目になった級友は少なくない。本多一人は、そんな彼の冷たい毒に対して、うまく身を処してゆくという実験に成功したのだ。誤解かもしれないが、彼があの暗い目をした書生の飯沼に抱く嫌悪《けんお》は、飯沼の顔にこそ、彼があの見馴《みな》れた失敗者の面影を見るからであった。

——聡子には会ったことのない本多も、その名については清顕の物語でよく知っている。

綾倉《あやくら》聡子の家は羽林《うりん》家《け》廿八家の一で、藤家《とうけ》蹴鞠《けまり》の祖といわれる難波頼輔に源を発し、頼経の家から分れて二十七代目に、侍従となって東京へ移り、麻布の旧武家屋敷に住んでいたが、和歌と蹴鞠の家として知られ、嗣子は童形《どうぎよう》の時に従《じゆ》五位下を賜わり、大納言にまで進むことのできる家柄であった。

松枝侯爵《まつがえこうしやく》は、自分の家系に欠けている雅《みや》びにあこがれ、せめて次代に、大貴族らしい優雅を与えようとして、父の賛同を得て、幼ないころの清顕を綾倉家へ預けたのであった。そこで清顕は堂上家の家風に染まり、二つ年上の聡子に可愛がられ、学校へ上るまでは、清顕の唯一《ゆいいつ》の姉弟《きょうだい》、唯一の友は聡子になった。綾倉伯爵は京訛《きょうなまり》のとれない、まことに温柔な人柄で、幼ない清顕に和歌を教え、書を教えた。綾倉家では今も王朝時代そのままの双六盤《すごろくばん》で夜永を遊び、勝者には皇后御下賜《ごかし》の打物の菓子などが与えられた。

なかんずく、今もつづく伯爵の優雅の薫陶《くんとう》は、毎年正月の、自ら寄人《よりゅうど》をつとめている御歌所《おうたどころ》の歌会始に、十五の年から、清顕を参列させていることにあった。これははじめは清顕にとっても、義務的なものと感じられたけれども、成長と共に、いつか年のはじめのこの名残の優雅への参加が、心待ちにされるようになっていた。

聡子は今では二十歳になっていた。聡子と清顕の子供のころの仲よく頰をよせ合った姿から、最近の彼女が五月末の「お宮様」のお祭に参列した姿まで、清顕の写真帳にその成長の跡を、つぶさに辿ることができた。二十歳という、娘ざかりをすぎた年頃であるのに、聡子はまだ結婚していなかった。

「あれが聡子さんか。それじゃ、みんながいたわっている鼠《ねず》いろの被布《ひふ》を着たおばあさんは誰なんだい」

「ああ、あれは、……そうだ、聡子さんの大伯母さんの御門跡《ごもんぜき》だ。へんな頭巾《ずきん》をかぶっているのでわからなかったよ」

それは実にめずらしい客で、ここの邸ははじめての訪問にちがいない。聡子だけなら母はそうまですまいが、月修寺門跡の訪問のもてなしに、庭の案内を思いついたのに相違ない。そうだ。おそらく門跡の稀《まれ》な上京を迎えて、聡子が松枝家へ、紅葉を見せにお連れしたのにちがいない。

門跡は清顕が綾倉家に預けられていたころ、大そう可愛がって下さった由《よし》であるが、そのころのことは一切清顕の記憶にない。中等科のとき、門跡が上京されたというので、綾倉家に招かれて、お目にかかったことがあるきりである。それでも門跡のやさしくて気高い色白なお顔と、物柔らかな中に凜《りん》としたお話ぶりはよくおぼえている。

——清顕の声に岸の人たちは一せいに立止った。そして中ノ島の鉄の鶴《つる》の傍らから、深草を貫いて突然海賊のようにあらわれた、二人の若者の姿におどろいているさまがありありと見てとれた。

母が帯の間から小さな扇を出して、門跡のほうを指して敬う形をしてみせたので、清顕は島の上から深い敬礼をし、本多もこれに倣《なら》って、門跡は礼を返した。母が扇をひらいて招いてみせたときに、その扇の金は紅葉を映して真紅に映えたが、清顕は友を促して、ボートを向う岸へ進めなければならぬのを知った。

「聡子さんは何とかこの家へやって来る機会を決してのがさないんだ。それも全く不自然でない機会を。大伯母様はいい囮《おとり》に使われている」

と本多を手つだって、いそがしく纜《ともづな》を解くあいだにも、清顕は非難がましく言った。そのとき本多は、門跡に挨拶《あいさつ》をするためとはいいながら、そんなにいそいで対岸へ行きたがる清顕の、それは弁解の言葉ではなかろうかと疑った。彼の白い繊細な指が、友の着実な仕草に焦慮するかのように、粗い纜にいたいたしくかかって手伝うさまは、こういう疑いを起させるに足りた。

対岸に背を向けて本多が漕《こ》ぎ出すにつれ、紅《あか》い水面の反射を受けて上気しているかに見える清顕の目が、神経質に本多の目をよけて、一途に岸へ向けられているのは、成長期の男同士の虚栄心から、自分の幼時をあまりにもよく知り、あまりにも感情的に支配していた女性への、彼の心のもっとも弱々しい部分の反応を、友に知られたくないためではなかろうかと思われた。清顕はそのころ、自分の肉体の小さな白い擬宝珠《ぎぼし》の蕾《つぼみ》まで、聡子に見られてしまっていたかもしれないのだ。

岸に漕ぎ寄せた本多の労を、

「まあ本多さんは本当にお上手にお漕ぎになること」

と清顕の母がねぎらった。彼女は瓜実顔《うりざねがお》のやや悲しげな八字眉《はちじまゆ》をした婦人だったが、笑っていても悲しげなその顔は、必ずしも感じ易《やす》い心性をあらわすものではなかった。

現実的でもあれば、鈍感でもありうる人で、良人《おっと》の粗雑な楽天主義と放蕩《ほうとう》に馴れるように自分を育てたこの人は、清顕の心の細かい襞《ひだ》などには決して入ってゆくことができなかった。

聡子はといえば舟から上る清顕の一挙一動から目を離さずにいた。勝気で涼しげなその目は、見ようによっては爽《さわ》やかで寛容なものにも思われるのに、清顕がいつもたじろいで、その視線に批評的なものを読んだとしても無理はなかったろう。

「御前《ごぜん》がおいでになったので、今日は有難いお話を伺おうと思って、たのしみにしているのですよ。その前に、紅葉山を御案内しようと思ってここまで来たら、そんなに野蛮な声を出すのだから、おどろきますね。あなた方は島で何をしていたの？」

「ぼんやり空を眺めていたんです」

と母の問いに、清顕はわざと謎《なぞ》のような返事をした。

「空を眺めるなんて、空に何があるんでしょう」

母は目に見えないものについては、理解できないという心性を恥じなかったが、それが清顕には母の唯一の長所のように思われた。そんな母が、法話を聴こうなどという殊勝な心掛を示すのは滑稽《こっけい》だったが。

尼門跡は母子のこういう対話を、客の分を守って、つつましく微笑してきいていた。

そして聡子は、わざと聡子へ向けずにいる清顕の顔の、匂《にお》いやかな頰にかかる黒い勁《つよ》いほつれ毛の光沢をまじまじと見つめていた。

こうして人々は、連れ立って山道をのぼりながら紅葉を愛《め》で、梢《こずえ》に鳴き交わす小鳥の声からその名を当ててたのしんだ。どんなに歩を緩めても、自然に二人の若者は先に立ち、門跡を央《なか》にした女たちの群から離れた。本多がこういう機会をとらえて、はじめて聡子のことを口に出し、その美しさを褒めたときに、

「そう思うかい」

と清顕は、それでももし本多が聡子を醜いと言いでもしたら、すぐ矜《ほこ》りを傷つけられることのわかっている、神経質な冷淡さを示して答えた。彼自身が関心を払っていようがいまいが、自分に少くとも関わりのある女は、美しくなくてはならない、と清顕は明らかに考えていた。

一行がようやく滝口の下まで来て、橋の上から第一段の大滝をふり仰ぎ、はじめて見る門跡の賞讃《しょうさん》の言葉を、母が心待ちにしていた折、この日をとりわけ忘れがたいものにした不吉な発見をしたのは清顕だった。

「何だろう。滝口のところで、あんなに水が割れているのは」

母も気づいて、目を射る木洩《こも》れ陽を、ひろげた扇で遮りながら、そこを見上げた。滝の落下の姿を風情《ふぜい》のあるものにするために、岩組に工夫を凝らしてこそあれ、そんな滝

口の中央で水が無様に別れるわけはなかった。たしかにそこに突き出ている岩はあった筈《はず》だが、それがこれほど滝の姿を擾《かきみだ》す筈はなかった。

「何でございましょう。何か引っかかっているように見えますが……」

と母は困惑した気持を門跡へかけて言った。

門跡は何かをすぐに認めたらしいが、黙って微笑しているきりであった。そこで見たものをあくまで正直に言わねばならぬ立場に、清顕は立った。しかし彼はこんな発見があまりにみんなの興を褪《さ》ますことを怖《おそ》れて躊躇《ためら》っていた。そしてもはやみんながそれを認めていることを、彼は知っていたのである。

「黒い犬じゃございません？　頭が下に垂れて」

と、聡子は実に率直に言い切った。みんなはそれではじめてそれと知ったようにざわめきだした。

清顕は自負を傷つけられた。一見女らしくない勇気を以《もっ》て、不吉な犬の屍《しかばね》を指摘した聡子は、持ち前のその甘くて張りのある声音といい、物事の軽重をわきまえた適度な朗らかさといい、正《まさ》しくその率直さのうちに、手ごたえのある優雅を示していた。それは硝子《ガラス》の容器のなかの果物のような、新鮮で生きた優雅であるだけに、清顕は自分の躊躇《ちゅうちょ》を恥じ、聡子の教育者的な力を怖れた。

母がすぐさま女中に命じて、役目をおろそかにした庭師を呼びにやり、かたがた門跡には不体裁の詫《わ》びを言ったが、門跡は慈悲心からふしぎな提案をした。

「こうして私の目にとまるのも何かの縁でっしゃろ。早速埋めて、塚を作っておあげやす。回向《えこう》して進ぜまっさかいに」

おそらく犬は、すでに傷ついたか病んだかしていて、水源で水を呑《の》もうとして落ち、その溺《おぼ》れた骸《むくろ》が流されて、滝口の岩に堰《せ》かれたのであろう。本多は聡子の勇気に感動していたが、同時に、ほのかな雲の漂う滝口の空の澄みやかさ、水の清冽《せいれつ》なしぶきを浴びて宙に懸っている真黒な犬の屍、そのつやつやと濡《ぬ》れた毛、ひらいた口の牙《きば》の純白と赤黒い口腔《こうこう》のすべてを、すぐ目近《まぢか》に見るような気がしていた。

紅葉《もみじ》見が一転して、犬の葬《とむら》いに変ったのは、居合せた皆にとって、何か愉《たの》しい変化でもあるようで、女中たちの物腰は俄《にわ》かに活々《いきいき》とし、内に軽躁《けいそう》を隠していた。一行は橋むこうの滝見茶屋を象《かたど》った涼亭《ちん》で休息をとり、駈《か》けつけた庭師が言葉を尽して詫びたのち、危い険阻《けんそ》をのぼって濡れた黒犬の屍を抱き取り、さてそれを、しかるべきところに掘った穴に、埋めるまで待っていた。

「何かお花を摘んでくるわ。清様《きよさま》も手つだって下さらない？」

と、女中の手伝いを予《あらかじ》め制して、聡子が言った。

「犬にどんな花をやるんです」

と清顕が不承々々に言ったので、皆が笑った。そのとき門跡はすでに被布を脱いで、小袈裟《こげさ》を掛けた紫の法衣《ほうえ》を顕《あら》わしていた。人々はこういう尊い方の存在が、みるみる不吉を浄《きよ》めて、小さくても暗い出来事を、大きな光明の空に融《と》かし込んで下さるように感じていた。

「御前様に回向していただくなんて、何という果報な犬でございましょう。きっと来世は人間に生れ変ることでございましょうよ」

と母もすでに笑いながら言った。

一方、聡子は清顕に先立って山道をゆき、目ざとく咲残りの竜胆《りんどう》を見つけて摘んだ。清顕の目には、すがれた野菊のほかのものは映らなかった。

平気で腰をかがめて摘むので、聡子の水いろの着物の裾《すそ》は、その細身の躰《からだ》に似合わぬ豊かな腰の稔《みの》りを示した。清顕は、自分の透明な孤独な頭に、水を掻《か》き立てて湧《わ》き起る水底《みなそこ》の砂のような、細濁《ささにご》りがさすのをいやに思った。

数本の竜胆を摘み終えた聡子は、急激に立上って、あらぬ方《かた》を見ながら従って来る清顕の前に立ちふさがった。そこで清顕には、ついぞ敢《あえ》て見なかった聡子の形のよい鼻と、美しい大きな目が、近すぎる距離に、幻のようにおぼろげに浮んだ。

「私がもし急にいなくなってしまったとしたら、清様、どうなさる?」

と聡子は抑えた声で口迅《くちど》に言った。

四

尤《もっと》も聡子は昔からそんな風に、故《こと》ら人をおどろかす口ぶりをすることがあった。意識して芝居がかりにしているのではあるまいが、聴手をはじめから安心させる悪戯《いたずら》気《ぎ》などはみじんも顔にあらわさず、大事《だいじ》中の大事を打明けるように、大まじめで、悲愁をこめて言うのである。

馴《な》れている筈《はず》なのに、清顕も、ついこう訊《き》かずにはいられない。

「いなくなるって、どうして？」

無関心を装《よそお》いながら不安を孕《はら》んだこの反問こそ、聡子が欲しがっていたものに他ならない。

「申上げられないわ、そのわけは」

こうして聡子は、清顕の心のコップの透明な水の中へ一滴の墨汁をしたたらす。防ぐひまはなかった。

清顕は鋭い目で聡子を見た。いつもこれだ。これが彼をして聡子を憎ませるもとになるのだ。急に、いわれもなく、性《しょう》の知れない不安を呉《く》れること。彼の心の中には、抗しがたく一滴の墨がみるみるひろがり、水は一様に灰鼠《はいねず》に染められてゆく。

聡子の憂《うれ》いを帯びてはりつめた目は、快さに慄《ふる》えていた。
戻ってきたとき、清顕がひどく不機嫌になっているのにみんなはおどろいた。これが
又松枝家の大ぜいの女たちの噂話《うわさばなし》のたねになるのだ。

——清顕のわがままな心は、同時に、自分を蝕《むしば》む不安を自分で増殖させるというふしぎな傾向を持っていた。

これがもし恋心であって、これほどの粘りと持続があったら、どんなに若者らしかったろう。彼の場合はそうではなかった。美しい花よりも、むしろ棘《とげ》だらけの暗い花の種《た》子《ね》のほうへ、彼が好んでとびつくのを知っていて、聡子はその種子を蒔《ま》いたのかもしれない。清顕はもはや、その種子に水をやり、芽生えさせ、ついには自分の内部いっぱいにそれが繁茂するのを待つほかに、すべての関心を失ってしまった。わき目もふらずに、不安を育てた。

彼には「興味」が与えられたのである。その後ずっと、好んで不機嫌の虜《とりこ》になり、こんな未決定と謎《なぞ》を与えた聡子に腹を立て、その場で喰い下って謎を解こうとしなかった自分の不決断にも腹を立てていた。

本多と二人で中ノ島の草上に憩《いこ》うていたとき、彼は「何か決定的なもの」を欲しいと言った筈だ。何かはわからぬが、その光りかがやく「決定的なもの」が、もう少しで手

に入りそうになった矢先、聡子の水いろの袂《たもと》が邪魔を入れてきて、彼を未決定の沼へ押し戻したのだ、という風に、清顕はややもすると考えたがる。実際はその決定的なものの光りは、手の届かぬ遠方に閃《ひら》めいたにすぎないのかもしれぬのに、どうしても、もう一歩のところで聡子に妨げられたのだ、と考えたがる。

もっと腹が立つのは、この謎と不安の解明のあらゆる方途が、彼自身の矜《ほこ》りによってふさがれていることだった。たとえば人に質《ただ》そうにも、

「聡子がいなくなるとはどういうことか？」

という質問の形をとらざるをえず、それは聡子に対する関心の深さを疑われる結果にしかならないからだ。

『どうしよう。どうやったら、それが、聡子なんかとは何の関わりもない、僕自身の抽象的な不安のあらわれだと、人を納得させることができるだろう』

何度もそう考えては、清顕の考えは堂々めぐりをするばかりである。

こういう折には、日ごろきらいな学校も気散じの場所になった。彼は昼休みをいつも本多とすごしたが、本多の話題には多少退屈した。本多はあのあと母屋《おもや》の座敷で、月修寺門跡《もんぜき》の法話をみんなと共にきいたときから、心は一途《ず》にそれにとらわれていたからである。そしてそのときは上の空で聴きすごした清顕の耳に、今になって本多が法話の逐

一を、彼流に解釈して流し込むのであった。

清顕のような夢みがちの心に、法話がいささかの影をも投げかけず、却《かえ》って本多のような合理的な頭に、新鮮な力を及ぼしたのは面白かった。

もともと奈良近郊の月修寺は、尼寺にはめずらしい法相宗《ほっそうしゅう》の寺で、その理論的な教学が、本多を魅したのもありうることだが、門跡の法話自体は、唯識《ゆいしき》のごとくとば口へ人々をみちびき入れるための、ことさら卑近な、わかりやすい挿話を引いていた。

「御門跡は滝にかかった犬の屍《しかばね》からこの法話を思いついたと言っておられたね」と本多は語った。「それが又御門跡の、君の一家に対するやさしいいたわりから出ていたことは疑いがない。あの御所言葉をまじえた古風な京都弁、風にかすかに揺られる几帳《きちょう》のような、無表情でいて淡い無数の色とりどりの表情をちらつかせる京都弁が、ずいぶん法話の与える感銘を助けていたなあ。

御門跡のお話は、むかしの唐の世の元暁《がんぎょう》という男についてだった。名山高岳に仏道をたずねて歩くうち、たまたま日が暮れて、塚のあいだに野宿をした。夜中に目をさましたところ、ひどく咽喉《のど》が渇いていたので、手をさしのべて、かたわらの穴の中の水を掬《むす》んで飲んだ。こんなに清らかで、冷たくて、甘《うま》い水はなかった。又寝込んで、朝になって目がさめたとき、あけぼのの光りが、夜中に飲んだ水の在処《ありか》を照らし出した。それは思いがけなくも、髑髏《どくろ》の中に溜《たま》った水だったので、元暁は嘔気《はきけ》を催おして、吐《もど》してしまった。しかしそこで彼が悟ったことは、心が生ずれば則《すなわ》ち種々の法を生じ、心を滅すれば則ち髑髏不二なり、という真理だった。

しかし俺に興味があったのは、悟ったあとの元暁が、ふたたび同じ水を、心から清く美味《おい》しく飲むことができたろうか、ということだ。純潔もそうだね。そう思わないか？　相手の女がどんな莫連《ばくれん》だろうと、純潔な青年は純潔な恋を味わうことができる。だが、女をとんだあばずれと知ったのちに、そこで自分の純潔の心象が世界を好き勝手に描いていただけだと知ったのちに、もう一度同じ女に、清らかな恋心を味わうことができるだろうか？　できたら、すばらしいと思わんかね？　自分の心の本質と世界の本質を、そこまで鞏固《きょうこ》に結び合せることができたら、すばらしいと思わないか？　それは世界の秘密の鍵《かぎ》を、この手に握ったということじゃないだろうか？」

そう言う本多がまだ女を知らないことは自明であったし、やはり女を知らぬ清顕も、彼の奇妙な議論を駁《ばく》することはできなかったが、何とはなしにこのわがままな少年の心が、実は本多とはちがって自分こそ、生れながらに世界の秘鑰《ひやく》を握っていると感じていた。どこから生れる自信とも知れなかった。彼の夢みがちな心性、ひどく傲《おご》り高ぶりながらすぐ不安に涵《ひた》される性格、その運命的な美貌《びぼう》などが、自分の柔らかい肉の奥底に嵌《は》め込まれた一顆《か》の宝石を感じていた。痛みもせず、腫《は》れもしないのに、肉の深みから時折放たれるその澄んだ光りのために、彼は病人の矜りに似たものを持っていたのかもしれない。

月修寺の来歴などについては、清顕は興味もなく、よく知りもしなかったが、却って何のゆかりもない本多が、図書館で調べて来ていた。

それは十八世紀のはじめごろに建てられた比較的新らしい寺で、第百十三代東山天皇の女御子《おんなみこ》が、若くして崩御したもうた父帝のみあとを偲《しの》び、清水寺《きよみずでら》の観音信仰に身を入れておられるうちに、常住院の老僧が説く唯識論に興味を持たれて、次第に法相の教義に深く帰依《きえ》し、剃髪《ていはつ》されてのちも既存の門跡寺を避け、あらたに学問寺《でら》としての一寺を開かれ、今の月修寺の開山となられたのであった。法相の尼寺としての特色は今にいたるまで保たれているが、歴代の宮門跡の伝統は先代で絶え、聡子の大伯母様は、宮家の血筋を引いているとはいえ、最初の臣下の門跡となられた。……

突然、本多が真向からこう訊いた。

「松枝！　貴様このごろどうかしているんじゃないか？　俺が何を言っても上の空だ」

「そんなことはない」

と清顕は虚を突かれて、あいまいに答えた。彼は美しい涼しい目で友を見た。友達に自分の不遜《ふそん》を知られることは恥じなかったが、悩みを知られることは怖《おそ》ろしかった。

もしここで彼が胸襟《きょうきん》を披《ひら》けば、本多はずかずかと彼の心の中へ踏み入って来ることは知れており、誰であれそんな振舞をゆるせない清顕は、たちまちこのたった一人の友をも失うことになるだろう。

本多も、しかし、このときにすぐ清顕の心の動きを理会した。彼と友人でありつづけようとすれば、粗雑な友情を節約せねばならぬということ。その塗り立ての壁にうっかり手をついて、手型を残すようなことはすべきでないということ。場合によったら、友の死苦をさえ看過せねばならぬということ。とりわけそれが、隠すことによって優雅になりえている特別の死苦ならば。

清顕の目が、こういうとき、一種切実な懇願を湛《たた》えてくるのが、本多は好きでさえあった。すべてをそのあいまいな、美しい岸辺で止めておいてくれ、と望んでいるその眼《まな》差《ざし》。……この冷たい破裂しそうな状態のなかで、友情を取引にした情ない対峙《たいじ》において、はじめて清顕は懇願者になり、本多は審美的な見物人になる。これこそ二人が暗黙にのぞんでいる状態であり、人が二人の友情と名付けているものの実質だった。

五

十日ほどのちに、たまたま父侯爵《こうしゃく》が早く帰宅して、めずらしく親子三人で夕食を摂《と》った。父は洋食が好きだったので、洋館の小食堂で晩餐《ばんさん》が出、侯爵は親《みずか》ら地下の酒庫へ下りて葡萄酒《ぶどうしゅ》を選んだ。庫《くら》いっぱいに寝かされている葡萄酒の銘柄を、彼は清顕を連れて行って、丹念に教えてやり、どの料理にはどれが合うか、この葡萄酒は宮家でもおいでになった時のほかは使うな、とか、いかにも愉《たの》しげに教えを垂れた。そういう無用の知識を与えるときほど、この父親が愉しげに見えることはなかった。

食前酒のときに、母は一昨日、少年の別当を一人連れて、一頭立の御手御者《おてぎしゃ》で、横浜へまで買物に行ったことを得意そうに話した。

「横浜でも洋装をめずらしがるのですから、おどろきました。汚ない子供たちが、ラシヤメン、ラシヤメン、と云《い》って馬車を追いかけてくるのでございますもの」

父は軍艦比叡《ひえい》の進水式に清顕を連れて行ってやろうかとほのめかしたが、これは清顕が断わることを当然見越して言ったのである。

それから父と母とが、共通の話題を探して苦慮しているのが、清顕にも読みとれたが、そのうちにどういうわけか、三年前に清顕が十五歳になった「御立待《おたちまち》」の祝いのときのことを話し出した。

それは旧暦八月十七日夜の月を、庭に置いた新らしい盥《たらい》の水に映して、供え物をする古いしきたりであったが、十五歳の夏のその夜空が曇ると、一生運が悪いと云われていた。

父母の話で、清顕の心にも、ありありとその夜の情景が浮んできた。

はや露しげく、虫のすだきに充《み》ちた芝生のまんなかに、水を張った新らしい盥が置かれ、紋付袴《はかま》で彼は父母の間に立っていた。盥の囲む丸い水面が、わざと灯を消した庭の周囲の木立やその彼方《かなた》の屋根の甍《いらか》や紅葉山などの凹凸に富んだ景色を、引き絞り、統括しているようだった。その明るい檜《ひのき》の板の盥の縁《ふち》、そこのところでこの世界が終り、そこから別の世界の入口がはじまっていた。自分の十五の祝いの吉凶がかかっているだけに、清顕には、それが露芝の上に裸で置かれた自分の魂の形のように思われた。その盥の縁のうちらから彼の内面がひらけ、縁の外側からは外面が……。

声を発する者もないので、あんなに庭いちめんの虫の音《ね》が、耳立ってきこえたことはない。目はひたすらに盥の中へ注がれている。はじめ盥の水は黒く、藻《も》のような雲に閉ざされていた。次第にその藻が靡《なび》き、光りがかすかに兆《きざ》してにじんだかと思うと、又消えた。

どれくらい待ったろう。やがて、突然、盥の水のその凝固したかのようなあいまいな闇《やみ》が破れて、小さな明らかな満月が、正《まさ》しく水の中央に宿った。人々は喚声《かんせい》をあげ、ほっとした母は、はじめて扇をうごかして、裾《すそ》のあたりの蚊を追いながら、

「よかった。この子は運がいいね」

と言った。そしてみんなが口々に述べる祝賀を受けた。

清顕はしかし、天にかかる月の原像を仰ぐのが怖かった。丸い水の形をした自分の内面の奥深く、ずっと深くに、金いろの貝殻のように沈んでいる月のみ見ていた。ついに

こうして個人の内面が、一つの天体を捕獲したのだ。彼の魂の捕虫網が、金いろに輝やく蝶《ちょう》を。

しかし、その魂の網目は粗く、一度捕えた蝶は、又すぐ飛び翔《た》ってゆきはしないだろうか？　十五歳の彼は、早くも喪失を怖《おそ》れていたのだ。得るが早いか喪失を怖れる心が、この少年の性格の特徴をなしていた。一旦《たん》月を得た以上、今後月のない世界に住むようになったとしたら、その恐怖はどんなに大きいだろう。たとえ彼がその月を憎んでいたとしても……。

歌留多《カルタ》の札の一枚がなくなってさえ、この世界の秩序には、何かとりかえしのつかない罅《ひび》が入る。とりわけ清顕は、或《あ》る秩序の一部の小さな喪失が、丁度時計の小さな歯車が欠けたように、秩序全体を動かない靄《もや》のうちに閉じ込めてしまうのが怖ろしかった。失われた一枚の歌留多の探索が、どれほどわれわれの精力を費させ、ついには、失われた札ばかりか、歌留多そのものを、あたかも王冠の争奪のような世界の一大緊急事にしてしまうことだろう。彼の感情はどうしてもそういう風に動き、彼にはそれに抵抗する術《すべ》がなかったのである。

――十五歳の十七夜の御立待のことを考えているうちに、いつのまにか聡子のことを考えている自分に気づいて、清顕は愕然《がくぜん》とした。

そのとき折よく執事が、うそ寒く仙台平《せんだいひら》の袴の衣擦《きぬず》れの音をきかせて、食事の支度が調ったことを告げた。三人は食堂に入り、イギリスへ誂《あつら》えたおののの、美しい紋章入りの飾皿の前に腰を下ろした。

子供のころから清顕はやかましく食卓の作法を父に教え込まれたものであるが、母はいまだに洋食に馴染《なじ》まず、もっとも自然に振舞って格を外さないのは清顕で、父の作法には今以《いまもつ》て新帰朝者の物々しさが残っていた。

スープがはじまると、母はすぐのどかな口調で語り出した。

「ほんとうに聡子さんにも困ったものだわ。今朝お断わりのお使者を出したと御報告がありました。一時はすっかり、お心が決ったようにお見受けしたんだけれど」

「あの子ももう二十歳《はたち》だろう。我儘《わがまま》をとおしているうちに、売れ残りになってしまう。こっちも心配してやっている甲斐《かい》がないというもんだ」

と父が言った。

清顕が耳をすました。父はかまわずにつづけた。

「何が原因だろう。身分が釣合わないという考えかもしれないが、綾倉家がいかに名門でも、あれだけ傾いてしまっている今は、将来有望な内務省の秀才なら、家柄など問わずに、ありがたく受けるべき話じゃないか」

「私もそう思います。これではお世話するのがいやになりました」

「しかしあの家には清顕が世話になった恩義もあることだし、あの家の再興を考えてやる務めがこちらにもある。何か、どうしても断われない話を持って行ってやればよいのだ」

「そんなお誂え向きの話がございますかね」

きいている清顕の顔は晴れ晴れとなった。これで謎《なぞ》がすっかり解けたのである。私がもし急にいなくなってしまったとしたら、という聡子の言葉は、ただ単に、自分の縁談のことを斥《さ》していたのだった。そしてたまたま、あの日の聡子の心境は、その縁談を肯《うべな》う方へ向っていて、そのことをほのめかして、清顕の気を引いてみたかったのであろう。今母が語るとおり、彼女が十日ののちに正式にその話を断わったとすれば、その理由も亦《また》清顕には明白だった。それは聡子が清顕を愛していたからである。

これで彼の世界は再び澄み渡り、不安は失《う》せ、一杯の澄明《ちょうめい》なコップの水と等しくなった。この十日ほど帰るに帰れなかった自分の小さな平和な庭へ、やっと帰って来て、寛《くつろ》ぐことができるのだ。

清顕はめずらしい広大な幸福を感じたが、その幸福が、自分の明晰《めいせき》さの再発見に拠《よ》ることを疑わなかった。故意に隠されていた一枚が手もとに戻って、歌留多の札が揃《そろ》ったことの、……そして歌留多は再び、ただの歌留多にすぎなくなったことの、……何とも云いようのない明晰な幸福感。

彼は、少くとも今の一瞬間、「感情」を追っ払うことに成功したのである。

――しかし息子の突然の幸福感に気づくほど鋭敏ではない侯爵夫妻は、食卓を隔てて、お互いの顔だけを見つめていた。侯爵は悲しげな八字眉《はちじまゆ》の妻の顔を。夫人は、本来行動力だけがふさわしいのに安逸がすばやく皮下にうずいて廻る、良人《おっと》の逞《たくま》しい赤ら顔を。

こうして両親の会話が一見弾んでいるようにみえるとき、清顕はいつもながら、両親が或る儀式を執り行っているように感じた。その会話は順を追ってうやうやしく捧《ささ》げられる玉串《たまぐし》であって、光沢《つや》のある榊《さかき》の葉も吟味して選《よ》られていた。

これと同じものを少年時代から、清顕は何べんとなく眼前にした。白熱した危機も来ない。感情の高潮もない。それでいて母はそのあとに来るものをちゃんと知っているし、妻がそれを知っていることを、侯爵もよく知っている。それは毎度の滝壺《たきつぼ》への陥落だが、落ちる前は芥《あくた》も手をつないで、青空と雲を映す滑らかな水面を、何事も予感しない顔つきで辷《すべ》ってゆくのだ。

果して侯爵は、晩餐のあとの珈琲《コーヒー》もそこそこに、

「さあ、清顕、ひとつ撞球《どうきゅう》でもやろうか」

と言い出し、

「それでは私はそろそろ退《さが》らせていただきます」

と侯爵夫人は言った。

幸福な清顕の心は、今夜はこの種のまやかしにも、少しも傷つかなかった。母は母屋《おもや》

へ退き、父子は撞球室へ入った。

それはイギリス写しの槲《オーク》の鏡板の壁もさることながら、先代の肖像画と、日露戦役海戦の図の大きな油絵で名高い部屋であった。グラッドストーンの肖像画を描いた英国の肖像画家ジョン・ミレース卿《きょう》の門弟が、日本に来ているあいだに描いた、百号あまりの巨大な祖父の肖像画は、薄闇のなかから大礼服姿の祖父を浮び出させた簡素な構図ながら、その写実的な厳しさと理想化を程々に塩梅《あんばい》した描法のうちに、いかにも世間が維新の功臣として仰ぐにふさわしい不屈な風貌《ふうぼう》と、家族にとって親しみのある頬の疣《いぼ》などの愛嬌《あいきょう》とを、巧みに融《と》かし込んでいた。国の鹿児島から新参の女中が来たときには、必ずこの肖像画の前へ連れて来られて、拝ませられる。祖父が死ぬ数時間前に、この部屋へ入った者もなく、吊紐《つりひも》が朽ちていたわけでもないのに、肖像画は突然、床に落ちてすさまじい響きを立てた。

撞球室には、イタリー大理石の石盤を使った玉台が三つ並んでいたが、日清《につしん》戦役のころから紹介されてきた三つ球はこの家では誰も遊ばず、父と子も四つ球で遊んだ。執事がすでに紅白二つの球を、左右に程々に離して並べ、おのおののキューを侯爵と息子に渡した。イタリー産の火山灰を固めたチョークを、清顕は先端のタップにすりつけながら盤上を見つめた。

緑の羅紗《ラシヤ》の上に紅白の象牙《ぞうげ》の球は、貝が足を出すように丸い影の端をちらりとのぞかせて静まっていた。清顕はそれらの球に、何の関心も抱いていなかった。それはどこかの見知らぬ街の、人気《ひとけ》のない白昼の路上のようで、球はそこに突然あらわれた異様な無意味な物象として現前していた。

侯爵はいつもながら、美しい息子のこういう無関心な目つきにおそれをなした。今夜のようにもっとも幸福な時でさえ、清顕の目はそうなのであった。

「近々、シャムの王子が二人日本へ来て、学習院に遊学されることになっているのを知ってるかね」

と父は思い出した話題を言った。

「いいえ」

「多分お前と同年だから、家にも数日滞在してもらう手筈《てはず》をするように、外務省に言っておいた。あの国はこのごろ、奴隷《どれい》も解放する、鉄道も作る、なかなか進んだやり方をしているらしいから、お前もそのつもりで附合わねばならん」

清顕は、父が手球へ向って身をかがめ、肥《ふと》りすぎた豹《ひょう》のようないつわりの精悍《せいかん》さで、キューをしごいているその背へ目をやると、急に小さな迸《ほとばし》るような微笑を泛《うか》べた。自分の幸福感と、未知の熱帯の国とを、紅白の象牙の球を軽くキスさせ合うように、心の中で軽く触れ合わせてみたのである。すると彼の幸福感の水晶のような抽象性は、思いもかけぬ熱帯の叢林《そうりん》の輝やかしい緑の反映を受けて、急にいきいきと彩《いろど》られるような気がした。

侯爵は強かったので、清顕はもとより敵ではなかった。最初の五キューをお互いに撞《つ》き終ると、父はさっさと玉台を離れ、清顕が予期していたとおりのことを言った。

「私はこれからちょっと散歩に出るが、お前はどうする」

清顕は黙っている。すると父は意外なことを言った。

「それとも門までついて来るかね。子供のころのように」

清顕はおどろいて、黒くきらめく瞳《ひとみ》を父へ向けた。侯爵は少くとも、息子をおどろかせることに成功したのだ。

父の妾《めかけ》は門外の何軒かの家作の一軒に住んでいた。それらの家作の二軒には西洋人が住み、庭の塀はすべて邸内へ向った裏木戸を持っているので、西洋人の子供たちは自由に邸内へ遊びに来たが、妾の一軒だけは、その裏木戸に錠をかって、その錠はすでに錆《さ》びていた。

母屋の玄関から正門までは八丁あって、清顕が子供のころ、妾のところへゆく父が、よく手を引いてそこを散歩し、門前で別れて、召使に連れ戻された。

父は用事で出るときには必ず馬車を使ったから、徒歩の時の行先は決っていた。子供心にも清顕は、そうやって父に伴われてゆくことに居心地の悪さを感じ、本来母のためにも、ぜひ父を引戻さねばならぬ義務をそれとなく感じながら、そうすることのできない自分の無力に怒っていた。母はもちろんそういう折に、清顕が父の「散歩」のお供をすることを好まなかったが、父は故《ことさ》ら彼の手を引いて出るのであった。清顕は父が、自分に母を裏切らせようと暗々裡《あんあんり》に望んでいるのを察した。

十一月の寒夜の散歩はいかにも異様である。

侯爵は執事に命じて外套《がいとう》を着る。清顕も撞球室を出て、学校の金釦《きんボタン》のついたダブルの外套を着た。執事は主人の「散歩」の十歩あとに従うべく、お土産を包んだ紫の袱紗《ふくさ》を捧げて待っていた。

月はあきらかで、風が木々の梢《こずえ》に吼《ほ》えていた。父はあとからついてくる執事の山田の幽霊のような姿に、一切注意を払わなかったが、清顕は気になって一度だけ振向いた。寒空にインバネスも着ず、常のような紋附袴《もんつきはかま》の白い手袋に紫の袱紗包みを捧げ持って、山田は、足がややわるいので、蹌踉《そうろう》として来る。眼鏡が月に光って、霜のようである。終日ほとんど言葉を交わさないこの忠実無類の男が、体の中にどんな錆びた感情の発条《バネ》をたくさん撓《たわ》め込んでいるか、清顕は知らない。しかしいつも快活で人間的な父侯爵よりも、この冷たい無関心な息子のほうが、はるかに他人の中に感情の存在を認めがちだったのである。

梟《ふくろう》が鳴き、松の梢のざわめきが、多少の酒にほてった清顕の耳朶《じだ》に、あの「戦死者の弔祭」の写真の、悲壮な葉叢《はむら》を風になびかせている樹々《きぎ》のざわめきを伝えた。父は寒空の下に、その夜の奥に待っている、温かく潤《うる》んだ薄紅《うすべに》いろの肉の微笑を夢みているのに、息子は死の聯想《れんそう》を抱くばかりなのだ。

ステッキの先で小石を飛ばしながら歩いていた酔った侯爵は、突然、こう言った。

「お前はあまり遊ばんようだが、お前の年頃には、私なんぞ幾人《いくたり》も女がいたものだ。どうだ、今度連れて行ってやるから、芸者を大ぜい呼んで、たまには羽目を外しては。何なら、学校の親しい友だちを一緒に引っぱって行ってもいい」

「いやです」

清顕は身を慄《ふる》わせて思わずそう言った。すると脚が地面に釘附《くぎづ》けられたように動かなくなった。父の一言で、ふしぎなことに、彼の幸福感は、地に落ちた硝子《ガラス》の壺のようにみじんに割れた。

「どうしたんだ」

「ここで失礼します。おやすみなさい」

清顕は踵《くびす》を返して、仄暗《ほのぐら》い灯火をつけた洋館の玄関よりさらにはるかに、木立のなかに灯の洩《も》れている母屋の表玄関のほうへ足早に戻った。

その晩、清顕は眠られぬ夜をすごした。父や母のことはすこしも念頭に浮ばない。

一途《ず》に聡子への復讐《ふくしゅう》を考えた。

『あの人はつまらない罠《わな》に僕を引っかけて、十日間にわたって、あんなにも僕を苦しめた。あの人の目的はただ一つ、僕の心を波立たせ、僕を苦しめることに尽きていた。あの人に復讐をしてやらなくてはならない。しかし僕には、あの人のような詐術《さじゅつ》を使って、意地のわるい方法で、人を苦しめることなどは覚束《おぼつか》ない。何がいいだろう。お父様のように、僕も女をごく卑《いや》しく見ているのを、あの人に思い知らせてやるのが一番だ。言葉であれ、手紙であれ、あの人がひどい衝撃を受けるような、冒瀆《ぼうとく》的なことを言ってやれないものだろうか。いつも僕は心弱くて、そこまで自分の心底を、人にあらわに示すことができなくて損をする。多分、あの人には、僕があの人に無関心である、というだけでは足りないのだ。それがあの人にいろんな、手前勝手な臆測《おくそく》の余地を残してきたのだ。あの人を瀆《けが》す！　それが必要だ。あの人が二度と起《た》ち上れぬほどの侮辱を与える！それが必要だ。そのときはじめてあの人は、僕を苦しめたことを後悔するだろう』

そうは思っても清顕のとつおいつする思案には、何ら具体的な方策は現われなかった。

寝室のベッドのまわりには、六曲一双の寒山詩の屏風《びょうぶ》が置かれ、足もとの紫檀《したん》の飾り棚に、青い玉《ぎょく》の鸚鵡《おうむ》が止り木に止っていた。彼はもともと新らしい流行のロダンやセザンヌには興味を持たず、その趣味はむしろ受身な人間だった。眠られぬ目をその鸚鵡に凝らすうちに、鸚鵡の翼の微細な彫り目までが浮き出て来て、その煙るような青の裡《うち》に透明な光りがこもり、鸚鵡がそのまま幽《かす》かな輪郭だけを残して、融《と》けかけているような異象におどろいた。そして知ったのは、窓の帷《とばり》のはずれからたまたま月の光りが玉の鸚鵡にだけ注いでいることである。彼は帷を乱暴にひらいた。月は中天にあり、月かげはベッドの上いちめんにひろがった。

月は浮薄なほどきらびやかに見えた。彼は聡子の着ていた着物のあの冷たい絹の照りを思い出し、その月に聡子の、あの近くで見すぎた大きな美しい目を如実《にょじつ》に見た。風はもう止《や》んでいた。

清顕は煖房《だんぼう》のせいばかりでなく、体が火のように熱く、熱さに耳も鳴る思いがしてきて、毛布をはだけ、寝間着の胸をひらいた。それでも身内に燃えてくる火は、肌のそこかしこに穂先を走らすようで、月の冷たい光りに浴さなければ納まらない気がしてきて、とうとう寝間着を半ば脱いで半裸になり、物思いに倦《う》み果てた背を月へ向けて、枕《まくら》に顔を伏せた。なお顳顬《こめかみ》は熱く脈打った。

清顕はそうして、たとえようもなく白い、なだらかな裸の背を月光にさらしている。月かげがその優柔な肉にも多少のこまかい起伏をえがき、それが女の肌ではなくて、熟し切らぬ若者の肌のごくほのかな厳しさを湛《たた》えていることを示している。

わけても、月が丁度深くさし入っているその左の脇腹《わきばら》のあたりは、胸の鼓動をつたえる肉の隠微な動きが、そこのまばゆいほどの肌の白さを際立《きわだ》たせている。そこに目立たぬ小さな黒子《ほくろ》がある。しかもきわめて小さな三つの黒子が、あたかも唐鋤星《からすきぼし》のように、月を浴びて、影を失っているのである。

六

シャムでは一九一〇年に、ラーマ五世から六世へ治世が変り、今度日本へ留学される王子の一人は、新王の弟君で、ラーマ五世の息であり、その称号はプラオン・ジャオ(Praong Chao)と称され、その名をパッタナディド(Pattanadid)と呼ばれ、英語では、ヒズ・ハイネス・プリンス・パッタナディドと敬称されるならわしであった。

一緒に来られる王子は、同年の十八歳であったが、ラーマ四世の孫に当り、ごく仲のよい従兄弟《いとこ》の間柄で、その称号をモン・ジャオ(Mom Chao)、その名をクリッサダ(Kridsada)といい、パッタナディド殿下は彼を「クリ」という愛称で呼んでおられたが、クリッサダ殿下のほうは、正系の王子に対する敬意を忘れず、パッタナディド殿下のことを「ジャオ・ピー」と呼ばれるのであった。

二人とも熱心な敬虔《けいけん》な仏教徒であったが、日常の服装作法はすべて英国風で、美しい英語を話した。新王は若い王子たちのあまりの西欧化をおそれて、日本留学のことを計られ、王子たちもそれには異存がなかったが、ただ一つの悲しみは、「クリ」の妹姫に対する「ジャオ・ピー」の別離だった。

この若い二人の恋は、宮廷のほほえましい花であり、留学から「ジャオ・ピー」が帰られるときには、婚儀が約束されているほどの仲であったから、未来には何の不安もなかったが、パッタナディド殿下が出帆の時に示された悲しみは、あまり激情を現わさないその国の人の性《さが》からは異様に思われるほどであった。

航海と従弟《いとこ》の慰めが、若い王子の別離の悲しみを幾分か癒《い》やした。

清顕が王子たちを自宅に迎えたときには、二人ともその浅黒い若々しい顔立ちでむしろ快活すぎる印象を与えた。王子たちは冬休みまで気ままに学校へ参観にゆき、年が改まってから通学するにしても、正式に級に編入されるのは、日本語に習熟し日本の環境にも馴《な》れた暁、春の新学期からということになっていた。

洋館の二階の二間つづきのゲスト・ルームが王子たちの寝室に宛《あ》てられた。洋館にはシカゴから輸入されたスチーム煖房《だんぼう》が整っていたからである。松枝《まつがえ》一家がそろった晩餐《ばんさん》のころまでは、清顕も客もお互いに固くなっていたが、晩餐後若い者ばかりになると俄《にわ》かに打ちとけ、王子たちは清顕に、バンコックの金色燦然《こんじきさんぜん》たる寺々や美しい風景の写真を見せた。

同い年でもクリッサダ殿下には、気ままな子供らしいところが残っているのに、清顕はパッタナディド殿下のほうには、自分と共通した夢みがちな資質を発見してうれしく思った。

　彼らが示した写真の一枚に、ワット・ポーの名で知られる巨大な寝釈迦《ねしゃか》を納めた僧院の全景があり、写真は手描きで精妙な彩色を施され、目の前に見るかのようであった。積雲のそそり立つ強い熱帯的な青空を背景に、椰子《やし》の婆娑《ばさ》たる葉ごもりも点綴《てんてい》して、そのたとえようもなく美しい金と白と朱の僧院は、金いろの対の神将像が護《まも》る門の、金の縁を取った朱いろの扉や、白壁と白い列柱の上方へ及ぶに従って、繊細な金いろの浮彫の房が垂れ下り、それが次第に煩瑣《はんさ》な金と朱の浮彫に包まれた屋根や破風《はふ》の集合をなし、ついに中央の頂きでは燦然とした三重の宝塔になって、輝く青空へと突き刺る、心もときめくような構成を持っていた。

　清顕がその美しさに対する讃嘆《さんたん》を、素直に面上にあらわしたので、王子たちは喜んだ。そしてパッタナディド殿下は、そのいかにも柔和な丸顔に似つかわしくない、鋭すぎる切れ長の目で、遠くのほうを眺めるようにして言った。

「僕はとりわけこのお寺が好きなので、日本へ来る航海の途中にも、何度かこのお寺の夢を見ました。その金いろの屋根が夜の海の只中《ただなか》から浮び上り、お寺全体が徐々に浮び上って、その間も船は進んでいますから、お寺の全貌《ぜんぼう》が見えるころには、いつも船は遠くにいることになるのです。海水を浴びて浮び上ったお寺は星あかりに煌《きら》めいて、夜の海上遠く月の出の新月のように見えます。僕は甲板からこれを拝んで合掌するのですが、夢のふしぎで、そんなに遠く、しかも夜だというのに、金と朱のこまかい浮彫の一つ一つまでが、つぶさに目に泛《うか》ぶのです。

僕はクリにその話をして、お寺が日本まで追いかけてくるらしいと言ったのですが、クリは僕をからかって、追いかけてくるのは別の思い出でしょう、と笑うのです。そのたびに僕は怒りましたが、今では少しクリに同感する気持にもなっています。

なぜなら、すべて神聖なものは夢や思い出と同じ要素から成立ち、時間や空間によってわれわれと隔てられているものが、現前していることの奇蹟《きせき》だからです。しかもそれら三つは、いずれも手で触れることのできない点でも共通しています。手で触れることのできたものから、一歩遠ざかると、もうそれは神聖なものになり、奇蹟になり、ありえないような美しいものになる。事物にはすべて神聖さが具《そな》わっているのに、われわれの指が触れるから、それは汚濁になってしまう。われわれ人間はふしぎな存在ですね。指で触れるかぎりのものを瀆《けが》し、しかも自分のなかには、神聖なものになりうる素質を持っているんですから」

「ジャオ・ピーはむつかしいことを言っているけれど、実は、別れてきた恋人のことを言っているにすぎないんですよ。清顕君に写真をお目にかけたらどうです」

とクリッサダ殿下が話を遮って言った。パッタナディド殿下は頰を染めたらしかったが、浅黒い肌色のために、さだかでなかった。そのためらいを見て、清顕は客を強《し》いることをせずに、こう言った。

「よく夢を見られるのですか？　僕も夢日記をつけているんです」

「日本語ができたら、ぜひ読ませていただきたいものだがなあ」

とジャオ・ピーは目を輝やかせて言った。清顕は親友にさえ打明ける勇気のない、こんな夢への執着が、英語を通して、らくらくと相手の心へ届くのを見て、ますますジャオ・ピーに親愛を感じた。

しかしその後会話が滞りがちになった理由を、清顕がクリッサダ殿下のいたずらっぽい目の転々とした動きに読もうとしたとき、彼はそれが、写真をぜひ見せてくれ、と強いなかったためだと思い当った。ジャオ・ピーはおそらく彼が強いるのを心待ちにしていたのである。

「あなたを追いかけてきた夢の写真を見せて下さい」

とようよう清顕が言うと、又そばから、クリッサダ殿下が、

「お寺のほうですか、恋人のほうですか？」

と茶々を入れ、そういう不謹慎な比較をするものではないとジャオ・ピーにたしなめられながらも、なおもうるさく首をつき出して、取出された写真を指さしては、

「ジャントラパー姫は僕の妹なんです。Chantrapa というのは、『月光』という意味なんですよ。僕たちはふつうジン・ジャン（Ying Chan—ジャン姫）と呼んでいますが」

などとわざわざ註釈をつけた。

写真を見て清顕は、それが思いのほか平凡な少女であることにすこし落胆した。白いレエスの洋服を着、髪には白いリボンをつけ、胸には真珠の頸飾《くびかざり》をして、とりすましているその表情は、女子学習院の学生の一人の写真だと云《い》っても、誰も訝《いぶか》らないにちがいない。髪が美しく波立って肩にかかっているのが一種の趣を添えているけれど、やや勝気な眉《まゆ》、いささか愕《おどろ》きにみひらかれたような目、暑い乾季の花のように乾きすぎて軽くまくれた唇、すべてにまだ自分の美しさにそれと気づかない稚《おさ》なさが溢《あふ》れていた。もちろんそれは美しさの一種だった。しかしまだ自分が飛べるとは夢にも思っていない雛鳥《ひなどり》の、温かい自足に充《み》ちすぎていた。

『これに比べれば聡子は百倍も千倍も女だ』と清顕はしらずしらずのうちに比較していた。『僕の気持をともすると憎悪《ぞうお》のほうへ追いやるのも、彼女が女でありすぎるからではなかろうか。又、聡子はこれに比べればずっと美しい。そして彼女は自分の美しさを知っている。彼女は何でも知っている。わるいことに、僕の幼なさをまでも』

ジャオ・ピーはじっと写真を見つめている清顕の目に、自分の少女を奪われそうな気がしたものか、繊細な琥珀《こはく》いろの指をつとさしのべて、写真をとり返したが、その指に煌めく緑の光りをみとめて、清顕はジャオ・ピーのはめている華麗な指環《ゆびわ》にはじめて気づいた。

それは二三カラットはあろうと思われる、四角いカットの濃緑のエメラルドを囲んで、金のごく細かい彫刻で一対の護門神ヤスカの、半獣の顔を飾った巨《おお》きな指環で、こんな目立つものに今まで気づかなかったのは、清顕の他人への無関心をよくあらわしていた。

「僕の誕生石なんです、五月ですから。ジン・ジャンが餞《せん》別《べつ》に呉《く》れたのです」

とパッタナディド殿下はなお羞《はじ》らいを含んで説明した。

「そんな派手なものをしていると、学習院では叱《しか》られてもぎ取られてしまうかもしれませんよ」

と清顕がおどかしたので、王子はふだんこの指環をどこに隠しておくべきかとまじめに自国語で相談しはじめ、思わず自国語を出した失礼を詫《わ》びて、その相談の内容を英語で伝えた。清顕は父に頼んでよい銀行の金庫を紹介してあげようと言った。こうしていよいよ打ちとけた王子たちは、クリッサダ殿下も女友達の小さな写真を示したのち、今度はぜひ清顕の愛する人の肖像を見たいとせがむのだった。

若い虚栄心が、咄嗟《とっさ》の間《ま》に、清顕にこう言わせてしまった。

「日本ではそうやってお互いの写真を交換する習慣はないけれど、近いうちにきっと彼女を御紹介しましょう」

——彼自身の幼時からつづけて貼《は》られている写真帳のなかの、聡子の写真を見せる勇気はとてもなかった。

彼は気づいた、自分はこんなに久しく美少年の誉れを受け、人々の讃嘆を浴びて来たのに、十八歳までこの退屈な邸内《やしきうち》に過して、聡子のほかについに一人の女友達も持っていないことを。

聡子は女友達であると同時に敵であり、王子たちが意味しているような、甘い感情の蜜《みつ》ばかりで凝り固められた人形ではなかった。清顕は自分にも、自分を取り巻くすべてのものにも怒りを感じた。「散歩」の途次、いかにも慈愛ありげに言われた酔った父のあの言葉にさえ、孤独で夢みがちの息子に対する、侮蔑《ぶべつ》の薄笑いがこもっていたような気がした。

今では彼が自尊心から拒んでいたものすべてが、逆に彼の自尊心を傷つけていた。南国の健康な王子たちの、浅黒い肌、鋭く突き刺すような官能の刃をひらめかすその瞳《ひとみ》、それでいて、少年ながらいかにも愛撫《あいぶ》に長《た》けたようなその長い繊細な琥珀いろの指、それらのものが、こぞって清顕に、こう言っているように思われた。

『へえ？　君はその年で、一人も恋人がいないのかい？』

自分でも制しきれずに、清顕は、それでもせい一杯冷たい優雅を保ちながら、こう言ってしまったのだった。

「近いうちにきっと彼女を御紹介しましょう」

そしてどうやって彼女の美を、この新らしい異国の友に誇ることができるだろう。

清顕は永い躊躇《ちゅうちょ》の末に、とうとう昨日、聡子に宛てて、物狂おしい侮辱の手紙を書いてしまっていた。まだその文面、何度となく書き直して精密に拵《こしら》えたつもりの侮辱の文面は、一字一句脳裡《のうり》に刻まれている。

『……あなたの威嚇《いかく》に対して、こんな手紙を書かなければならないのは、小生としても甚だ遺憾なことです』という切口上で、その手紙ははじまっていた。『あなたはつまらない謎《なぞ》を、いかにも怖《おそ》ろしい謎のように装《よそお》って、何の鍵《かぎ》も添えずに小生に手渡し、小生の手を痺《しび》れさせ真黒にしてしまいました。小生はこういうことをするあなたの感情的動機について、疑問を呈せずにはいられません。そのやり方にはまるきりやさしさが欠けていて、愛情はもちろん、友情の片鱗《へんりん》も窺《うかが》われませんでした。小生にしてみれば、そういう悪魔的な行動をするあなたの、あなた自身も知らない深い動機について、一つのかなり確実な目安をつけてはいますが、それは礼儀上、申上げないことにしておきます。

しかし今では、あなたのすべての努力も企図も水泡に帰したと云えるでしょう。実に不快な心境にいた小生は、(間接的にあなたのおかげで)、人生の一つの閾《しきい》を踏み越えてしまいました。たまたま父の誘いに乗って、折花攀柳《せっかはんりゅう》の巷《ちまた》に遊び、男が誰しも通らなくてはならぬ道を通りました。ありていに言えば、父がすすめてくれた芸者と一夜を過したのです。つまり、社会道徳上ゆるされた、公然たる男のたのしみというわけです。

この一夜で小生は幸いなことにすっかり変りました。婦人に対する考えは一変し、みだらな肉を持った小動物として、軽んじながらじゃらしてやるという態度を学びました。これはあの社会の与えるすばらしい教訓だと思いますし、今まで父の女性観に共鳴できなかった小生も、否応《いやおう》なしに、父の息子だということを自分の体のうちにはっきりと認識しました。

ここまで読まれたあなたは、もう永久に去った明治時代風の旧弊な考えで、むしろ小生の進境を喜んで下さるかもしれません。そして、玄人《くろうと》の女に対する小生の肉体的侮蔑が、素人《しろうと》の婦人に対する精神的尊敬をいよいよ高めることになったろうと、北叟笑《ほくそえ》んでおられるかもしれません。

否《いな》！　断じて、否です。小生はその一夜から、(正に進境は進境でしょうが)、すべてを突き破って進んで、誰も至らない曠野《こうや》へ走り出してしまったのです。そこでは芸者と貴婦人、素人と玄人、教育のない女と青鞜社《せいとうしゃ》の連中との区別も一切ありません。女という女は一切、うそつきの、「みだらな肉を持った小動物」にすぎません。あとはみんな化粧です。あとはみんな衣裳《いしょう》です。申しにくいことですが、小生は今、あなたをも、はっきり、One of them としか考えていないことを申上げておきます。あなたが子供のときから知っていた、あの大人しい、清純な、扱いやすい、玩具《おもちゃ》にしやすい、可愛らしい「清様《きよさま》」は、もう永久に死んでしまったものとお考え下さい。……』

——二人の王子は、まだそんなに夜ふけでもないのに、慌《あわただ》しく「おやすみ」を言って部屋を出てゆく清顕に、不審な思いをしたらしかった。尤《もっと》も清顕は紳士らしく、一見にこやかに節度を保ちながら、二人の客の寝具その他を注意深く検《あら》ためたのち、客の希望もいろいろときいて、礼儀正しく退《さが》ったのではあったが。

『どうしてこんな時、僕には誰一人味方がないんだ』と、彼は洋館から母屋《おもや》へ通じる長い渡り廊下を、いっしんに駈《か》けながら思った。

途中で何度か本多の名が浮んだが、友情に関する彼の気むずかしい観念がこの名を押し消した。廊下の窓は夜風に鳴り、暗い灯火の一列がどこまでもつづいていた。こんな風にして、息せき切って走っているところを、誰かに見咎《みとが》められるのを怖れて、清顕は息を弾ませて廊下の一角に立止った。万字繫《まんじつな》ぎの彫りのある窓框《まどかまち》に肱《ひじ》をついて、庭を眺めているふりをしながら、懸命に考えを纏《まと》めようとしていた。夢とちがって、現実は何という可塑性《かそせい》を欠いた素材であろう。おぼろげに漂う感覚ではなくて、一顆《か》の黒い丸薬のような、小気味よく凝縮され、ただちに効力を発揮する、そういう思考をわがものにしなくてはならないのだ。彼は甚だしく自分の無力を感じ、煖房《だんぼう》の部屋から出て来た廊下の寒さにおののいた。

鳴っている窓硝子《まどガラス》に額をあてて庭をのぞく。今夜は月もなくて、紅葉山と中ノ島は一つの黒い塊《かたま》りに合して、廊下の暗い灯火の及ぶ範囲にだけ、風にそそけ立つ池水がかすかに見える。彼はそこから、鼈《すっぽん》が頭をもたげてこちらを窺っているような気がしてぞっとした。

母屋へ戻り、自分の部屋へ昇ろうとする階段の上り框で、清顕は書生の飯沼に行き会って、云いようのない不快を顔にあらわした。

「もうお客様はお寝《すま》りになったとですか」

「ああ」

「若様もお寝《すま》りになるとですか」

「僕はこれから勉強があるんだ」

すでに二十三歳の飯沼は、夜間大学の最上級生で、今学校からかえって来たところらしく、片手に数冊の本を抱えていた。彼は若さのさかりがいよいよ鬱屈《うっくつ》を加えた顔立ちになり、その大きな暗い箪笥《たんす》のような肉体を清顕は怖れた。

自室に戻った彼は、ストーヴの火もつけずに、寒い室内をおちつきなく立ちつ居つして、頭に浮ぶ考えを次々と消しては蘇《よみがえ》らせた。

『とにかく急がなくてはならない。もう遅いだろうか？　あんな手紙を出してしまった相手を、僕は何とかして数日中に、仲睦《むつま》じい恋人として王子に紹介しなければならないんだ。しかも一等世間に自然と思われるやり方で』

椅子《いす》の上に、読む暇がなくて、そのままに放置《ほう》った夕刊が散らばっていた。何気なくその一枚をひろげてみた清顕は帝国劇場の歌舞伎の広告を見て、心にひらめきを得た。

『そうだ、王子たちを帝劇へお連れしよう。それにしても、昨日出した手紙はまだ届いている筈《はず》がない。まだ望みがあるかもしれない。聡子と一緒に芝居へゆくことは親も許すまいが、偶然に会ったことにすればいいんだ』

彼は部屋を飛び出して階段を駈け下り、表玄関の脇《わき》まで走って、電話室へ入る前に、明りの洩《も》れている玄関脇の書生部屋のほうをぬすみ見た。飯沼は勉強をしているらしかった。

清顕は受話器をとって、交換手に番号を言った。胸は高鳴り、退屈は打ち払われていた。

「綾倉様ですか。聡子さんはいらっしゃいますか」

と聴き覚えのある応待の老女の声へむかって、彼は言った。遠い麻布の夜のかなたから、老女のひどく丁重で不機嫌な声が答えていた。

「松枝様の若様でいらっしゃいますか？　恐れ入りますが、もう夜分おそうございますので」

「お寝《やす》みなのですか」

「いいえ、……はあ、まだ御寝《ぎょし》にはおなりになりませんと存じますけれど」

清顕が強いたので、とうとう聡子が出た。その声の明るさが清顕を幸福にした。

「何でございますか、今ごろ、清様《きよさま》」

「実はね、昨日あなたに手紙を出したんです。そのことでお願いがあるんだけど、手紙が着いても、絶対に開封しないで下さい。すぐ火中すると約束して下さい」

「何のことかわかりませんけれど……」

聡子の何事もあいまいにする遣口《やりくち》が、一見のどかなその口調のうちに、すでにはじまっていると感じた清顕はあせっていた。それにしても聡子の声は、この冬の夜の中に、六月の杏子《あんず》のように、程よく重たく温かく熟れてきこえた。

「だから、何も言わずに約束して下さい。僕の手紙が届いたら、絶対に開封せずに、すぐ火中すると」

「はい」

「約束してくれますね」

「いたします」

「それからもう一つお願いがあるんですが……」

「ずいぶんお願いがある晩ですのね、清様」

「明後日の帝劇の切符をお買いになって、御老女でもお供につれて、帝劇にいらして下さい」

「あら……」

聡子の声は途切れた。清顕は彼女が拒むのを怖れていたが、すぐ自分の思いちがいに気づいた。綾倉家の今の財政状態は、そういう一人二円五十銭ほどの費用でも、思いに任せぬらしいことを察したのである。

「失礼ですが、切符はお届けしますから。並んだ席だと世間の目がうるさいでしょうから、少し離れたお席をとりましょう。僕はタイ国の王子様の御接待に、芝居を見に行くんです」

「まあ、それは御親切に。蓼科《たでしな》もさぞ喜ぶと思いますわ。喜んで伺います」

と聡子は素直に喜びをあらわした。

七

本多は学校で清顕から明日帝劇へ行く誘いを受け、シャムの王子二人のお供をして行くのだということで、多少固苦しくは感じたけれども、喜んで承諾した。清顕はもちろん、むこうで偶然に聡子に会うことになる成行などは、友に打明けていなかった。

本多は家へかえると、夕食のとき、父母にもその話をした。父はあらゆる芝居を好もしいものと思っていなかったが、一方、息子も十八歳になればそう自由を束縛すべきではないと考えていた。

本多の父は大審院判事で、本郷の邸《やしき》に住み、明治風の洋間もある部屋数の多い邸は、いつも謹直の気分に充《み》ちていた。書生も数人おり、書物は書庫や書斎をあふれて、廊下にまで暗い背革の金文字を並べていた。

母もはなはだ面白味のうすい婦人で、愛国婦人会の役員をつとめ、息子が、その活動に一向積極的でない松枝侯爵《こうしゃく》夫人の息子と、格別親しくしているのを不本意に思っていた。

しかしそういう点を除けば、本多繁邦は、学校の成績といい、家での勉強ぶりといい、健康といい、日常の折目正しい挙措といい、申し分のない息子であった。彼女はわれにも人にも、その教育の成果を誇っていた。

ここの家にあるものは、どんな些末《さまつ》な家具什器《じゅうき》にいたるまで、すべて範例的なものであった。玄関の松の盆栽、「和」の一字の衝立《ついたて》、応接間の煙草《たばこ》セット、房のついたテーブル掛などは言わずもがな、たとえば台所の米櫃《こめびつ》、厠《かわや》の手拭掛《てぬぐいかけ》、書斎のペン皿、文鎮の類《たぐい》までが、いいしれぬ範例的な形をしていた。

家のなかの話題でさえそうだった。友だちの家には一人や二人、必ず面白いことをいう老人がいて、月が窓から二つ見えたので、大声で叱咤《しった》すると、片方の月が狸《たぬき》の姿に戻って逃げた、などという話を大まじめでして、人もまた大まじめできく気風が残っているのに、本多家では家長のきびしい目が行き届き、老婢《ろうひ》といえども、そういう蒙昧《もうまい》な話をすることは禁じられていた。永らくドイツに遊んで法律学を学んだ家長は、ドイツ風の理性を信奉していたのである。

本多繁邦はよく松枝侯爵家と自分の家を比較して、面白く思うことがあった。あの家では西洋風の生活をして、家のなかにある舶来物は数しれなかったが、家風は意外に旧弊であり、この家は生活そのものは日本的でいて、精神に西洋風なところが多分にあった。父が書生を扱う扱い方も、松枝家とはまるでちがっていた。

本多はその晩も第二語学のフランス語の予習をすませると、いずれ大学で学ぶことになる知識を先取りし、又、何でも物事の淵源《えんげん》に興味を寄せがちな性向を充たすために、丸善から取り寄せたフランス語や英語やドイツ語の法典解説を読み散らした。

月修寺門跡《もんぜき》の法話を聴いたときから、彼はかねて心を惹《ひ》かれていたヨーロッパの自然法思想に、何となくあきたりない感じを抱きはじめていたのである。ソクラテスにはじまり、アリストテレスを通じてローマ法を深く支配し、中世にはキリスト教によって精密に体系化され、啓蒙《けいもう》時代には又、自然法時代と呼ばれるほどの流行をもたらし、今のところしばらく鳴りをひそめているが、二千年のうつりかわる時代思潮の波ごとによみがえっては、その都度新らしい衣裳《いしょう》を身にまとうこの思想ほど、不死身な力をそなえた思想はなかった。おそらくそこにヨーロッパの理性信仰のもっとも古い伝統が保たれていた。しかしそれだけ強靭《きょうじん》な思想であればあるほど、本多はその明るい人間主義のアポロン的な力が、いつも闇《やみ》の力におびやかされてきた二千年間を思わずにはいられなかった。

いや、闇の力ばかりではない。光りはもっと目のくらむような光明にもおびやかされ、その自分以上の光りの思想を、たえず潔癖に排除してきたようにも思いなされた。闇をも含むようなより強い光明は、ついに法秩序の世界には、とりいれられなかったものだろうか？

さりとて本多は、十九世紀のロマン派的な歴史法学派や、さては民俗学的法学派の思想にとらわれていたわけではなかった。明治の日本はむしろそういう歴史主義から生れる、国家主義的な法律学を要求していたけれども、彼は逆に、法の根柢《こんてい》にあるべき普遍的真理のほうへ顔を向け、それだからこそ今ははやらない自然法思想にも心を惹かれていたのに、このごろでは法の普遍が包摂する限りを知りたく、もし法が、ギリシア以来の人間観に制約された自然法思想をふみこえて、よりひろい普遍的真理（かりにそんなものがあるとして）へ足をつっこめば、そこで法自体が崩壊するかもしれないというような領域へ、いちずに空想を馳《は》せることを好んでいた。

これはいかにも青年らしい危険な思考であった。しかし、あたかも明るい地上へ、宙に浮んだ幾何学的な構築物の影を、明晰《めいせき》に落したようなローマ法の世界が、自分の今学んでいる近代的実定法の背後に、ゆるぎなく立っている姿に飽きると、彼が明治日本のこうまで忠実な継受法の圧迫から脱して、アジアの別のひろい古い法秩序へ、時たまは目を向けたくなるのも自然であった。

折よく丸善から届いたL・デロンシャンのフランス訳「マヌの法典」は、そういう本多の懐疑にうまく応《こた》えるものを、含んでいるように思われた。

マヌの法典は、おそらく西暦紀元前二百年から紀元後二百年にいたるあいだに集大成された印度《インド》古法典の大宗で、ヒンヅー教徒のあいだでは今日なお法としての生命を保っているが、その十二章二千六百八十四ヶ条は、宗教、習俗、道徳、法の渾然《こんぜん》とした一大体系であって、宇宙の始源から説き起して、窃盗の罪や相続分の規定にまでいたる、そのアジア的な混沌《こんとん》の世界は、キリスト教中世の自然法学の、あのような整然たるマクロコスモスとミクロコスモスの照応による体系と、実に際立《きわだ》った対照を示していた。

しかしローマ法の訴権《アクチオ》が、権利救済のないところには権利がないという、近代の権利概念と反対の思想に立っているように、マヌの法典も、いかめしい王とバラモンたちの法廷の容儀に関する規定に引きつづいて、訴訟事件を負債の不払いその他の十八項目に限定していた。

本多は、無味乾燥な筈の訴訟法にすら、王が事実審理によって正否を知るさまを、「丁度猟人が血のしたたりによって、手負いの鹿《しか》の巣を辿《たど》る」さまに喩《たと》えたり、又、王の義務を列挙するにも、「あたかもインドラが雨期の四月《よつき》に、ゆたかな雨をふらすように」、王国の上に恩恵を注ぐべきことを述べたりする、この法典独特の豊麗な影像に魅せられて読み進み、ついに最終章のふしぎな規定とも宣言ともつかぬものに辿りついた。

西洋の法の定言命令は、あくまで人間の理性にもとづいていたが、マヌの法典は、そこに理性ではおしはかれない宇宙的法則、すなわち「輪廻《りんね》」を、いかにも自然に、いかにも当然のことのように、いかにもやすやすと提示していた。

「行為は身・語・意から生じ、善悪いずれの結果をも生ずるものである」

「心《マナス》はこの世で肉体と関連し、善・中・悪の三種の別がある」

「人は心の結果を心に、語の結果を語に、身体的行為の結果を身体に享《う》ける」

「人は身体的行為のあやまちによって、来世は樹草になり、語のあやまちによって鳥獣になり、心のあやまちによって低い階級に生れる」

「すべての生物に対し、語・意・身の三重の抑制を保ち、又、完全に愛慾《あいよく》と瞋恚《しんに》とを制する者は、成就《じょうじゅ》、すなわち究極の解脱《げだつ》を得る」

「人は正に自らの叡智《えいち》によって個人の霊の、法と非法にもとづく帰趣を見きわめ、つねに法の獲得に意を注がなくてはならない」

ここでも亦《また》、自然法のように、法と善業とは同義語をなしていたが、それが悟性ではどうしてもつかまえにくい輪廻転生《てんしょう》にもとづいている点がちがっていた。一方からいえば、それは人間の理性に訴えるやり方ではなく、一種の応報の恫喝《どうかつ》であって、ローマ法の基本理念よりも、人間性に対してより少ない信頼を置く法理念と云《い》えるかもしれなかった。

本多はこの問題をこれ以上ほじくり返して、古代思想の闇の奥へ沈む気にはなれなかったが、法律学徒として、法を確立する側に立ちながら、どうしても現在の実定法への懐疑と或《あ》る疚《やや》ましさから脱け切れず、目前の実定法の煩瑣《はんさ》な黒い枠組と二重写しに、自然法の神的な理性や、マヌの法典の根本思想の、たとえば澄明《ちょうめい》な青い昼の空や、いちめんに星のきらめく夜空の、広大な展望をときどきは必要とするということを発見していた。

法律学とは、まことにふしぎな学問だった！　それは日常些末の行動まで、洩《も》れなくすくい上げる細かい網目であると同時に、果ては星空や太陽の運行にまでむかしからその大まかな網目をひろげてきた、考えられるかぎり貪欲《どんよく》な漁夫の仕事であった。

読書に耽《ふけ》って時の移るのを忘れていた彼は、もうそろそろ床に入らなくては、明日寝不足の不機嫌な顔で、清顕の招待に行くことになるのを怖《おそ》れた。

あの美貌《びぼう》で謎《なぞ》のような友人のことを思うと、彼は自分の青春がいかに平板にすぎてゆくかという予測に、おののかずにはいられなかった。彼はまた祇園《ぎおん》のお茶屋で、座蒲団《ざぶとん》をボール代りに丸めて、大ぜいの舞妓《まいこ》たちとお座敷ラグビーに興じたという、別の学友の自慢話などをぼんやりと思い出した。

それから、本多一族にとっては驚天動地の大事件だが、世間の目から見れば何でもないような、この春に起った一つの挿話を思い出した。祖母の十年忌の法要が日暮里《にっぽり》の菩提寺《ぼだいじ》で行われ、参列した親戚《しんせき》の者たちが、そのあとで本家の本多家に立寄った。繁邦の又従兄妹《またいとこ》に当る房子という娘が、客のなかでも一等若くて、美しくて、陽気であった。本多家のくすんだ空気のなかで、こんな娘の高い笑い声が洩れるのさえふしぎに思われた。

法事と云っても死者の記憶は遠く、久々に集まった親戚同士のたのしい話は尽きず、人々は仏のことよりも、それぞれの家族に新たに加わった幼ない者たちのことを、おのがじし語りたがった。

三十人からの人たちが、本多家のあの部屋この部屋をめぐって、どの部屋へ行っても本ばかりなのにあらためて呆《あき》れていた。数人の者が、繁邦の書斎を見たいと言い出し、上って来て、彼の机辺をかきまわした。そのうちに誰からともなく次々と部屋を去り、房子と繁邦だけが残された。

二人は壁際に置かれた革張りの長椅子《ながいす》に掛けていた。繁邦は学習院の制服だったが、房子は紫の振袖《ふりそで》を着ていた。人がみな行ってしまうと二人はぎこちなくなり、房子のさしもの朗らかな高笑いも絶えた。

繁邦は房子に何か写真帖《しゃしんちょう》のようなものを見せてもてなそうと思ったが、生憎《あいにく》そんなものはなかった。しかも房子は急に不機嫌になったかのようであった。今まで繁邦は、房子のあんまり活気に充ちすぎた体つきや、たえずけたたましく笑うことや、一つ年上の繁邦をからかうような口ぶりや、よろずに落ちつきのない挙措が好きではなかった。房子には夏のダリヤの重く暑い美しさがあったけれども、自分は決してこういう種類の女を、妻にすることはあるまいと私《ひそ》かに思っていた。

「疲れた。ねえ、疲れない、繁兄さま？」

そう言ったかと思うと、房子の胸高の帯のあたりが、壁が崩れるように俄《にわ》かに崩れ、繁邦の膝《ひざ》には、突然そこへ顔を伏せた房子の香りの高い重みがかかった。

繁邦は困惑して、膝から腿《もも》へかかっているその重いなよやかな荷を見下ろしていた。ずいぶん永い間そうしていたようである。そんな状況を、どう変える力も自分にはないような気がしたから。そして房子も、一度又従兄《またいとこ》の紺サージのズボンの腿に、そうして頭を委《ゆだ》ねたからには、二度とそれを動かす気はないように見えた。

そのとき襖《ふすま》をあけて、母と伯父伯母がいきなり入って来たのである。母は顔色を変え、繁邦の胸は軋《きし》った。しかるに房子はゆるゆると瞳《ひとみ》をそちらへ向けると、それからひどくだるそうに頭をもたげた。

「私、疲れて頭痛がいたしますの」

「おや、それはいけませんね。お薬を差上げましょうか」

と愛国婦人会の熱心な役員は、篤志《とくし》看護婦のような口調で言った。

「いいえ、お薬をいただくほどではありませんけれど」

――この挿話は親戚中の話題になり、幸い繁邦の父の耳にだけは入らなかったが、彼は母からひどく叱責《しっせき》され、房子は房子でもう決して本多家を訪れることができなくなった。

しかし本多繁邦は、いつまでも、そのとき自分の膝の上に経過した、熱い重い時間のことをおぼえていた。

あれは房子の体と着物と帯の重みが悉《ことごと》くかかっていた筈《はず》なのに、美しい複雑な頭部だけの重みのように思い出された。女のゆたかな髪に包まれた首は、香炉のように彼の膝へのしかかり、しかもそれが繁邦の紺サージをとおして、たえず燃焼しているのが感じられた。あの熱さは、あの遠い火事のような熱さは、何だったのだろう。房子はその陶器のなかの火でもって、何か言いようのない過度の親しみを語っていた。それにしてもその頭部の重みは、苛酷《かこく》な、非難するような重みであった。

房子の目は？

彼女は斜めに顔を伏せていたので、彼はすぐ眼下に、自分の膝の上に、傷つきやすい潤《うる》んだ小さな黒い滴《しずく》のように留まっている彼女のみひらいた目を見ることができた。それはひどく軽く、かりそめにそこにとまった蝶《ちょう》のようだった。長い睫《まつげ》の目《ま》ばたきは蝶の羽ばたき。その瞳は翅《はね》のふしぎな斑紋《はんもん》。……

あんなに誠実のない、あんなに近くにいながらあんなに無関心な、あんなに今にも飛び翔《た》ってゆきそうな、不安で、浮動的で、水準器の気泡のように、傾斜から平衡まで、放心から集中まで、とめどなくゆききする目を、繁邦は見たことがない。

それは決して媚《こ》びではない。さっき笑って喋《しゃべ》っていたときよりも、眼差《まなざし》はずっと孤独になり、彼女のとりとめのない内部の煌《きら》めきの移りゆきを、無意味なほど正確に写し出しているとしか見えなかった。

そしてそこにひろがる迷惑なほどの甘さと薫りも、決してことさらな媚びではなかった。

……すると、その無限に近いほど長かった時間を隈《くま》なく占めていたものは、あれは何だったのであろうか？

八

帝国劇場の十一月中旬から十二月十日にかけての本興行は、評判の女優劇ではなく、梅幸、幸四郎などの歌舞伎であって、外国人の客にはそのほうがいいと思って清顕が選んだのだが、彼は格別歌舞伎についてよく知っているわけではなかった。出し物の「ひらかな盛衰記」も「連獅子《れんじし》」も、彼には耳馴《みみな》れない芝居であった。

そのために本多を誘ったようなものであるが、本多は学校の昼休みにちゃんと図書館でこれらの演目について調べて来ており、シャムの王子たちに説明する準備も出来ていた。

もとより王子たちにとっては、異国の芝居を見ることは、好奇心以上のものではなかった。その日、学校が退《ひ》けると、すぐ清顕は本多を伴って家へかえり、王子たちにはじめて紹介された本多は、かいつまんで今夜見るべき芝居の筋を英語で話したが、王子たちはそれほど身を入れてきいている様子もなかった。

清顕は友の忠実とこのような生真面目《きまじめ》さに、一種のすまなさと憫笑《びんしょう》を同時に感じていた。誰にとっても今夜の芝居は、それ自体がすばらしい目標ではなかった。ただ、清顕は、もしかして万一聡子が、約束を破って手紙を読んでしまっているのではないかという不安のために、心もそらになっていた。

執事が馬車の用意の調ったことを告げた。馬は冬の夕空へ嘶《いなな》きを立て、白い鼻息を吐いた。冬は馬の匂《にお》いも稀薄《きはく》で、凍った地面を蹴立《けた》てる蹄鉄《ていてつ》の音が著《しる》く、清顕はこの季節の馬にいかにも厳しくたわめられている力を喜んだ。若葉のなかを疾駆する馬はなまなましい獣になるけれど、吹雪を駈《か》け抜ける馬は雪と等しくなり、北風が馬の形を、渦巻く冬の息吹《いぶき》そのものに変えてしまうのだ。

清顕は馬車が好きだった。とりわけ心に不安のあるときには、馬車の動揺が不安独特のしつこい正確なリズムを乱してくれるからで、又、すぐ身近に馬よりももっと裸かな馬の尻《しり》にふり立てられる尾を感じ、怒る鬣《たてがみ》や歯《は》嚙《が》みに泡立ちつややかな糸をなびかせる唾《つばき》を感じ、そういう獣的な力にすぐ接している車内の優雅を併《あわ》せ感じるのが好きだった。

清顕と本多は制服と外套《がいとう》を着、王子たちは大げさに毛皮の襟《えり》のついた外套を着て寒がっていた。

「僕たちは寒さに弱い」とパッタナディド殿下は、つきつめた目つきで言った。「スイスへ留学した親戚の者を、あの国は寒いぞ、とおどかしたことがあるけれど、日本がこんなに寒いとは思わなかった」

「もうじきお馴れになりますすよ」

とすでに親しみを深めた本多が慰めた。インバネスを着た人たちが歩く町なかに早くも歳末大売出しの幟《のぼり》がはためき、王子たちはそれを何かのお祭かと質問した。

王子たちの目もとには、この一日二日すでに青黛《せいたい》のような郷愁がにじんでいた。それが陽気でいくらか軽躁《けいそう》なクリッサダ殿下にさえ、一種の風情《ふぜい》を添えた。もちろん清顕のもてなしを無にするような我儘《わがまま》なあらわれはなかったが、清顕は彼らの魂が身を離れて、大洋の只中《ただなか》へ漂ってゆくような感じを不断に持った。それはむしろ快かった。すべてが肉体の現存にとじこめられて、浮動することのない心は、彼には鬱陶《うっとう》しいものに思われたからである。

日比谷のお濠端《ほりばた》の冬の早い夕暮のうちに、帝国劇場の白煉瓦《しろれんが》の三階建がゆらめいて近づいた。

一行が着いたときは、すでに最初の新作物の幕があいていたが、清顕は自席から二三列斜めうしろに、老女蓼科と並んで坐《すわ》っている聡子の姿を認め、つかのまの目礼を交わした。そこに聡子が来ていたこと、彼女が瞬間ににじませた微笑が、清顕にすべてが恕《ゆる》されたという感じを与えた。

何やら鎌倉時代の武将たちが右往左往するその一幕は、幸福のために、清顕の目には霞《かす》んで見えた。不安から解放された自尊心は、自分の輝きの反映をしか舞台に見なかった。

『今夜、聡子はいつにもまして美しい。彼女は化粧を等閑《なおざり》にしては来なかった。僕が願ったがままの姿でここへ来てくれた』

そう何度も心にくりかえしながら、聡子のほうへ振向くことはできないということの事態、しかも、たえず背中に彼女の美しさを感じているということの事態、それは何という望ましい事態であったろう！　安心で、豊かで、やさしく、何もかも存在の摂理に叶《かな》っていた。

今夜清顕が要求しているのは聡子の美しさだけであって、こんなことは今までになかった。思えば清顕は、ただ美しい女として聡子を考えたことはない。彼女が表立って攻撃的であったためしはないのに、いつも針を含んだ絹、粗い裏地を隠した錦《にしき》、その上清顕の気持もかまわずに彼を愛しつづけている女、という風に感じていた。静かな対象として心の中に決して横たわることのない、いらいらと自分本位に昇る朝陽の、その批評的な鋭い光りが隙間《すきま》からさし入って来ないように、彼は心の雨戸を堅固に閉《た》ててきたのである。

幕間《まくあい》になった。物事はすべて自然に運んだ。彼はまず本多に、聡子が偶然来ていることを囁《ささや》いたが、ちらと目をうしろへ移した本多が、もはやその偶然を信じていないことは明らかになった。その目つきを見て、却《かえ》って清顕は安心した。誠実を求めすぎない友という、清顕の理想とする友情を、その目はまことに能弁に語っていた。

人々は賑《にぎ》やかに廊下へ出た。シャンデリヤの下をとおって、お濠と石垣の夜がすぐ真向いに見える窓の前に集まった。清顕はいつに似ず、昂奮《こうふん》に耳をほてらして、聡子を二人の王子に紹介した。もちろん冷然たる態度でそうすることもできたのだが、礼儀上、王子たちが恋人のことを語るときの、あの子供っぽい熱情の有様を模してみせたのである。

こうまで人の感情を自分のもののように模写できるのを、彼は今の安堵《あんど》したひろびろとした心の自由のせいだと疑わなかった。自然な感情は陰鬱で、それから遠く離れれば離れるほど、こうも自由になれるのだ。なぜなら自分は、聡子を少しも愛していないから。

恭《うやうや》しく柱のかげへしりぞいた老女蓼科は、外国人に対して素直な心をひらいてみせない決心を、その梅の刺繍《ししゅう》のついた半襟の固く合わせた衿元《えりもと》に示していた。清顕はそのため蓼科が、声高に招待のお礼などを言わないことに満足した。

美しい女の前ではすぐ快活になる王子たちは、同時に、清顕が聡子を紹介したときの、一種特別な調子にもすぐ気づいていた。それが自分の素朴な熱情のことさらな模写だとは夢にも知らぬジャオ・ピーは、そんな清顕に、はじめて正直な自然な若者らしさを見《み》出《いだ》して、親しみを感じた。

本多は、聡子が少しも外国語を喋《しゃべ》らないのに、二人の王子の前で、へりくだりもせず高ぶりもしない、気品のある態度を持しているのに心を搏《う》たれた。四人の青年に囲まれて、京風の三枚重ねを寛々《ゆるゆる》と着こなした聡子は、立華のような、花やかで威ある姿をしていた。

王子たちがこもごも聡子に英語で問いかけ、清顕が通訳をしたが、そのたびに同意を求めるように清顕へ向ける聡子の微笑が、あまりみごとに役割を果しているので、又清顕は不安になった。

『たしかにあの手紙を読んでいないのだろうか』

いや、もし読んでいたら、決してこんな態度がとれる筈《はず》はない。第一、ここへ来られる筈もない。電話のときに届いていなかったのは確かなことだが、届いたあとで読まなかったかどうかの確証はない。どのみち「読まなかった」という返事の返ってくるに決っているその質問を、どうしても敢《あえ》てする勇気のない自分に、清顕は腹を立てた。

一昨日の晩のあの明るい応待の声と比べて、聡子の声、聡子の表情に、何か際立《きわだ》った変化はないかと、彼はそれとなく目をつけはじめた。又、心に砂が滴《したた》ってきた。

冷たく見えるほどに高くはないが、象牙《ぞうげ》の雛《ひな》のように整った形の鼻をした聡子の横顔は、ごくゆるやかな流し目のゆききにつれて、照り映えたり翳《かげ》ったりした。ふつうは下品だと思われている流し目が、彼女の場合はかすかに遅くて、言葉の端が微笑へ流れ、微笑の端が流し目へ移るという風に、表情全体の優雅な流動の裡《うち》に包まれているので、見ている人に喜びを与えた。

その幾分薄目な唇にも美しいふくらみが内に隠れ、笑うたびにあらわれる歯は、シャンデリヤの光りの余波を宿し、潤《うる》んだ口のなかが清らかにかがやくのを、細いなよやかな指の連なりが来て、いつも迅速に隠した。

王子たちが誇大なお世辞を言い、清顕の通訳で聡子が耳朶《じだ》を赤らめたときに、髪の下からわずかにあらわれている、肉のさわやかな雨滴のような形の耳朶が、一体羞《はじ》らいのために赤らんだのか、それとももともとそこに刷《は》いた紅《べに》のためか、清顕には見分けがつかなかった。

しかし、何ものも隠すことができないのは、彼女の瞳《ひとみ》の光りの或《あ》る勁《つよ》さだった。そこに依然清顕を怖《おそ》れさせる、ふしぎな、射貫《いぬ》くような力が具《そな》わっていた。それがこの果実の核であった。

「ひらかな盛衰記」の開幕のベルが鳴った。一同はおのがじし席へ戻った。

「僕が日本へ来て見たなかで一番美しい女の人だ。君は何という仕合せ者だろう！」

と通路を並んで入りながら、ジャオ・ピーは声をひそめて言った。このとき彼の目もとの郷愁は癒《い》やされていた。

九

松枝家の書生の飯沼は、六年あまり勤めているうちに、少年の日の志も萎《な》え、怒りも衰えてゆくのを、その昔の怒りとはちがった、冷え冷えとした別種の憤《いきどお》りで、なすこともなく眺めている自分に気づいた。松枝家の新らしい家風そのものが、彼をそう変えたのはむろんのことだが、本当の毒の源は、まだ十八歳の清顕にあった。

その清顕も近づく新年には、十九歳になろうとしていた。彼をよい成績で学習院を卒業させ、やがて二十一歳の秋には、東京帝国大学の法学部へ進ませれば、飯沼の勤めは終るべき筈《はず》であるが、ふしぎなのは侯爵《こうしゃく》も、清顕の成績をやかましく言わないことであった。

今のままでは、東京帝大法科大学への進学は覚束《おぼつか》ない。華族の子弟に限って学習院から無試験入学の道がひらかれている京都帝大あるいは東北帝大へ進むほかはない。清顕の成績はつねに程々のところに浮遊していた。勉強に精を出すではなく、さりとて運動に打込むではない。もし目ざましい成績をあげていれば、飯沼にも誉れが及んで、郷党の讃嘆《さんたん》を受けることになろうが、はじめあせった飯沼もあせりを忘れた。どう転ぼうと、清顕が未来は少くとも貴族院議員になることは知れているのだ。

その清顕が、学校では首席にちかい本多と近しく、本多が又、それほど親しい友でありながら、何ら有益な影響を及ぼさず、むしろ清顕に対する讃美者の側に廻って、おもねるような交際をつづけているのが、飯沼には腹立たしかった。

もちろんこういう感情には嫉妬《しっと》がまじっていた。本多はともあれ学友として、ありのままの清顕を認めることのできる立場にいるが、飯沼にとっては、清顕の存在そのものが、二六時中鼻先へつきつけられている美しい失敗の証跡だった。

清顕のその美貌《びぼう》、その優雅、その性格の優柔不断、その素朴さの欠如、その努力の放棄、その夢みがちな心性、その姿のよさ、そのしなやかな若さ、その傷つきやすい皮膚、その夢みるような長い睫《まつげ》は、たえず飯沼のかつての企図を、これ以上はないほど美しく裏切っていた。彼は若い主人の存在そのものが、絶えずひびかせている嘲笑《ちょうしょう》を感じた。

こうした挫折《ざせつ》の歯嚙《はが》み、失敗の痛みは、あんまり永く続くうちに、一種の崇拝に似た感情へ人をみちびくものだ。彼は人から清顕について非難がましいことを言われるとひどく怒った。そして自分でもわからない理不尽な直感によって、若い主人の救いがたい孤独を理会していた。

清顕がともすれば飯沼から身を遠ざけようとしてきたのも、飯沼の内にあまりにもしばしば、こんな飢渇《きかつ》を見出《みいだ》したからにちがいない。

松枝家の大ぜいの使用人のなかで、こうも無礼なあからさまな飢渇を、目に湛《たた》えているのは飯沼一人であった。来客の一人がこの目を見て、

「失礼だが、あの書生さんは、社会主義者ではありませんかね」

と尋ねたとき、侯爵夫人は声を立てて笑った。彼の生い立ちと、日頃の言動と、毎日「お宮様」に参詣《さんけい》を欠かさないことを、よく知っていたからである。

対話の道を絶たれたこの青年は、毎朝早く必ず「お宮様」に詣《もう》でて、ついにこの世で会うことのなかった偉大な先代に、心の中で語りかけるのを常としていた。

むかしは端的な怒りの訴えであったのが、年を経《ふ》るにつれて、自分でも限度のわからない厖大《ぼうだい》な不満、この世をおおいつくすほどの不満の訴えになった。

朝は誰よりも早く起きる。顔を洗い、口をすすぐ。紺絣《こんがすり》の着物と小倉の袴《はかま》で、お宮様へ向うのである。

母屋《おもや》の裏の女中部屋の前をとおって、檜林《ひのきばやし》の間の道をゆく。霜柱が地面をふくらませ、下駄の朴歯《ほおば》がこれを踏みしだくと、霜のきらめく貞潔な断面があらわれた。檜の茶いろの古葉のまじる乾いた緑の葉のあいだから、冬の朝日が紗《しゃ》のように布《し》かれ、飯沼は吐く息の白さにも、浄化された自分の内部を感じた。小鳥の囀《さえず》りは稀薄《きはく》な青い朝空から休みなく落ちた。胸もとの素肌を、発止《はっし》と打ってくる凜烈《りんれつ》な寒さのうちに、心をひどく昂《たか》ぶらせるものがあって、彼は『どうして若様を伴って来られないのか』と悲しんだ。

こういう男らしい爽《さわ》やかな感情をただの一度も清顕に教えることができなかったのは、半ばは飯沼の越度《おちど》であり、清顕をむりやりこの朝の散歩へ連れ出すような力を持つことができなかったのも、半ばは飯沼の科《とが》であった。六年間のあいだに、彼が清顕につけた「良い習慣」は一つもなかった。

平らな丘の上へのぼると、林は尽きて、ひろい枯芝と、その中央の玉砂利の参道のはてに、お宮様の祠《ほこら》、石灯籠《いしどうろう》、御影石《みかげいし》の鳥居、石段の下の左右の一対の大砲の弾丸などが、朝日を浴びて整然と見える。早朝のこのあたりには、松枝家の母屋や洋館をめぐる奢侈《しゃし》の匂《にお》いとはまったくちがった、簡浄の気があふれている。新らしい白木の枡《ます》のなかに入ったような心地がする。飯沼が子供のころから美しいものの善いものと教えられたものは、この邸《やしき》うちでは死の周辺にしかないのである。

石段をのぼって社前に立ったとき、榊《さかき》の葉の光りを乱して、赤黒い胸を隠見させている小鳥を見た。鳥は柝《き》を打つような声を立てて眼前に翔《かけ》った。鶲《ひたき》らしかった。

『御先代様』と飯沼はいつものように、合掌しながら、心の中で語りかけた。『何故《なぜ》時代は下《くだ》って今のようになったのでしょう。何故力と若さと野心と素朴が衰え、このような情ない世になったのでしょう。あなたは人を斬《き》り、人に斬られかけ、あらゆる危険をのりこえて、新らしい日本を創《つく》り上げ、創世の英雄にふさわしい位にのぼり、あらゆる権力を握った末に、大往生を遂げられました。あなたの生きられたような時代は、どうしたら蘇《よみが》えるのでしょう。この軟弱な、情ない時代はいつまで続くのでしょう。いや、今はじまったばかりなのでしょうか？　人々は金銭と女のことしか考えません。男は男の道を忘れてしまいました。清らかな偉大な英雄と神の時代は、明治天皇の崩御と共に滅びました。あれほど青年の精力が残る隈《くま》なく役立てられた時代は、もう二度と来ないのでありましょうか？

そこかしこにカフエーというものが店開きをして客を呼んでいるこの時代、電車の中で男女学生間の風儀が乱れるので、婦人専用車が出来たというこの時代、人々はもう、全力をつくし全身でぶつかる熱情を失ってしまいました。葉末のような神経をそよがすだけ、婦人のような細い指先を動かすだけです。

何故でしょう。何故こんな世の中が来たのでしょう。清いものが悉《ことごと》く汚れる世が来たのでしょう。私が仕えている御令孫は、正にこういう弱々しい時代の申し子になられ、私の力も今は及びません。この上は死して私の責を果すべきでしょうか？　それとも御先代様は深い御神慮により、ことさらこうなりゆくように、お許らいになっておられるのでしょうか？』

しかし、寒さも忘れてこの心の対話に熱してきた飯沼の胸もとには、紺絣の襟《えり》から胸毛の生えた男くさい胸がのぞき、自分には清らかな心に照応する肉体が与えられていないことを彼は悲しんだ。そして一方、あのような清麗な白い清い肉体の持主の清顕には、男らしいすがすがしい素朴な心が欠けていた。

飯沼はそういう真剣な祈りの最中に、体が熱してくるにつれて、凜《りん》とした朝風をはらむ袴のなかで、急に股間《こかん》が勃然《ぼつぜん》とするのを感じることがあった。彼は社の床下から箒《ほうき》をとり出し、狂気のようにそこらを掃いて廻った。

十

年が改まって間もなく、飯沼が清顕の部屋へ呼ばれてゆくと、そこに聡子の家の老女の蓼科《たでしな》がいた。

すでに聡子は年賀に来ており、今日は蓼科が一人で年賀に来て、京の生麩《なまぶ》を届けたついでに、ひそかに清顕の部屋に来たのであった。飯沼は蓼科をうすうすは知っていたが、そこではじめて正式に引合わされた。そして引合わされる理由を解しなかった。

松枝家の新年は盛大で、鹿児島から数十人の代表が、旧藩主の邸《やしき》のあとで松枝邸へ年始に来、黒塗りの格天井《ごうてんじょう》の大広間で、星ヶ岡の正月料理が供され、田舎の人の味わうこと稀《まれ》なアイスクリームやメロンが食後に出されるので名高かったが、今年は大帝の喪を憚《はばか》って、わずか三人が上京しただけであった。そのなかに先代から目をかけられていた、飯沼の出身中学の校長もまじっており、飯沼は侯爵から盃《さかずき》をいただく折に、校長の面前で、「飯沼がよくやっている」という侯爵の言葉を賜わるのが常であった。今年もそれは行われ、それに対して礼を述べる校長の言葉も、判で捺《お》したように決っていたが、飯沼にはとりわけ今年のその儀式が、人数の少いせいもあって、実のない、空疎《くうそ》な、形骸《けいがい》だけのものと感じられた。

主に侯爵夫人を訪ねる女礼者《おんなれいじゃ》の席には、もちろん飯沼は罷《まか》り出る例はなかった。そして又年寄にもせよ女の賀客が、若主人の書斎を訪れるのは異例であった。

黒紋附の裾《すそ》模様《もよう》を着た蓼科は、威儀を正して椅子《いす》に坐《すわ》っていたが、清顕のすすめるウイスキーに酔って、その乱れもなく結い上げた白髪の下の、京風の厚化粧の白い額に、雪の下の紅梅のような酩酊《めいてい》の色を見せていた。

話はたまたま西園寺《さいおんじ》公爵のことに触れていて、蓼科は飯沼から目を戻すと、ただちにその話に戻った。

「西園寺様はお五歳《いつつ》のお年から、お酒も煙草《たばこ》もたしなまれたそうでございます。お武家ではお子たちにきびしい躾《しつけ》をなさいますが、公家《くげ》では、若様も御存じ寄りのように、お小さいときから、親御は何も仰言《おつしや》らないのでございますね。それというのも、お子たちもお生れになったときから五位様で、いわばお上の御家来をお預りしているようなものでございますから、親御はお上に遠慮して、わが子にきびしくなさらない。その代り、公家の家では、お上のことについては万事口が固うございまして、大名家のように、御家族のあいだであけすけにお上のお噂《うわさ》を申し上げるようなことは決してございません。そういうわけで、うちのお姫様《ひいさま》なども、お上のことを心から大切に思っておいででございます。もっとも異人のお上まで大切になさることはございますまいに」

と蓼科はシャムの王子たちへの款待《かんたい》について皮肉を言い、それからいそいで附加えた。

「もっともそのおかげで、ほんに久々に、しばやを見せていただきまして、寿命が延びたような気がいたしました」

清顕は蓼科が喋《しやべ》るがままにさせておいた。この部屋へわざわざ老女を呼んだのは、あれ以来心にわだかまっていた疑問を晴らしたいと思ったからで、彼は酒をすすめると匆々《そうそう》、自分が聡子へ出した手紙を、封を切らずに火中してくれたかどうかを尋ねたが、蓼科の返事は思いのほかはっきりしていた。

「ああ、あれでございますか。お電話のあとすぐお姫様《ひいさま》からお話を伺いまして、あくる日お手紙が届くやいなや、この私が封を切らずに火中いたしました。そのことでございましたら、どうぞ御放念下さいまし」

これをきいた清顕は、藪《やぶ》の下道から俄《にわ》かにひろい野原へ走り出た心地がして、目の前にさまざまの喜ばしい企《たく》らみを描いた。聡子が手紙を読まなかったということは、すべてが旧に復したというだけのことであるのに、彼には新らしい眺めがそこに展《ひら》けたような気がした。

聡子こそ、鮮やかに一歩を踏み出していた。毎年彼女が年賀に来るのは、親戚《しんせき》じゅうの子供が松枝家に集まる日で、侯爵は二、三歳から二十代までのそれらの客の父親を気取り、その日だけはどの子とも親しく口をきいたり相談に乗ってやったりした。聡子は馬を見たいという子供たちについて、清顕の案内で厩《うまや》へ行った。

注連飾《しめかざ》りをした厩では四頭の馬が、飼葉桶《かいばおけ》に首をさし入れては急激にふり上げたり、退《しりぞ》いて羽目板を蹴《け》ったり、勢《きお》い立った様子でその滑らかな背から、新らしい年の精気を迸《ほとばし》らせていた。子供たちは各〻《おのおの》の馬の名を馬丁からきいて喜び、手にしっかりと握りしめてきた半ば崩れた落雁《らくがん》を、馬の黄ばんだ臼歯《きゅうし》を目がけて、投げ込んでやったりしていた。馬の落着かぬ血走った横目に睨《にら》まれて、子供らは大人のように扱われているうれしさを感じた。

馬の口から糸を引いて靡《なび》いている唾《つばき》をおそれ、聡子は遠くの黐《もち》の木の暗い常緑のかげにいたので、清顕も子供たちを馬丁にあずけてそのそばへ行けた。

聡子の目もとは屠蘇《とそ》の酔をなお留めていた。そこで彼女が子供たちの歓声にまぎれて言った次のような言葉は、酔のせいかとも思われた。聡子は、近づいてくる清顕を、すぐさまその放恣《ほうし》な目にとらえて、流れるようにこう言ったのである。

「この間は愉《たの》しゅうございましたわ。私をまるで許婚《いいなずけ》のように紹介して下さってありがとう。王子様方はこんなお婆《ばあ》さんがとお愕《おどろ》きになったでしょうけれど、あのひとときで私はもう、いつ死んでもいいような気がいたしました。あなたはあんなに私を仕合せにして下さる力がおありになるのに、めったにその力をお使いにならないのね。私はこんな仕合せな新年は存じません。今年はきっといいことがありますね」

清顕は何と言葉を返すべきか迷っていた。やっとかすれた声でこう答えた。

「どうしてそんなことが言えるんです」

「仕合せなときは、まるで進水式の薬玉《くすだま》から飛び立つ鳩《はと》みたいに、言葉がむやみに飛び出してくるものよ、清様《きよさま》。あなたも今におわかりになるわ」

又しても聡子は、こんな熱情の表白のあとに、清顕の大きらいな一句を挿《はさ》んだ。「あなたも今におわかりになるわ」。何というその予見の自負。何というその年上ぶった確信。……

——数日前にその言葉をきき、今日は蓼科からはっきりした返事をきいて、残る隈《くま》なく晴れた清顕の心は、新らしい年の吉兆に充《み》ちあふれ、いつになく夜々の暗い夢は忘れて、明るい昼間の夢と希望へ傾いた。そこで身にそぐわぬ磊落《らいらく》な振舞に出ようとし、身辺から影と悩みを払拭《ふっしょく》して、誰も彼も幸福にしてやろうと思うようになった。人に施す恩恵や喜捨は、精妙な器械を扱うように、熟練を要するものであるが、清顕はそういうとき人並外れて軽率になった。

しかし飯沼を部屋へ呼んだのは、彼が身辺の影を拭《ぬぐ》い去って、飯沼の明るい顔を見たくなったという善意ばかりではない。

多少の酔いがこの清顕の軽率を助けていた。その上、蓼科という老女の、ひどく丁重で、礼儀と恭《うやうや》しさの固まりのように見えながら、あたかも何千年もつづいた古い娼家《しょうか》の主《ぬし》のような、官能の煮凝《にこご》りをその皺《しわ》の一つ一つに象嵌《ぞうがん》した風情《ふぜい》が、かたわらにあって彼の放恣をゆるしていた。

「勉強のことは飯沼が何もかも教えてくれたんですよ」と清顕はわざと蓼科に向って言った。「でも飯沼が教えてくれないこともいっぱいあるし、事実、飯沼が知らないこともいっぱいあるらしいんです。ですからその点は、これから蓼科が飯沼の先生になってくれる必要がありますね」

「何を仰言います、若様」と蓼科は慇懃《いんぎん》に応じた。「こちらはもう大学生でいらっしゃるんだし、私共のような無学な者がとてもそんな……」

「だから、学問のことなら何も教えることはないと言っているでしょう」

「年寄をおからかいになってはいけません」

会話は飯沼を無視してつづけられた。椅子《いす》をすすめられないので、飯沼は立ったままである。目は窓外の池を見ている。曇った日で、中ノ島のあたりに鴨《かも》が群がり、頂きの松の緑もさむざむと見え、島は枯草におおわれた様があたかも蓑《みの》を着たようである。

はじめて清顕に言われて、飯沼は小椅子に浅く腰を下ろしたが、果してそれまで清顕が気がついていなかったか疑問に思われた。多分彼は蓼科の前に、おのれの威を示そうとしてそうしたにちがいない。そしてそういう清顕の新らしい心のうごきは、飯沼には好もしかった。

「そこでね、飯沼、さっき蓼科が女中たちのところで話して来たときに、何げなくきいたという噂だが……」

「あ、若様、それは……」と蓼科が大仰に手を振って止めたが、間に合わなかった。

「お前が毎朝お宮様へ詣《まい》るのは、別の目的があってのことだそうだね」

「別の目的と云《い》われますと？」

と飯沼は早くも顔に緊張をあらわし、膝《ひざ》に置いた拳《こぶし》は慄《ふる》えていた。

「およしあそばしませ、若様」

と老女は椅子の背へ、陶器の人形を倒したように身を委《ゆだ》ねた。心の底からの困惑をあらわしてそうしたのだが、明瞭《めいりょう》すぎる二重瞼《ふたえまぶた》の目は薄く鋭利にひらかれ、快楽はそのよく合わない入歯の口もとの弛《ゆる》みににじんでいた。

「お宮様へ行く道は母屋《おもや》の裏手をとおるから、当然女中部屋の格子《こうし》窓《まど》のところを通るわけだね。お前はそこから毎朝みねと顔を見合わせ、おといはとうとう、その窓格子から、みねに附文をしたそうじゃないか」

清顕の言葉をおわりまできかずに、飯沼は立上った。感情を押え込もうとする格闘が、蒼白《そうはく》になった顔にあらわれて、顔のこまかい筋肉が悉《ことごと》く軋《きし》みを立てているかのようだ。いつも影のような彼の顔が、こうして暗い火花を孕《はら》んで炸裂《さくれつ》しそうに見えるのを、清顕はうれしく眺めた。彼が苦しんでいるのを百も承知で、清顕はその醜い顔を幸福の顔だと考えることにした。

「本日限り、……お暇《いとま》をいただきます」

そう言い放つと、飯沼は足早に部屋を出ようとする。それを引止めるために身を躍らせた蓼科の動きの早さが、清顕の目を瞠《みは》らせた。様子ぶった老女は、一瞬、豹《ひょう》のような動きを示したのである。

「ここをお出になってはいけません。そういうことをなさったら、私の立場はどうなります。私が要らぬ告げ口をして、他家の御家来にお暇をとらせたということになれば、私も四十年お勤めしている綾倉家を出なければなりません。少しは私を憐《あわ》れと思召《おぼしめ》して、静かに後先を考えて下さらなくてはなりません。おわかりですね。お若い方は一本気で困りますが、そこがまたお若い方のよさなのですから、仕方がありませんけれど」

蓼科は実に簡にして要を得た説得を、飯沼の袖《そで》をつかみながら、年寄の静かな叱言《こごと》の形にしてやってのけた。

それは蓼科が生涯に何十ぺんとなくやってきて習熟したやり方で、そのとき彼女は世界で自分が一番必要とされていることをよく知っていた。何喰わぬ顔でこの世の秩序を裏側から維持してゆく者の自信は、大切な儀式の最中に綻《ほころ》びる筈《はず》のない着物が綻びたり、忘れる筈のない祝辞の草稿が失《な》くなっていたりする、物事のふしぎな起り具合を知悉《ちしつ》しているところから生れていた。彼女にとってはむしろそんな起りそうもない事態が常態であり、その機敏な繕い手であることに、自分の不測の役割を賭《か》けていた。この落着いた女には、この世で絶対に安全なものなどはなかったのだ。雲一つない青空にさえ、思いもかけぬ燕《つばめ》の一閃《せん》が、時ならぬ鍵裂《かぎざ》きを作ったりするからには。

そして蓼科の繕い仕事は、手早く、手堅く、要するに申し分がなかった。

飯沼はあとになってしばしば考えたが、一瞬の躊躇《ちゅうちょ》が、人のその後の生き方をすっか

り変えてしまうことがあるものだ。その一瞬は多分白紙の鋭い折れ目のようになってい
て、躊躇が人を永久に包み込んで、今までの紙の表は裏になり、二度と紙の表へ出られ
ぬようになってしまうのにちがいない。

清顕の書斎の戸口で蓼科にすがりつかれて、飯沼はそういう、我にもあらぬ一瞬の躊躇をした。それでおしまいだった。彼のまだ若い心には、自分の附文をみね《い》が笑ってみんなに示したのか、それともそれが計らずも人目についてみね《い》を悲しませたのか、という疑問が、そのとき波間を切る魚の背鰭《せびれ》のように鋭く走った。

清顕は、小椅子に戻ってきた飯沼を見て、最初の、ささやかな自慢にならぬ勝利を感じた。もう自分の善意を飯沼に伝えることは諦《あきら》めていた。思うがままに、自分ひとりの幸福感が強《し》いるままに動けばよいのだ。彼は今、実に大人らしく、実に優雅に振舞うことのできる自由を感じた。

「僕がこんなことを言い出したのは、何もお前を傷つけるためでもないし、からかうためでもないんだ。お前のために蓼科と二人で計ろうとしているのがわからないかなあ。このことは、お父様には決して言わない。決してお耳に入らぬように僕が努力するよ。今後このことについては、蓼科がいろいろと智恵《ちえ》を授けてくれると思う。ねえ、蓼科、そうだね。みね《い》はうちの女中で一等別嬪《べっぴん》だけれど、それだけに一寸《ちょっと》問題がある。でも、それについては僕に任せてくれ」

飯沼は追いつめられた密偵のように、目ばかり光らせて、清顕の言葉を一語も聴きのがさずに、しかも自分は頑《かたく》なに黙っている。その言葉の端々に、掘り返せばいくらでも不安の湧《わ》き出てきそうな部分がある。それを掘り返さずに、ただ言葉のままに、こちらの心に彫り込もうとしているのである。

いつになく闊達《かったつ》に話しつづける年下の青年の顔が、飯沼にとって今くらい主人らしく見えたことはなかった。それはたしかに飯沼の望んだ成果であったが、これほど意想外の、これほど情ない成行を辿《たど》って、叶《かな》えられるとは思ってもみなかった。

飯沼はこうして清顕に打ち負かされるのが、自分の内なる肉慾《にくよく》に打ち負かされるのと、まるで同じに感じられるのを訝《いぶか》った。さっきのつかのまの躊躇のあとでは、何か自分が久しく恥じていた快楽が、急に公明正大な、忠実や誠心と結びつけられたような気がした。そこにはきっと罠《わな》があり、詐術《さじゅつ》があった。しかし居たたまれぬほどの恥かしさと屈辱の底から、小さな金無垢《きんむく》の扉が着実にひらいた。

蓼科は葱《ねぎ》の白い根を思わせる声音でこう相槌《あいづち》を打った。

「何もかも若様の仰言るとおりでございますわ。お若くていらっしゃるのに、ほんにしっかりした考えをお持ちだこと」

この飯沼とは正反対の意見を、飯沼の耳は今、何のふしぎもなく聴いていた。

「でもその代りに」と清顕は言った。「これからは飯沼も、むつかしいことは言わずに、蓼科と力をあわせて、僕を助けてくれなければいけない。僕はそうしてお前の恋を助ける。みんなで仲良くやるのだ」

十一

清顕の夢日記。

「このところシャムの王子たちとは会う折も少いのに、どういうものか、今ごろになって、シャムの夢を見た。それも自分がシャムへ行っている夢である。……

自分は部屋の中央の立派な椅子《いす》に、身動きもできず掛けたままである。その夢の中の自分はいつも頭痛がしている。それというのも高い尖《とが》った、宝石をいっぱい鏤《ちりば》めた金の冠を戴《いただ》いているからである。天井の交錯した梁《うつばり》には、ぎっしりと夥《おびただ》しい孔雀《くじやく》がとまっていて、それらがときどき自分の冠の上へ白い糞《ふん》を落す。

戸外は灼《や》けつくような日ざしだ。草ばかりの廃園が、はげしい日を浴びてしんとしている。音と云《い》っては、かすかな蠅《はえ》の羽音と、ときどき向きを変える孔雀の固い蹠《あしうら》の音と、その羽づくろいする音だけである。廃園は高い石の壁に囲まれているが、その壁にはひろい窓があり、そこから数本の椰子《やし》の幹と、動かない積雲のまばゆい白い堆積《たいせき》が見えるだけだ。

目を落すと、自分が指にはめているエメラルドの指環《ゆびわ》が見える。それはジャオ・ピーがはめていた指環が、いつのまにか自分の指へ移ったものらしく、護門神ヤスカの怪奇な黄金の顔の一対が、石を囲んでいる意匠もあれとそっくりである。

自分は戸外の日の反映を受けているその濃緑のエメラルドの中に、白い斑《ふ》とも亀裂《きれつ》ともつかぬものが、霜柱のようにきらめいているのを眺めているうちに、そこに小さな愛らしい女の顔が泛《うか》んでいるのに気づいた。

背後に立っている女の顔が映ったのかと思って振向いたが、誰も居ない。エメラルドの中の小さな女の顔は、かすかに動いて、さっきはまじめに見えたのが、今度は明らかに微笑を湛《たた》えている。

自分は手の甲にたかった蠅のむず痒《がゆ》さに、あわてて手を振ってから、もう一度指環の石を覗《のぞ》こうとした。その時、女の顔はすでに消えていた。

それを誰とも確かめることができなかった言おうようない痛恨と悲しみのうちに、自分は目をさました。……」

清顕はこうして誌《しる》す夢の日記に、自己流の解釈を附加えることがたえてなかった。喜ばしい夢は喜ばしい夢なりに、不吉な夢は不吉な夢なりに、能《あた》うかぎり詳《つぶ》さな記憶を喚《よ》び起して、ありのままに描いた。

夢にさしたる意味も認めないでいて、夢そのものを重視する彼の考え方には、自分の存在に対する一種の不安がひそんでいたのかもしれない。目ざめているときの彼の感情の定めなさに比べれば、夢のほうがはるかに確実で、感情のほうは「事実」であるかどうかの決め手がないのに、少くとも夢は「事実」であった。そして感情には形がないのに、夢には形もあれば色もあった。

夢日記をつけるときの気持に、清顕は、必ずしも、思うにまかせぬ現実の不満を封じ込めているとは限らなかった。このところ現実は、ずっと思うがままの形をとりはじめていた。

屈服した飯沼は清顕の腹心になり、たびたび蓼科と連絡をとっては、聡子と清顕の逢《おう》瀬《せ》を案配しようとしていた。清顕はそんな腹心だけで充《み》ち足りる自分の性格が、本当は友を必要としていないのではないかと考え、何とはなしに本多と疎《そ》遠《えん》になった。本多は心淋《さび》しく思ったけれども、自分が必要とされていないことに敏感な点を、友情の大切な部分と考えていたから、清顕と無為にすごす筈《はず》の時間をのこらず勉強に充《あ》てた。英独仏《ふつ》語《ご》の法律書や文学哲学を読みあさり、別段内村鑑三の影を踏むことなしに、カーライルの「サータア・リザータス」に感心した。

ある雪の朝、清顕が学校へ行こうとしていると、飯沼があたりをうかがうようにして、清顕の書斎へ入ってきた。この飯沼の新たな卑屈さは、彼の鬱然《うつぜん》とした顔つき体つきがたえず清顕に与えていた圧力を消してしまった。

飯沼は蓼科からかかってきた電話を告げた。聡子が今朝の雪に打ち興じて、清顕と一緒に俥《くるま》で雪見に行きたいから、清顕に学校を休んで迎えに来てくれないか、と言っているというのである。

こんなおどろくべき我儘《わがまま》な申出を、清顕は生れてから、まだ誰からも受けたことがなかった。もう登校の仕度をして、片手に鞄《かばん》を下げて、飯沼の顔を見ながら茫然《ぼうぜん》と立っていた。

「何ということを言って来たんだ。本当に聡子さんがそんなことを思いついたのだろうか」

「はい。蓼科さんが言われることですから、間違いはありません」

おかしなことに、そう断言するときの飯沼は多少の威を取り戻し、あたかも清顕がそれに抗《さか》らえば、道徳的な非難をにじませそうな目色をしていた。

清顕はちらと背後の庭の雪景色へ目をやった。有無を言わせぬ聡子のやり方で、自分の矜《ほこ》りを傷つけられるよりも、もっと素速く、巧みなメス捌《さば》きで矜りの腫物《はれもの》を切り取られた涼しさがあった。気づかぬほどの素速さで、こちらの意志を無視されることの、一種新鮮な快さ。『僕はもう聡子の意のままになろうとしている』と考えながら、彼は、まだ積るほどではないが、中ノ島や紅葉山をまぶしかかっている雪の緻密《ちみつ》な降り方を、一目で心に畳んだ。

「じゃ学校へはお前から電話をかけて、僕が今日風邪で欠席すると伝えてくれ。決してお父さまやお母さまに知られぬように。それから立場《たてば》へ行って、信用のできる車夫を二人雇って、二人乗りの俥を二人挽《び》きで用意させてくれ。僕は立場まで歩いてゆく」

「この雪の中をですか？」

飯沼は若い主人の頰が俄《にわ》かに火照《ほて》って、美しく紅潮して来るのを見た。それが雪のふりしきる窓を背にして、影になっているだけに、影に紅《くれな》いのにじんでくるさまが艶《あで》やかであった。

飯沼は自分が手塩にかけて育てた少年が、一向に英雄的な性格には育たなかったが、目的はともあれ、こうして瞳《ひとみ》に火を宿して出発するさまを、満足して眺めている自分におどろいた。かつては彼が蔑《さげす》んでいた方向、今清顕が向ってゆく方向にも、遊惰のなかに、まだ見出《みいだ》されぬ大義がひそんでいるのかもしれなかった。

十二

麻布の綾倉家は長屋門の左右に出格子《でごうし》の番所をそなえた武家屋敷であるが、人手の少ない家で、長屋には人の住んでいる気配がない。屋根瓦《やねがわら》の稜々《かどかど》は、雪に包まれているというよりは、雪をそっとその形なりに忠実に持ち上げているように見えた。

門のくぐりのところに傘をさして立っている蓼科らしい黒い姿が見えたのが、俥《くるま》が近づくころには慌《あわただ》しく消え、俥を門前に止めて待っている清顕の目には、くぐりの枠の中に降る雪だけがしばらく見えていた。

やがて蓼科のすぼめた傘に守られて、紫の被布《ひふ》の袂《たもと》を胸もとに合せた聡子が、うつむいて耳門《くぐり》を抜けて来た姿は、清顕には、何かその小さな囲いから嵩高《かさだか》な紫の荷を雪の中へ引き出してくるような、無理な、胸苦しいほど華美な感じがした。

聡子が俥へ上ってきたとき、それはたしかに蓼科や車夫に扶《たす》けられて、半ば身を浮かすようにして乗ってきたのにはちがいないが、幌《ほろ》を掲げて彼女を迎え入れた清顕は、雪の幾片《いくひら》を衿元《えりもと》や髪にも留め、吹き込む雪と共に、白くつややかな顔の微笑を寄せてくる聡子を、平板な夢のなかから何かが身を起して、急に自分へ襲いかかってきたように感じた。聡子の重みを不安定に受けとめた車の動揺が、そういう咄嗟《とっさ》の感じを強めたのかもしれない。

それはころがり込んで来た紫の堆積《たいせき》であり、たきしめた香の薫りもして、清顕には、自分の冷えきった頬のまわりに舞う雪が、俄《にわ》かに薫りを放ったように思われた。乗るときの勢いで、聡子の頬は清顕の頬のすぐ近くまで来すぎ、あわてて身を立て直した彼女の瞬間の頸筋《くびすじ》の強《こわ》ばりがよくわかった。それが白い水鳥の首のしこりのようだった。

「何だって……何だって、急に？」

と清顕は気押《けお》された声で言った。

「京都の親戚《しんせき》が危篤《きとく》で、お父《でえ》さんとお母《たあ》さんが、ゆうべ夜行でお発《た》ちになったの。一人になって、どうしても清《きよ》さまにお目にかかりたくなって、ゆうべ一晩中考えた末に、今朝の雪でしょう。そうしたら、どうしても清様と二人で、この雪の中へ出て行きたくなって、生れてはじめて、こんな我儘《わがまま》を申しました。ゆるして下さいましね」

と、いつに似げなく、稚《おさな》い口調で、息を弾ませて言う。

俥はすでに引く車夫と押す車夫との懸声につれて動いていた。幌の小さな覗《のぞ》き窓からは、黄ばんだ雪の絣《かすり》が見えるだけで、車の中には薄い闇《やみ》がたえず揺いでいた。

二人の膝《ひざ》を清顕の持ってきた濃緑の格子《こうし》縞《じま》の、スコットランド製の膝掛が覆《おお》うていた。二人がこんなに身を倚《よ》せ合っていることは、幼年時代の忘れられた思い出を除いてははじめてだったが、清顕の目には、灰色の微光に充《み》ちた幌の隙間《すきま》が、ひろがったり窄《せば》まったりしながら、たえず雪を誘い入れ、その雪が緑の膝掛にとまって水滴を結ぶありさまや、あたかも大きな芭蕉《ばしょう》の葉かげにいてきく雪の音のように、幌に当る雪が大袈裟《おおげさ》にひびくことに、ひたすら気をとられていた。

行先を尋ねた車夫に、

「どこでもいい。どこへでも行ける限りやってくれ」

と答えた清顕は、聡子も同じ気持なのを知った。そして梶《かじ》が上ると共にややのけぞったままの姿勢を固くして、二人ともまだ手を握り合ってさえいなかった。

しかし膝掛の下では、避けがたく触れ合う膝頭が、雪の下の一点の火のようなひらめきを送ってよこした。清顕の脳裡《のうり》には又しつこい疑問がさわいでいた。『聡子はたしかにあの手紙を読まなかったのだろうか？　蓼科があれほど断言したからには、まちがいはあるまい。すると聡子は僕を、まだ女を知らない男として嬲《なぶ》っているのだろうか？僕はどうやってこの屈辱に耐えたらよいのだ。あれほど聡子の目に手紙が触れないことを祈ったのに、今では目に触れていたほうがよかったような気がする。そうすれば、こんな雪の朝の狂おしいあいびきは、明らかに、女を知った男に対する、女の真摯《しんし》な挑発を意味するからだ。それならば僕にも仕様がある。……しかし、それにしても、僕がまだ女を知らないという事実は、欺《あざむ》きようがないではないか……』

黒い小さな四角い闇の動揺は、彼の考えをあちこちへ飛び散らせ、聡子から目をそむけていようにも、明り窓の小さな黄ばんだセルロイドを占める雪のほかには、目の向けどころがなかった。彼はとうとう手を膝掛の下へ入れた。そこでは、温かい巣の中で待っていた狡《ずる》さをこめて、聡子の手が待っていた。

一つの雪片がとびこんで清顕の眉《まゆ》に宿った。聡子がそれを認めて「あら」と言ったとき、聡子へ思わず顔を向けた清顕は、自分の瞼《まぶた》に伝わる冷たさに気づいた。聡子が急に目を閉じた。清顕はその目を閉じた顔に直面した。京紅の唇だけが暗い照りを示して、顔は、丁度爪先《つまさき》で弾《はじ》いた花が揺れるように、輪郭を乱して揺れていた。清顕の胸ははげしい動悸《どうき》を打った。制服の高い襟《えり》の、首をしめつけているカラーの束縛をありありと感じた。聡子のその静かな、目を閉じた白い顔ほど、難解なものはなかった。

膝掛の下で握っていた聡子の指に、こころもち、かすかな力が加わった。それを合図と感じたら、又清顕は傷つけられたにちがいないが、その軽い力に誘われて、清顕は自然に唇を、聡子の唇の上へ載せることができた。

俥の動揺が、次の瞬間に、合わさった唇を引き離そうとした。そこで自然に、彼の唇は、その接した唇のところを要《かなめ》にして、すべての動揺に抗《さか》らおうという身構えになった。接した唇の要のまわりに、非常に大きな、匂《にお》いやかな、見えない扇が徐々にひらかれるのを清顕は感じた。

そのとき清顕はたしかに忘我を知ったが、さりとて自分の美しさを忘れていたわけではない。自分の美しさと聡子の美しさが、公平に等しなみに眺められる地点からは、きっとこのとき、お互いの美が水銀のように融《と》け合うのが見られたにちがいない。拒むような、いらいらした、とげとげしたものは、あれは美とは関係のない性質であり、孤絶した個体という盲信は、肉体にではなくて、精神にだけ宿りがちな病気だとさとるのであった。

清顕の中の不安がのこりなく拭《ぬぐ》われて、はっきりと幸福の所在が確かめられると、接《せっ》吻《ぷん》はますますきつい決断の調子に変って行った。それにつれて聡子の唇はいよいよ柔らいだ。清顕はその温かい蜜《みつ》のような口腔《こうこう》の中へ、全身が融かし込まれるような怖《おそ》ろしさから、何か形あるものに指を触れたくなった。膝掛から抜いた手で、女の肩を抱き、顎《あご》を支えた。そのとき女の顎にこもる繊細なもろい骨の感じが彼の指に触れ、ふたたび別な肉体の、はっきりと自分の外《そと》にある個体のすがたが確かめられたが、今度はそれが、却《かえ》って唇の融和を高めるのであった。

聡子は涙を流していた。清顕の頰にまで、それが伝わったことで、それと知られた。清顕は矜《ほこ》りを感じた。しかし彼のその矜りには、かつての人に施すような恩恵的な満足はみじんもなく、聡子のすべてにも、あの批評的な年上らしい調子はなくなっていた。清顕は自分の指さきが触れる彼女の耳朶《みみたぶ》や、胸もとや、ひとつひとつ新たに触れる柔らかさに感動した。これが愛撫《あいぶ》なのだ、と彼は学んだ。ともすれば飛び去ろうとする靄《もや》のような官能を、形あるものに託してつなぎとめること。そして彼は今や、自分の喜びしか考えていなかった。それが彼のできる最上の自己放棄だった。

接吻がおわる時。それは不本意な目ざめに似て、まだ眠いのに、瞼の薄い皮を透かして来る瑪瑙《めのう》のような朝日に抗しかねている、あの物憂《ものう》い名残惜しさに充ちていた。あのときこそ眠りの美味が絶頂に達するのだ。

さて昏が離れてみると、今まで美しく囀《さえず》っていた鳥が急に黙ったような、不吉な静けさがあとにのこった。二人はお互いの顔を見られなくなって、じっとしていた。しかしこの沈黙は、俥の動揺のおかげで大いに救われた。何かほかのことに忙しくしているという感じで。

清顕は目を落した。緑の草叢《くさむら》から危険を察知してあたりを窺《うかが》う白鼠《しろねずみ》のように、女の白い足袋の爪先が、膝掛の下から小さくおずおずとのぞいていた。そしてその爪先にはほのかに雪がかかっていた。

清顕は自分の頬がひどく熱いので、子供らしく、聡子の頬にも手をあててみて、同じように熱いのに満足した。そこにだけ夏があった。

「幌をあけるよ」

聡子はうなずいた。

清顕は大きく腕をひろげて、前面の幌を外した。目の前の四角い、雪に充たされた断面が、倒れかかる白い襖《ふすま》のように、音もなく崩れてきた。

車夫が気配を察して立止った。

「そうじゃないんだ。行け！」と清顕は叫んだ。晴朗な若々しいその叫びを背後から受けて、車夫は再び腰を浮かせた。「行け！　どんどん行ってくれ」

俥は車夫の懸声と共に辷《すべ》り出した。

「人に見られるわ」

と俥の底に潤《うる》んだ目をひそめて聡子は言った。

「構やしないさ」

わが声にこもる果断な響きに清顕はおどろいていた。彼にはわかっていた。彼は世界に直面したかったのだ。

見上げる空は雪のせめぎ合う淵《ふち》のようだった。二人の顔へ雪はじかに当り、口をひらけば口のなかへまで吹き込んだ。こうして雪に埋もれてしまったら、どんなにいいだろう。

「今、雪がここへ……」

と聡子は夢見心地の声で言った。雪が咽喉元《のどもと》から胸乳《むなぢ》へ滴《した》たったのを言おうとしたらしい。しかし雪のふり方はみじんも乱れず、そのふり方に式典風の荘厳があって、清顕は頬が冷えると共に、次第に心の褪《さ》めてゆくのを感じた。

あたかも俥は、邸《やしき》の多い霞町《かすみちょう》の坂の上の、一つの崖《がけ》ぞいの空地から、麻布三聯隊《れんたい》の営庭を見渡すところへかかっていた。いちめんの白い営庭には兵隊の姿もなかったが、突然、清顕はそこに、例の日露戦役写真集の、得利寺《とくりじ》附近の戦死者の弔祭の幻を見た。

数千の兵士がそこに群がり、白木の墓標と白布をひるがえした祭壇を遠巻きにしてうなだれている。あの写真とはちがって、兵士の肩にはことごとく雪が積み、軍帽の庇《ひさし》はことごとく白く染められている。それは実は、みんな死んだ兵士たちなのだ、と幻を見た瞬間に清顕は思った。あそこに群がった数千の兵士は、ただ戦友の弔祭のために集ったのではなくて、自分たち自身を弔うためにうなだれているのだ。……

幻はたちまち消え、移る景色は、高い塀のうちに、大松《おおまつ》の雪吊《ゆきつ》りの新しい縄の鮮やかな麦色に雪が危うく懸っているさま、ひたと締めた総二階の磨硝子《すりガラス》の窓がほのかに昼の灯火をにじませているさま、などを次々と雪ごしに示した。

「締めて」

と聡子が言った。

幌の帷《とばり》を下ろすと、なじみのある薄い闇が戻った。しかし前の陶酔は戻って来なかった。

『僕の接吻はどう受けとられたろうか？』と清顕は、又、お手のものの疑惑にとらわれだした。『あまり夢中で、ひとりよがりで、子供っぽく、みっともなく思われたのじゃないだろうか？　たしかにあのとき、僕は自分の喜びしか考えていなかった』

そのとき、

「もう帰りましょうか」

と言った聡子の言葉は、たしかに平仄《ひょうそく》が合いすぎていた。

『又自分勝手に引きずろうとしている』

と清顕は思いながらも、咄嗟に異を唱える機会を逸してしまった。帰らないと云《い》えば、骰子《さい》は清顕に預けられたことになる。その持ち馴《な》れぬ重たい骰子、手に触れるだけで指《ゆび》尖《さき》も氷りそうな象牙《ぞうげ》の骰子は、まだ彼のものではなかった。

十三

清顕《きよあき》が家へかえって、寒気がするから早退《はやび》けをしたと言い繕ろい、母が清顕の部屋へ見舞に来、むりやりに熱を計らされ、大仰な騒ぎになりかけたときに、本多から電話がかかったと飯沼が告げた。

母が代りに出ようというのを、清顕は引止めるのに骨を折った。そしてどうしても自分で電話口へ出るという清顕の背は、うしろからカシミヤの毛布で包まれた。

本多は学校の教務課の電話を借りて掛けていた。清顕の声は不機嫌を極めた。

「一寸《ちよつと》事情があって、今日は一旦《たん》学校へ出て早退けしたことになっているんだ。朝から学校へ出ていないことは家には内緒だよ。風邪？」と清顕は、電話室の硝子戸《ガラスど》を気にしながら、暗いこもった声でつづけた。「風邪は大したことはないんだ。明日は学校へ行けるから、そのとき訳は話す。……大体、一日休んだくらいで、心配して電話をかけてよこすことはないよ。大袈裟《おおげさ》だなあ」

本多は電話を切ると、自分の厚意が手ひどい報いを受けたので、胸さわぎのするほどの怒りを感じた。こうした怒りは、かつて清顕に対して彼が感じたことのないものだった。清顕の冷たい不機嫌な声そのものよりも、その無礼な応待そのものよりも、彼の声に、不本意にも友達に一つ秘密を預けなければならなくなった遺憾の溢《あふ》れていたことが、本多を傷つけたのである。彼は今まで一度だって、秘密を預けることを清顕に強《し》いたおぼえはなかった。

やや冷静に返ると、

『たった一日休んだからって、見舞の電話をかける俺も俺じゃないか』

と本多は反省した。しかしこの性急な見舞は、ただ友情のこまやかさから出たものとは云《い》えなかった。彼は云いしれぬ不吉な思いにかられて、休み時間に教務課の電話を借りに、雪の校庭を駈《か》けて行ったのだった。

朝から清顕の机が空になっている。それがいかにも、かねて怖《おそ》れていたことが現前したような怖れを本多に与えた。清顕の机は窓ぎわだったから、窓の雪明りは、その古い傷だらけの机をおおう塗りたてのニスにまともに映って、机はあたかも白布におおわれた坐《ざ》棺《かん》のように見えた。……

家へかえってのちも、本多の心は鬱《うつ》していた。そこへ飯沼から電話がかかり、清顕がさっきのことを詫《わ》びたがっており、今夜俥《くるま》を差向けるから来てもらえないか、という中出があった。飯沼の重い一本調子の声が本多をなおのこと不快にした。彼は一言の下に断って、学校へ出られるようになったら、そのときゆっくり話をきけばよい、と言った。

飯沼からこの返事をきいた清顕は、本当の病気になったように思い悩んだ。そして、夜ふけて、用もないのに飯沼を部屋へ呼び、こう言った言葉が飯沼をおどろかせた。

「みんな聡子さんがいけないんだ。女が男の友情をこわすというのは本当だね。聡子さんが朝あんな我儘《わがまま》を言って来なければ、本多をそんなに怒らすこともなかったんだ」

夜のうちに雪は止《や》み、あくる朝は快晴になった。清顕は家人が止めるのを振切って学校へ出た。本多より早く登校して、朝の挨拶《あいさつ》をこちらからしようと思ったのである。

しかし一夜が明けて、この輝やかしい朝に接すると、清顕の心の底に抑え切れない幸福が蘇《よみが》えって、彼を又別の人間にしてしまった。本多が入って来たとき、清顕の向けた微笑に、彼が何事もなかったような恬淡《てんたん》な微笑で答えると、それまできのうの朝の出来事をすっかり打明けようと思っていた清顕は心がわりをした。

本多は微笑で答えはしたが、それ以上口をきこうとはせず、自分の机に鞄《かばん》をしまうと、窓ぎわへ寄って雪晴れの景色を眺め、腕時計をちらと見て、まだ始業まで三十分あまりもあるのを確かめたのであろう、そのまま背を向けて教室を出て行った。清顕は自然にこれに従った。

木造二階建の高等科教室のかたわらには、東屋《あずまや》を中心にした小さな幾何学的配置の花壇があり、花壇の外れは崖《がけ》になって、血洗いの池という名の沼を囲む叢林《そうりん》へ下りる径《こみち》がついていた。清顕は本多が血洗いの池へ下りてゆくことはあるまいと思った。雪が融《と》けかけたその下りの小径は、歩くのに難儀な筈《はず》だ。果して本多は東屋のところで立止り、そこの腰掛へ降り込んだ雪を払って掛けた。清顕は雪に包まれた花圃《かほ》の間を歩いて、そこへ近づいた。

「何でつけてくるんだ」

と本多は眩《まぶ》しげに目を細めてこちらを見た。

「きのうは僕が悪かった」

と清顕はすらすらと詫びを言った。

「いいんだよ。仮病だったんだろう?」

「ああ」

清顕は本多のかたわらへ、同じように雪を払って掛けた。

ひどく眩しげに相手を眺めることが、感情の表てに鍍金《めっき》をかけて、気まずさをたちどころに消し去るのに役立った。立っているときには、雪の梢《こずえ》の間に見えた沼が、東屋に坐《すわ》ると見えなくなった。そして校舎の軒からも、東屋の屋根からも、まわりの木々からも、一せいに明るくしたたる雪解雫《ゆきげしずく》の音があった。まわりの花圃を不規則な凹凸でおおう雪は、すでに表面が凍って陥没して、花崗岩《かこうがん》の粗い切断面のような、緻密《ちみつ》な光りを反射していた。

本多は清顕が何か心の秘密を打明けるにちがいないと考えたが、それを待っている自分を認めることはできなかった。半ばは清顕が何も言わないでくれることを望んでいた。友が恩恵でも施すように、秘密を施してくれることは耐えがたかった。そこで思わず自分から口を切って、わざと迂遠《うえん》な話をした。

「俺はこの間うちから、個性ということを考えていたんだよ。俺は少くとも、この時代、この社会、この学校のなかで、自分一人はちがった人間だと考えているし、又、そう考えたいんだ。貴様もそうだろう」

「それはそうさ」

と清顕は、そんなときに一そう彼独特の甘さが漂う、不本意な、気のない声で答えた。

「しかし、百年たったらどうなんだ。われわれは否応《いやおう》なしに、一つの時代思潮の中へ組み込まれて、眺められる他はないだろう。美術史の各時代の様式のちがいが、それを情容赦もなく証明している。一つの時代の様式の中に住んでいるとき、誰もその様式をとおしてでなくては物を見ることができないんだ」

「でも今の時代に様式があるだろうか」

「明治の様式が死にかけているだけだ、と言いたいんだろう。しかし、様式のなかに住んでいる人間には、その様式が決して目に見えないんだ。だから俺たちも何かの様式に包み込まれているにちがいないんだよ。金魚が金魚鉢の中に住んでいることを自分でも知らないように。

貴様は感情の世界だけに生きている。人から見れば変っているし、貴様自身も自分の個性に忠実に生きていると思っているだろう。しかし貴様の個性を証明するものは何もない。同時代人の証言はひとつもあてにならない。もしかすると貴様の感情の世界そのものが、時代の様式の一番純粋な形をあらわしているのかもしれないんだ。……でも、それを証明するものも亦《また》一つもない」

「じゃ何が証明するんだ」

「時だ。時だけだよ。時の経過が、貴様や俺を概括し、自分たちは気づかずにいる時代の共通性を残酷に引っぱり出し、……そうして俺たちを、『大正初年の青年たちは、こんな風な考え方をした。こんな着物を着ていた。こんな話し方をした』という風に、一緒くたにしてしまうんだ。貴様は剣道部の連中がきらいだろう？　あんな連中を軽蔑《けいべつ》したい気持でいっぱいだろう？」

「ああ」と清顕は、次第にズボンをとおしてしみ入ってくる冷たさに、居心地のわるい思いをしながら、東屋の欄《てすり》のすぐ傍らで、あたかも雪の辷《すべ》り落ちたあとの椿《つばき》の葉が、あでやかに光り輝くのに目をとめた。「ああ、僕はああいう連中が大きらいだ。軽蔑している」

本多は清顕のこんな気のない応待には今さらおどろかなかった。そして言葉をつづけた。

「それなら何十年先に、貴様が貴様の一等軽蔑する連中と一緒くたに扱われるところを想像してごらん。あんな連中の粗雑な頭や、感傷的な魂や、文弱という言葉で人を罵《ののし》るせまい心や、下級生の制裁や、乃木将軍へのきちがいじみた崇拝や、毎朝明治天皇の御手植の榊《さかき》のまわりを掃除することにえもいわれぬ喜びを感じる神経や、……ああいうものと貴様の感情生活とが、大ざっぱに引っくるめて扱われるんだ。

　そしてその上で、今俺たちの生きている時代の、総括的な真実がやすやすとつかまえられる。今はかきまわされている水が治まって、忽《たちま》ち水の面に油の虹《にじ》がはっきりと泛《うか》んでくるように。そうだ、俺たちの時代の真実が、死んだあとで、たやすく分離されて、誰の目にもはっきりわかるようになる。そうしてその『真実』というやつは、百年後には、まるきりまちがった考えだということがわかって来、俺たちはある時代のあるまちがった考えの人々として総括されるんだ。

　そういう概観には、何が基準にされると思う？　その時代の天才の考えかね？　偉人の考えかね？　ちがうよ。その時代をあとから定義するものの基準は、われわれと剣道部の連中との無意識な共通性、つまりわれわれのもっとも通俗的一般的な信仰なんだ。時代というものは、いつでも一つの愚神信仰の下《もと》に総括されるんだよ」

清顕には本多が何を言おうとしているのかわからなかった。しかし聴くうちに、少しずつ彼の心の中にも、一つの思考の芽が動いてきた。

教室の二階の窓には、すでに数人の学生の頭が見える。他の教室の締めた窓の硝子《ガラス》はまぶしく朝日を反射し、空の青を映していた。朝の学校。清顕はきのうの雪の朝と引きくらべ、自分があのような官能の暗い動揺から、今はここ、明るい白い理性の庭に、心ならずも引き据えられているのを感じた。

「それが歴史なんだね」と彼は、議論となると本多に比して、はるかに稚《おさ》ない口調になる自分を口惜しく思いながら、本多の思考へ分け入ろうとしていた。「それじゃ僕らが、何を考え、何を願い、何を感じていても、歴史はそれによってちっとも動かされないと云うんだね」

「そうだよ。ナポレオンの意志が歴史を動かしたという風に、すぐ西洋人は考えたがる。貴様のおじいさんたちの意志が、明治維新をつくり出したという風に。

しかし果してそうだろうか？　歴史は一度でも人間の意志どおりに動いたろうか？　貴様を見ていて、いつも俺はそんな風に考えてしまうんだ。貴様は偉人でもなければ天才でもないだろう。でもすごい特色がある。貴様には意志というものが、まるっきり欠けているんだ。そしてそういう貴様と歴史との関係を考えると、俺はいつでも一通りでない興味を感じるんだよ」

「それは皮肉かい」

「いや、皮肉じゃない。俺は全くの無意志的な歴史関与ということを考えているんだ。たとえば俺が意志を持っているとする……」

「たしかに持っているよ」

「それも歴史を変えようとする意志を持っているとする。俺の一生をかけて、全精力全財産を費して、自分の意志どおりに歴史をねじ曲げようと努力する。又、そうできるだけの地位や権力を得ようとし、それを手に入れたとする。それでも歴史は思うままの枝ぶりになってくれるとは限らないんだ。

　百年、二百年、あるいは三百年後に、急に歴史は、俺とは全く関係なく、正に俺の夢、理想、意志どおりの姿をとるかもしれない。正に百年前、二百年前、俺が夢みたとおりの形をとるかもしれない。俺の目が美しいと思うかぎりの美しさで、微笑《ほほえ》んで、冷然と俺を見下ろし、俺の意志を嘲《あざけ》るかのように。

　それが歴史というものだ、と人は言うだろう」

「潮時だというだけのことじゃないか。やっとそのとき機が熟したというだけのことじゃないか。百年と云わず、三十年や五十年でも、そういうことは往々にして起る。それに歴史がそういう形をとるときには、貴様の意志も一度死んで、それから見えない潜んだ糸になって、その成就《じょうじゅ》を援《たす》けていたのかもしれない。もし貴様が一度もこの世に生を享《う》けていなかったら、何万年待っても歴史はそんな形をとらなかったかもしれない」

清顕は何か親しみのない抽象語の冷たい森の中で自分の体がほのかに熱してくるのが感じられるこんな昂奮《こうふん》を、本多のおかげで知ったのだった。それはあくまで彼にとっては不本意な愉《たの》しみだったが、雪の花圃へ長々と落ちている枯木の影や、この明るい水のしたたりの音に充《み》ちた白い領域を見渡すと、彼は本多が、清顕の昨日の記憶の熱いなまめいた幸福感を、直観しながらはっきりと無視してくれる、その雪の白さに似た裁断をうれしく思った。校舎の屋根から畳一帖《じょう》ほどの雪がこのとき雪崩《なだ》れ落ちて、屋根瓦《やねがわら》のみずみずしい黒があらわれた。

「そしてそのとき」と本多は言葉をつづけた。「百年後に俺の思うままの形を歴史がとったとして、貴様はそれを何かの『成就』と呼ぶかい？」

「それは成就にはちがいないだろう」

「では誰の？」

「貴様の意志の」

「冗談じゃない。俺はそのときはもう死んでいる。さっきも言ったろう。それは俺とはもう全く関係なしにできたことだ」

「それなら歴史の意志の成就だと思えないかい？」

「歴史に意志があるかね。歴史の擬人化はいつも危険だよ。俺が思うには、歴史には意志がなく、俺の意志とは又全く関係がない。だから何の意志からも生れ出たわけではないそういう結果は、決して『成就』とは言えないんだ。それが証拠に、歴史のみせかけの成就は、次の瞬間からもう崩壊しはじめる。

歴史はいつも崩壊する。又次の徒《あだ》な結晶を準備するために。歴史の形成と崩壊とは同じ意味をしか持たないかのようだ。

俺にはそんなことはよくわかっている。わかっているけれど、俺は貴様とはちがって、意志の人間であることをやめられないんだ。意志と云《い》ったって、それはあるいは俺の強《し》いられた性格の一部かもしれない。確《しか》としたことは誰にも言えない。しかし人間の意志が、本質的に『歴史に関わろうとする意志』だということは云えそうだ。俺はそれが『歴史に関わる意志』だと云っているのではない。意志が歴史に関わるということは、ほとんど不可能だし、ただ『関わろうとする』だけなんだ。それが又、あらゆる意志にそなわる宿命なのだ。意志はもちろん、一切の宿命をみとめようとはしないけれども。

しかし、永い目で見れば、あらゆる人間の意志は挫《ざ》折《せつ》する。思うとおりには行かないのが人間の常だ。そういうとき、西洋人はどう考えるか？　『俺の意志は意志であり、失敗は偶然だ』と考える。偶然とはあらゆる因果律の排除であり、自由意志がみとめることのできる唯《ただ》一つの非合目的性なのだ。

だからね、西洋の意志哲学は『偶然』をみとめずしては成立たない。偶然とは意志の最後の逃げ場所であり、賭《か》けの勝敗であり、……これなくしては西洋人は、意志の再々の挫折と失敗を説明することができない。その偶然、その賭けこそが、西洋の神の本質なんだと俺は思うな。意志哲学の最後の逃げ場が偶然としての神ならば、同時にそのような神だけが、人間の意志を鼓舞するようにできている。

しかしもし、偶然というものが一切否定されたとしたらどうだろう。どんな勝利やどんな失敗にも、偶然の働らく余地が一切なかったと考えられるとしたらどうだろう。そうしたら、あらゆる自由意志の逃げ場はなくなってしまう。偶然の存在しないところでは、意志は自分の体を支えて立っている支柱をなくしてしまう。

こんな場面を考えてみたらいい。

そこは白昼の広場で、意志は一人で立っている。彼は自分一人の力で立っているかのように装《よそお》っているし、また自分自身そんな風に錯覚している。日はふりそそぎ、木も草もなく、その巨大な広場に、彼が持っているのは彼自身の影だけだ。

そのとき雲一つない空のどこかから轟《とどろ》くような声がする。

『偶然は死んだ。偶然というものはないのだ。意志よ、これからお前は永久に自己弁護を失うだろう』

その声をきくと同時に、意志の体が頽《すた》れはじめ融けはじめる。肉が腐れて落ち、みるみる骨が露《あら》わになり、透明な漿液《しょうえき》が流れ出して、その骨さえ柔らかく融けはじめる。意志はしっかと両足で大地を踏みしめているけれど、そんな努力は何にもならないのだ。

白光に充たされた空が、怖《おそ》ろしい音を立てて裂け、必然の神がその裂け目から顔をのぞけるのは、正にこの時なんだ。……

——俺はどうしてもそんな風に、必然の神の顔を、見るも怖ろしい、忌《いま》わしいものにしか思い描くことができない。それはきっと俺の意志的性格の弱味なんだ。しかし偶然が一つもないとすれば、意志も無意味になり、歴史は因果律の大きな隠見する鎖に生えた鉄銹《てつさび》にすぎなくなり、歴史に関与するものは、ただ一つ、輝やかしい、永遠不変の、美しい粒子のような無意志の作用になり、人間存在の意味はそこにしかなくなる筈《はず》だ。

貴様がそれを知っている筈がない。貴様がそんな哲学を信じている筈はない。おそらく貴様は自分の美貌《びぼう》と、変りやすい感情と、個性と、性格というよりはむしろ無性格とを、ぼんやりと信じているだけなんだ。そうだろう？」

清顕は返事をしかねたが、侮辱されているとはさらさら思わなかった。そして仕方なしに微笑した。

「それが俺にはいちばんの謎《なぞ》なんだ」

と本多はほとんど滑稽《こっけい》にみえる真摯《しんし》な嘆息を洩《も》らしたが、その嘆息が旭《あさひ》のうちに白い息になって漂うのを、清顕は自分に対する友の関心の幽《かす》かな形をとったあらわれのように眺めた。心ひそかに彼は自分の中の幸福感を強めていた。

そのとき始業の鐘が鳴り、二人の青年は立上った。二階の窓から、窓辺に積る雪を固めた雪礫《ゆきつぶて》が、二人の足もとに投げつけられて、きらめく飛沫《ひまつ》を上げた。

十四

清顕は父から書庫の鍵《かぎ》を預けられていた。

母屋《おもや》の北向きの一角にあるこの一間《ひとま》は、松枝家でもっとも人に顧みられない部屋だった。父侯爵《こうしゃく》は一切本などを読まない人だったが、祖父から受け継いだ漢籍と、彼が知的虚栄心から丸善に注文して蒐《あつ》めた洋書と、多くの寄贈書がそこに納められ、清顕が高等科に入ったときに、彼はあたかも知識の宝庫を息子に譲り渡すように、勿体《もったい》をつけてその鍵を預けた。清顕だけはいつでもそこへ出入が自由になった。そこには又、父に似つかわしからぬ多くの古典文学叢書《そうしょ》や子供向きの全集もあった。そういう出版に当っては、大礼服姿の父の写真と短かい推薦文が求められ、松枝侯爵御推薦などという金文字と引換えに、叢書の全巻が贈られるのであった。

清顕も、しかしその書庫のよい使い手ではなかった。本を読むことよりも夢想することを好んだからである。

月に一回、清顕から鍵を借りて、そこの掃除を受け持っている飯沼にとっては、先代の遺愛の漢籍もゆたかなだけに、この邸《やしき》うちでもっとも神聖な部屋になっていた。彼は書庫を「御文庫」と呼び、その名を口にするだけでも、畏敬《いけい》の念をそこにこめた。

清顕は本多との和解ができた晩、夜学へ出かける間際《まぎわ》の飯沼を部屋へ呼んで、黙ってこの鍵を渡した。月々の掃除の日は決っていたし、それも昼間であるべきなのに、時ならぬ日の夜になって渡された鍵を、飯沼は訝《いぶ》かしげに見た。彼の素朴な厚い掌《てのひら》に、鍵は羽根をちぎられた蜻蛉《とんぼ》のように黝《かぐろ》くとまっていた。……

――飯沼はこの瞬間をのちのちまでも、何度も記憶の中から呼びおこした。

あの鍵は何と裸かで、羽根をむしられて、残酷な姿を自分の掌に横たえていたことか！

彼は永いことその意味を考えていた。わからなかった。ようやく清顕が説明したとき、彼の胸は怒りに慄《ふる》えた。清顕に対する怒りよりも、むしろなるがままになる自分自身に対する怒りに。

「きのうの朝はお前が僕のずる休みを助けてくれた。今日は僕がお前のずる休みを助ける番だ。夜学へ行くふりをして、一旦《たん》家を出なさい。そして裏へ廻って、書庫の横の木戸から家へ入って、この鍵で書庫をあけて、中で待っていればいい。でも、決して灯火《あかり》をつけてはだめだよ。鍵は内側から締めておいたほうが安全だ。

みねには蓼科からよく合図を教えてある。蓼科からみね《いい》へ電話をかけて、『聡子様の香袋《においぶくろ》はいつ出来るか』とたずねるのが合図なのだ。みね《ヽヽ》はあのとおり、袋物や何かの細工物のうまい女だから、みんながみね《ヽヽ》に細工をたのむし、聡子さんからも金襴《きんらん》の香袋をたのんであることになっていて、そういう催促の電話はすこしも不自然ではない。

みね《ヽヽ》はそんな電話をうけると、お前が夜学へ出たころを見計らって、書庫の戸を軽く叩《たた》いて、お前に逢《あ》いにゆく手筈になっている。夕食後のざわざわした時間だし、みね《ヽヽ》が三、四十分のあいだいなくなっても誰も気がつくまい。

蓼科は、お前とみね《ヽヽ》のあいびきには、家の外を使うのは、却《かえ》って危険だし、むつかしいという意見だった。女中の外出は、いろいろな口実を構えなければならないから、却って怪しまれる。

それはそうと、お前に相談する前に僕が勝手にやったことだが、みね《ヽヽ》はもう今夜、蓼科の合図の電話を受けているんだ。お前はぜひとも書庫へ行かなければならない。そうしないと、みね《ヽヽ》に大へん気の毒なことになる」

そこまできいたとき、追いつめられた飯沼は、危うくその慄える手中から鍵を落さんばかりになった。

……書庫の中はひどく寒い。窓には金巾《カナキン》の帷《とばり》がかけてあるだけなので、裏庭の外灯のあかりが微《かす》かに届くが、書名を読み分けられるほどの明るさもない。黴《かび》の匂《にお》いがたちこめていて、澱《よど》んだ冬の溝川《どぶがわ》のほとりにうずくまっているかのようである。

しかし飯沼はどの棚にどの本があるかを大方諳《そら》んじている。先代が綴《と》じ込みの切れるほどよく読んだ和綴の四書講義は、帙《ちつ》も悉《ことごと》く失われているが、韓非子《かんぴし》や靖献遺言《せいけんいげん》や十八史略もそこに並び、彼がかつて掃除の折、ふとめくった頁《ページ》に賀陽豊年《かやのとよとし》の「高士吟」があった。活版本の和漢名詩選のありかもわかっていた。その「高士吟」が掃除中の彼の心を慰めたのは、次のような詩句のためであった。

「一室何ぞ掃《はら》うに堪えん。

九州豈《あに》歩するに足らんや。

言を寄す燕雀《えんじゃく》の徒。

寧《なん》ぞ知らん鴻鵠《こうこく》の路を」

彼にはわかっていた。清顕が彼の「御文庫」崇拝を知っていて、ことさらここを逢引の場所にしつらえたこと。……そうだ。さっきこの親切な計らいを述べ立てた清顕の口調には、すぐそれと知られる冷たい酔いがあった。飯沼がわれとわが手で神聖な場所を瀆《けが》すことになる成行を清顕は望んだのだ。思えば、美しい少年時代から、清顕がつねに無言で飯沼を脅やかしてきたのはこの力だった。冒瀆《ぼうとく》の快楽。一等飯沼が大切にしているものを飯沼自身が瀆さねばならぬときの、白い幣《ぬさ》に生肉の一片をまとわりつかせるようなその快楽。むかし素戔嗚尊《すさのおのみこと》が好んで犯したような快楽。……飯沼が屈服してから、清顕のこの力は無限に強くなったが、なお彼に解《げ》しがたいのは、清顕の快楽がすべて世にも美しく清らかに見えるのに、飯沼の快楽には、ますます汚れた罪の重味が増すように思われることであった。そう思うことが、いよいよ彼の目にわが身を卑《いや》しく見せた。

書庫の天井を慌《あわただ》しく鼠《ねずみ》の走る音がして、抑えたような鳴音《なきね》が洩《も》れた。鼠除《ねずみよ》けの栗《くり》のいがを、先月の掃除の折にもたくさん天井へ入れたのに、何の利目《ききめ》もなかった。……ふと飯沼は、もっとも思い出したくないことを思い出して身を慄わせた。

みねの顔を見るたびに、払っても払ってもその汚点《しみ》のような幻が目先をかすめる。今にもここへ、みねの熱い体が闇《やみ》の中を近づいてくるという時になって、必ずその思念が立ちふさがるのだ。おそらく清顕も知っているだろうが口に出しては言わないことを、飯沼も以前から知っていながら、決して清顕には語らなかった。邸うちで、本当の峻厳《しゅんげん》な秘密ではないだけに、ますます彼にとっては耐えがたく思われる秘密。彼の脳裡《のうり》をいつも汚れた鼠の一群のように駈《か》けまわる苦悩。……みねには侯爵のお手がついていた。そして今も時折……。彼は鼠たちの血走った目と、かれらの圧倒的なみじめさを想像した。

ひどく寒かった。朝のお宮様の参詣《さんけい》には、あれほど胸を張ってゆけるのに、今寒さは彼の背後から忍び寄り、膏薬《こうやく》のように肌に貼《は》りついて、彼の身を慄わせた。みねはさりげなく座を外す折を狙《ねら》って手間取っているにちがいない。

待つうちに、飯沼は切迫する欲望に胸を突き上げられ、さまざまな忌わしい考えと寒さとみじめさと黴の匂いと、そのすべてに心を昂《たか》ぶらせた。それらのものが溝川の芥《あくた》のように、彼の小倉の袴《はかま》を犯してゆっくりと流れてゆくように感じられた。『これが俺の快楽なのだ！』と彼は考えた。二十四歳の男が、どんな誉れにも輝やかしい行動にもふさわしい年齢の男が……。

戸が軽く叩かれたので、彼は急に立上って、本棚にひどく体をぶつけた。戸の鍵をあける。みねが身を斜めにして滑り入る。飯沼はうしろ手に鍵をしめると、みねの肩先をつかんで書庫の奥へ乱暴に押して行った。

どうしたことかそのとき、飯沼の脳裡には、さきほど書庫の裏手から廻ってきた折、書庫の外側の腰板に掻《か》き寄せられていた汚れた残雪の色が浮かんでいた。そしてみねを、何故《なぜ》かしら、丁度その雪と壁で接した片隅で犯したいと思ったのである。

飯沼は幻想によって残酷になり、しかも片方にみねへの憐《あわ》れみが深まりながら、ますます酷《むご》い扱いをすることが、清顕へ仕返しをするような気持をひそめているのに気がつくと、例えん方《かた》なくみじめになった。声は立てられず、時は短かいので、みねはなすままに委《まか》せていたが、この素直な屈服に、飯沼は自分と同類の者のやさしい行き届いた理解を感じて、心を傷つけられた。

しかしみねのやさしさは、あながちそこから来るのではなかった。どちらかというと、みねは尻軽《しりがる》な朗らかな娘だった。飯沼の寡黙《かもく》の空怖《そらおそ》ろしさが、彼のあわただしい硬《こわ》ばった指先が、みねにはすべて不器用な誠実と感じられるだけだった。憐れまれていようとは、夢にも思っていなかった。

昼餉《ひるが》えされた裾《すそ》の下に、みねは急に闇の冷たい刃金が触れてきたような寒さを味わった。彼女の目は鈍い金字の背革や重ねられた帙のひしめく本棚が、四方から自分にのしかかってくるようなさまを、薄闇の中に見上げた。急がなくてはならぬ。何か彼女にわからぬところで周到に用意された、この細い時間の隙間《すきま》に、いそいで身をひそめなくてはならぬ。どんなに居心地がわるかろうと、みねは自分の存在がその隙間にぴったり適合しており、そこへ素直に敏速に身を埋めれば足りることを知っていた。彼女はその小柄な、みのりのいい、綿密に明るい皮膚のはりつめた体に相応の、ごく小さい墓しか望まないだろう。

みねは飯沼が好きだったと云《い》って過言ではない。求められることで、彼女は求める人間の美点を隈《くま》なく知ることができた。それにもともと、みねは他《ほか》の女中たちが飯沼を諷《ふう》する軽蔑《けいべつ》的な軽口には与《くみ》さなかった。彼の永年に亘《わた》って打《う》ち挫《ひし》がれた男らしさを、みねは自分の、女らしさで率直に感じた。

明るい縁日の賑《にぎ》わいのようなものが、突然目先をとおるような気がした。それは闇のなかに、アセチレン灯の強い光輝とその臭気と風船と風車と色とりどりの飴菓子《あめがし》の光彩を泛《うか》べて、消えた。

……彼女は闇に目ざめた。

「なぜそんなに大きく目をあけるのだ」

と飯沼が苛立《いらだ》った声で言った。

ふたたび天井を鼠の一群が走っていた。小刻みながらその足音に跑《だく》があって、鼠は入り乱れて、とてつもない広野《ひろの》の闇の、片隅から片隅へと疾駆していた。

十五

松枝《まつがえ》家へ来た郵便物は一旦《たん》執事の山田の手をとおり、蒔絵《まきえ》の紋散らしの盆に麗々しく載せられて、山田みずから主筋《しゅうすじ》へ配って歩くしきたりになっていたので、それと知った聡子は用心して、蓼科《たでしな》を文づかいに立て、飯沼に手渡すことに決めていた。

その飯沼が、卒業試験の準備にいそがしい折柄《おりから》、蓼科を迎えて受けとり、清顕の手に首尾よく届けた聡子の恋文。

「雪の朝のことを思うにつけ、晴れ渡ったあくる日も、私の胸のうちには、仕合せな雪が降りつづけてやみません。その雪の一片一片《ひとひらひとひら》が清様《きよさま》の面影につらなり、私は清様を想《おも》うために、三百六十五日雪の降りつづける国に住みたいと願うほどでございます。

平安朝の世なら、清様が歌を下さって、私が返しを差上げたところでしょうに、幼いころから習った和歌が、こんなときには何一つ心を表わそうとしないのにおどろきます。それはただ私の才が貧しいからでございましょうか？

あんな我儘《わがまま》を申し上げて、お聴き届け下さったうれしさが、私の喜びの凡《すべ》てだと思召《おぼしめ》しては下さいますな。それは私が清様を思うがままにして喜んでいる女だと思召すのと同じことで、一番辛《つろ》うございます。

何よりうれしかったのは、清様のお心の優しさでした。あんな我儘なお願いの底に、切羽詰った気持の隠れていることをお見抜きになり、何も仰言《おっしゃ》らずに雪見にお連れ下さって、私の心にひそめておりました最も恥かしい夢を、叶《かな》えて下さったお心の優しさでした。

清様。あのときのことを思いますと、今も恥かしさとうれしさで身が慄《ふる》えるような気がいたします。日本では雪の精は雪女でございますけれど、西洋のお伽噺《とぎばなし》では、若い美しい男のように覚えておりますので、凜々《りり》しい制服をお召しの清様のお姿は、丁度私を拐《かど》わかす雪の精のように思い做《な》され、清様のお美しさに融《と》け込むのは、そのまま、雪に融け入って凍死する仕合せのように思われました」

——文の末尾の、

「この文は何卒《なにとぞ》お忘れなく御火中下さいますように」

という一行まで、手紙はなお綿々とつづくのであるが、清顕はそのところどころに、きわめて優雅な言葉を使いながら、迸《ほとばし》るような官能的な表現があることにおどろいた。読みおわったときは、読む者を有頂天にさせる手紙だと思われたが、しばらくしてみると、彼女の優雅の学校の教科書のような気がしだした。聡子は清顕に、真の優雅はどんなみだらさをも怖《おそ》れないということを教えているように思われたのである。

雪見の朝のような出来事があり、二人が好き合っていることが確かならば、毎日ほんの数分間でも、逢《あ》わずにはいられぬというのが自然ではなかろうか？

しかし清顕の心は、そんな風には動かなかった。風にはためく旗のように、ただ感情のために生きるという生き方は、ふしぎにも、自然な成行を忌避させがちなものである。なぜなら自然な成行は自然に強《し》いられてそうなるという感じを与え、何事につけて強いられることのきらいな感情はこれから脱け出して、今度は却《かえ》って自分の本能的な自由を縛ろうとさえするからである。

清顕がここしばらく聡子に会うまいとしているのは、克己のためでもなければ、まして色恋の達人のように、愛の法則を知悉《ちしつ》しているためでもなかった。それはいわば彼のぎくしゃくした優雅のため、虚栄心とほとんどすれすれの未熟な優雅のためであった。

聡子の優雅の持つみだらなほどの自由が嫉《ねた》ましく、それに引け目を感じてもいた。

水が馴染《なじ》んだ水路へ戻るように、又しても彼の心は、苦しみを愛しはじめていた。彼のはなはだわがままで、同時に厳格な夢想癖は、逢いたくても逢えないという事情のないことにむしろ苛立《いらだ》ち、蓼科や飯沼のお節介な手引を憎んだ。かれらの働らきは、清顕の感情の純粋さの敵であった。こんな身を嚙《か》む苦痛と想像力の苦悩を、清顕はすべて自分の純潔から紡《つむ》ぎ出すほかはないことに気づいて、矜《ほこ》りを傷つけられた。恋の苦悩は多彩な織物であるべきだったが、彼の小さな家内工場には、一色《ひといろ》の純白の糸しかなかったのだ。

『あいつらは僕をどこへ連れて行こうとするのか？　僕の恋がようやく本物になろうとするこのときに』

しかしすべての感情を「恋」と規定するときに、彼は改めて気むずかしくならずにはいられなかった。

ふつうの少年だったら己惚《うぬぼ》れで有頂天になるほどのあの接吻《せっぷん》の思い出も、この己惚れに親しみすぎた少年にとっては、日ましに心を傷つける事件になった。

あの瞬間には、たしかに宝石のような快楽が煌《きら》めいていた。その一瞬だけは疑いなく、記憶の奥深く鏤《ちりば》められた。まわりはあいまいな一トつづきの灰色の雪の中心に、どこからはじまりどこで終るともしれぬ不確定な情念の只中《ただなか》に、明晰《めいせき》な真紅の宝石がたしかに在った。

こんな快楽の記憶と心の傷とが、ますます背反するのに彼は悩んだ。そしておしまいにはお馴染の、心を暗くするだけの思い出に納まった。つまりあの接吻をも、聡子から与えられた得体のしれない屈辱の思い出の一つとして扱うこと。

彼はなるたけ冷たい返事を書こうとして、何度も便箋《びんせん》を破いては書き直した。ついに氷のような恋文の傑作が出来上ったと信じて筆を擱《お》いたとき、彼は自分がそれと知らずに、いつかの弾劾《だんがい》の手紙を前提として、女を知り尽した男の文体を採用していることに気づいた。この明らかな嘘《うそ》が今度は彼自身を傷つけたので、清顕は又書き直して、生れてはじめて接吻を知った男の喜びのままに素直に書いた。それは子供らしい熱烈な手紙になった。彼は目を閉じて、手紙を封筒に入れ、匂《にお》いやかな桜いろの舌尖《したさき》を少し出して、封筒の糊《のり》を舐《な》めた。それは薄い甘い水薬のような味がした。

十六

松枝邸はもとより紅葉《もみじ》で名高かったが、桜もそれなりに見事であって、正門まで八丁の並木には、松にまじって桜も数多く、とりわけ洋館の二階のバルコニーから眺めると、その並木の桜と、前庭の大銀杏《おおいちょう》につづく幾本かの桜と、かつて清顕が御立待《おたちまち》を祝った芝生の丘をめぐる桜と、又、池を隔てて紅葉山のわずかの桜と、これらをのこりなく一望の下に眺めることができた。隅々まで桜に埋められた庭の花見よりも、このほうが風情《ふぜい》があるという人が多い。

　春から夏にかけての松枝家の三大行事は、三月の雛祭《ひなまつり》と、四月の花見と、五月のお宮様のお祭とであったが、先帝崩御から一年に充《み》たないこの春は、雛祭も花見もごく内輪に行うことに決められ、女たちの落胆は一通りではなかった。冬のあいだから、雛祭や花見の趣向、その年に呼ばれる余興の芸人の噂《うわさ》などが、たえず奥から伝わって、それが春を待つ心をいよいよ掻《か》き立てるのが常だったからである。そういう行事が廃されることは、春が廃されるのと同じことなのであった。

　わけても鹿児島風の雛祭は、招かれる西洋人の客の口から外国へも伝わり、その季節に来朝した西洋人が、手蔓《てづる》を辿《たど》って招待を乞《こ》うて来ることもあるほどに名高かった。象《ぞう》牙《げ》の内裏雛《だいりびな》の春寒《はるさむ》の頬は、燭《しょく》に照らされ、緋《ひ》毛氈《もうせん》に映えながら、なお冷え冷えとして見える。衣冠束帯や十二単《ひとえ》の衿元《えりもと》深く、雛の細い頸筋《くびすじ》へ、切り込むような白い照りが窺《うかが》われる。百畳敷の大広間に緋毛氈を敷きつめ、格天井《ごうてんじょう》からは刺繍《ししゅう》を施した大きな鞠《まり》を数しれず吊《つ》り、風俗人形の押絵を貼《は》りめぐらす。つるという名の押絵の名人の老婆《ろうば》が、毎年二月はじめから上京して、押絵つくりに精を出し、口癖で、何かにつけて、「御意でございます」と言うのであった。

　こういう雛祭の花やかさが逸せられた代りに、花見は、もちろん表立ってではないが、はじめのお達しよりもずっと華美なものになることが予想された。非公式に洞院宮《とういんのみや》が、御成りを仰《おお》せ出されたからである。

派手好きな侯爵《こうしゃく》は、世間への憚《はばか》りに気を腐らせていた折だったから、宮の仰せをうれしくお受けした。大帝の従兄《いとこ》に当られる方が、喪中を犯してお出《い》でになるからには、侯爵のほうも十分名分が立つのだった。

洞院宮治久王《はるひさおう》殿下は、たまたま一昨年、御名代《ごみょうだい》の宮としてラーマ六世の戴冠式《たいかんしき》に参列あそばされ、シャム王室とはゆかりの深い方であったから、侯爵は、パッタナディド殿下とクリッサダ殿下をもお招きすることにしていた。

侯爵は一九〇〇年、オリンピック国際競技の折のパリで宮にお近づきになり、夜のお遊びの指南をしたりしたので、御帰朝後も洞院宮は、

「松枝。あの三鞭酒《シャンペン》の噴水のある家は大そう面白かった」

などと二人だけに通じる話を好んでなさった。

花見の日は四月六日と定められ、雛祭のすぎたころから、松枝家は何かとその準備のために、人々の起居も色めいて来た。

清顕は春休みを無為にすごし、父母のすすめる旅行にも気乗りのしない様子を見せた。そんなにしげしげと聡子に逢《あ》っているわけではないのに、聡子のいる東京をしばらくでも離れる気はしなかった。

彼は冴《さ》え返りながらおもむろに来る春を、予感に充ちた怖ろしい気持で迎えた。家に

いて無聊《ぶりよう》に苦しむと、ふだんはあまり訪れない祖母の隠居所をたずねたりした。

彼があまり屢々《しばしば》隠居所を訪れぬ理由は、祖母が彼をいつまでも幼児のように扱う癖が抜けないのと、何かにつけて母の悪口を言いたがるためとであった。いかつい顔つき、男性的な肩、みるからに岩乗《がんじよう》な祖母は、祖父の死後、一切世間へ出ようとせず、あたかもただ死をたのしみとして暮しているかのように、ほんの一つまみのものしか喰《た》べなかったが、それが却《かえ》って彼女をますます壮健にしていた。

祖母は郷里の者が来ると、誰憚らぬ鹿児島弁で話したが、清顕の母や清顕には、多少楷書《かいしよ》風なぎこちなさのある東京弁、それも「が」の鼻濁音を欠いているために一そう武《ぶ》張《ば》ってきこえる言葉で話した。それをきくと、清顕は、祖母がことさらそのような訛《なま》りを保つことによって、彼が難なく発する東京風の鼻濁音の軽薄さを、それとなく非難しているように感じた。

「洞院宮様が花見にお出でになるそうだね」

と炬燵《こたつ》の祖母は、清顕を迎えて、のっけから言った。

「ええ、そんな話です」

「私はやっぱり出ますまい。お前のお母さんも誘ってくれたが、私はもうここで、居ない人間になっていたほうが楽だ」

それから祖母は、清顕が無為に暮しているのを案じて、柔か撃剣をやったらどうかとすすめ、以前はあった道場を取り壊して、そのあとに洋館を建てたときから、松枝家の衰運がはじまったのだと厭味《いやみ》を言った。この祖母の意見には、清顕も心の中で賛成していた。「衰運」という言葉が好きだったのだ。

「お前の叔父さんたちが生きていたら、お父さんもこれほどの勝手はできまい。私は大体、宮家をお招きしたりしてお金を費《つか》うのは、見栄《みえ》以外の何ものでもないと思っているよ。栄耀《えいよう》栄華もせずに戦死した子供たちのことを考えると、私はお前のお父さんたちと一緒になって浮かれ遊ぶ気持にはなれない。遺族扶助料だって、あれ、あの通り、使わずに神棚に上げてある。息子たちが流した尊い血の償いに、お上から賜わるお金だと思うと、とても使う気にはなれないのだよ」

祖母はこんな風に道徳的な御談義をするのが好きだったが、その着るもの喰べるもの、小遣から召使まで、すべて侯爵が至らぬ隈《くま》もないお世話をしていた。清顕はともすると、祖母が田舎者の身を恥じてハイカラな附合を避けているのではないかと疑った。

しかし祖母と会っているときだけ、清顕は自分および自分をとりまくすべて贋物《にせもの》の環境からのがれて、まだこんな身近に生きている素朴で剛健な血に触れる喜びを抱いた。それはむしろ皮肉な喜びだった。

祖母の大きな武骨な手がそうであり、その太い線で一筆描きにしたような顔つきがそうであり、そのきびしい唇の線がそうであった。尤《もっと》も祖母は固い話ばかりをするのでは

なく、炬燵の中で突然孫の膝《ひざ》をつついて、

「お前がやって来ると、隠居所の女共がざわざわして困る。私の目から見ればまだただの洟垂《はなたれ》小僧だが、女共の目からはちがって見えるのかね」

などとからかった。

彼は長押《なげし》のところにかかっている二人の叔父の模糊《もこ》とした軍服の写真を眺めた。その軍服と自分との間には相渉《あいわた》るものは何一つないような気がした。わずか八年前におわった戦争の写真であるのに、自分とその写真との距離は蒼茫《そうぼう》としていた。僕は感情の血を流すように生れついている、決して肉体の血は流さないだろう、と清顕は軽い不安の入りまじった傲慢《ごうまん》な心で考えた。

閉《た》てきった障子いちめんに日が射《さ》しているので、六畳の居間の温かさは、まるで障子紙の白い半透明な大きな繭《まゆ》のうちらにいて、透かしてくる日ざしに浴しているかのようだった。祖母は突然うつらうつらしはじめ、清顕はこの明るい部屋の沈黙のなかに、柱時計の時を刻む音が際立《きわだ》つのをきいた。浅くうなだれたまま眠る祖母の、白髪染《しらがぞめ》の黒粉が散らばる切髪《きりがみ》の生え際の下に、肉の厚いつややかな額がせり出していたが、そこには六十年前の少女時代に得た鹿児島湾の夏の日灼《ひや》けが、名残をとどめているように見えた。

彼は海の潮《うしお》と、長い時の移行と、自分もやがて老いるという考えに、突然息が詰りそうになった。老年の知恵なぞは、かつて欲しいと思ったことがない。どうしたら若いうちに死ねるだろう、それもなるたけ苦しまずに。卓の上にぞんざいに脱ぎ捨てられた花やかな絹のきものが、しらぬ間に暗い床《ゆか》へずり落ちてしまっているような優雅な死。

――死の考えが、はじめて彼を鼓舞して、急に一目でも聡子に会いたい気持にさせた。彼は蓼科に電話をかけて、大いそぎで聡子に会いに行った。聡子がたしかにそこに生きており、若く美しく、自分も生きてそこにいるという感じが、危く間に合って保つことのできた異常な幸運のような気がした。

蓼科の手引で、聡子は散歩に出てきた体《てい》にして、麻布の邸《やしき》ちかくの小さな神社の境内で逢った。聡子はまず、花見への招待のお礼を言った。その招待を清顕の指図と信じている様子である。あいかわらず率直さに欠けた清顕は、自分にとっては初耳のその話を、前から知っていたように装《よそお》って、あいまいにお礼の言葉を受けた。

十七

松枝侯爵はいろいろ考えた末、花見の客を極度に削って、洞院宮両殿下の御晩餐《ばんさん》の席の陪食《ばいしょく》にあずかる人数にとどめ、シャムの両王子、家族的な附合をしていてよく呼ばれることのある新河《しんかわ》男爵夫妻、聡子とその両親の綾倉伯爵夫妻だけに限ることにした。新河財閥の当主は万事イギリス人のコピイであったが、男爵夫人は又、このごろ平塚らいてうなどと親しく、「新しき女」たちのパトロンのようになっていたので、異彩を加えることになる筈《はず》であった。

午後三時に両殿下が御着きになり、母屋《おもや》の一室でお休みになったのちに、庭へ御案内し、それから五時まで、元禄《げんろく》花見踊の扮装《ふんそう》をした芸者たちが、園遊会形式でおもてなしをしたのち、手踊りをお目にかけ、日の暮れから洋館へ御導入して、アペリティフをさしあげ、正餐ののち、第二の余興として、この日のために雇われた映写技師が、新着の西洋物の活動写真をお目にかけて、それでおひらきという次第は、侯爵が執事の山田と共に、あれこれの評定の果てに落着いた案であった。

活動写真の演目の選定についても、侯爵は頭を悩ました。フランス製のパテエの活動写真は、コメディー・フランセエズの名女優のガブリエル・ロバンヌの演技で名高く、品のよいものにはちがいないが、折角の花見の興を沈めそうに思われた。この三月一日から、浅草電気館が西洋物の専門館になり、「失楽園のサタン」をかけて人気を呼んでいたが、そういうところで見られるようなものを、お目にかけても仕方がなかった。さりとてドイツの活劇物は、妃殿下や婦人客の御意に召さぬであろう。やはり無難なところで、イギリスのヘップウォース社の、ディッケンズの原作をもとにした五、六巻の人情物がよかろうということになった。それはそれで多少じめじめしているけれど、上品好みであること、一般向きであること、英語の字幕であること、などで、お客のどなたにも喜ばれそうに思われるのであった。

もし雨天の場合はどうするか。母屋の大広間からの桜のながめは豊かではないので、まず洋館の二階から雨の花見をして、その二階で芸者の手踊りも御覧に入れ、つづいてアペリティフと正餐に移らねばならぬ。

準備は芝生の丘から見下ろす池辺に、仮舞台を組むことからはじめられた。晴れていれば、宮があちこちと桜を求めて巡遊される御道筋に、紅白の幕を張りめぐらすためには、尋常の反数ではとても足りない。又、洋館の内部のそこかしこに飾る桜の枝々、食卓の飾りに春の田園を髣髴《ほうふつ》とさせる工夫の数々、そういうことだけでも人手が要る上に、いよいよ前日になると、髪結とその弟子たちの忙しさは口につくせなかった。

その日は幸いに晴であったが、それほどきらきらしく照りかがやく日ざしはなかった。日は隠れると思えば顕《あら》われ、朝のうちはやや肌寒いほどだった。

母屋のふだんは使わない一室が、芸者たちの仕度部屋に充《あ》てられ、あるかぎりの鏡台がそこへ運び込まれた。輿を催おした清顕はその部屋をのぞきに行ったが、たちまち女中頭に追い払われた。やがて来る女たちを迎えて掃き清められたその二十畳の部屋は、屛風《びょうぶ》をめぐらしたり、座蒲団《ざぶとん》を散らしたり、友禅の鏡台掛の一端がまくれて鏡面の冴《さ》えた光りをちらつかせたりしながら、まだ少しも脂粉の香りを漂わせてはいなかったが、小半時もするとここが俄《にわ》かに嬌声《きょうせい》にあふれ、女たちが我物顔に着物を脱いだり着たりする場所になるという想《おも》いは、却《かえ》って予感のなまめかしさをひろげていた。庭で新らしい木口を示している仮舞台よりも、ここはさらに香りの高い、なまめかしさの厩舎《きゅうしゃ》だった。

シャムの王子たちにはまことに時間の観念がなかったので、清顕は中食《ちゅうじき》をすませたらすぐ来られるようにと伝えておいた。すると王子二人は一時半ごろに到着された。清顕は王子たちが学習院の制服で来られたことにおどろきながら、一先《ひとま》ず自分の書斎へ御案内した。

「君の恋人の例の美しい人は来るのですか」

と、部屋へ入って来られるなり、クリッサダ殿下は大声で英語で言った。

つつしみ深いパッタナディド殿下は従兄弟《いとこ》の非礼を咎《とが》め、たどたどしい日本語で清顕にも詫《わ》びを言った。

清顕は、彼女はたしかに来るが、きょうは宮様や両親たちの前ではあり、どうかそういう話題はつつしんで下さるようにと頼んだ。王子たちは顔を見合わせ、清顕と聡子の間柄が公けのものにはなっていないことに、今さら愕《おどろ》いていられるらしかった。

あれほど郷愁に打《う》ち挫《ひし》がれた一時期をすぎて、王子たちはもうかなり日本に馴染《なじ》んでおられるようであった。制服を着て来られたこともあって、清顕は分け隔てのない学友と同じ感じを持った。クリッサダ殿下は、学習院長のまねを巧みに演じて、ジャオ・ピーと清顕を笑わせた。

窓に立って、あちこちに紅白の幕が風に揺れている庭の、いつもに変る風情《ふぜい》を眺めておられたジャオ・ピーは、

「これから本当に温かくなるんだろうな」

と心もとなげな声で言われた。王子の声は夏の灼熱《しゃくねつ》の日に憧《あこが》れていた。

清顕はその声に誘われて椅子《いす》を立った。そのときジャオ・ピーは澄んだ少年らしい叫びをあげ、従兄弟の王子もおどろいて腰を浮かせた。

「あの人だ。僕たちが口止めされている美しい人は」

と咄嗟《とっさ》の場合のジャオ・ピーの言葉は英語に戻った。

両親と共に池ぞいの道を母屋のほうへ来る、まぎれもない聡子の振袖《ふりそで》の姿が見えた。それは桜いろの美しい着物で、春の野の土筆《つくし》や若草をあしらったらしい裾模様《すそもよう》が遠く窺《うかが》われ、つややかな髪のかげに、中ノ島のほうを指さしてみせている白い頰の明るみがほのかに見えた。

中ノ島には紅白の幕はなかったけれど、まだ新緑には遠い紅葉山の散歩路に、張りめぐらされたその幕は隠見して、池水に紅白の干菓子《ひがし》のような影を落していた。

清顕は聡子の甘くて張りのある声音をきいたように錯覚したが、閉めた窓ごしにそれがきこえる筈もなかった。

一人の日本人の少年と、二人のシャムの少年とは、息を凝らして一つ窓に顔を並べて

いた。清顕はふしぎに思った。この王子たちと共にいると、王子たちの熱帯的な感情が波動を及ぼすのか、清顕自身もやすやすと自分の情熱を信じ、あからさまにそれを表白することもできそうな気がした。

彼は今ためらわずに自分に向って言うことができた。僕はあの人に恋している、それも狂おしいほどに恋している、と。

池から体をめぐらす聡子の顔が、さだかにこの窓へというわけではないが、母屋のほうへ晴れ晴れと向けられたとき、清顕はそこに幼ないころ、春日宮《かすがのみや》妃のおん横顔が、心ゆくまでうしろを振向かれなかったときの心残りが、六年後の今はじめて癒《い》やされて、もっとも願わしい瞬間に立会っているような気がした。

それは時間の結晶体の美しい断面が、角度を変えて、六年後にその至上の光彩を、ありありと目に見せたかのようだった。聡子は春の翳《かげ》りがちな日ざしの中で、ゆらめくように笑うとみると、美しい手がすばやく白く弓なりに昇ってきて、その口もとを隠した。彼女の細身は、一つの弦楽のように鳴り響いていた。

十八

新河男爵《だんしやく》夫妻は放心と狂躁《きようそう》とのみごとな取り合せであった。男爵は妻の言うことなすことに一切注意を払わず、夫人は人の反応などおかまいなしに喋《しゃべ》りつづけていた。

家にいるときも、人前に出たときもそうである。いつも放心しているように見える男爵は時折寸鉄詩風に、他人の辛辣《しんらつ》な批評をすることがあったが、決してそれを長々と敷衍《ふえん》したりすることはなかった。しかるに夫人は千万言を費やしても、自分が今それについて語っている他人の、何一つ鮮やかな肖像を描き出すことができなかった。

かれらは日本で二台目のロールスロイスの買手であったが、その二台目ということを誇りにし、ひどく意気なことに思っていた。男爵は家で夕食後には絹の喫煙服《スモーキング》を着てくつろぎ、際限もない夫人のおしゃべりを聴き流した。

夫人は平塚らいてうの一派を家に招き、狭野茅上娘子《さぬのちがみのおとめ》の名歌から名をとった「天《あめ》の火《ひ》会」という月例の会を持っていたが、会合のたびに雨が降るので、「雨の日会」だと新聞にからかわれた。思想的なことは何一つわからぬ夫人は、女たちの知的な目ざめを、何か断然新らしい型の卵、たとえば三角の卵を生むことをおぼえた雞《にわとり》たちを見るように、昂奮《こうふん》して眺めていた。

夫妻は松枝侯爵邸の観桜会に招かれるのを、半ばは迷惑、半ばはうれしく思っていた。迷惑なのは、行かぬさきから退屈なことがわかっているからであり、うれしいのは、自分たちの本式の西洋風の無言の示威ができるからであった。それにこの豪商の家は、薩《さつ》長《ちょう》政府と持ちつ持たれつの仲をつづけ、父の代から、田舎者に対するひそかな軽侮が、かれらの新らしい不屈の優雅の核をなしていた。

「松枝さんのところでは、又宮家をお招きして、楽隊でお迎えしようとでも考えているのだろう。宮家のお成りを、芝居の出し物のように考えている家だから」

と男爵が言った。

「私たちは新らしい思想をいつも隠していなければなりませんのね」と夫人は応じた。「でも新らしい思想を隠して、そしらぬ顔をしているのは、意気ではございませんか。旧弊な人たちの中へ、こっそりまぎれ込むのは面白いじゃございませんか。松枝侯爵が洞院宮様《とういんのみや》に、ばかに恭《うやうや》しくしたり、又時折、妙に友達ぶったりなさるのを見るのは、面白い見物《みもの》でございますわ。着てゆく洋服は何にいたしましょう。昼間から夜の盛装で出かけるのも何ですし、いっそ裾模様《すそもよう》の和服のほうが、出ず入らずでいいかもしれません。京都の北出《きたいで》にそう言ってやって、大いそぎで夜桜に篝火《かがりび》の裾模様でも染めさせましょうか。でも私には、どういうものか裾模様というのが似合わないのでございますよ。それが自分だけ似合わないと思い込んでいて実は似合っているのか、それとも人から見ても本当に似合っていないのか、そのへんがどうしてもわかりませんの。あなたどうお思いになる？」

——当日、侯爵家から、宮家御到着時間前にお出で下さるようにという伝言があったので、新河男爵夫妻はわざとその時刻に五、六分おくれて到着したが、もちろん宮のお

着きまでには十分余裕があったので、この田舎くさいやり方に男爵は腹を立て、

「宮家の馬車の馬が、途中で卒中でも起しましたかね」

と来る匆々《そうそう》皮肉を言った。しかしどんな皮肉を言っても、男爵はそれを英国風に口のなかで無表情に呟《つぶや》くので、誰の耳にも入らなかった。

宮家の馬車がはるか侯爵家の門を通ったという注進があり、主人側が母屋《おもや》の玄関に居並んでお出迎えの列を作った。馬車が馬車廻しの松の木がくれに、道の砂利を踏み散らして入ってきたとき、清顕は馬が鼻孔を怒らして頸筋《くびすじ》を立て、丁度勢いあまった波が砕けようとして白い波頭を逆立てるように、その灰白色の鬣《たてがみ》を逆立てるのを見た。そのときかすかに春泥に染った馬車の腹の金《きん》の御紋章は、金いろの渦をゆらめかせて、静まった。

洞院宮の黒い山高帽の下に、立派な半白のお髭《ひげ》がのぞかれた。妃殿下がこれに従われ、大広間へ靴のままお上りになれるようにしつらえた白い敷布《しきぬの》ごしに式台を上られた。もちろんその前に軽い御会釈《えしやく》があったが、念入りな御挨拶《あいさつ》は、広間へお通りになってのち申上げることになっていた。

ひろがる余波《なごり》の泡立ちの間に莫告藻《なのりそ》の実《み》が隠見するように、目の前を歩まれる妃殿下の黒いお靴の尖《さき》が、白い裳《も》裾《すそ》の薄紗《ダンテル》の前にかわるがわる現われるさまを、清顕は目にとめて、それがあまり優雅だったので、もうお年を召したお顔をことさら仰ぐのが憚《はばか》られ

た。

広間で侯爵は当日の客を両殿下にお引合せしたが、そのうち殿下がはじめて御覧になる顔は、聡子一人であった。

「こんな別嬪《べっぴん》のお姫《ひい》さんを私の目から隠していたとはね」

と殿下は綾倉伯爵に苦情を仰言《おっしゃ》った。そばにいた清顕は、この瞬間、何かわからぬ軽い戦慄《せんりつ》が背筋を走るのを感じた。聡子が、並いる人たちの目のなかで、一個の花やかな鞠《まり》のように高く蹴上《けりあ》げられる心地がしたのである。

シャムの二人の王子は、シャムにゆかりの深い宮に、来朝匆々お招きをうけたことがあったから、すぐお話が弾み、宮は学習院の学友たちが親切であるかどうかをお尋ねになった。ジャオ・ピーは微笑をうかべてまことに礼儀正しく、

「みな十年の知己のようで、何事も親切に助けてくれますので、何の不自由もありません」

と答えられたが、清顕以外に友らしい友もなく、学校へは今までほとんど顔を出されないことを知っている清顕は、その言葉を伺っていておかしく思った。

新河男爵の心は銀のようで、折角磨き立てて家を出て来ても、人中へ出れば忽《たちま》ち退屈の銹《さび》に曇った。こんな応待一つを耳にするだけでも銹を生ずる。……

いよいよ侯爵の御案内で、宮に従って、客がぞろぞろと花見の庭へ向うにつけても、

日本人の常で客が容易にまじり合わず、おのずから妻は良人《おっと》について歩くことになりがちである。男爵はすでに人目に立つほどの放心状態に陥っていたが、前後の人が離れているのを見届けて、妻にこう言った。

「侯爵は外国遊学以来、ハイカラになって、妻妾《さいしょう》同居をやめて、妾《めかけ》を門外の貸家へ移したそうだが、正門まで八丁あるそうだから、八丁分のハイカラということになるな。五十歩百歩とはこのためにできた諺《ことわざ》にちがいない」

「新らしい思想なら新らしい思想に徹底しなくてはだめですわ。世間から何と云《い》われても、家のようにヨーロッパの習慣に従って、お呼ばれにも一寸《ちょっと》した夜の外出にも、必ず夫婦そろって出かけるという風でなくては。ごらんあそばせ。池に映った向うの山の、二三本の桜と紅白の幕が綺麗《きれい》ですこと！　私の裾模様はいかがでございましょう。今日のお客様方のなかでは、一等凝った、しかも新らしい大胆な図柄ですから、池の向う岸から、私の池に落す影を眺めたら、さぞ綺麗でございましょう。私がこちら岸にいて、同時に向う岸にいられないとは、何という不自由なことでしょう。ねえ、そう思召《おぼしめ》しませんか？」

新河男爵は、こんな一夫一婦制のみごとに洗煉《せんれん》された拷問《ごうもん》に耐え抜くことを、（もとより自分の好きではじめたことだから）、あたかも百年も人に先んじた思想による受難だという風に感じて、喜んで耐えた。もともと人生に感激を求めるたちではない男爵には、どんなに耐えがたい辛苦でも、そこに感激の介在する余地がなければ、何かハイカラで意気なことに思われたのである。

　丘の上の園遊会場には、元禄花見踊の丹前風の侍、女伊達《おんなだて》、奴《やっこ》、座頭、番匠《ばんじょう》、花売、紅絵売、若衆、町娘、田舎娘、俳諧《はいかい》師などに扮《ふん》した柳橋芸者が、勢揃《せいぞろ》いをしてお客を迎え、宮はかたわらの松枝侯爵に御満足気な微笑を洩《も》らされ、シャムの王子二人は清顕の肩を叩《たた》いて喜んでおられた。

　清顕の父は殿下の、母は妃殿下のおもてなしに集中しているので、ともすると清顕は二人の王子と共に取り残されたが、芸者たちが清顕のまわりに群れたがるので、言葉の不自由な王子たちを引立てるために心を労して、清顕は聡子を顧るいとまもなかった。

「若様、少しはお遊びにおいでなさいまし。きょうで岡惚《おかぼ》れが一ぺんにふえましたよ。このまま放置《ほう》っておおきになっちゃ殺生ですよ」

　と俳諧師に扮した老妓《ろうぎ》が言った。若い芸者は、男出立《いでたち》の妓《こ》も、目もとに紅《べに》を刷《は》いているのが、笑う表情さえ酔いにゆらめくようで、清顕は夕刻が近づくにつれてかなり肌寒くなった身のまわりに、真摯《しんし》な夕風を何一つ通さない絹と縫取と白粉《おしろい》の肌の六曲二双の屏風《びょうぶ》を立てめぐらされたような心地がした。

　何とこの女たちは、笑いさざめき、楽しげで、自分たちの肉の丁度頃合の熱さの風呂《ふろ》にたっぷりと涵《ひた》っていることだろう。仕方話の指の立て方、白いなめらかな咽喉元《のどもと》に小さな金細工の蝶番《ちょうつがい》でもはまっていそうな、その一定のところで止るうなずき方、人の揶揄《やゆ》を受け流すときの、一瞬の戯《たわむ》れの怒りを目もとに刻みながら、口は微笑を絶やさないその表情、急に真顔になって客のお談義をきくときのその身の入れ方、一寸髪へ手をやるときのやるせなげな刹那《せつな》の放心、……そういうさまざまな姿態のうちに、清顕がしらずしらず比べているのは、芸者たちの頻繁な流し目と、聡子のあの独特な流し目とのちがいであった。

この女たちの流し目はいかにも敏活で愉《たの》しげだったが、流し目だけが独立して、うるさい羽虫のように飛び廻りすぎるきらいがあった。それは決して聡子のそれのような、優雅な律動の裡《うち》に包まれてはいなかった。

遠く、宮と何かお話をしている聡子の横顔が見えた。ほのかな夕日に映えて、その横顔は遠い水晶、遠い琴の音《ね》、遠い山襞《やまひだ》というふうに、距離がかもし出す幽玄なものにあふれ、しかも、少しずつ夕べの色を増している木《こ》の間《ま》の空を背景にしているだけに、夕富士のようなくっきりした輪郭を持っていた。

——新河男爵は綾倉伯爵と、言葉すくなの会話を交わし、二人ともかたわらに芸者を侍《はべ》らしながら、芸者の姿などまるで目に入らぬかのように振舞っていた。桜の花びらが落ちまじる芝生の上で、その汚れた一片《ひとひら》の花びらを夕空を映すエナメルの靴尖につけた綾倉伯爵の靴のサイズが、女のように小さいのに男爵は目をとめた。そういえばグラスを持つ伯爵の手も、雛《ひな》の手のように白く小さかった。

男爵はこういう衰亡した血に嫉妬《しっと》を感じた。そして又、伯爵のいかにも自然な、微笑を含んだ放心状態と、自分のイギリス風の放心状態との間に、余人との間には成立たない会話が成立つのも感じていた。

「動物では何と云うても、齧歯目《げっしもく》が可愛らしいようです」

と突然伯爵は言った。

「齧歯目ね……」

と男爵は何の概念も心にうかべずに言った。

「兎《うさぎ》、モルモット、栗鼠《りす》などですな」

「そういうものをお飼いですか」

「いいえ、飼いはしません。家の中が匂《にお》いますから」

「可愛らしくてもお飼いにならんのですか」

「第一、歌になりません。歌にならぬものは、家には置かぬようにとの家憲でして」

「そうですか」

「飼いはしないが、小さくて、毛がもじゃもじゃとして、おどおどした生物《いきもの》が、何より可愛らしいように思われます」

「それはそうですな」

「可愛らしいものは、どういうものか、それだけ匂いが強《きつ》いようです」

「そういうことは言えましょうね」

「新河さんは永いあいだロンドンにおいでになったそうだが……」

「ロンドンでは、お茶の時間に、一人一人、ミルク・ファースト？　ティー・ファースト？　ときいてまわります。まぜてしまえば同じことですが、ミルクを先に注《つ》ぐか、お茶を先に注ぐかは、一人一人にとって、国の政治よりももっと緊急重大な問題でして……」

「それは面白いお話をうかがいました」

芸者は口をさしはさむ機会を与えられず、二人とも花見に来ながら、花のことなど少しも念頭にないように見えた。

侯爵夫人は妃殿下のお相手をし、妃殿下が長唄《ながうた》がお好きで三味線もよくなさるので、地方《じかた》で柳橋一の老妓が、そばでお話を合せた。侯爵夫人は、いつぞや親戚《しんせき》の結納の祝いに、ピアノと三味線と琴で「松の緑」の合奏をして、みんなでたのしんだことをお話し、妃殿下は、その場に私も居合せたかったものだ、と大いに興を催おされた。

高笑いはいつも侯爵の口から爆《はじ》けた。宮は美しく手入れされたお髭を庇《かば》ってお笑いになるので、それほどの高笑いはなさらなかった。座頭に扮した老妓が侯爵に耳打ちすると、侯爵は大声で客に呼びかけた。

「さあ、只今《ただいま》から、花見踊の余興がはじまります。皆様どうか舞台の前のほうへ……」

この口上は本来執事の山田の役目になっていたのである。主人に突然自分の役割を奪われた山田は、眼鏡の奥でいそいで暗い目ばたきをした。これが誰にも知られずに、彼が不測の事態を呑《の》み込んでしまうときの唯一《ゆいいつ》の表情だった。

自分が主人のものに一切手を触れぬ以上、主人も彼のものに一指も触れるべきではない。去年の秋にもこんなことがあった。貸家の外人の子供たちが、邸内の団栗《どんぐり》をひろって遊んでいた。そこへ山田の子供たちが来たので、外人の子は頒《わ》けてやろうとしたが、彼らは頑《かたく》なに受け取ろうとしなかった。主家の物に手をつけてはならないと、固く戒められていたのである。こんな応待を誤解した親の外人が山田のところへ抗議に来たが、山田はいずれも煮詰めたような生まじめな顔、妙に恭しい形の唇をした自分の子らを、それと知って、大いに賞《ほ》めてやった。……

——山田は一瞬のうちに、こういうことを思い出すと、不如意《ふによい》な足で袴《はかま》を蹴立てて、悲しげなほど猛然と客の中へ飛び出し、あわただしく客を舞台のほうへ誘導して行った。

折しも池辺の舞台では、張りめぐらした紅白の幕の舞台裏で、空気を切り刻んで新らしい木屑《きくず》を舞い立たせるような、二丁の柝《き》がひびいていた。

十九

清顕と聡子が二人きりになる機会が得られたのは、花見踊の余興が果てたのち、やがて来る薄暮と共に客が洋館へ導入されるそのわずかな間であった。余興をねぎらう客たちと芸者たちが再び入りまじり、酔いも進み、しかも灯《ひ》ともし頃にはまだ間《ま》があるという、微妙なざわざわした、歓楽の不安の感じられる刻限だった。

清顕は遠い目配せで、聡子がうまく自分に従って、程々の距離を置いて、あとをついてくるのを知った。丘の径《こみち》が池へ向うのと、門の方角へ向うのと分れるところに、紅白の幕の切れ目があって、丁度そこに立つ桜の巨樹が、人々の目を遮る。

清顕がさきにその幕外へ身を隠したが、すんでのところで聡子は紅葉山周遊のかえさ池のほうから上ってくる妃殿下のお附きの女官たちにつかまってしまった。清顕は今さら出てゆくこともならず、聡子が席を外す機会をつかまえるのを、樹下でひとり待っているほかはなかった。

こうして一人きりになったとき、清顕ははじめてしみじみと桜をふり仰いだ。

花は黒い簡素な枝にぎっしりと、あたかも岩礁《がんしょう》に隙《ひま》なくはびこった白い貝殻のように咲いていた。夕風が幕をはらませると、まず下枝《しずえ》に風が当り、しなしなと花が呟《つぶや》くように揺れるにつれて、大きくひろげた末の枝々は花もろとも大まかに鷹揚《おうよう》に揺れた。

花は白くて、房なりの蕾《つぼみ》だけが仄赤《ほのあか》い。しかし花の白さのうちにも、仔細《しさい》に見ると、芯《しん》の部分の星形が茶紅色で、それが釦《ボタン》の中央の縫い糸のように一つ一つ堅固に締って見える。

雲も、夕空の青も、互いに犯し合って、どちらも稀薄《きはく》である。花と花はまじわり合い、空を区切る輪郭はあいまいで、夕空の色に紛れるようである。そして枝々や幹の黒が、ますます濃厚に、どぎつく感じられる。

一秒毎《ごと》、一分毎に、そういう夕空と桜とのあまりな親近は深まった。それを見ているうちに、清顕の心は不安に閉ざされた。

幕が再び風を孕《はら》んだと思われたのは、聡子が幕に沿うて身を辷《すべ》らせて出て来たのである。清顕は聡子の手をとった。夕風にさらされて冷たい手だった。

接吻《せっぷん》しようとすると聡子はあたりを憚《はばか》って拒んだが、同時に自分の着物を、桜の幹いちめんの粉をまぶしたような苔《こけ》から庇《かば》ったので、そのまま清顕に抱かれてしまった。

「こんなことをしていると辛《つら》いばかりだわ。清様《きよさま》、お離しになって」

と聡子が低声《こごえ》で言うのに、なおあたりを憚る調子がありありと聴かれたので、清顕はその取り乱し方の不足を怨《うら》んだ。

清顕は自分たちが今桜の樹下に、倖《しあわ》せの絶頂にいるという保証が得たいのだった。不安な夕風がその焦躁《しょうそう》を高めたのも事実だが、聡子と自分が、これ以上何もねがわないような一瞬の至福の裡《うち》にあることを確かめたかった。少しでも聡子が気乗りのしない様子を見せれば、それは叶《かな》わなかった。彼は妻が自分と同じ夢を見なかったと云って咎《とが》め立てする、嫉妬深い良人《おっと》のようだった。

拒みながら彼の腕のなかで目を閉じる聡子の美しさは喩《たと》えん方もなかった。微妙な線ばかりで形づくられたその顔は、端正でいながら何かしら放恣《ほうし》なものに充《み》ちていた。その唇の片端が、こころもち持ち上ったのが、歔欷《きょき》のためか微笑のためか、彼は夕明りの中にたしかめようと焦《あせ》ったが、今は彼女の鼻翼のかげりまでが、夕闇《ゆうやみ》のすばやい兆《きざし》のように思われた。清顕は髪に半ば隠れている聡子の耳を見た。耳朶《じだ》にはほのかな紅《べに》があったが、耳は実に精緻《せいち》な形をしていて、一つの夢のなかの、ごく小さな仏像を奥に納めた小さな珊瑚《さんご》の龕《がん》のようだった。すでに夕闇が深く領している その耳の奥底には、何か神秘なものがあった。その奥にあるのは聡子の心だろうか？　心はそれとも、彼女のうすくあいた唇の、潤《うる》んできらめく歯の奥にあるのだろうか？

清顕はどうやって聡子の内部へ到達できるのかと思い悩んだ。聡子はそれ以上自分の顔が見られることを避けるように、顔を自分のほうから急激に寄せてきて接吻した。清顕は片手をまわしている彼女の腰のあたりの、温かさを指尖《ゆびさき》に感じ、あたかも花々が腐っている室《むろ》のようなその温かさの中に、鼻を埋めてその匂いをかぎ、窒息してしまったらどんなによかろうと想像した。聡子は一語も発しなかったが、清顕は自分の幻が、もう一寸《ちょっと》のところで、完全な美の均整へ達しようとしているのをつぶさに見ていた。

唇を離した聡子の大きな髪が、じっと清顕の制服の胸に埋められたので、彼はその髪油の香りの立ち迷うなかに、幕の彼方《かなた》にみえる遠い桜が、銀を帯びているのを眺め、憂《うれ》わしい髪油の匂いと夕桜の匂いとを同じもののように感じた。夕あかりの前に、こまかく重なり、けば立った羊毛のように密集している遠い桜は、その銀灰色にちかい粉っぽい白の下に、底深くほのかな不吉な紅《べに》、あたかも死化粧のような紅を蔵《かく》していた。

清顕は突然、聡子の頬が涙に濡《ぬ》れているのを知った。彼の不幸な探究心が、それを幸福な涙か不幸な涙かと、いちはやく占いはじめるが早いか、彼の胸から顔を離した聡子は、涙を拭《ぬぐ》おうともせず、打ってかわった鋭い目つきで、些《いささ》かのやさしさもなしに、たてつづけにこう言った。

「子供よ！　子供よ！　清様は。何一つおわかりにならない。何一つわかろうとなさらない。私がもっと遠慮なしに、何もかも教えてあげていればよかったのだわ。御自分を大層なものに思っていらしても、清様はまだただの赤ちゃんですよ。本当に私が、もっといたわって、教えてあげていればよかった。でも、もう遅いわ。……」

言いおわると、聡子は身をひるがえして幕の彼方へのがれ、あとには心を傷つけられた若者がひとりで残された。

何事が起ったのだろう。そこには彼をもっとも深く傷つける言葉ばかりが念入りに並び、もっとも彼の弱い部分を狙《ねら》って射た矢、もっとも彼によく利《き》く毒素が集約されており、いわば彼をいためつける言葉の精華であった。清顕はその毒の只《ただ》ならぬ精練度にまず気づくべきであり、どうしてこんなに悪意の純粋な結晶が得られたかをまず考えるべきだった。

しかるに胸は動悸《どうき》を早め、手はふるえ、口惜しさに半ば涙ぐみながら、怒りに激して立ちつくしている彼は、その感情の外に立って何一つ考えることができなかった。彼にはこの上、客の前へ顔を出すことが、そして夜が更《ふ》けて会が果てるまで平然とした顔つきでいることが、世界一の難事業のように思われた。

二十

宴はすべて滞りなく運ばれ、何ら目に立つ手落ちもなくて終った。まことに大ざっぱな侯爵《こうしゃく》は、自分も満足し、客ももちろん満足したことを疑わなかった。彼にとって侯爵夫人の値打が、もっとも輝やかしいものになるのは、このような瞬間だった。それは次のような問答によって知られる。

「両殿下は終始御機嫌麗《うる》わしかったね。満足して帰られたと思うかね」

「申すまでもございませんわ。こんなたのしい一日は、前の天子様の崩御以来、はじめてのことだと仰言《おっしゃ》っておいででした」

「それはずいぶん不謹慎な仰言り方だが、実に実感がある。それにしても、午後から深更までで、長すぎて、お客は疲れはしなかったろうか」

「そんなことはございません。お立てになった御計画が綿密で、手順がなめらかで、次から次とちがった愉《たの》しみがつづくのですもの。皆さん、お疲れになる暇があったとは思えません」

「活動写真のあいだ、眠っていた人はいなかったかね」

「いいえ。皆様、それは大きな目をおひらきになって、熱中して御覧になっておいででした」

「それにしても聡子はやさしい娘だ。たしかに心を動かす活動写真ではあったが、泣いていたのはあの人一人だった」

活動写真のあいだ聡子は心おきなく泣き、明るくなったとき、侯爵ははじめてその涙に気づいたのである。

清顕は疲れ果てて自室へ辿《たど》りついた。しかし目が冴《さ》えて眠れるどころではない。窓をあける。暗い池の面《おもて》から、青黒い鼈《すっぽん》の頭が、群立ってこちらを見上げているような気がする。……

彼はとうとうベルを鳴らして飯沼を呼んだ。すでに夜間大学を卒業した飯沼は、夜は必ず家にいた。

清顕の部屋へ入って行った飯沼は、そこに一目でわかるほど、怒りと苛立《いらだ》ちに荒廃した「若様」の顔を見た。

飯沼はこのごろ次第に人の顔色をよく読むことができるようになっていた。それはかつては全く彼の能力の外《ほか》にあるものだった。わけても日常接する清顕の表情は、今では万華鏡《まんげきょう》を覗《のぞ》くように、繊細な色さまざまな硝子《ガラス》の細片の組合せが、明晰《めいせき》に見てとれるようになった。

その結果、飯沼の心や嗜好《しこう》にも変化が生れた。悩みや憂《うれ》いにやつれた若主人の顔を、かつては惰弱な魂のあらわれとして憎んだ彼が、今ではそれを風情《ふぜい》あるものと見るまでになっていた。

たしかに清顕の憂わしげな美貌《びぼう》には、幸福や喜びはあまり似合わず、その気品を高めるのは、むしろ悲しみや怒りであった。そして清顕が怒って苛立つときは、そこに必ず、頼りなげな一種の甘えが、二重写しになって現われるのであった。さなきだに白い頰が青ざめ、美しい目が血走り、流れるような眉《まゆ》が歪《ゆが》むと、そこに重心を失ってよろめく魂の、ものに縋《すが》ろうとする渇望《かつぼう》があらわれ、荒野に漂う歌のような、荒廃のなかの甘さが漂い出た。
いつまでも清顕が黙っているので、飯沼はこのごろは勧められずとも掛けることにしている椅子《いす》に掛けて、清顕が卓上に放《ほう》置っておいた今夜の正餐《せいさん》のメニューをとりあげて読んだ。それは飯沼がこの先何十年松枝家にいても、決して味わう機会のないことがわかっている献立だった。

「大正二年四月六日観桜会晩餐

＊

一　羹汁《あつものじる》　鼈極製浮身入
一　羹汁　鶏肉細末製
一　魚肉　鱒《ます》白葡萄酒《ぶどうしゆ》煮牛乳製掛汁
一　獣肉　牛背肉蒸煮洋菌製
一　鳥肉　鶉《うずら》洋菌詰蒸焼形入製
一　獣肉　羊背肉焙焼《あぶりやき》セロリ製添ル
一　鳥肉　雁肝《フオア・グラ》冷製寄物
　　製酒　松林檎《パインアップル》入《いり》氷酒《ソルベ》
一　鳥肉　暹羅《しやも》鶏洋菌詰蒸焼
　　　　　　サラト紙函《かみばこ》入製

一　蔬菜《そさい》　松葉独活《アスパラガス》　牛酪製
　　　　　　　鞘隠元豆《さやいんげん》
一　製菓　牛乳油製冷菓《ババロワ》
一　製菓　二種合氷菓
　　　雑菓《プチ・フルー》」

——いつまでもメニューを読んでいる飯沼を見つめる清顕の目は、蔑《さげす》みをあらわしたり哀願を湛《たた》えたりして、落着かなかった。自分が口を切るのを飯沼が待っている、その無神経な遠慮が腹立たしい。主従の別も忘れて、彼が兄のように清顕の肩へ手をかけて訊《き》いてくれたら、どんなに喋《しゃべ》り易《やす》かったことであろう。

清顕はもとの飯沼と変った男がそこに坐《すわ》っていることに気づかなかった。むかしは激しい熱情を不器用に抑えつけているだけだったこの男が、今はやさしい柔らかい気持で清顕に対し、もともと不得手な細かい感情の領域へ、馴《な》れぬ手を染めようとしていることを知らなかった。

「お前には今、僕がどんな気持でいるかわからないだろうが、」と、とうとう清顕は口を切った。「聡子さんからひどい侮辱を受けた。まるで僕を一人前扱いにしていない口ぶりで、今までの僕の行動は愚かしい子供の振舞だと言わぬばかりだ。いや、本当にそう言ったんだ。一番僕のいやがることを、選《よ》りに選ってぶつけてきたあの人の態度には、僕もがっかりした。これでは雪の朝、あんなにあの人の言いなりになったのも、こちらが玩具《おもちゃ》にされただけのことになる。……お前には何かこれについて心当りはないだろうか。たとえば蓼科からちょっと耳に入れた話とか、そういうものが……」

飯沼はしばらく考えていて、

「さあ、別に思い当りません」

と言ったが、この考える間《ま》の不自然な長さが、鋭くなっている清顕の神経に、蔓《つる》のようにからみついた。

「嘘《うそ》だ。お前は何か知っている」

「いや、何も存じません」

そうして押問答をしているうちに、飯沼はそれまで言うまいと思っていたことを言ってしまった。他人の心の結果は読めても、心の反応については不敏な飯沼は、自分の言葉が清顕の心にどんな斧《おの》の一撃を与えることになるか、わからなかった。

「みねからきいた話ですが、これはみねが私にだけ内密に話して、絶対に誰にも言うな、と言った話です。しかし若様に関係したことですから、申上げたほうがいいかもしれません。

お正月の親族会に、綾倉様のお姫《ひい》さまがこちらへおいでになりましたね。毎年あの日は侯爵様が御親戚《しんせき》のお子様方どなたとも親しくお話をなさって、相談にも乗ってお上げ

なさる日であります。そのとき、侯爵様は、お姫さまに、

『何か相談事でもあるかね』

と冗談のようにお訊きになりましたところ、お姫様も冗談のように、

『はい、大へん大切な御相談がございます。小父様の教育の御方針について伺いとうございます』

と申されたそうです。

念のために申し上げますが、この話はすべて、侯爵様が、寝物語に、と申しては何ですが、(その言葉を、飯沼は云《い》おうようない痛恨をこめて放った)、寝物語に、笑いながらみねにお話しになった事であります。それをみねがありのままに私に伝えたのです。

さて、侯爵様が興味を催おされて、

『教育方針とは一体何だね』

と仰言ったところ、お姫様は、

『清様から伺ったところでは、お父様が実地教育を遊ばして、清様を花柳界へお連れになり、それで清様は遊びをお覚えになって、これで一人前の男になったと威張っておいでですが、小父様はそんなに不道徳な実地教育を本当に遊ばすのでございますか』

と、まことに言いにくいことを、あの調子ですらすらとお訊きになったそうであります。

侯爵様は呵々《かか》大笑され、

『これは手きびしい質問だ。まるで貴族院の質問演説に矯風会《きようふうかい》が立ったようだ。もし清顕の言うとおりなら、それはそれで私も弁解のしようがあるが、実はその教育は肝腎《かんじん》の本人から斥《しりぞ》けられてしまったのだよ。あれはあの通りの、不肖の倅《せがれ》で、私に似ない晩稲《おくて》で潔癖だから、いかにも私は誘いをかけたが、一言の下《もと》にはねつけて、怒って行ってしまった。それでいながら、あなたには見栄《みえ》を張って、そんな嘘の自慢話をするところが面白い。しかし、いかに心安立てとはいいながら、貴婦人に向って遊里の話をするような男に、私は育てたおぼえがない。早速呼びつけて叱《しか》ってやりましょう。そうしたらあいつも奮発して、お茶屋遊びの味をおぼえる気になるかもしれない』

しかしお姫様が言葉をつくして、こんな侯爵様の軽はずみをお止めになったので、侯爵様もこの話は聴き流しになさる約束をなさいましたが、約束の手前どうしても人に話せず、とうとうみね《い》にこっそりお話しになって、話しながら非常に愉快そうにお笑いになり、みね《い》には固い口止めをされたそうであります。

みね《い》も女ですから、そのまま黙っていられるわけがありません。私にだけ話してくれたので、私は厳重に口止めをし、若様の御名誉にも関わることだから、もし口外するようなら、お前との交際も絶つ、ときびしく申し渡しました。私のその意外な真剣な態度に押されて、みね《い》もゆめゆめ口外することはあるまいと存じます」

きいているうちに清顕の顔はいよいよ蒼《あお》ざめたが、今まで濃霧のうちにいてあちこちへ頭をぶつけていたものが、霧が晴れて白い円柱列が玲瓏《れいろう》とあらわれるように、すべてのあいまいな事象の輪郭がくっきりしてきた。

第一に、聡子はあれだけ否定しながら、実は清顕のあの手紙を読んでいたのだった。もちろんそのことは彼女にそこばくの不安を与えた筈《はず》だが、年賀の親族会で侯爵の口から嘘が確かめられると、彼女は有頂天になり、彼女のいわゆる「仕合せな新年」に酔うた。これで、あの日の厩《うまや》の前で聡子が突然、熱情にかられた告白をした理由が分明《ぶんみよう》になる。

さればこそ聡子は安心しきって、あのような大胆な雪見にも誘ったのだった！

今日の聡子のあの涙、あの無礼な非難は、これだけでは解けないが、今明らかになったことは、聡子が終始一貫嘘をつき、終始一貫清顕を心ひそかに軽んじていたことである。どんな弁解をきかされるにせよ、彼女がこんな人の悪い愉しみで清顕に接していたという事実だけは、誰も否定することができない。

『聡子が一方では僕を子供だと云って非難しながら、一方では僕を永久に子供のままに閉じ込めておきたかったことは、もう疑いの余地がない。何という奸智《かんち》だろう。時折は人にたよるような女らしい風情を見せながら、心の中では軽侮を忘れず、奉《たてまつ》るような素振をしながら、実はあやしてくれていたのだ』

怒りのあまり清顕は、事件の発端がすべてあの嘘の手紙にあり、最初に清顕のついた嘘からすべてが起っていることを忘れてしまった。

ただ何事も聡子の背信に結びつけて考えた。彼女は少年と青年の胸苦しい堺目《さかいめ》に立つ男の、もっとも大切にしている矜《ほこ》りを傷つけたのである。成人から見たらつまらない些《さ》事《じ》のように思われるもの、(父侯爵の笑いがそれをよく語っている)、その些事に関わる或《あ》る時期の男の矜持《きょうじ》ほど、繊細で傷つきやすいものはなかった。聡子はそれと知ってか知らずか、この上もない思いやりを欠いたやり方でそれを蹂躙《じゅうりん》したのだ。清顕は羞恥《しゅうち》のあまり病気にでもなったような気がした。

飯沼は清顕の蒼い顔色とつづく沈黙をいたましげに見戍《みまも》りながら、まだ自分の与えた手傷に気づいていなかった。

永年に亘《わた》って彼を傷つけつづけてきたこの美しい少年に、今こそ、何の復讐《ふくしゅう》のもくろみもなしに、彼のほうから深手を与えたことを知らなかった。それでいて飯沼が、このうなだれた少年を、これほど愛《いと》しく思った瞬間もなかったのである。

彼を扶《たす》け起し、彼を寝床へ運び、もし涙を流せば、貰《もら》い泣きもするだろうと、甘い、胸の迫るような気持で考えた。しかしやがて上げた清顕の顔は乾き果てて、涙の気配もなかった。その冷たい射るような眼差《まなざし》が、飯沼の幻想をすぐ打ち壊した。

「わかった。もう行っていいよ。僕も寝るから」

清顕は自分も椅子を立って、飯沼を戸口のほうへ押しやった。

二十一

明る日から何度か蓼科が電話をかけてきたが、清顕は電話口へ出なかった。

蓼科は飯沼を呼び、お姫様《ひいさま》がどうしても直接若様にお話ししたいことがあるから、ぜひ取次いでくれ、とたのんだが、清顕に強く言い渡されている飯沼は取次がない。何度目かの電話に、聡子がみずから出てきて飯沼にたのんだが、飯沼は固く断わった。

電話は連日執拗《しつよう》につづき、このことは御次《おつぎ》の評判にさえ立った。清顕は拒みつづけた。そしてとうとう、蓼科がたずねて来た。

暗い内玄関に飯沼が応待に出、蓼科を決して家へ上げようとしない気構えで、式台の中央に小倉の袴《はかま》の折目を正して坐《すわ》った。

「若様はお留守でお目にかかれません」

「お留守ということはありますまい。あなたがそういう風にお止め立てをなさるなら、山田さんを呼んで下さいまし」

「山田をお通しになっても同じことであります。若様は決してお会いになりません」

「それならよございます。私が強《た》って上らせていただいて、じきじきにお目通りいたします」

「お部屋に鍵《かぎ》を締めて、決してお入れになりません。あなたがお上りになることは御自由でありますが、内々の御用向でお越しの筈《はず》のあなたが、山田に知られたり、家内をお騒がせになったりすれば、侯爵《こうしやく》様のお耳に入ることになりましょうが、それでもよろしいのでありますか」

蓼科は黙って、暗いなかにも面皰《にきび》の凹凸の浮ぶ飯沼の顔を憎さげに見た。飯沼の目から見る蓼科は、明るい春日の漂う馬車廻しの五葉の松の葉末のきらめきを背景にして、年老いた頬の皺《しわ》を濃い白粉《おしろい》で埋めている縮緬絵《ちりめんえ》の人物のように見えた。そしてその、重たげなほどに深い二重瞼《ふたえまぶた》のなかの目は険しく怒っていた。

「よろしゅうございます。たとえ若様の御命令であろうと、あなたがそれほどに強《きつ》く仰言《おつしや》るからには、あなたにもそれだけの御覚悟がおありなさるのでしょう。今までは私もあなたのおために、善かれと取計らって来たこともいろいろございますが、それもこれ限りと思召《おぼしめ》して下さいまし。では若様にどうぞよしなにお伝え下さいますように」

——四、五日して、聡子から部厚い手紙が来た。

いつもなら山田を憚《はばか》って、蓼科から直《じか》に飯沼に手渡し、清顕の手に渡る筈の手紙が、正々堂々と、山田の捧《ささ》げる蒔絵《まきえ》の紋散らしの盆に載って届いたのである。

清顕はわざわざ飯沼を部屋に呼び、封を切らぬその手紙を見せ、窓をあけさせて、飯沼の前で、火鉢で火にくべた。

飯沼は清顕の白い手が、小さく舌をひらめかせる焔《ほのお》を避《よ》けて、また紙の厚みに圧せられて消えかかる焔を鼓舞して、桐《きり》の火桶《ひおけ》のなかをこまかく小動物のように動きまわるのを、何か精妙な犯罪を目《ま》のあたりにするように眺めていた。自分が手伝えばもっと巧《うま》く行く筈であるが、拒まれるのをおそれて手伝わなかった。清顕はただ証人として自分を呼んだのだ。

いぶる煙を避けかねて清顕の目からは一滴の涙が滴《した》たった。飯沼はかつて手きびしい訓育と涙による理解を望んだものだが、今、目の前で、火にほてる頬にしたたる美しい涙は、何ら飯沼の力に依《よ》るものではなかった。どうしてこの人の前では、いついかなる場合も、自分の無力を感じるようにしか仕向けられないのだろう。

――一週間ほどのち、父侯爵の帰宅の早い日があって、清顕は久々に母屋《おもや》の日本間で、両親と一緒の夕食に加わった。

「早いものだ。お前も来年は従《じゅ》五位を賜わることになる。そうしたら家のものにも、五位様と呼ばせよう」

と侯爵は上機嫌で言った。清顕は心のうちで来年に迫る自分の成年を呪《のろ》ったが、十九歳ではや、人間の成長ということに倦《う》み果て疲れ果てているこうした心境は、聡子の遠い影響に毒されているのではないかと疑われた。子供のときのように、新年の到来を指折り数え、大人になる望みの焦躁《しょうそう》に耐えなかった、あのような心はやりはすでに清顕から去っていた。父の言葉を彼は冷え冷えとした気持できいた。

食事は親子三人でするときの例に洩《も》れず、悲しげな八字眉《はちじまゆ》の母の寸分の隙《すき》もないのどかな応待と、赤ら顔の侯爵のわざと規矩《きく》を外した上機嫌との、いつも決った役割が守られながら進んだ。父母が目くばせとも云《い》えぬほどに軽く目を見交わすのを、清顕はすばやく見咎《みとが》めて愕《おどろ》いたが、それというのも、この夫婦の間の黙契ほど胡散《うさん》くさいものはないと思われるからだった。清顕が先に母の顔を見たので、母は些《いさ》かひるみ、その語りだした言葉は些かもつれた。

「……あのね、一寸《ちょっと》ききづらいことだけれど、ききづらいというほど大袈裟《おおげさ》なことじゃないんだけれど、お前の気持もきいておきたいと思って」

「何ですか」

「実は聡子さんに又縁談があるのよ。これがかなりむずかしい縁談で、もう少し先へ行くと、おいそれとお断わりすることはできなくなるの。今のところは、聡子さんの気持は例のとおりあいまいなのだけれど、今度はあの人の気持も、今までのように無下にお断わりするような風には動かないと思うのよ。御両親もお気が進んでいらっしゃるのだしね。……そこで、お前のことだけれど、お前も聡子さんとは幼な馴染《なじみ》だが、あの人の結婚について別に異存はありませんね。ここは、ただお前の気持どおりに言ってくれればいいのだけれど、もし異存があるなら、その気持どおりを、お父様の前で申上げたらいいと思うのですよ」

清顕は箸《はし》も休めず、何の表情もあらわさずに言下に言った。

「何も異存はありません。僕には何の関係もないことじゃありませんか」

わずかな沈黙ののち、侯爵は少しも乱れぬ上機嫌な口調で言った。

「まあ、今なら引返せるのだ。だからして、もしもだ、もし仮りに、少しでもお前の気持に引っかかりがあるなら、そう言ってごらん」

「何も引っかかりなんかありません」

「だから、もしも、と言っているのだ。なければないで結構だ。こちらも、あの家には永年の義理があるから、今度の話は、やれるところまでやり、助けられるだけ助け、何かと費《つい》えも見てあげなくてはならない。……それはそうと、来月はもうお宮様のお祭だが、もしこのまま話が進めば、聡子も忙しくなって、今年のお祭には来られないかもしれんな」

「それならはじめから、お祭には、聡子さんをお招《よ》びにならないほうがいいのではありませんか」

「これは愕いた。それほど犬猿の仲とは知らなかった」

侯爵は大いに笑って、笑いをしおに、その話を打切りにしてしまった。

両親にとって清顕は結局謎《なぞ》のような存在で、自分たちの感情の動きとはあまり隔たるその感情の跡を、追おうとしては道に迷う毎《ごと》に、もう追おうとすることすら諦《あき》めてしまった。今では侯爵夫妻は、わが子を預けた綾倉家の教育を、多少恨みに思うまでになっていた。

自分たちがかねて憧《あこが》れていた長袖者流《ちようしゆうしやりゆう》の優雅とは、要するにこのような意志の定まらぬわかりにくさだけを意味していたのであろうか？　遠目には美しくても、近い息子にその教育の成果を見れば、ただ謎をつきつけられているのと同じことだ。侯爵夫妻の心の衣裳《いしよう》は、たとえさまざまな思惑があっても、南国風の鮮やかな単彩であるのに、清顕の心は、むかしの女房の襲《かさね》の色目のように、朽葉色《くちばいろ》は紅《くれな》いに、紅いは篠《ささ》の青に融《と》け入って、どれがどれとも見定めがつかず、それをことさら忖度《そんたく》しようとするだけで侯爵は疲れた。何事にも無関心に見える息子の、冷たい何も語らない美貌《びぼう》を見ているだけで疲れた。侯爵の少年時代の思い出のどこを探ってみても、こんなにあいまいな、そして漣《さざなみ》が立つかと見れば底澄《そこずみ》の、不安定な心に悩まされた記憶はなかった。

やがて侯爵はこう言った。

「話はちがうが、飯沼には近々《きんきん》暇をやらねばと思っている」

「なぜですか」

はじめて清顕は新鮮な愕きを顔にあらわした。本当に意外だったのである。

「あいつにも永々世話になったが、お前も来年は成年になることだし、あいつも大学を卒業したし、ここらが好《よ》い潮時だと思うからだが、直接の理由はあいつについて、一寸面白くない噂《うわさ》をきいたからだ」

「どんな噂です」

「家のなかで不始末をしでかした。ありていに言えば、女中のみね《い》と密通しているということだ。むかしならお手討ものだがね」

この話をきいているときの、侯爵夫人の平静さはみごとだった。この問題については、あらゆる点で、彼女は良人《おっと》の味方に立っていた。清顕は重ねて訊《き》いた。

「誰からおききになった噂です」

「誰でもいい」

清顕はすぐさま蓼科の顔を思い泛《うか》べた。

「むかしならお手討ものだが、今の世の中ではそうも行くまい。それに国の推薦で来た男だし、毎年ああやって中学の校長も年賀にやってくる間柄だ。ここは本人の将来を傷つけぬように、穏便に家を出すのが一番だ。その上、私は花も実もある処置をとりたいと思っている。みね《い》にも暇をやって、本人同士、その気になれば夫婦になるもよし、飯沼の今後の働き口も探してやろうと思っている。とにかく家を出すということが目的だから、あとは怨《うら》みを残さぬようにするのが一番だ。永年お前の世話をさせたことは事実であるし、その点では何の越度《おちど》もなかったわけだからして」

「本当にお情深い。そこまでやっておやりになれば……」

と侯爵夫人は言った。

——清顕はその晩、飯沼と顔を合せたが、何も言わなかった。枕《まくら》に頭を委《ゆだ》ねてから、さまざまなことを思いめぐらし、自分が今全くの孤独になったのを知った。友と云っては本多ばかりだが、本多には事の経緯《ゆくたて》をのこらず打明けているわけではない。

清顕は夢を見た。夢のなかで、この夢は日記に誌《しる》すことはとてもできない、と考えている。それほどこみ入って、それほど錯然としているのである。

さまざまな人物があらわれる。雪の三聯隊《れんたい》の営庭があらわれるかと思えば、そこでは本多が将校になっている。雪の上にふいに孔雀《くじやく》の群が舞い下りるかと思えば、シャムの王子が左右から聡子の頭に、長い瓔珞《ようらく》を垂らした黄金の冠を戴《いただ》かせている。飯沼と蓼科が口争いをしているかと見れば、二人がもつれあって千仞《せんじん》の谷底へころがり落ちている。いいみねが馬車に乗ってきて、侯爵夫妻が恭《うやうや》しく出迎えている。そうかと思うと、清顕自身は、筏《いかだ》に揺られて、はてしれぬ大洋を漂流しているのである。

夢の中で清顕は思っていた、あまり深く夢にかかずろうたために、夢が現実の領域にまで溢《あふ》れ出し、夢の氾濫《はんらん》が起ってしまったのだと。

二十二

洞院宮《とういんのみや》第三王子治典王《はるのりおう》殿下は、御歳《おんとし》二十五歳で、近衛《このえ》騎兵大尉《たいい》に昇進されたばかりであったが、英邁《えいまい》にして豪宕《ごうとう》な御気性で、父宮のもっとも嘱望されている御子《みこ》であった。そういう御人となりであるだけに、お妃《きさき》選びにも人の意見をおききにならず、さまざまな候補があげられたが、お気に染まぬままに年月《としつき》を経てしまった。父宮も母宮も困じ果てておられる折をとらえて、松枝《まつがえ》侯爵が花見の宴にお招きして、さりげなく綾倉聡子《こう》をお引合せしたのである。両殿下は大そう御意に召し、写真を差出すようにとの御内意があったので、綾倉家では早速聡子の正装の写真を献上したが、これを御覧になった治典王殿下は、いつものような辛辣《しんらつ》な言葉を仰言《おっしゃ》らずに、じっと見入っておられた。そうなると、すでに二十一歳になっている聡子の年齢上の難点も、物の数ではなくなった。

むかしわが子を預けたお礼に、松枝侯爵は、衰えた綾倉家の再興を、かねて心にかけていたのである。その早道は、直宮様《じきみやさま》でなくても、とにかく宮家と姻戚《いんせき》になることであるが、由緒《ゆいしょ》正しい羽林家《うりんけ》の綾倉家は、そうなってもすこしもふしぎはない家柄である。ただ必要なのはその場合の後見《うしろみ》で、綾倉家には、莫大《ばくだい》もない御化粧料や、のちのちまでつづく宮家の御家来衆への盆暮のつけとどけなど、思っただけでも気の遠くなる出費のゆとりはなかった。それをのこらず松枝家がお世話をする用意があるのだった。

聡子は自分の周囲であわただしく運ばれてゆくこれらのことを冷然と眺めていた。四月は晴れの日がまことに少なく、暗い空の下で日ましに春が薄れ、夏が兆《きざ》していた。門構えばかりが立派な武家屋敷の、質素なつくりの部屋の肘掛窓《ひじかけまど》から、手入れのとどかぬひろい庭を眺めていると、椿《つばき》もすでに花が落ちて、その黒い固い葉叢《はむら》から新芽がせり出し、柘榴《ざくろ》も、神経質な棘立《とげだ》ったこまかい枝葉の尖端《せんたん》に、仄赤《ほのあか》い芽をつき出しているのに気づいた。新芽はみな直立し、そのために庭全体が、爪先《つまさき》立って背伸びをしているようにみえる。庭が幾分か高くなったのだ。

聡子が目立って黙りがちになり、物思いに耽《ふけ》る折が多いのを、蓼科は大そう気づかったが、その一方、聡子は水の流れるように、父母のいいつけもよく聴き、何事にも素直に従うようになり、以前のように異を樹《た》てることがなく、ほのかな微笑ですべてをうけ入れた。こうして何もかも肯《うべな》うやさしさの帷《とばり》の裏に、聡子は、このごろの曇った空のような、広大な無関心を隠していた。

五月に入ったある日、聡子は洞院宮御別邸へ、お茶の時間のお招きをうけた。例年ならば松枝家のお宮様の祭への案内が、すでに来ている筈《はず》の日頃であるのに、今聡子が何より心待ちにしているその案内は来ず、代りに宮家の事務官が招待状を携えて来て、さりげなく家扶に渡して去った。

いかにも自然な生起のごとく見えるこれらのことは、極秘のうちに、きわめてこまやかに運ばれていた。多くを語らぬ父母も亦《また》、聡子の立っているまわりの床《ゆか》に、こっそりと複雑な呪符《じゅふ》を書きめぐらして、聡子を封じ込めようとしている人たちの一味だった。

宮家のお茶へは、もちろん綾倉伯夫妻も招かれたが、御差廻しの馬車のお迎えなどは却《かえ》って事々しいので、松枝家が馬車を貸してくれることになった。明治四十年御造営の別邸は横浜郊外にあり、そこまでの馬車の旅は、もしこんなことでもなければ、稀《まれ》に見る一家そろっての愉《たの》しい遊山《ゆさん》と云《い》えたであろう。

この日は久々の快晴に恵まれ、伯爵夫妻は幸先《さいさき》のよいことを喜び合った。強い南風の吹きめぐる沿道のいたるところに、鯉幟《こいのぼり》がはためいていた。子供たちの数に従ってつける鯉の数も、大きい真鯉に小さめの緋鯉《ひごい》をとりまぜて、五疋《ひき》もつけていれば煩《わずら》わしく見え、風にはためく姿も鷹揚《おうよう》でなくなるのに、とある山際《やまぎわ》の家の幟は、伯爵が白い指をかかげて、馬車の窓から数えてみた数が十疋だった。

「なんとさかんなものやな」

と伯爵は含み笑いをして言った。それを聡子は、きわめて父に似つかわしくない野卑な冗談をきくように感じた。

青葉若葉の噴出はめざましく、山々は黄にちかい緑から黒ずんだ緑まで、千種《ちぐさ》の緑の湧《わ》きあふれるなかに、わけても楓《かえで》若葉の光りの洩《も》れる木かげは、紫磨金《しまごん》の地のようだった。

「おや、何か埃《ほこり》が……」

と母が聡子の頬へふと目をとめて、そこを手巾《ハンカチ》で拭《ぬぐ》おうとしたとき、聡子が咄嗟《とつさ》に身を退《ひ》くと共に、頬についていた埃もたちまち消えた。そこで母は、硝子《ガラス》の窓の一部の汚れが日ざしを遮り、聡子の頬に影の紋を投じていたのを知った。

聡子は母のこんなまちがいに興ずるでもなく、静かに笑ってみせただけであった。今日に限って自分の顔が念入りに注意され、羽二重の引出物のように検《あらた》められるのがいやだったのである。

髪の乱れを厭《いと》うて、窓も閉め切っているために、馬車の中は炉のような暑さだった。たえまない動揺、周囲につづく田植前の水田に映る若葉の山々、……聡子は自分が未来に待ちこがれているものが、何だかわからなくなっていた。一方では、奇体なほど放胆に、のがれようのないところへ自分を流し込んでゆくことの、危険な心はやりにとらわれていて、一方ではまだ何事かを待っている。今ならまだ間に合う。まだ間に合う。あわやという時に赦免状が届くことに望みをかけ、一方ではあらゆる希望を憎んでいた。

洞院宮御別邸は、海を見下ろす高い崖上《がけうえ》にあり、御殿風の外観を持った洋館には、大理石の階段がついていた。一家は別当に迎えられて馬車から下りたときに、さまざまな船のうかぶ港のほうを見下ろして、嘆声を発した。

お茶は海を見渡すひろい南向きの廊で供された。廊には多くの熱帯植物が繁茂し、そこへ入る入口を、シャムの王室から贈られた巨大な三日月型の一双の象牙《ぞうげ》が護《まも》っていた。両殿下はそこで客をお迎えになり、気軽に椅子《いす》をおすすめになった。菊の御紋章入りの銀器で英国風のお茶が出て、薄い一口サンドウィッチや洋菓子やビスケットが、ティー・テーブルの上に並べられた。

妃殿下はこの間の花見が面白かった話をされ、又、麻雀《マージャン》や長唄《ながうた》の話をされた。伯爵が、黙っている娘に口添えして、

「まだ家ではとんと子供で、麻雀もさせたことがございません」

と言ったが、

「おやおや、私共は暇なときは一日麻雀をしておりますよ」

と妃殿下は笑いながら仰言った。聡子は黒白十二の駒《こま》で遊ぶ、わが家の古い双六盤《すごろくばん》のことなどを言い出せなくなった。

今日の宮はくつろいで、背広を召しておいでになった。そして伯爵を窓辺に伴い、港の船々を、あれは英国の貨物船、フラッシュ・デックという型の船、あれはフランスの貨物船、遮浪甲板《シェルター・デック》型という型の船、などと、子供に説明するように、知識を披露なさった。

一見してその場の空気は、両殿下がどんな話題を選んでいいかお困りの様子に見えた。

スポーツなり、酒なり、一つでも共通の関心があればよいのだが、綾倉伯爵はひたすら受身ににこやかにお話を受けるばかりで、聡子の目からも、父から学んだ優雅が今日ほど無益に感じられることはなかった。伯爵はときどき、目前の話題とはまるで関係のない、とぼけた、風格のある冗談を言う人だったが、今日は明らかにそれを差控えていた。

ややあって、宮は時計を御覧になり、ふと思いついたように、こう仰言った。

「今日は幸い、治典王が軍隊で休みがとれて帰って来るが、わが子ながら、はなはだ武骨な人だが、気にされぬがいい。そう見えても、根はやさしいのだから」

仰言ると間《ま》もなく、御玄関のほうでざわめきがして、王子の御帰邸の気配が伝わってきた。

治典王殿下は佩刀《はいとう》を鳴らし、軍靴《ぐんか》を鳴らして、その勇ましい軍服のお姿を廊に現わし、父宮に挙手の礼をなさった。聡子はその一瞬、いいしれぬ空疎《くうそ》な威風を感じたけれども、父宮がそういう王子の勇武をお好みのことは明白であったし、若宮も何かにつけて父宮のお望みどおりに身を処して来られたことがよくわかった。それというのも、兄宮方《がた》は異様に柔弱な御人となりで、健康もお勝《すぐ》れにならず、かねて父宮の御失望を買っておられたからである。

治典王殿下のこんな御態度には、もちろん美しい聡子にはじめて会うことの、照れ隠しもおありになったのであろう。御挨拶《あいさつ》のときも、そのあとも、殿下はほとんど聡子を直視されることがなかった。

お丈はさほど高くはないが立派な御体格の王子が、よろずにきびきびと、尊大で意志的な、お若いのに威厳を持った態度をなさるのを、父宮は目を細めて御覧になっているようにお見受けする。それというのも、御風采《ふうさい》は堂々と御立派な父宮は、何か深いところで強い意志を欠いておいでになるという噂が高かったからである。

さて、治典王殿下の御趣味は、洋楽のレコードの蒐集《しゅうしゅう》で、それについては一家言がおありの御様子だったが、母宮が、

「一つ何かお聴かせしたら」

と仰言ったので、若宮は、

「はい」

と仰言って、室内の蓄音器のほうへ歩いておいでになった。そのとき聡子は思わずお姿を目で追っていたが、廊と部屋との堺《さかい》を大股《おおまた》にまたいで行かれるとき、その磨き立てた黒革の長靴《ちょうか》の胴に、窓の白光がありありと滑り、窓外の青空までが、ちらと青いなめらかな陶片を宿したように思われた。聡子は軽く目をつぶって音楽がはじまるのを待った。すると胸のうちが、待つことの不安で黒々とかきくもり、針が盤面に落ちる刹那《せつな》のかすかな音までが雷《らい》のように耳に轟《とどろ》いた。

——若宮との間には、その後二三のさあらぬ会話があっただけで、夕景に一家は宮家

を辞した。このあと一週間ほどして、宮家の別当が来訪し、伯爵と長い用談をした。その結果、正式に、宗秩寮《そうちつりょう》へ御内意を伺う手続がとられることになり、その書類は聡子も内見した。それは次のようである。

「治典王殿下、従《じゅ》二位勲三等伯爵綾倉伊文《これぶみ》長女聡子ト御結婚ノ儀
御相談被成度《なされたき》ニ附
御内意御伺方御奏上相成度《あいなりたく》
此度《このたび》 奉願候也《ねがいたてまつりそうろうなり》
　　大正二年五月十二日
　　　　洞院宮附別当　山内三郎
　宮内大臣殿」

三日後、宮内大臣から次のような通知があった。

「宮附事務官へ通知ノ件
治典王殿下、従二位勲三等伯爵綾倉伊文長女聡子ト御結婚ノ儀
御相談被成度
御内意伺之趣
被聞召《きこしめされ》届候此段申入候也
　大正二年五月十五日

宮内大臣

洞院宮附別当」

こうして御内意伺済となったからには、いつでも勅許のお願いを上奏することができるのであった。

二十三

清顕は学習院高等科の最上級生になった。来年の秋は大学へ進むことになるので、入学試験の勉強を一年半も前からはじめる者もある。本多にはそういう素振もないところが、清顕の気に入っていた。

乃木将軍の復活させた全寮制度は、建前としてはきびしく守られていたけれど、病弱の者には通学が許され、本多や清顕のように、家庭の方針で寮に入っていない学生は、それ相応のもっともらしい医者の診断書を持っていた。この贋《にせ》の病名は、本多は心臓弁膜症であり、清顕は慢性気管支カタルであった。よく二人はお互いのいつわりの病気を冷やかし合い、本多は心臓病の息苦しさをまね、清顕は空咳《からせき》をしてみせるのだった。

誰一人かれらの病名を信じている者もなく、二人はまことらしさを装《よそお》う必要もなかったが、日露戦役生残りの下士官たちがいる監武課だけは例外で、そこではいつでも形式的に、意地わるく彼らを病人扱いにした。教練の訓示の折などは、寮生活もできない病弱の徒が、一朝事あるときにどうしてお国の役に立とうか、などとあてこすりを言うのであった。

シャムの王子たちが寮に入られるというので、清顕は気の毒な思いがして、よくその部屋へ土産を持って訪ねて上げた。すっかり親身になっている王子たちは、こもごも愚痴をこぼされて、行動の不自由を愬《うった》えられた。快活で冷酷な寮生たちは、必ずしも王子たちのよい友ではなかった。

本多は、久しく友を等閑《なおざり》にしておきながら、又、厚顔な小鳥のように舞い戻った清顕をさりげなく迎えた。清顕は今まで本多を忘れていたということそのことを、忽《たちま》ち忘れ去っているように見えた。新学期に入って俄《にわ》かに人が変り、何かうつろな陽気さ快活さを身につけた清顕を、本多は訝《いぶ》かしく思ったけれども、もちろんそれについて何も尋ねず、清顕も何も語らなかった。

友にさえ心をひらかずに来たことが、今では清顕には、唯一《ゆいいつ》の賢いやり方だったと思い做《な》された。おかげで、本多の目にも、自分が女に手玉にとられた愚かな子供と映る心配がなく、その安心が今本多の前にいるとき、こうも自分を自由に朗らかにさせる原因だとわかっていた。そして又、本多にだけは幻滅を与えたくないというこの気持も、本多の前だけでは自由で解放された人間でありたいという気持も、清顕にとっては、ほかの無数の水くささを償って余りある、自分の最良の友情の証《あかし》のように思われるのであった。

清顕はむしろ自分の朗らかさに愕《おどろ》いていた。その後父母は全く恬淡《てんたん》に、宮家と綾倉家のお話の進み具合を息子にも話してきかせ、あの勝気な娘が、お見合の席ではさすがに固くなって、ものも言えなかった、などという話を可笑《おか》しそうに伝えた。もとより清顕にはそこに聡子の悲しみを読むいわれもなかった。

貧しい想像力の持主は、現実の事象から素直に自分の判断の糧《かて》を引出すものであるが、却《かえ》って想像力のゆたかな人ほど、そこにたちまち想像の城を築いて立てこもり、窓という窓を閉めてしまうようになる傾きを、清顕も亦《また》持っていた。

「あとはもう勅許をいただけばよいわけですね」

と言っている母の声が彼の耳に残った。その勅許という言葉には、ひろい長い闇《やみ》の廊下のゆくてに扉があって、そこに小さいけれども堅固な黄金《きん》の錠前が、歯嚙《はが》みをするように錠をみずから下ろす、その音を如実《にょじつ》に聴くような響きがあった。

父母のそういう物語に接して平然としている自分を、清顕はむしろ惚《ほ》れ惚《ぼ》れと眺めていた。怒りにも悲しみにも不死身な自分を知って、頼もしく思った。『僕は自分で思っていたよりも、ずっとずっと、傷つきにくい人間だったのだ』

かつて彼は、父母の感情の木理《きめ》の粗さに、疎遠《そえん》なものを感じていたが、今は自分をまぎれもないその血筋の上に置くことに喜びを覚えた。彼は傷つきやすい一族にではなく、人を傷つける一族に属していたのだ！

一日一日聡子の存在が自分から遠ざかり、やがて手も届かぬところへ去ってゆくという考えには、えもいわれぬ快感があった。施餓鬼《せがき》の灯籠《とうろう》が水に灯影を落して、夜の潮《うしお》に乗って遠ざかるのを見送るように、できるだけ遠ざかることに祈念が籠《こ》められ、できるだけ遠ざかることに自分の力の確証が得られた。

今、彼の気持の証人は、しかしこの広い世の中に一人もなかった。それが清顕に、自分の気持をいつわることを容易にさせた。『若様のお気持はよくわかっております。お委《まか》せ下さい』と不断に語っている、あの「腹心」どもの目も身辺から払い去られた。蓼科という、あんな大嘘《おおうそ》つきからのがれた喜びにもまして、彼は飯沼の、ほとんど肌をすりつけるまでに親密になった忠実さから、のがれ得たことを喜んだ。すべての煩《わずら》わしさはここに熄《や》んだ。

父の情ぶかい放逐を、清顕は飯沼の自業自得《じごう》と考えることによって、自分の冷たい心を庇《かば》い、しかも蓼科のおかげで、「このことはお父様には決して言わない」という自分の約をも破らずにすんだのが嬉《うれ》しかった。すべてはこの水晶のような、冷たい、透明な、稜角《りょうかく》のある心の功徳《くどく》だった。

飯沼が家を出て行ったとき。……彼は清顕の部屋へ別れを告げに来て、泣いた。清顕はその涙にさえ、さまざまな意味を読んだ。飯沼が、ひたすら清顕に対する忠実だけを強調しているように思われて、不愉快だったのである。

飯沼はもとより、何も言わずに泣くだけであった。何も言わぬことで、清顕に何かを通じさせようとしていた。この七年間のつながりは、清顕にとっては、感情も記憶もあいまいな十二歳の春に発し、記憶の遡《さかのぼ》るかぎりそこには飯沼がいるように思われた。ほとんど飯沼は清顕の少年期がかたわらに落した影、汚れた紺絣《こんがすり》の濃紺の影だった。彼のたえざる不満、たえざる怒り、たえざる否定は、それに対して清顕が無関心を装えば装うほど、清顕の心に重くのしかかっていた。しかし一方では、飯沼の暗い鬱屈《うつくつ》した目に秘められたそれらのもののおかげで、清顕自身は、少年期に免がれがたい不満や怒りや否定を免がれたのであった。飯沼が求めるものはあくまで飯沼の裡《うち》にだけ燃えていて、彼が清顕にかくあれと望めば望むほど、清顕がますますそれから遠ざかったのは、むしろ自然な成行だったかもしれない。

飯沼を自分の腹心にしてしまい、彼ののしかかる力を無力にしてしまったとき、そのときすでに清顕は、今日の別離へ向って、精神的に一歩を踏み出していたのかもしれない。この主従はお互いをこんな風に理解すべきではなかったのだ。

清顕はうなだれたまま立っている飯沼の紺絣の胸もとから、西日をうけて跳ね反《かえ》っている乱雑な胸毛が仄《ほのみ》見えるのを、鬱陶しい心地で眺めた。彼の押しつけがましい忠実は、そういう厚い重い煩わしい肉に護《まも》られていた。彼の肉体そのものが清顕に対する非難に充《み》ち、その汚れた面皰《にきび》の頬の凹凸の照りさえも、泥濘《でいねい》のつややかな照りのように、ふてぶてしい光輝を以《もっ》て、彼を信じて共にこの家を出るみねの存在を語っていた。何という非礼だろう！　若主人は女に裏切られてここに一人取り残され、書生は女を信じ了《おお》せて意気揚々とここを出てゆくのだ。しかも飯沼が、今日のこの別れを、全く彼自身の忠実の一直線上の出来事だと、信じて疑わない様子が清顕を苛立《いらだ》たせた。

しかし清顕は、貴族的な態度を持して、冷《ひ》ややかな人情の発露を示した。

「それでお前は、ここを出て間《ま》もなく、みねと夫婦になるんだね」

「はい、殿様のお言葉に甘えて、そうさせていただくつもりであります」

「そのときは知らせておくれ。僕からも祝い物を送るから」

「ありがとうございます」

「どこか身を落着けるところが決ったら、手紙で住所を知らせてくれれば、いつか僕も、邪魔をさせてもらうかもしれない」

「もし若様がお遊びにおいで下されば、これ以上の喜びはありません。しかしどのみち、穢《きた》ない小さな住居でありましょうから、とてもお迎えすることはできないと思うのです」

「そんなことは遠慮しなくていいよ」

「はい。そう仰言《おっしゃ》っていただくと……」

と飯沼は又泣いた。そして懐《ふとこ》ろから粗悪な漉返紙《すきかえしがみ》を出して洟《はな》をかんだ。

清顕の口を出る一語一語は、正にこういう場合にはこう言うべきだと、彼が考えていたとおりに円滑に流れ出て、何ら感情の裏附のない言葉のほうが、人を一そう感動させるという現場をありありと示した。感情にだけ生きていた筈《はず》の清顕が、今や必要上、心の政治学を学んだが、それは又必要に応じて、彼自身にも適用されるべきものだった。彼は感情の鎧《よろい》を着、その鎧を磨き立てることを覚えたのである。

悩みもわずらいもなく、あらゆる不安から解き放たれて、この十九歳の少年は、自分を冷たい万能の人間だと感じていた。何かがはっきりと終ったのだ。飯沼が去ったあと、開け放たれた窓から、若葉に包まれた紅葉山が池に落す美しい影を眺めた。

その窓からよほど首をさしのべなければ、九段目の滝が滝壺《たきつぼ》に落ちるあたりが見えないほどに、窓辺の欅《けやき》若葉の繁《しげ》りは深くなっていた。池も亦、岸ちかいかなりの部分が薄緑の蓴菜《じゅんさい》の葉におおわれ、河骨《こうほね》の黄の花はまだ目につかないが、大広間の前の八ツ橋風の石橋のひまひまに、花菖蒲《はなしょうぶ》が紫や白の花ざかりを、その鋭い緑の剣のような葉の簇生《そうせい》から浮き上らせていた。

窓框《まどかまち》にとまっていたのが、ゆっくりと室内へ這《は》い上って来ようとしている一疋《ぴき》の玉虫に清顕は目をとめた。緑と金に光る楕円《だえん》の甲冑《かっちゅう》に、あざやかな紫紅の二条を走らせた玉虫は、触角をゆるゆると動かして、糸鋸《いとのこ》のような肢《あし》をすこしずつ前へ移し、その全身に凝らした沈静な光彩を、時間のとめどもない流れの裡に、滑稽《こっけい》なほど重々しく保っていた。見ているうちに、清顕の心はその玉虫の中へ深くとらえられた。虫がこうして燦然《さんぜん》たる姿を、ほんのすこしずつ清顕のほうへ近づけてくる、その全く意味のない移行は、彼に、瞬間ごとに容赦なく現実の局面を変えてゆく時間というものを、どうやって美しく燦然とやりすごすかという訓《おし》えを垂れているように思われた。彼自身の感情の鎧はどうだろうか？　それはこの甲虫《こうちゅう》の鎧ほどに、自然の美麗な光彩を放って、しかも重々しく、あらゆる外界に抗《はむか》うほどの力があるだろうか？

清顕はそのとき、ほとんど、周囲の木々の茂りも、青空も、雲も、棟々の甍《いらか》も、すべてのものがこの甲虫をめぐって仕え、玉虫が今、世界の中心、世界の核をなしているような感じを抱いた。

——今年のお宮様のお祭の空気はどことなしにちがう。

第一に、このお祭というと、早くから掃除に精を出し、祭壇や椅子《いす》の手配も一人で引受ける飯沼が今年はいない。その分だけの仕事が山田の肩にかかり、山田は今まで自分の職分ではなかった仕事、しかもずっと若輩が受持っていた仕事を、引継がされるのが面白くない。

第二に、聡子が招かれていない。それはお祭に招かれている親戚《しんせき》附合の人たちの一人が欠けただけのことであり、まして聡子は本当の親戚ではないのであるが、ほかには聡子に代る美しい女客は一人もいない。

　神もこういう変化を快く思召《おぼしめ》さなかったものらしく、今年は祭なかばに空が暗みわたり、雷鳴さえとどろいて、神主の祝詞《のりと》をきいている女たちは、雨をおそれて静心《しずごころ》なかったが、幸いに、緋《ひ》の袴《はかま》の巫女《みこ》が一同の盃《さかずき》に神酒《みき》の酌をしてまわるころには、空も明るくなった。それと共に、かなりの日ざしが女たちのうつむいた衿元《えりもと》の、白い溜井《ためい》のような濃い襟白粉《えりおしろい》の項《うなじ》を汗ばませた。藤棚《ふじだな》はそのときふかぶかと花房の影を落した。後列のほうの参列者たちは、その影の余慶を受けた。

　もし飯沼がここにいたとしたら、年ごとに先代への敬意も追悼も薄れてゆくお祭の空気を、さぞ腹立たしく思ったことであろう。殊《こと》に明治大帝の崩御以来、明治の帷《とばり》の奥深く追いやられて、先代はますます、今の世とは何の関わりもない遠々しい神になった。参列者には、先代未亡人たる清顕の祖母をはじめ、年老いた人たちも何人かいたが、この人たちの哀悼の涙もとっくに乾いていた。

　永々しい式のあいだの女たちの私語も年ごとに声高になり、侯爵も敢《あえ》てそれを咎《とが》めなかった。侯爵自身が、今は何となくこのお祭を重荷に感じ、それを少しでも気楽な、気ぶっせいでないものにしたいと望んでいたのである。濃い化粧が一そう鮮やかに見せている琉球風の目鼻立ちの巫女の一人に、侯爵はずっと目をつけていて、式のあいだもその巫女の強い黒い瞳が、土器の神酒に影を宿すのにばかり気をとられていたが、式がおわると匆々《そうそう》、従弟《いとこ》の呑《の》んべえの海軍中将のところへ行って、その巫女について何か際《きわ》どい冗談を言ったらしく、中将はけたたましく笑って人の注意を惹《ひ》いてしまった。

八字眉《はちじまゆ》の悲しげな顔がこの式典によく似合うことを知っている侯爵夫人は、全く表情を動かさなかった。

清顕はといえば、私語を交わしたり、少しずつ慎しみを失いつつあったりはするものの、五月末のこの藤波の影のまわりに集まる一家の女たち、婢《はしため》の末までは名前をさえ知らない女たちの、何の表情も示さず、悲しみをさえ示さずに、ただ集められるままにこうして集まり、やがてまた散りぢりになる、そのふしぎな、重い澱《よど》んだ不如意《ふにょい》に充ちて、そのくせ昼月のような呆《ほう》けた白い顔をした女たちの、そこらに漂わす濃密な空気を鋭敏に感じとった。それは明瞭《めいりょう》に女たちの匂《にお》いであって、聡子もこれに属していた。そしてそれは潔《きよ》らかな白紙の幣《ぬさ》をつけた、滑らかな強い緑の葉を重ねた榊《さかき》の玉串《たまぐし》を以てしても、到底祓《はら》いがたいものであった。

二十四

喪失の安心が清顕を慰めていた。

彼の心はいつでもそういう働きをするのであったが、喪《うしな》うことの恐怖よりも、現実に喪ったと知るほうがよほどましなのだった。

彼は聡子を喪った。それでよかった。そのうちにさしもの怒りさえ鎮《しず》められてきた。感情はみごとに節約され、あたかも火を点ぜられていたために、明るく賑《にぎ》やかである代りに、身は熱蠟《ねつろう》になって融《と》かされていた蠟燭《ろうそく》が、火を吹き消されて、闇《やみ》の中に孤立している代りに、もう何ら身を蝕《むしば》む惧《おそ》れがなくなった状態と似ていた。彼は孤独が休息だとはじめて知った。

季節は入梅へ向っていた。恢復《かいふく》期の病人がおそるおそる不養生をするように、清顕はもはやそれによって心を動かされぬことを試すために、ことさら聡子の思い出にかかずろうた。アルバムをとり出してむかしの写真を眺め、綾倉家の槐《えんじゆ》の樹《き》の下で、いずれも胸からの白い前掛をかけて並んだ幼時の姿を見たが、すでに聡子よりも丈の高い幼ない自分に清顕は満足した。藤原忠通《ただみち》の法性寺《ほっしょうじ》流に流れを発する古い和様の書を、能書の伯爵は熱心に教えてくれたが、あるとき習字に飽きた二人を興がらせようとして、巻物に小倉《おぐら》百人一首を一首ずつ交互に書かせてくれたのが残っている。源重之《しげゆき》の「風をいたみ岩うつ波のおのれのみくだけて物をおもふころかな」という一首を清顕が書くと、そのかたわらに、大中臣能宣《おおなかとみよしのぶ》の「みかきもり衛士《ゑじ》のたく火の夜はもえ昼は消えつつ物をこそ思へ」という一首を、聡子が書いている。一見して、いかにも清顕のは幼ない手だが、聡子の手はのびやかで巧緻《こうち》で、とても子供の筆とは思われない。年長じてから清顕が、めったにこの巻物に指を触れないのは、そこに彼女の一歩先んじた成熟と自分の未成熟との、みじめなほどの隔たりを発見するからである。しかし、今こうして虚心に眺めてみれば、自分の手も幼ないなりに、その金釘《かなくぎ》流に男児らしい躍動があって、聡子のとめどなく流れるような優雅と、好個の対照をなしているのが感じられる。それればかりではない。こうして金砂子《きんすなご》に小松を配した美しい料紙の上に、おそれげもなく、墨をゆたかに含ませた筆の穂先を落したときのことを想起すると、それにつれて、一切の情景が切実に浮んだ。聡子はそのころふさふさと長い黒いお河童《かっぱ》頭にしていた。かがみ込んで巻物を書いているとき、熱心のあまり、肩から前へ雪崩《なだ》れ落ちる夥《おびただ》しい黒髪にもかまわず、その小さな細い指をしっかりと筆にからませていたが、その髪の割れ目からのぞかれる、愛らしい一心不乱の横顔、下唇をむざんに嚙《か》みしめた小さく光る怜悧《れいり》な前歯、幼女ながらにすでにくっきりと通った鼻筋などを、清顕は飽かず眺めていたものだ。それから憂《うれ》わしい暗い墨の匂《にお》い、紙を走る筆がかすれるときの笹《ささ》の葉裏を通う風のようなその音、硯《すずり》の海と岡というふしぎな名称、波一つ立たないその汀《なぎさ》から急速に深まる海底は見えず、黒く澱《よど》んで、墨の金箔《きんぱく》が剝《は》がれて散らばったのが、月影の散光のように見える永遠の夜の海……。

『このとおり、僕は無邪気に昔をなつかしむことさえできる』

と清顕は誇らしげに考えた。

夢にさえ聡子は現われなかった。何か聡子らしい影が射《さ》すと思うと、夢の中の女は、たちまち背《そびら》を反《かえ》して去った。そしてひろい白昼の衢《ちまた》のようなところがしばしば夢に現われ、そこには人影一つ見られなかった。

——学校で清顕は、パッタナディド殿下から頼まれ事をした。預けてある指環《ゆびわ》を持ってきてほしいというのである。

シャムの両殿下の学校における評判は、それほど良いとは云《い》われない。何と云っても日本語がまだ不自由で、学習に差支《さしつか》えることは致し方がないが、友達の友好的な冗談が一切通じないので、じれったがられ、果ては敬して遠ざけられる。両王子のいつも絶やさぬ微笑も、粗暴な学生たちには、ただ得体の知れぬものに思われた。

両王子を寮に入れたのは外務大臣の考えだということだが、舎監はこの賓客の扱いに心を痛めているという噂《うわさ》を清顕はきいた。准《じゅん》宮様扱いで特別な部屋も差上げ、ベッドも上等のものを入れ、つとめて寮生たちと仲好《なかよ》く交際されるように、舎監は力をつくしているのだが、日を経《ふ》るにつれ、王子たちは二人だけの城に閉じこもり、朝礼や体操にも出て来られぬことが多く、これがいよいよ寮生との疎隔《そかく》を深めた。

こうなるにはいろいろな原因がからみ合っていた。来日後半歳《はんとし》に充《み》たぬ準備期間は、王子たちを日本語の授業に馴染《なじ》ませるには不足であったし、又その準備期間のあいだ、王子たちはそれほど勉学にいそしまれたわけではなかった。もっとも生彩を放つ筈《はず》の英語の時間にも、英文和訳も和文英訳もただ王子たちをまごつかせるだけであった。

さて、パッタナディド殿下から松枝侯爵が預った指環は、五井《いつい》銀行の侯爵の私用の金庫に納められていたので、清顕はわざわざ父の印を借りて、これを出しに行かなければならなかった。夕景に又学校へ戻り、寮の王子の部屋を訪ねた。

　この日は空梅雨《からつゆ》の空を思わせるむしあつい陰鬱《いんうつ》な一日で、王子たちがあれほど望んでいる輝やかしい夏は、もうすぐそこに見えているようでいて手が届かず、あたかも王子たちの焦躁《しょうそう》を描いてみせたような物憂《ものう》い日だった。寮の粗末な木造の平家は、木下闇《こしたやみ》に深く埋もれていた。

運動場のほうでは、ラグビーの練習の喚声がまだひびいていた。あの若い咽喉《のど》から放たれる理想主義的な叫び声が清顕はきらいだった。粗暴な友情、新らしい人間主義、とめどもない洒落《しゃれ》や地口、ロダンの天才やセザンヌの完璧《かんぺき》に対するあくことない礼讃《らいさん》、……それはただ、古い剣道の叫び声に対応する、新らしいスポーツの叫び声にすぎなかった。かれらの咽喉はいつも充血して、若さには青桐《あおぎり》の葉の匂いがして、唯我独尊《ゆいがどくそん》の見えない烏帽子《えぼし》をたかだかとかぶっていた。

こういう新旧二つの潮流にはさまれて、言葉も不自由な二人の王子が、どんなにままならぬ日々を送っておられるかと思うと、一つの物思いから自由になって、心の寛《ひろ》くなった清顕は同情を禁じえなかった。そして特別上等の部屋とは言い条、粗末な暗い廊下の奥に王子二人の名札がかけてある古びたドアの前に立止ると、清顕は軽く叩《たた》いた。

出迎えた王子たちは、彼に取縋《とりすが》らんばかりの風情《ふぜい》を見せた。お二人のなかでは、人柄に生真面目《きまじめ》で夢みがちなところのあるパッタナディド殿下、すなわちジャオ・ピーのほうが清顕は好きだったが、このごろではあの軽薄で騒がしかったクリッサダ殿下さえ沈みがちになり、いつも二人で部屋にこもって、母国語でひそひそ話をされていることが多かった。

部屋はベッドと机、洋服簞笥《だんす》のほかには、飾りらしい飾りもなかった。建物自体に乃木将軍の兵営の趣味が溢《あふ》れていた。腰板の上はただの白壁で、その白壁の上の小さな棚に、王子が朝夕拝するのであろう金色《こんじき》の釈迦《しやか》像が、安置されているのだけが異彩を放っていたが、窓の両脇《りようわき》には雨じみのついた金巾《カナキン》の帷《とばり》が絞られていた。

王子二人の目立って日灼《ひや》けの濃い顔は、夕闇のなかでは微笑《ほほえ》んでいる白い歯だけが際《きわ》立《だ》った。お二人はベッドの端に清顕を迎え入れ、早速指環の催促をされた。

金の護門神ヤスカの、一双の半獣の顔に守られた濃緑のエメラルドの指環は、いかにもこの部屋に不似合な光輝を放った。

ジャオ・ピーは喜びの声をあげて指環をうけとると、すぐそのしなやかな浅黒い指にはめてみた。愛撫《あいぶ》のために創《つく》られたような、繊細でいていかにもこまやかな弾力に充ちあふれた、丁度戸の細い隙間《すきま》から寄木《よせぎ》の床《ゆか》深く爪《つめ》をさし入れて来る一条の熱帯の月光のようなその指に。

「これでやっと月光姫《ジン・ジャン》が僕の指に戻った」

とジャオ・ピーは憂わしげな吐息を洩《も》らした。クリッサダ殿下は以前のようにそれをからかうではなく、洋服簞笥の抽斗《ひきだし》をあけ、何枚ものシャツのあいだに念入りに隠した自分の妹の写真をとり出してきた。

「この学校では、自分の妹の写真だと云っても、机の上に飾ったりしては、笑われてしまう。それで僕らは、ジン・ジャンの写真をこうして大事に隠しているのです」

とクリッサダ殿下は泣きそうな声で言った。

やがてジャオ・ピーの打明けたところでは、月光姫《ジン・ジャン》の便りが途絶えてすでに二ヶ月になり、公使館にも問合せてみたけれども、一切が不明であって、兄王子クリッサダのところへさえ妹姫の安否が告げられて来なかった。もしその身に病気などの変事が起っていれば、電報なりで知らせてくるのは当然であるから、兄にさえ隠されている変化といえば、ジャオ・ピーには耐えがたい想像であるが、シャム宮廷で何らかの政略結婚が急がれていることしかない。

それを思うとジャオ・ピーの心は鬱《うつ》して、明日は便りがあるか、あるとしてもどんな不吉な便りが来るか、と考えるだけで勉強は手につかなくなった。こんな際の心の拠《よ》りどころとして、王子が思いつかれたのは、ただ一つ、姫の餞別《せんべつ》の指環を取り戻して、その密林の朝の色をした濃緑のエメラルドに、自分の思いをひたすら籠《こ》めることだけであった。

ジャオ・ピーは今は清顕の存在をも忘れたかのように、机上に置いた月光姫《ジン・ジャン》の写真のかたわらへ、エメラルドをはめた指をさしのべて、時空を隔てたその二つの実在が一つに凝結する瞬間を、招き寄せようとしているかの如《ごと》く見えた。

クリッサダ殿下が天井の灯《あか》りをつけた。するとジャオ・ピーの指のエメラルドは、写真の額の硝子《ガラス》に反射して、丁度姫の白いレエスの服の左の胸のところに、暗い四角い緑の形に鏤《ちりば》められた。

「どうです。こうして見ると」とジャオ・ピーは、夢見るような口調で英語で言った。「彼女はまるで緑いろの火の心臓を持っているようじゃありませんか。密林の枝から枝へ、木の蔓《つる》そのままの姿で伝わる細い緑蛇は、こんな冷たい緑の、ごくこまかい亀裂《きれつ》の入った心臓を持っているのかもしれませんね。彼女はいつか僕がこうして、彼女のやさしい餞別からこんな寓喩《ぐうゆ》を読みとることを、期待していたのかもしれない」

「そんなことはありませんよ、ジャオ・ピー」とクリッサダ殿下が鋭く遮った。

「怒るなよ、クリ。僕は決して君の妹を侮辱する気持はないのだから。僕はただ恋人というものの存在の不思議を言っているのだ。

彼女の姿絵は、写されたときの彼女の形をしかとどめないのに、餞別の宝石は、現在只今《ただいま》の彼女の心を忠実に映し出すような気がするじゃないか？ 僕の思い出のなかで、写真と宝石、彼女の姿と心とは、わかれわかれになっていたが、今またこうして一つものになったのだ。

われわれは恋しい人を目の前にしていてさえ、その姿形と心とをばらばらに考えるほど愚かなのだから、今僕は彼女の実在と離れていても、逢《あ》っているときよりも却《かえ》って一つの結晶を成した月光姫《ジン・ジャン》を見ているのかもしれないのだ。別れていることが苦痛なら、逢っていることも苦痛でありうるし、逢っていることが歓《よろこ》びならば、別れていることも歓びであってならぬという道理はない。

そうでしょう？ 松枝君。僕は、恋するということが時間と空間を魔術のようにくぐり抜ける秘密がどこにあるか探ってみたいんです。その人を前にしてさえ、その人の実在を恋しているとは限らないのですから、しかも、その人の美しい姿形は、実在の不可欠の形式のように思われるのですから、時間と空間を隔てれば、二重に惑わされることにもなりうる代りに、二倍も実在に近づくことにもなりうる。……」

王子の哲学的な思弁は、どこまで深まるともわからなかったが、清顕はなおざりには聴けなかった。王子の言葉からいろいろと思い当るふしがある。自分は今、聡子に対して「二倍も実在に近づいた」と信じているのだが、そして自分が恋したものは彼女の実在ではなかったと確実に知ったのだが、それに何の証拠があろうか？　ややもすれば、自分はただ「二重に惑わされて」いるのではなかろうか？　そして自分が恋しているのは果して彼女の実在で……。清顕はかすかに、半ば無意識に首を振った。ゆくりなくも又、いつぞやの夢に、ジャオ・ピーの指環のエメラルドの中から、ふしぎな美しい女の顔があらわれたのを思い出した。あの女は誰だったのだろう。聡子か？　まだ見ぬ月光姫《ジン・ジャン》か？　あるいはまた？……

「それにしても、いつになったら夏が来るのだろう」

とクリッサダ殿下は、窓外の繁《しげ》みに包まれた夜を、心もとなげに眺めやった。繁みの彼方《かなた》にちらつく学生寮の棟々の灯があって、何となくあたりがざわめいてきているのは、寮の食堂が夕食のためにひらく時刻らしかった。繁みの間の小径をゆく学生の、詩を吟ずる声もきこえた。そのぞんざいな、不まじめな吟詠の調子に、他の学生の笑う声がきこえた。王子たちは夜闇と共にあらわれる魑魅魍魎《ちみもうりょう》をおそれるように眉《まゆ》をひそめた。

……

――清顕がこうして、指環をお返ししたことは、やがて面白くない事件を惹《ひ》き起すもとになった。

数日後、蓼科から電話がかかった。婢《はしため》が取次いで来たが、清顕は出なかった。又あくる日かかった。清顕は出なかった。

このことはほんのすこし心にかかっていたが、その心に一つの規制が布《し》かれて、聡子のことはともかく、蓼科の非礼に対する怒りにだけ滞った。あの嘘《うそ》つきの老婆《ろうば》が、又しても臆面《おくめん》もなく欺《だま》しにかかって来たと思うと、彼はその怒りにだけ集中して、自分が電話へ出なかったことから来る些少《さしよう》の不安を、みごとに始末してしまった。

三日たった。梅雨に入って、終日降りつづけていた。学校からかえってくると、山田が恭《うやうや》しく盆に載せて手紙を届けて来たが、封筒の裏を見た清顕は、そこに蓼科の名が麗々しく誌《しる》されているのを認めておどろいた。封は念入りに糊《のり》づけされ、かなり嵩《かさ》ばった二重封筒の中には、さらに封書が入っているのが手ざわりでわかった。一人になると、開封しそうな気持になるまいでもないことを惧《おそ》れた清顕は、わざわざ山田の目の前で、厚い手紙を千々に引き破いてみせて、それを捨てるように命じた。自分の部屋の屑籠《くずかご》に捨てては、又その破った紙片を拾い集めたくなるのを惧れたのである。山田は眼鏡の奥で目をおどろきにひきつらせていたが、何も言わなかった。

さらに数日たった。その間、破いた手紙のことが日ましに心に重く懸ってくるのに、清顕は腹を立てた。もはや自分と何の関わりもない筈の手紙によって心が擾《かきみだ》された腹立ちだけならまだしも、あのとき思い切って手紙を開封しなかったことへの後悔が、それにまじっているのに気づくのは耐えがたかった。あのとき手紙を破り捨てたのは、たしかに強い意志の力であった筈なのに、時を経《ふ》るにつれて、ただ臆病のためではなかったかと思い返された。

目立たない白い二重封筒の手紙を破いたとき、あたかもその中に、しなやかで靭《つよ》い麻糸でも漉《す》き込んであるかのように、彼の指は執拗《しつよう》な抵抗を感じた。あれは麻糸が漉き込んであったわけではない。ことさら強い意志力を振い起さなくては、手紙を破くことができないものが彼の裡《うち》にひそんでいたのだ。何の恐怖だったろう。

彼はもう二度と聡子に煩《わずら》わされるのは御免だった。彼女の香気の高い不安の霧で、自分の生活を包まれるのはいやだった。やっと明晰《めいせき》な自分を取戻すことができたというのに。……それはともあれ、あの部厚い手紙を破いたとき、彼はあたかも聡子の白く燻《くす》んだ肌を引き裂いているような思いがした。

梅雨の晴れ間の大そう暑い土曜日の午《ひる》さがりに、清顕が学校からかえってくると、母屋《おもや》の玄関前にざわめきがあって、家の馬車が出発の仕度をし、召使たちが紫の袱紗《ふくさ》をかけた嵩高《かさだか》の贈り物らしいものを馬車の中へ運び入れていた。馬はそのたびに耳を動かし、汚れた臼歯《きゅうし》から光る涎《よだれ》を垂らしていたが、強い日光が、油でも塗ったように見せているその青毛の首の、緻密《ちみつ》な毛の下の静脈の起伏を浮彫りしていた。

玄関を入ろうとした清顕は、丁度三枚重ねの紋付の礼服で出てくる母に、出会頭に、

「只今」

と言った。

「おや、おかえりなさい。私はこれから綾倉さんへお祝いを申上げに行って来ます」

「何のお祝いですか」

母は召使たちに、重要な事柄をきかれるのをいつも嫌ったので、清顕をひろい玄関の傘立てのある暗い片隅へ引張って、声をひそめてこう言った。

「今朝、いよいよ勅許が下りたのよ。お前も一緒にお祝いに行きますか」

侯爵夫人は、息子が行くとも行かぬとも答えぬ前《さき》に、その言葉をうけた息子の目に、暗い歓びの一閃《せん》がよぎるのを見た。この意味を探る暇もないほど、しかし夫人は急いでいた。

そして閾《しきい》をまたいでから又振向いて、悲しげな眉のまま言った言葉は、彼女が要するにこの瞬間から、何一つ学ばなかったことを語っていた。

「お慶《よろこ》び事はお慶び事だよ。いくら仲たがいをしていても、こういうときは素直に祝ってあげたらいいのよ」

「よろしくどうぞ。僕はまいりません」

清顕は玄関前で母の馬車を見送った。馬の蹄《ひづめ》は玉砂利を雨のような音を立てて蹴散《けち》ら

し、松枝家の金の紋章は馬車廻しの五葉の松の樹間に、活潑《かっぱつ》に揺れかがやいて遠ざかった。主人が出かけたあとの、召使たちの肩のゆるみが、清顕の背後に、一せいに、音のない雪崩《なだれ》のように大仰に感じられた。彼は主人のいないがらんとした邸《やしき》を振返った。召使たちは、目を伏せて、彼が家へ上るのをじっと待っていた。清顕はこの大きな空虚を、今即刻充《み》たすことのできる大きな物思いのたねを、自分が今確実に手に入れたことを感じていた。召使たちの顔をも見ずに、大股《おおまた》に家へ上って、一刻も早く自分の部屋にとじこもるために廊下をいそいだ。

そうしているあいだも、心は灼熱《しゃくねつ》して、ふしぎな高い胸の鼓動と共に、「勅許」という一つの貴い輝やかしい文字を見つめていた。ついに勅許が下りた。蓼科の頻繁な電話と厚い手紙は、勅許の下りる前の最後のあがきのようなもの、その前に清顕の寛恕《かんじょ》をねがい、心の負い目を返してしまいたいという焦躁のあらわれだったにちがいない。

のこる一日を、清顕は飛翔《ひしょう》する想像力に身を委《ゆだ》ねてすごした。外界は何一つ目に入らず、今までの静かな明晰の鏡は粉々に砕け、心は熱風に吹き乱されてざわめきつづけた。これまでの彼の些少の熱情に、必ず伴なわれた憂鬱の影は、この激しい熱情の中には片鱗《へんりん》もなかった。これに似た感情といえば、まず一番似通っているものとして、歓喜しか思い当らない。しかし理由のないこんな激烈な歓喜ほど、人間の感情のなかで不気味なものはなかろう。

何が清顕に歓喜をもたらしたかと云《い》えば、それは不可能という観念だった。絶対の不可能。聡子と自分との間の糸は、琴の糸が鋭い刃物で断たれたように、この勅許というきらめく刃で、断弦の迸《ほとばし》る叫びと共に切られてしまった。彼が少年時代から久しい間、優柔不断のくりかえしのうちにひそかに夢み、ひそかに待ち望んでいた事態はこれだったのだ。御裾持《おすそもち》のときに仰ぎ見た、白い根雪のような妃殿下のおん項《うなじ》の、屹立《きつりつ》し拒否している無類のお美しさは、彼のこのような夢に源《みなもと》し、彼のこのような望みの成就《じょうじゅ》を、預言していたのにちがいない。絶対の不可能。これこそ清顕自身が、その屈折をきわめた感情にひたすら忠実であることによって、自ら招き寄せた事態だった。

しかし、この歓喜は何事なのだ。彼はこの歓びの、暗い、危険な、おそろしい姿から目を離すことができなかった。

自分にとってただ一つ真実だと思われるもの、方向もなければ帰結もない「感情」のためだけに生きること、……そのような生き方が、ついに彼をこの歓喜の暗い渦巻く淵《ふち》の前へ導いたのであれば、あとは淵へ身を投げることしか残されていない筈だ。

彼は再び幼ない聡子と互《かた》みに書いた手習いの百人一首をとりだして眺め、十四年前の聡子の焚《た》きしめた香の薫りがまだ残っていはしないかと考えて、その巻紙に鼻を寄せた。するとその黴《かび》の匂いともつかぬ遠々しい香りから、一つの痛切な、世にも無力で同時に不羈《ふき》な、彼の感情のふるさとが蘇《よみがえ》った。双六盤《すごろくばん》で勝っていただいた、皇后御下賜《ごかし》の打物の菓子の、あの小さい歯でかじるそばから紅《くれな》いの色を増して融《と》ける菊の花びら、それから白菊の冷たくみえる彫刻的な稜角《りようかく》が、舌の触れるところから甘い泥濘《でいねい》のようになって崩れる味わい、……あの暗い部屋々々、京都から持って来た御所風の秋草の衝立《ついたて》、あのしめやかな夜、聡子の黒い髪のかげの小さな欠伸《あくび》、……すべてに漂う淋《さび》しい優雅をありありと思い起した。

そして清顕は、それへ目を向けるのも憚《はばか》られる一つの観念へ、少しずつ身をすりよせてゆく自分を感じた。

二十五

……高い喇叭《らつぱ》の響きのようなものが、清顕の心に湧《わ》きのぼった。

『僕は聡子に恋している』

いかなる見地からしても寸分も疑わしいところのないこんな感情を、彼が持ったのは生れてはじめてだった。

『優雅というものは禁を犯すものだ、それも至高の禁を』と彼は考えた。この観念がはじめて彼に、久しい間堰《せ》き止められていた真の肉感を教えた。思えば彼の、ただたゆうばかりの肉感は、こんな強い観念の支柱をひそかに求めつづけていたのにちがいない。

彼が本当に自分にふさわしい役割を見つけ出すには、何と手間がかかったことだろう。

『今こそ僕は聡子に恋している』

この感情の正しさと確実さを証明するには、ただそれが絶対不可能なものになったというだけで十分だった。

彼は落着きなく椅子《いす》から立上り、又坐《すわ》った。いつも不安と憂鬱《ゆううつ》にあふれているように感じていたわが身が、今は若さにみちみちて感じられた。あれはすべて錯覚だったのだ、自分が悲しみと鋭敏さに打ちひしがれていると思っていたのは。

窓をあけ放ち、日のかがやく池を眺め、深呼吸をして、すぐ鼻先に迫る欅《けやき》若葉の匂《にお》いを吸い込んだ。紅葉山のかたえにわだかまる雲の形には、すでに夏の雲らしい光りを含んだ量感があった。

清顕の頰は燃え、目は輝いていた。彼は新たな人間になった。何はともあれ、彼は十九歳だった。

二十六

……彼は情熱の夢想に時をすごし、ひたすら母のかえりを待った。母が綾倉家にいては具合がわるいのだ。とうとう母の帰宅が待ちきれなくなった彼は、制服を脱ぎ、薩摩《さつま》絣《がすり》の袷《あわせ》に袴《はかま》をつけた。召使を呼んで俥《くるま》の仕度をさせた。

青山六丁目でわざと俥を乗り捨て、開通したばかりの六丁目・六本木間の市電に乗り、終点で降りた。

鳥居坂へ曲る角に六本木の呼名の名残の三本の大欅《おおけやき》があり、その樹下に、市電開通後も昔にかわらぬ「人力車駐車場」と大書した看板があり、棒杭《ぼうぐい》が立ち、饅頭笠《まんじゅうがさ》に紺の法《はっ》被《ぴ》と股引《ももひき》の、車夫たちが客を待っていた。

彼はその一人を呼んで法外な心付を先に与え、ここからは目と鼻のところにある綾倉家へ急がせた。

綾倉家の長屋門へは、松枝家のイギリス製の馬車は入れない。従って門前に馬車が待ち、門が左右に開け放たれていれば、母がまだいる証拠である。もし馬車もなく、門も閉ざされていれば、母はすでに辞去したしるしである。

俥がその前をとおりすぎた門はひたと閉ざされ、門前の馬車の轍《わだち》は、ゆきとかえりの四条があった。

清顕は鳥居坂際《ぎわ》まで俥を戻し、自分は俥にのこって、車夫に蓼科を呼びにやらせた。俥は待つ間《ま》のかくれ家に役立った。

蓼科が出てくるのは遅かった。清顕は幌《ほろ》の隙間《すきま》から、少しずつ傾いてくる夏の日が豊かな果汁のように、若葉の木々の梢《こずえ》を明るくひたすのを見た。又、鳥居坂際の高い赤煉《あかれん》瓦《が》の塀を抜《ぬき》ん出て、巨大な橡《とち》の若葉の樹冠が、白い鳥の巣になったかのように、ほの紅《あか》い暈《ぼか》しのあるおびただしい白い花を戴《いただ》いているのを見た。彼は雪の朝の眺めを心に呼び戻し、言いがたい感動に搏《う》たれた。しかし今ここで押して聡子に会おうとするのは得策ではなかった。はっきりした情熱を持ったので、もう感情の動くままに動く必要がなくなったのである。

　車夫を従えて通用門から出てきた蓼科は、幌を掲げた清顕の顔を見るなり、茫然《ぼうぜん》として立ちすくんだ。

　清顕は蓼科の手を引いて、むりじいに俥に乗せた。

「話があるんだ。どこか人目に立たないところへ行こう」

「そう仰言《おっしゃ》いましても、……そんな藪《やぶ》から棒の仰《おお》せでは……、松枝様の奥方様も今しがた御帰りあそばしたところでございますし、……それに今夜は御内々《うちうち》のお祝いの仕度で、私も忙しくしておりますから」

「いいから早く車夫にそう言いなさい」

　清顕が手を離さないので、蓼科はやむなく言った。

「霞町のほうへ行って下さい。霞町三番地のあたりから、三聯隊《れんたい》の正門のほうへ廻って下りてゆく坂道があります。その坂を下りたところですから」

　俥は走り出し、蓼科は神経質におくれ毛をかいつくろいながら、じっと前方を見つめつづけていた。この白粉《おしろい》の濃い老婆《ろうば》とこれほど体を接しているのははじめてで、厭《いと》わしく感じられたが、これほど小さな、侏儒《しゅじゅ》のように小さな女だと感じたのもはじめてだった。

蓼科は俥の揺れに、波立ってきこえる不分明《ふぶんみょう》な呟《つぶや》きを、何度かくりかえした。

「もう、遅うございます。……何もかも遅うございます。……」

あるいは又、

「何だって御返事の一言ぐらい……こうなる前に、何だって……」

清顕は黙って答えなかったので、やがて蓼科は目的地へ着く前に、そこの話をした。

「私の遠縁の者が、そこで軍人相手の下宿屋をしているのでございます。穢《きた》ないところでございますが、いつでも離れが空いておりますから、そこでなら心おきなくお話を伺えると存じまして」

明日の日曜には六本木界隈《かいわい》は一変して賑《にぎ》やかな兵隊の町になり、面会人の家族と打連れて歩くカーキ色の軍服に埋まるのであるが、土曜のまだ日のあるうちはそんなこともない。俥がめぐる道を目をつぶって辿《たど》ってみると、たしかにあの雪の朝、ここも通りあそこも通ったという感じがする。この坂も下りたと思うところで、蓼科は俥を止めた。門も玄関もない、そのくせかなりな広さの庭に板塀をめぐらした坂下の家の、母屋《おもや》の総二階が目の前にあった。蓼科は塀外からその二階をちょっと窺《うかが》った。粗末な建物で、二階は留守と見えて、縁伝いの硝子戸《ガラスど》をみな閉めている。六枚つづきの腰附硝子戸の亀《かめ》の子格子《こごうし》の、硝子は悉く《ことごと》素透《すどお》しなのに、中は見えず、粗悪な硝子いちめんに夕空が歪《ゆが》んで映っている。向いの家の屋根で働らく屋根職人の姿が、水の中の人影のようにいびつに映る。夕空も、夕べの湖のおもてのように、憂《うれ》いを帯びて、歪んで、潤《うるお》うて映っている。

「兵隊さんがかえっていると何かとうるそうございます。もっともここをお貸ししているのは、将校だけでございますけれど」

と蓼科は言いながら、鬼子母講《きしもこう》の札をわきに貼《は》りつけた水腰九本立のこまかい格子戸をあけて、案内を乞《こ》うた。

初老の白髪の背の高い男が現われて、

「ああ、蓼科さんか。お上んなさい」

と、少し軋《きし》んだような声で言う。

「お離れのほう、よろしいでしょうか」

「はい、はい」

三人は裏の廊下をとおって四畳半の離れへ入った。坐《すわ》るなり、蓼科は、

「すぐお暇《いとま》しなくちゃならないんですから。それにこんなきれいな若様と御一緒じゃ、何を言われるかわかりませんし」

と急に言葉も崩れて、蓮葉《はすは》になって、老主人へとも清顕へともつかずに言った。部屋は莫迦《ばか》に綺麗《きれい》に片づいていて、半畳の踏込床《ふみこみどこ》に茶掛の半折《はんせつ》を掛けたり、源氏襖《げんじぶすま》があったりする。外部からの軍人御下宿の安普請《やすぶしん》の印象とはちがうのである。

「何の仰せでございます」

と、主人が去ると蓼科はすぐに言った。清顕が黙っているので、苛立《いらだ》ちを隠さずに、重ねて訊《き》いた。

「何の御用でございます。又、選《よ》りに選って今日という日に」

「今日という日だから来たんだ。君の手引で聡子さんに逢《あ》わせてほしいんだ」

「何を仰言います、若様。もう遅うございます。……本当に今ごろになって、何を仰言るやら。今日を限りに、もう何もかも、お上《かみ》次第になる他はございません。なればこそ、あんなにしげしげとお電話も申上げ、お便りも致しましたのに、そのときは一切御返事も遊ばさず、今日という日になって、一体何を仰言います。御冗談もほどほどに遊ばしませ」

「それもみんなお前から出たことだ」

と清顕は、蓼科の濃い白粉に包まれた静脈が癇走《かんばし》っている顳顬《こめかみ》のあたりを眺めながら、せいぜい威厳を示して言った。

清顕は、蓼科があんなにも白々しい嘘《うそ》をついて実は清顕の手紙を聡子に読ませていたこと、又、余計な告げ口をして清顕の腹心の飯沼を失わせたことを責め立て、とうとう蓼科は、空涙《そらなみだ》かはしれないけれど、涙を流して手を突いて詫《わ》びた。

懐紙を出して拭《ぬぐ》う目のまわりの白粉が剝《は》げ、そこから老いのあらわになった、しかし却《かえ》って艶《えん》な、口紅を拭《ふ》いたあとの皺《しわ》だらけの桜紙のような、紅くこすれた高頰《たかほ》の皺がのぞき、蓼科は泣き腫《は》らした目を宙に向けたまま、こう言った。

「本当に私が悪うございました。何とお詫び申上げても、追いつかないことはよく存じております。でもこのお詫びは若様へ申上げるよりも、お姫様《ひいさま》へ申上げるべきでございましょう。若様へお姫様のお気持がありのままに届かなんだことは、この蓼科の越度《おちど》でございます。よかれと思ってお計らいしたことが、みんな裏目に出てしまった。思召《おぼしめ》しても御覧あそばせ。若様のあのお手紙をお読み遊ばしたお姫様が、どんなにお悩み遊ばしたか。しかも若様の前では、露ほどもお顔にお出しにならぬように、どんなに健気《けなげ》にお力《つと》め遊ばしたか。私の入知恵で、新年の御親戚《しんせき》会で、思い切って殿様に直々《じきじき》お尋ねの上、どんなに御安心遊ばしたか。それからというものは、ただ昼も夜も若様のことばかりお考えになり、とうとう思い切って、雪の朝、女子《おなご》のほうからお誘い申上げるような面映《おもは》ゆいことまで遊ばしながら、しばらくは世にもお仕合せそうに、夢の間《ま》にも若様の御名をお呼び遊ばす。それが、侯爵様のお計らいで、宮家の御縁談が持ち込まれたとわかったとき、ただ若様の御決断をお心あてに遊ばして、そればかりにすべてを賭《か》けておいでになったのに、若様は黙ってお見すごし遊ばした。それからのお姫様のお悩み、お苦しみは、とても口にも言葉にも尽せるものではございません。もう勅許も近々に下りようというとき、最後の望みを若様のお耳に入れたいと仰言るので、どうお引止めしてもお聴き届けにならず、私名義の先達《せんだつ》てのお手紙をお書きになった。その最後の望みも絶えて、今日からはすべてを思い諦《あき》らめようと思召しておいでの折も折、こんな仰せは本当に情のうございます。若様も御存知のとおり、お姫様は御幼少のころから、ひたすら御上を大切に存じまいらせる御教育をお受けでございますし、この期《ご》に及んで、御心が動くとも存ぜられません。……もう何もかも遅うございます。御腹立ちが癒《い》えませんなら、この蓼科をお打ち遊ばすなり、足蹴《あしげ》に遊ばすなり、何なりとお心の済むように遊ばして下さいまし。……もう、どう致すこともできません。遅うございます」

この物語をきいているうちに、清顕の心は鋭い刃のような喜びに引裂かれたが、同時に、そこには一つも未知の要素がなくて、すべて自分が心の底では明瞭《めいりょう》にしみわたるほど知り尽していたことが、改めて語られているような気もしていた。

それまで思ってもいなかった犀利《さいり》な知恵が生れてきて、彼はこの周到に詰め寄せられた世界を打開する力が、自分にそなわっているのを感じた。彼の若い目はかがやいた。

『前には破いてくれとたのんだ手紙を読まれてしまったのだから、今度は逆に、そうだ、あの粉々に引き裂いた手紙を活《い》かせばいいのだ』

清顕は黙って、じっと、小さな白粉だらけの老婆を見据えた。蓼科はまだ懐紙を赤らんだ目頭にあてていた。薄暮の迫っている室内で、その窄《すぼ》めた肩は、鷲《わし》づかみにすればたちまち骨の空鳴《からな》りを残して、砕けでもしそうにはかなく見えた。

「まだ遅くはないよ」

「いいえ、遅うございます」

「遅くはない。もし僕が聡子さんのあの最後の手紙を、宮家へお目にかければどうなると思う。かりにも勅許のお願いが出たあとで書かれた手紙だ」

この言葉に上げた蓼科の顔からは、みるみる血の気が引いた。

それから永い沈黙があった。窓に光りが落ちたのは、母屋の二階へ下宿人が帰って、灯火をつけたのである。カーキ色の軍袴《ぐんこ》の端がちらりと見えた。塀外に豆腐屋の喇叭《らっぱ》の音が流れ、梅雨の合い間の夏の、フランネルのようなぬるい肌ざわりの黄昏《たそがれ》がひろがっていた。

蓼科は何事か繰り言を呟いていた。だからお止《と》めしたのに、だからあんなにお止《や》めなさいと申上げたのに、と言っているように、それがきこえた。聡子に手紙を書くな、と忠告したことを言っているのであろう。

清顕はいつまでも黙っていることに、だんだん手ごたえのまさる勝算があった。見えない獣がそこに徐々に頭をもたげて来るようだった。

「よろしゅうございます」と蓼科は言った。「一度だけお会わせいたしましょう。その代り、お手紙は返していただけますでございましょうね」

「いいよ。しかしただ会わせるだけでは足りない。お前は遠慮して、本当に二人きりにしてくれなければいけない。手紙はそのあとで返す」

と清顕は言った。

二十七

——三日たった。

雨がふりつづいていた。清顕は学校のかえりに、制服をレインコートに隠して、霞町の下宿へ行った。伯爵夫妻が留守の間《ま》に、聡子が出られるのは今しかない、というしらせが来たのである。

離れへ通っても、制服を見られるのを憚《はばか》ってレインコートを脱がない清顕に、老主人は茶をすすめながらこう言った。

「ここへおいでになったら、御心安くなさいませ。私共のような世を捨てた人間に、お気兼ねなさることは何もございません。ではどうぞ御ゆるりと」

主人が退《さが》る。見ると、この間母屋の二階を仰いだ窓には、目かくしの簾《すだれ》がかかっている。降り込まぬように窓を閉《た》て切っているので、大そう蒸暑い。所在なさに、小机の上の手筥《てばこ》をあけてみると、蓋《ふた》の内側の朱《あか》い漆がしっとりと汗をかいている。

——聡子が来た気配は、源氏襖《げんじぶすま》のむこうの衣摺《きぬず》れの音や、ひそひそ声の聴きとれぬ会話で知られた。

その襖があき、蓼科が三つ指をついてお辞儀をしていた。ちらとあげた白っぽい目が、聡子を無言で送り込んですばやく閉めかかる襖の端の、湿った昼の闇《やみ》に、烏賊《いか》のようにひらめいて消えた。

聡子は今正《まさ》しく、清顕の目の前に坐《すわ》っていた。うなだれて、手巾《ハンカチ》で顔をおおうている。片手を畳について、身をひねっているので、そのうなだれた襟足《えりあし》の白さが、山巓《さんてん》の小さな湖のように浮んでいる。

屋根を打つ雨の音に直《じか》に身を包まれる心地がしながら、清顕は黙って対座している。この時がとうとう来たことが、彼にはほとんど信じられなかった。

聡子が一言も言葉を発することができないこんな状況へ、彼女を追いつめたのは清顕だったのだ。年上らしい訓誡《くんかい》めいた言葉を洩《も》らすゆとりもなく、ただ無言で泣いているほかはない今の聡子ほど、彼にとって望ましい姿の聡子はなかった。

しかもそれは襲《かさね》の色目に云《い》う白藤《しらふじ》の着物を着た豪奢《ごうしゃ》な狩の獲物であるばかりではなく、

禁忌としての、絶対の不可能としての、絶対の拒否としての、無双の美しさを湛《たた》えていた。聡子は正にこうあらねばならなかった！　そしてこのような形を、たえず裏切りつづけて彼をおびやかして来たのは、聡子自身だったのだ。見るがいい。彼女はなろうと思えばこれほど神聖な、美しい禁忌になれるというのに、自ら好んで、いつも相手をいたわりながら軽んずる、いつわりの姉の役を演じつづけていたのだ。

清顕が遊び女《め》の快楽の手ほどきを頑《かたく》なにしりぞけたのは、以前からそんな聡子のうちに、丁度繭《まゆ》を透かして仄青《ほのあお》い蛹《さなぎ》の成育を見戍《みまも》るように、彼女の存在のもっとも神聖な核を、透視し、かつ、予感していたからにちがいない。それとこそ清顕の純潔は結びつかねばならず、その時こそ、彼のおぼめく悲しみに閉ざされた世界も破れ、誰も見たことのないような完全無欠な曙《あけぼの》が漲《みなぎ》る筈《はず》だった。

彼は幼ないころ、綾倉伯爵によって自分のなかにはぐくまれた優雅が、今や、世にもなよやかで同時に兇暴《きょうぼう》な、一本の絹紐《きぬひも》になって、彼自身の純潔を絞《くび》り殺すのを感じていた。彼の純潔と、同時に、聡子の神聖を。これこそは久しく用途の明らかでなかったこの艶《つや》やかな絹紐の、本当の使い方なのであった。

彼はまぎれもなく恋していた。だから膝《ひざ》を進めて聡子の肩へ手をかけた。その肩は頑なに拒んだ。この拒絶の手ごたえを、彼はどんなに愛したろう。大がかりな、式典風な、われわれの住んでいる世界と大きさを等しくするようなその壮大な拒絶。このやさしい肉欲《にくよく》にみちた肩にのしかかる、勅許の重みをかけて抗《はむか》ってくる拒絶。これこそ彼の手に熱を与え、彼の心を焼き滅ぼすあらたかな拒絶だった。聡子の庇髪《ひさしがみ》の正しい櫛目《くしめ》のなかには、香気にみちた漆黒の照りが、髪の根にまで届いていて、彼はちらとそれをのぞいたとき、月夜の森へ迷い込むような心地がした。

清顕は手巾から洩れている濡《ぬ》れた頬に顔を近づけた。無言で拒む頬は左右に揺れたが、その揺れ方はあまりに無心で、拒みは彼女の心よりもずっと遠いところから来るのが知れた。

清顕は手巾を押しのけて接吻《せっぷん》しようとしたが、かつて雪の朝あのように求めていた唇は、今は一途《ず》に拒み、拒んだ末に、首をそむけて、小鳥が眠る姿のように、自分の着物の襟《えり》にしっかりと唇を押しつけて動かなくなった。

雨の音がきびしくなった。清顕は女の体を抱きながら、その堅固を目で測った。夏薊《なつあざみ》の縫取のある半襟の、きちんとした襟の合せ目は、肌のわずかな逆山形をのこして、神殿の扉のように正《ただ》しく閉ざされ、胸高に〆《し》めた冷たく固い丸帯の中央に、金《きん》の帯留を釘《くぎ》隠《かく》しの鋲《びょう》のように光らせていた。しかし彼女の八つ口や袖口《そでぐち》からは、肉の熱い微風がさまよい出ているのが感じられた。その微風は清顕の頬にかかった。

彼は片手を聡子の背から外し、彼女の顎《あご》をしっかりとつかんだ。顎は清顕の指のなかに小さな象牙《ぞうげ》の駒《こま》のように納まった。涙に濡れたまま、美しい鼻翼は羽搏《はばた》いていた。そして清顕は、したたかに唇を重ねることができた。

急に聡子の中で、炉の戸がひらかれたように火勢が増して、ふしぎな焰《ほのお》が立上って、双の手が自由になって、清顕の頰を押えた。その手は清顕の頰を押し戻そうとし、その唇は押し戻される清顕の唇から離れなかった。濡れた唇が彼女の拒みの余波で左右に動き、清顕の唇はその絶妙のなめらかさに酔うた。それによって、堅固な世界は、紅茶に涵《ひた》された一顆《か》の角砂糖のように融《と》けてしまった。そこから果てしれぬ甘美と融解がはじまった。

清顕はどうやって女の帯を解くものか知らなかった。頑ななお太鼓が指に逆らった。そこをやみくもに解こうとすると、聡子の手がうしろへ向ってきて、清顕の手の動きに強く抗しようとしながら微妙に助けた。二人の指は帯のまわりで煩瑣《はんさ》にからみ合い、やがて帯止めが解かれると、帯は低い鳴音《なきね》を走らせて急激に前へ弾《はじ》けた。そのとき帯は、むしろ自分の力で動きだしたかのようだった。それは複雑な、収拾しようのない暴動の発端であり、着物のすべてが叛乱《はんらん》を起したのも同然で、清顕が聡子の胸もとを寛《くつ》ろげようとあせるあいだ、ほうぼうで幾多の紐がきつくなったりゆるくなったりしていた。彼はあの小さく護《まも》られていた胸もとの白の逆山形が、今、目の前いっぱいの匂《にお》いやかな白をひろげるのを見た。

聡子は一言も、言葉に出して、いけないとは言わなかった。そこで無言の拒絶と、無言の誘導とが、見分けのつかないものになった。彼女は無限に誘い入れ、無限に拒んでいた。ただ、この神聖、この不可能と戦っている力が、自分一人の力だけではないと、清顕に感じさせる何かがあった。

それは何だったろう。清顕は、目をつぶったままの聡子の顔がすこしずつ紅潮してきて、そこに放恣《ほうし》な影の乱れるのをまざまざと見た。その背を支える清顕の掌《てのひら》に、はなはだ微妙な、羞恥《しゅうち》に充《み》ちた圧力が加わってゆき、彼女はそうして、あたかも抗しかねたかのように、仰向きに倒れた。

清顕は聡子の裾《すそ》をひらき、友禅の長襦袢《ながじゅばん》の裾は、紗綾《さや》形《がた》と亀甲《きっこう》の雲の上をとびめぐる鳳凰《ほうおう》の、五色の尾の乱れを左右へはねのけて、幾重に包まれた聡子の腿《もも》を遠く窺《うかが》わせた。しかし清顕は、まだ、まだ遠いと感じていた。まだかきわけて行かねばならぬ幾重の雲があった。あとからあとから押し寄せるこの煩雑さを、奥深い遠いところで、狡猾《こうかつ》に支えている核心があって、それがじっと息を凝らしているのが感じられる。

ようやく、白い曙の一線のように見えそめた聡子の腿に、清顕の体が近づいたときに、聡子の手が、やさしく下りてきてそれを支えた。この恵みが仇《あだ》になって、彼は曙の一線にさえ、触れるか触れぬかに終ってしまった。

——二人は畳に横たわって、雨のはげしい音のよみがえった天井へ目を向けていた。

彼らの胸のときめきはなかなか静まらず、清顕は疲れはおろか、何かが終ったことさえ認めたがらない昂揚《こうよう》の裡《うち》にいた。しかし二人の間に、少しずつ暮れてくる部屋に募る影のような、心残りの漂っていることも明らかになった。彼は又、源氏襖のむこうに、かすかな、年老いた咳払《せきばら》いをきいたように思って、身を起しかけたが、聡子がそっと彼の肩を引いて引止めた。

やがて聡子は、一言もものを言わずに、こうした心残りを乗り超えて行った。そのとき清顕は、はじめて聡子のいざないのままに動くことのよろこびを知った。あのあとでは何もかも恕《ゆる》すことができたのである。

清顕の若さは一つの死からたちまちよみがえり、今度は聡子のなだらかな受容の橇《そり》に乗った。彼は女に導かれるときに、こんなにも難路が消えて、なごやかな風光がひろがるのをはじめて覚《さと》った。暑さのあまり、清顕はすでに着ているものを脱ぎ捨てていた。そこで肉のたしかさは、水と藻《も》の抵抗を押して進む藻刈舟《もかりぶね》の舟足のように、的確に感じられた。清顕は、聡子の顔が何の苦痛も泛《うか》べず、微光のさすような、あるかなきかの頬笑みを示しているのをさえ訝《いぶか》らなかった。彼の心にはあらゆる疑惑が消えた。

——事の後で、清顕が乱れたままの姿の聡子を抱き寄せて、頬に頬を寄せていると、彼女の涙が伝わって来るのが感じられた。

倖《しあわ》せのあまり泣いている涙だと信じられたが、同時に、二つの頬を伝わって流れるこの涙ほど、今自分たちのしたことが取り返しのつかぬ罪だという味わいを、しめやかに語っているものはなかった。しかしこの罪の思いは清顕の心に勇気を湧《わ》き立たせた。

聡子が言った最初の言葉は、清顕のシャツをとりあげて、

「お風邪を召すといけないわ。さあ」

と促した言葉だった。彼がそれを乱暴につかもうとすると、聡子は軽く拒んで、シャツを自分の顔に押し当て、深い息をしてから返した。白いシャツはかすかに女の涙に濡れた。

彼は制服を着、身じまいを終った。そのとき聡子が手を鳴らすのにおどろかされた。思わせぶりな永い間《ま》を置いて、源氏襖をひらいて、蓼科が顔を出した。

「お召しでございますか」

聡子はうなずいて、身のまわりに乱れた帯のほうを目で指し示した。蓼科は、襖を閉めると、清顕のほうへは目もくれずに、無言で畳をいざって来て、聡子の着衣と帯を締めるのを手つだった。それから部屋の一隅の姫鏡台を持ってきて、聡子の髪を直した。この間、清顕は所在なさに死ぬような思いがしていた。部屋にはすでにあかりが点ぜられ、女二人の儀式のようなその永い時間に、彼はすでに無用の人になっていた。

仕度が出来上った。聡子は美しくうなだれていた。

「若様、もうお暇《いとま》をいたさねばなりません」と蓼科が代りに言った。「これでお約束は

果しました。これ限り、どうかお姫様《ひいさま》のことはお忘れ下さいまし。若様のほうの御約定のお手紙も、お返しいただきとう存じます」

清顕はあぐらをかいて、黙って、答えなかった。

「お約束でございます。例のお手紙をどうか」

と蓼科が重ねて言った。

清顕はなお黙って、何事もなかったかのように毛筋一つ乱れずに美しく装《よそお》って坐っている聡子を見つめている。聡子がつと目を上げた。清顕と目が合った。その刹那《せつな》、澄んだ激しい光りがよぎって、清顕は聡子の決意を知った。

「手紙は返せない。又こうして逢《あ》いたいからだ」

とその刹那に勇気を得て、清顕は言った。

「まあ、若様」

蓼科の言葉には怒りが迸《ほとばし》った。

「どうなると思召《おぼしめ》す。そんなお子達のような気儘《きまま》を仰《おお》せになって。……怖《おそ》ろしいことになるのがおわかりではございませんか。身の破滅は蓼科一人ではございませんよ」

聡子がそういう蓼科を制する声は、他界からきこえる声のように澄みやかで、それをきいている清顕まで、戦慄《せんりつ》を覚えるほどだった。

「いいのよ、蓼科。清様《きよさま》があの手紙を快く返して下さるまで、こうしてお目にかかる他はありません。お前と私を救う道は他にはありません。もしお前が、私をも救おうと思っておいでなら」

二十八

本多はめずらしく清顕《きよあき》が長い話をしに訪ねて来るというので、母にもてなしの夕食の仕度もたのみ、その晩は試験勉強も休むつもりになった。この地味な燻《くす》んだ家に清顕が来るというだけで、何か花やいだ空気が生じた。

昼の間、日は白金のように終始雲に包まれて燃え、ねっとりした暑さであったが、夜もなお同じむし暑さがつづいた。二人の青年は、単《ひとえ》の絣《かすり》の袖《そで》をまくって話した。友の来る前から、本多はある予感を抱いていたが、壁際《かべぎわ》に置かれた革張りの長椅子《ながいす》に並んで掛けて、語り出すとから、清顕は今までの清顕とは、まるでちがった人間になったのが感じられた。

彼の目がこんなにも率直にかがやいているのを本多ははじめて見た。それはまぎれもない青年の目だったが、本多には、やや、以前の友の、憂《うれ》いを帯びた伏目がちな目を惜しむ心持も残っていた。

それにしても、友がこれほど重大な秘密を、洗いざらい打ち明けてくれることは本多を幸福にした。これこそ本多が久しく待ち望みながら、ただの一度も、こちらから強《し》いることのなかったものだ。

思えば清顕は、秘密がただの心の問題に属するあいだは友にさえ秘し隠して、それが本当に重大な、名誉と罪にかかわる秘密になったときに、はじめてさわやかに打明けたわけで、打明けられる側に立てば、これほど無上の信頼を寄せられる喜びはなかった。

心なしか清顕は、格段に成長したように本多の目からは見え、彼にはもはや優柔不断な美しい少年の面影は薄れていた。そこで語っているのは、一人の恋している情熱的な青年で、彼の言葉にも動作にも見られた不本意と不確実は、すっかり拭《ぬぐ》い去られていたのである。

頰も紅潮し、白い歯をきらめかせ、何か言いさして恥らいながらも、張りのある声で語りつづける清顕は、その眉《まゆ》にいつにもまさる凜々《りり》しさが宿って、恋する若者の申し分のない絵姿になった。ともすると、彼にもっとも似合っていなかったものは、彼の内省だったかもしれない。

それが本多をして、ききおわるが早いか、こんな辻褄《つじつま》の合わぬ言葉を吐かせたのも理《ことわり》だった。

「貴様の話をきいていて、俺は何故《なぜ》だか、とんでもないことを心に浮べていたよ。それはいつだったたか、日露戦役のことをおぼえているかどうかと話し合ったあとで、貴様の家へ行ったときに、日露戦役写真集を見せてもらったことがある。あの中にあった『得《と》利《り》寺《じ》附近の戦死者の弔祭』というふしぎな、まるでよく演出された群集劇の舞台みたいな写真が、いちばん気に入っていると貴様が言ったのをおぼえている。俺はそのとき、硬派ぎらいの貴様にしては、ふしぎなことを言うと思っていた。

しかし今、貴様の話をきいているうちに、その美しい恋の物語と二重写しに、何だか、あの黄塵《こうじん》に包まれた平野の眺めが浮んで来たんだ。何故だか俺にはよくわからない」

本多は常に似ぬ曖昧《あいまい》な、熱に浮かされたような言葉を並べながら、清顕が禁を犯し法《のり》を超えるのを、讃嘆《さんたん》の気持をまじえて眺めている自分におどろいた。法の側に属する人間になることを、夙《と》うから心に決めた自分であるのに。

そのとき召使が二人の夕食の膳《ぜん》を運んで来た。友だち同士で心おきなく食事ができるように、母の心づかいで、ここへ運ばれて来たのである。おのおのの膳に銚子《ちょうし》もつけられ、本多は友に酒をすすめながら、

「贅沢《ぜいたく》に馴《な》れた貴様に、家《うち》の料理が口に合うかどうか、マザーが心配していたよ」

と尋常なことを言った。

清顕はいかにも旨《うま》そうに喰《た》べ、本多はそれを喜んだ。そしてしばらく、そこには二人の若者の、黙々とした食事の健康なたのしみがあった。

——食後の充《み》ち足りた沈黙をたのしみながら、本多は同年の清顕のこんな恋の告白が、どうして嫉妬《しっと》や羨望《せんぼう》を生まずに、ひたすら心に幸福を運んでくるのかを考えていた。その幸福感は雨期の湖が、しらぬ間に水際《みぎわ》の庭をひたしているように、心をひたした。

「それで貴様はこれからどうするつもりだ」

と本多は訊《き》いた。

「どうするもこうするもないさ。僕はなかなかはじめないが、一旦《たん》はじめたら、途中でやめるような男じゃない」

こんな答は今までの清顕からは、夢にも期待できなかった種類の答で、本多の目をみはらせるに足りた。

「それじゃ、聡子さんと結婚する気なのか」

「それはだめだ。もう勅許が下りている」

「勅許を犯しても、結婚してしまう気はないのか。たとえば二人で外国へ逃げて結婚するとか」

「……貴様にはわかっていないんだ」

と言いさして黙った清顕の眉の間には、今日はじめて見る、むかしのあいまいな憂いがふたたび漂った。おそらくそれを見たくてはじめた故《ことさ》らの追究だったにもかかわらず、見れば見るで、本多の幸福感にもかすかな不安の影がさした。

清顕が未来にのぞんでいるものは、一体何だろうと考えると、いかにも微妙な選ばれた線で精巧に組み立てられた、その工芸的なほど美しい横顔を眺めながら、本多はある戦慄《せんりつ》を感じた。

食後の果物の苺《いちご》もろとも、清顕は席を移って、いつも整頓《せいとん》の行き届いた本多の勉強机に肱《ひじ》を支え、廻転椅子を軽くそぞろに左右へ廻していたが、ついた肱を支点にして、やや はだけた胸と顔は、不安定に角度を変え、右手の楊枝《ようじ》はひとつひとつ苺を口に放り込んでいるさまが、厳しい家庭の躾《しつけ》からのがれた不作法な寛《くつ》ろぎを示していた。はだけた白い胸に、苺の砂糖がこぼれ落ちたのを、彼はあわてもせずに叩《はた》いたが、

「おい、蟻《あり》がつくぜ」

と本多が言うと、苺を含んだ口で笑った。多少の酔が、清顕のいつもは白すぎる薄い瞼《まぶた》を紅《くれな》いにしていた。そして、廻転椅子がふとして廻りすぎたときには、そのかすかに紅《あか》らんだ白い下膊《かはく》を置きざりにして、彼の体は微妙に捩《ねじ》れた。それはあたかも、この若者が、自分では意識していない何かあいまいな苦痛に、ふいに襲われたかのようだった。たしかに清顕のなだらかな眉の下の、かがやく目は夢想に充ちていたが、その目のかがやきは決して未来へ向けられたものではないことが、本多にはありありと感じられた。

本多はいつになく、酷《むご》い焦躁《しょうそう》を相手へ向けたくなって、ますます先程の幸福感を、われとわが手で壊すふりをせずにはいられなかった。

「それで、貴様はどうするつもりなんだ。その帰結を考えてみたことがあるのか」

清顕は目をあげて友を注視した。こんなにかがやいていながらこんなに暗い目を、本多は今までに見たことがなかった。

「どうしてそんなことを考える必要があるんだ」

「しかし、貴様や聡子さんを取り囲んでいるものは、みんな帰結を求めてじわじわと進んでゆくんだ。貴様たち二人だけが、蜻蛉《かげろう》の恋のように、空中に泛《うか》んで静止しているわけには行かないだろう」

「それはわかっている」

とだけ言って、清顕は口をつぐんだが、目はさあらぬ方《かた》へ向けられて、部屋の隅々の、たとえば本棚の下や紙屑籠《かみくずかご》のわきにわだかまる小さな影、こんなに簡素な学生風の書斎の裡《うち》にも、夜と共に、いくつかの情念のようにしらぬ間《ま》に浸透してきてひっそりとうずくまっているささやかな影を見ていた。その清顕の黒い眉のなだらかな流線は、あたかもそれらの影を弓なりに引き絞り、流麗な形に整えたかのようだった。情念から生れながら、情念を引き締めている眉。暗くなりがちな不安な目を衛《まも》りながら、目の向くところへ眉も忠実に従って、姿勢の正しいすっきりした従者のように、ひたすらに扈従《こしょう》しているのが感じられるのだった。

本多はさっきから頭の一隅にはびこっていた考えを、一思いに言ってしまう気になった。

「さっき俺がへんなことを言い出したろう。貴様と聡子さんのことをきいていて、日露戦役の写真を思い出したという話。

　あれは何故だろうと考えていたが、強いてこじつければ、こうなんだ。明治と共に、あの花々しい戦争の時代は終ってしまった。戦争の昔話は、監武課の生き残りの功名話や、田舎の炉端の自慢話に堕してしまった。もう若い者が戦場へ行って戦死することはたんとはあるまい。

　しかし行為の戦争がおわってから、その代りに、今、感情の戦争の時代がはじまったんだ。この見えない戦争は、鈍感な奴《やつ》にはまるで感じられないし、そんなものがあることさえ信じられないだろうと思う。だが、たしかに、この戦争ははじまっており、この戦争のために特に選ばれた若者たちが、戦いはじめているにちがいない。貴様はたしかにその一人だ。

　行為の戦場と同じように、やはり若い者が、その感情の戦場で戦死してゆくのだと思う。それがおそらく、貴様をその代表とする、われわれの時代の運命なんだ。……それで貴様は、その新らしい戦争で戦死する覚悟を固めたわけだ。そうだろう？」

　清顕はちらと微笑をうかべただけで答えなかった。たちまち窓から、雨の兆《きざし》の湿った重たい風が迷い入り、彼らのほのかに汗ばんだ額に、涼しさの一ト刷毛《はけ》を与えてすぎた。

本多は清顕がそうして答えなかったのは、答えるまでもなく自明なことであったからか、それとも、こう言われたことがたしかに心に叶《かな》いながら、それがあんまり晴れがましく語られたので、まともに答えることができなかったか、どちらかだと思われた。

二十九

三日のちに、本多はたまたま学校が休講のおかげで午前中で退《ひ》けたので、家の書生と一緒に、地方裁判所の傍聴に出かけた。この日は朝から雨である。

父の大審院判事は、家庭でもはなはだ峻厳《しゅんげん》な人だったが、息子が十九歳になり、大学へ入る前から法律の勉強に精を出しているのを頼もしく思って、自分の後継に未来を託する気持が固まった。これまで裁判官は終身官であったのが、この四月に裁判所構成法の大改正が行われ、二百人以上の判事が、休職退職を命ぜられることになったので、本多大審院判事は、不幸な旧友たちに殉ずる気持から、退職を願い出たけれど、ゆるされなかった。

しかし、これが一つの気持の転機になって、父の息子に対する態度には、未来の後継者に対する上役の愛情に似た、大まかで寛大なものが加わって来た。それはついぞ今まで、本多が父の上に見ることのなかった新らしい感情であり、彼はこれに応《こた》えるために、いよいよ勉強に精を出した。

まだ成人に達しない息子に、父が裁判の傍聴をゆるすようになったのも、この新らしい変化の一端だった。もちろん自分の裁判は傍聴させなかったが、家にいる法律書生と共に、民事刑事を問わず、裁判所に出入りすることをゆるしたのである。

書物を通してだけ法律学に親しんでいる繁邦《しげくに》を、日本の裁判の実態に触れさせ、法律の実務上の側面を学ばせることが、あくまでその表向きの理由であるが、父は目をおおうような人間の実相を暴露する刑事事件の事実審理を、十九歳の息子のまだ柔らかい感受性にぶっつけて、そこから息子が確実に得てくるものを試したいと思ったのにちがいない。

それは危険な教育であった。しかし、若者が遊惰な風俗や歌舞音曲を通じて、ただ若い柔らかい感性に愬《うった》える口当りのよいものだけをとり入れて、それに同化してしまう危険に比べれば、ここには少くとも、一方にきびしく見張っている法秩序の目を、如実《にょじつ》に感じさせる教育的な効果がある筈《はず》であり、不定形な、熱い不浄の粘液的な人間の情念が、みるみるうちに、目の前で、冷たい法律構成によって料理されてゆく、その調理場に立ち会わせるという、技術教育上の利得がある筈だった。

刑事第八部の小法廷へいそぐあいだ、裁判所の暗い廊下をわずかに明るませているものが、荒れた中庭の緑にそそぐ雨だと知って、本多は犯人の心をそのままに鋳込《いこ》んだようなこの建物が、理性を代表するにしてはあんまり陰鬱《いんうつ》な情緒に充《み》たされすぎているのを感じた。

こうした気の滅入《めい》りは、傍聴席の椅子《いす》に坐《すわ》ってからもなおつづいていて、気の早い書生がはやばやとここへ彼を連れて来ながら、自分は先生の息子の存在も忘れたように、携えてきた判例集に目を落したままでいるのを、本多はちらとうとましく眺め、裁判官席、検事席、証人台、弁護士席などの空白の椅子が、雨気に湿っているさまを、今度は自分の心の空《むな》しさの絵姿のように眺めだした。

この若さで、彼はただ眺めていた！　まるで眺めることが、生れながらの使命のように。

本来、繁邦はもっと自分を有為な青年と確信している明快な性格の筈だったのに、清顕のあの告白をきいてから、ふしぎな変化が起った。変化というよりは、それはこの親友同士の間に起った不可解な顚倒《てんとう》だった。久しいあいだ、彼らはお互いの性格を大事に護《まも》って、何一つ与え合おうとしなかったのに、三日前、ふいに清顕は、自分は治って人に病気を伝染《うつ》し了《おお》せた人のように、友の心に内省の病菌を残して去った。そしてその病菌が、たちまち繁殖してしまった今では、内省はむしろ清顕よりも、本多にふさわしかった資質だと思われるのであった。

その症状はまず、得体のしれない不安となって現われた。

『清顕は一体これからどうするのだろうか？　自分は友として、ただ茫然《ぼうぜん》と、成行を眺めているだけでよいのだろうか？』

午後一時半の開廷を待つあいだ、彼の心はすでにこれから見るべき裁判から離れて、ひたすらこの不安の行方を追っていた。

『自分は友に忠告を与えて、思い止《とどま》らすほうがいいのではあるまいか。

今までは友の死苦をすら見すごして、彼の優雅を見守っていることだけが、自分の友情だと信じてきたのだが、ああしてすべてを打明けられた今となっては、月並なお節介な友情の権利を行使して、彼をすぐ目の前に迫っている危険から、救い出そうとつとめるのが本当じゃないだろうか。その結果、自分がいかに清顕に怨《うら》まれ、絶交を宣告されても悔いるところはない。十年後、二十年後には、清顕も理解してくれるであろうし、たとえ一生わかってくれなくてもよいではないか。

たしかに清顕は悲劇へ向ってまっしぐらに進んでいる。それは美しいが、窓をよぎる一瞬の鳥影の美しさのために、人生を犠牲に供するのを放置《ほう》っておけようか。そうだ。自分はもうこれからは、目をつぶって凡庸な愚物の友情に身を傾け、どんなにうるさがられても彼の危険な熱情に水をかけ、彼が自分の運命を完成しようとするのを、力をつくして妨げてやらなくてはならない』

――そう考えると、本多の頭はひどく熱してきて、自分とは何の関わりのない裁判を、ここでじっと待っていることに耐えられなくなった。すぐにでも駈《か》け出して、清顕のところへ行って、言葉を尽して飜意《ほんい》を促したいと切に思った。すると、そうできないことの焦躁《しょうそう》が今度は新たな不安になって心を焼いた。

気がつくと傍聴席はすでに満員で、書生があんなに早く来て席を占めた理由もわかった。法律学生らしいのもいれば、中年のぱっとしない男女もあり、腕章を巻いた新聞記者たちが忙《せわ》しなく立ちつ居つしていた。卑《いや》しい好奇心からここへ来ているのに謹厳を装《よそお》うているこれらの人間、髭《ひげ》を立て、由《よし》ありげに扇子を使い、長く伸ばした小指の爪先《つまさき》で耳を掻《か》いて、硫黄のような耳垢《みみあか》を引きずり出して時間をつぶしているこんな連中を見ると、本多は今更ながら、『われわれは決して罪を犯す心配はない』と思い込んでいる人間の醜悪さに目をひらかれた。せめてそんな連中に、一トかけらでも似まいと努めることだ。そして傍聴席の人々は、いずれも雨に閉ざされた窓から白い灰のように降る光りに平板に照らされ、廷丁の帽子の黒い庇《ひさし》の光沢だけが際立《きわだ》っていた。

人々がざわめいたのは被告の到着のためであった。青い獄衣の被告は、廷丁に附添われて被告席に着いたが、争ってその顔を見ようとする傍聴人たちに妨げられて、本多はわずかに、小肥《こぶと》りした白い頬と、そこにくっきりと刻まれている笑窪《えくぼ》とを垣間見《かいまみ》たにすぎなかった。以後、被告は女囚らしく兵庫に結った髪のうしろや、すくめがちにしていながら固い緊張の感じられない肩の、丸い肉づきを窺《うかが》わせるだけになった。

弁護人も出廷しており、裁判官と検事の出席を待つばかりになった。

「あれですよ。坊ちゃん、あれが人を殺した女とも思えませんね。人は見かけによらぬものと云《い》うが、全くですなあ」

と書生が繁邦の耳もとで囁《ささや》いた。


――裁判は型どおり、裁判長の被告に対する氏名・住所・年齢・族籍の訊問《じんもん》にはじまった。場内はしんとして、いそがしく働らく書記の筆の音さえきこえるように思われた。

被告は立って、

「東京市日本橋区浜町二丁目五番地、
平民、増田とみ」

と澱《よど》みなく答えたが、声はひどく低くてききとりにくく、傍聴人たちは、その後の大切な訊問がきこえないのを心配して、一様に身を乗り出し、耳に手を当てた。被告はそこまですらすらと答えながら、年齢のところで、故意かどうかわからないが、少しためらい、弁護士に促されて、目がさめたように、

「三十一歳になります」

とやや高い声で答えた。そのとき弁護士をかえりみた頰に散る後れ毛と、涼しく張った目の端がちらりと見えた。

そこにある一人の小柄な女の肉体は、傍聴人の目のなかで、思いもかけぬ複雑な悪の紡《つむ》ぎ出される、一匹の半透明な蚕のように見られていた。彼女のほんのかすかな身じろぎでさえ、獄衣の腋《わき》の下を湿らす汗の露や、不安な動悸《どうき》に乳首のまたたいているその乳房や、何事にも鈍感な少し冷たい豊かな臀《しり》のたたずまいを想像させるのであった。彼女の肉体はそこから無数の悪の糸を放って、ついには悪の繭《まゆ》に閉じこもろうとしていたのだ。肉体と罪との間にある、これほどにみごとな精緻《せいち》な照応。……それこそ世間の人々が求めているものであり、ひとたびこの熱烈な夢にさらされれば、ふだん人々が愛したり欲望をそそられたりしているものすべてが、悪の原因となり結果となって、瘦《や》せぎすの女はその瘦せぎすの姿が、小肥りの女はその小肥りの姿が、悪そのものの形になった。彼女の乳房のおもてににじんでいると想像される汗までが。……そうして傍聴人たちは、その無害な想像力の媒体となっている彼女の肉体の悪を、ひとつひとつ納得するよろこびに涵《ひた》るのだった。

本多は自分の空想が、若い彼にも何となく感じられるそういう傍聴人たちの想像に、まぎれ入るのを潔癖に拒んで、ひたすら裁判官の訊問にこたえる被告の陳述が、事件の核心へ向って進むのを辿《たど》って行った。

女の説明は冗々《くだくだ》しく、話はともすると前後したが、すぐわかることはこの殺人事件が、一連の情熱のオートマティックな動きに乗ぜられて、しゃにむに悲劇の結末へ到達したことであった。

「其方《そのほう》が土方《ひじかた》松吉と同棲《どうせい》をはじめたのはいつからか」

「あの、……昨年の、忘れもいたしません、六月の五日でございます」

この「忘れもいたしません」で傍聴席に失笑が起り、廷丁に静粛を命じられた。

増田とみは料理屋の仲居であったが、板前土方松吉とねんごろになり、ちかごろ妻を失った男やもめの土方の身の回りの世話を焼くようになり、昨年から世帯を持ったが、もとより土方は籍を入れようともせず、同棲してのち女道楽がますます募り、昨年末から同じ浜町の料理屋岸もとの女中に入れあげるようになった。女中ひでは廿歳であるが、手れん手くだに長じ、松吉はたびたび家を明けたが、この春になってとみはひでを呼び出して、男を返してくれと懇願した。ひでは鼻であしらったので、とみは思い余ってひでを殺したのである。

これは市井《しせい》のありきたりの三角関係の確執で、何一つ独特なものは見られなかったが、事実の審理が細目に亘《わた》ると、とても想像では補うことのできない、多くの小さな真実があらわれてきた。

女は八歳になる父《てて》なし児を抱えていたが、それまで田舎の親戚《しんせき》へ預けておいたのを、東京で義務教育を受けさせるために呼び寄せて、それをしおに松吉とも世帯を持つ気持を固めたのに、一児の母でありながら、とみは否応《いやおう》なしに殺人へ向って引きずられてゆく。

いよいよ殺人のその夜の陳述がはじまった。

「いいえ、あのとき、ひでさんが居てくれなければよかったんです。そうすれば、あんなことにならないですんだのかもしれません。私が岸もとへ誘い出しに行ったとき、風邪でも引いて寝ていてくれればよかったんです。

兇器《きょうき》に使った刺身庖丁《ぼうちょう》のことでございますが、松吉は職人気質《かたぎ》のある男で、本当に使いいい庖丁をいくつか自分用に持っていて、『これは俺にとっては武士の刀だ』なぞと申しまして、女子供には手を触れさせず、自分で研いで大切にしておりました。それが、ひでさんとの事で私が悋気《りんき》をはじめましてから、危ないと思ったのでございましょう。どこかへ蔵《しま》い込んでしまいました。

私はそんな風に思われるのが癪《しゃく》で、時には『庖丁でなくても、刃物はいくらもありますよ』と冗談に嚇《おど》したこともございますが、久しく松吉が家をあけましてから、ある日戸棚の掃除をしておりますと、思わぬところから庖丁の包みが出てまいりました。愕《おどろ》いたことに、庖丁はあらかた錆《さび》ついているのでございます。この錆を見ただけで、松吉のひでさんへの執心が知れまして、私は庖丁を手にしたまま体が慄《ふる》えてまいりました。そこへ子供が学校からかえってまいりましたので、気分もようよう落着き、松吉の一等大切にしておりますす刺身庖丁を研ぎ屋へもってゆけば、あるいは松吉も喜ぶかしらん、と女房気取の気持にもなったのでございます。これを風呂敷《ふろしき》に包んで家を出ようとしますと、子供が『母ちゃん、どこへ行くの』と申しますので、一寸《ちょっと》そこまでお使いに行くから、いい子で留守番をしておいでと申しますと、『もう帰って来なくていいや。俺は田舎の小学校へ帰るから』と申します。ふしぎなことを言うものだと思って、問い詰めてみましたら、近所の子が、お前のおふくろは親爺《おやじ》にしつこくして捨てられた、と嘲笑《あざわら》っているそうで、定めし親御さんの口から出た噂《うわさ》を子供が取次いだものでございましょう。子供は、人の笑い物になっている母親などよりは、田舎の養い親が恋しくなって来ているらしい。私は思わずカッとして、子供を打擲《ちょうちゃく》いたしまして、その泣声をあとに家を飛び出しましたが……」

そのとき、とみの念頭にはひでのことはなく、ただ庖丁を研いでせいせいしたいという一念で飛び出した、ととみは陳述している。

研ぎ屋は先約の仕事があって忙しく、とみは居催促で一時間ほどしてやっと庖丁を研いでもらったが、そこを出ると、家へかえる気がしなくなって、ふらふらと岸もとのほうへ歩きだした。

岸もとでは、ひでが勝手に暇をとって遊びまわるので、その午《ひる》すぎたまたま帰ってきたひでに、女将《おかみ》が叱言《こごと》を言ったあとであったが、松吉に因果を含められていたひでが、泣いて詫《わ》びを入れたので、事は一応落着したところであった。そこへとみが訪れて、一寸外《そと》で話したいことがあるから、と言うと、出てきたひでは意外にも気軽に応じた。

すでに小ざっぱりした座敷着に着かえているひでは、下駄を花魁《おいらん》の八文字《はちもんじ》のように、倦《だる》そうにころがして歩きながら、

「今、おかみさんに約束してきたんですよ。向後《きようこう》、男は絶ちます、ってね」

と蓮葉《はすは》に言った。

とみの胸には思わず喜びが溢《あふ》れたが、ひでは陽気に笑いながら、それを忽《たちま》ちひっくり返すような次の言葉を言った。

「でも私は三日辛抱できるかしらんねえ」

とみは懸命に自分を抑えて、浜町河岸《がし》の寿司屋へひでを誘い、一杯奢《おご》りながら、姉さん気取で話をつけようと骨折ったが、ひでは冷笑をうかべて沈黙を守り、多少の酔いから芝居めかしてとみが頭を下げて頼み入ると、露骨にそっぽを向いた。一時間たち、戸外は暗くなった。ひでは、この上おかみさんに叱《しか》られてはかなわないからもう帰る、と言って立上った。

それからどうして二人が浜町河岸の空地の夕闇《ゆうやみ》の中へ紛れ入ったのか、とみの記憶も定かではない。帰ろうとするひでを、とみが無理に引止めているうちに、足が自然にそちらへ向いたのかとも思われる。ともあれ、とみははじめから殺意を以《もつ》てそこへ誘導したのではない。

二言三言なお言い争った末、ひでは川面《かわづら》だけに残っている夕明りに、白い歯並の見えるほどに笑って、こう言った。

「いつまで言ったって無駄ですよ。そんなにしつこいから松さんにも嫌われたんでしょ」

この一言が決定的であった、ととみは陳述しているが、そのときの気持はこんな風に述べられている。

「……それをきいたとき、私は頭に血がのぼって、さあ、何と申しましょうか、丁度暗闇のなかで、赤児《あかご》が何やらが欲しい、何やらが悲しくてたまらぬと思いましても、愬える言葉もなく、ただ火のついたように泣き出しまして、むしょうに手足をばたばたさせるような気持で、そのわれにもあらずばたばたする手が、いつのまにか風呂敷包を解いて庖丁を握り、庖丁を握ってばたばたしている手に、闇のなかで、ひでさんの体がぶつかってしまった、と、こう申す他はありませんような次第でございました」

――この言葉で、本多を含めて傍聴人一同は、闇に悲しげに手足をばたばたさせている赤児の幻を鮮明に見た。

増田とみはそこまで語ると、両手で顔をおおうて嗚咽《おえつ》を洩《も》らし、うしろからも獄衣の肩の慄えが、そののどかな肉づきだけに却《かえ》って憐《あわ》れに眺められた。傍聴席の空気は、はじめのあからさまな好奇心から、今は次第に別のものに変っていた。

ふりつづく雨の白々とした窓は、場内に沈痛な光りを漲《みなぎ》らせ、その中心にいる増田とみだけが、生きて呼吸し、悲しみ、呻《うめ》きをあげている人間の、あらゆる感情を代表しているかのようだった。彼女にだけ、いわば感情の権利がそなわっていた。さっきまで、人々が小肥りした汗ばんだ三十女の肉体を見ていたところに、今や人々は、息を詰め、瞳《ひとみ》を凝らして、一つの情念が人間の肌をつき破り、活作《いけづく》りの海老《えび》のようにうごいているさまを見ていたのである。

彼女は隈《くま》なく見られていた。人目に触れずに犯した罪が、今こうして、人々の目の只《ただ》中《なか》に、彼女の体を借りて姿を現わし、善意や徳よりもずっとずっと明晰《めいせき》な罪の特質を開顕していた。見せようと思うものだけを見せる舞台の女優と比べても、増田とみは比較にならぬほど見られ尽していた。それはいわば、この世界全部を、見る人たちの世界として、向うにまわすのと同様だった。彼女のかたわらの弁護人は、彼女を助けるにはあまり貧弱に見えた。小柄なとみは、女が身を飾る櫛笄《くしこうがい》や、あらゆる宝石や、人目を惹《ひ》く贅沢《ぜいたく》な着物もなしに、ただ犯人であるだけで十分に女たりえていた。

「こりゃ日本に陪審制が布《し》かれていたら、うっかりすると無罪になりそうなケースですね。口の巧い女にはかなわんですな」

と又書生が繁邦に囁いた。

繁邦は思っていた。人間の情熱は、一旦《たん》その法則に従って動きだしたら、誰もそれを止めることはできない、と。それは人間の理性と良心を自明の前提としている近代法では、決して受け入れられぬ理論だった。

一方、繁邦はこうも思っていた。はじめ自分に無縁なものと考えて傍聴しはじめた裁判が、今はたしかに無縁なものではなくなった代りに、増田とみが目の前で吹き上げた赤い熔岩《ようがん》のような情念とは、ついに触れ合わない自分を、発見するようすがにもなった、と。

雨のまま明るくなった空は、雲が一部分だけ切れて、なおふりつづく雨を、つかのまの狐雨に変えていた。窓硝子《まどガラス》の雨滴を一せいにかがやかす光りが、幻のようにさした。

本多は自分の理性がいつもそのような光りであることを望んだが、熱い闇にいつも惹かれがちな心性をも、捨てることはできなかった。しかしその熱い闇はただ魅惑だった。他の何ものでもない、魅惑だった。清顕も魅惑だった。そしてこの生を奥底のほうからゆるがす魅惑は、実は必ず、生ではなく、運命につながっていた。

本多は清顕への忠告を、今しばらく差控えて眺めていようと思った。

三十

夏休みが近づこうとしている学習院で、一つの事件が起った。

パッタナディド殿下のエメラルドの指環《ゆびわ》が紛失したのである。クリッサダ殿下が、これを盗難だとさわぎ立てたところから、問題が大きくなり、パッタナディド殿下は従兄《いと》弟《こ》の軽率を咎《とが》めて、内輪に納めることをのぞんだけれども、この王子も亦《また》、心の裡《うち》では盗難だと信じている点では同断であった。

学校側は、クリッサダ殿下のさわぎ方に対して、もっともな反応を示した。学習院に盗難などというものはありえない、と答えたのである。

これらのごたごたが、王子たちの郷愁をいよいよ募らせ、ついに帰国を望むところへまで行ったが、王子たちと学校とが真向から対立したのは、次のような出来事からだった。

舎監がねんごろに王子たちの言い分をきいているうちに、王子たちの証言はすこしずつ喰いちがってきた。校内の夕方の散歩から、寮へかえり、夕食に出て、自室へ戻ったときに紛失が発見されたのであるが、その間《かん》、クリッサダ殿下は、従兄弟が指環をはめて散歩に出て、夕食に行くときに部屋に残し、夕食のあいだに盗まれたのだと言い、一方パッタナディド殿下御本人は、思い返すほどそのへんがあいまいになり、散歩のときはたしかにはめて出たが、夕食のときに部屋に残したかどうかわからない、と言い出した。

これは紛失か盗難かを見きわめる、かなり重要なわかれ目だった。そこで舎監は王子たちの散歩の道筋を訊《ただ》し、その日は美しい夕方であったので、王子たちが、入ることを禁じられている天覧台の柵《さく》を越えて、そこの草の上にしばらく横たわっていたことをつきとめた。

これを舎監がつきとめたときは、雨がふったりやんだりしている蒸暑い午後であった。舎監はすぐさま思い立って王子たちを促し、自分も一緒に探すから、三人で天覧台をすみずみまで探してみようと言った。

天覧台は演武場の一角にある、芝に包まれた小さな台地で、明治大帝が学生たちの演武訓練をみそなわした記念の場所である。大帝の御手植の榊《さかき》を祭った御榊壇に次いで、この学校での神聖な場所とされている。

舎監に伴われて王子二人は、今日は公然と柵をこえ、天覧台にのぼったが、かすかな雨に芝は濡《ぬ》れ、その五六十坪の台地のすみずみまで探すのは容易ではなかった。

王子たちが横たわって語り合っていた場所だけでは不十分と思われたので、三人は三方の角から手分けをして隈《くま》なく探すことになり、又やや募ってきた雨に背を打たれながら、一本一本の草の根を分けた。

クリッサダ殿下はいささか反抗的なそぶりを示して、不平を呟《つぶや》きながら部署についたが、温厚なパッタナディド殿下は、他ならぬ自分の指環のことではあるし、大人しく、台地の一角の斜面から、丹念に見てまわった。

芝草のひとつひとつを、これほど綿密に観察するのは、王子にとってはじめてのことであった。それというのも、黄金《こがね》のヤスカのきらめきがたよりであるとはいえ、エメラルドの緑は、いかにもこの草の色に紛れやすいからだった。

雨は制服の詰襟《つめえり》に沿うて、背中へまでにじみ入り、王子は故国の雨季の暖かい雨を恋うた。草の根の淡い緑が、あたかも日がさし入っているかのように思わせるが、雲は途切れず、濡れた芝草のあいだに小さな白い雑草の花が、雨滴にうなだれながら、しかもその粉っぽい花弁の乾いた光沢を保っていた。時折、丈の高い雑草の鋸《のこぎり》状の葉を透かす影があって、指環がそんな風に隠れているわけはないと思いながらも、葉を返してみると小さな甲虫《こうちゅう》が雨を避けて宿っていたりした。

あまり草に目を近づけているために、徐々に王子の目には草の葉が巨大に映って、故国の雨期の密林の旺《さか》んなありさまを思い出させた。草のあいだにたちまちあの輝やかしい積雲がひろがり、空の片方《かたえ》は紺碧《こんぺき》、片方は闇《やみ》の色になって、はげしい雷鳴が轟《とどろ》いて来そうにも思われた。

王子が今こうして熱心に探索しているのは、もはやエメラルドの指環ではなかった。月光姫《ジン・ジャン》の、どうしてもとらえどころのない、失われた面影を、草のひとつひとつの緑にあざむかれながら、探しあぐねていたのである。王子は泣きたいような心持になった。

そのとき運動部の連中がスウェータアを運動着の肩に引っかけ、傘をさして通りかかったが、この有様を眺めて立止った。

指環のなくなった噂《うわさ》はすでにひろがっていた。しかし柔弱な習慣と考えられている男の指環そのもの、その紛失、その熱心な探索については、好意や同情を寄せる者がきわめて少なかった。王子が雨のなかにうつむいて探しているものがその指環だと知ると、盗難の噂を立てたクリッサダに対する憎しみもあって、学生たちは毒のある冷やかしの言葉を口々に投げかけた。

しかし彼らの目には、まだ舎監の姿は入っていなかった。そこで立上った舎監の顔を見ておどろいた彼らは、舎監が不気味な物柔らかさで、みんなに手つだってもらいたいと言い出すや否《いな》や、黙って背《そびら》を向けて散ってしまった。

三人はすでに台地の中心へ向ってお互いに近寄り、もはや望みが絶えかけているのを感じていた。そのとき雨が遠のき、かすかに日がさしてきた。午後もおそい斜めの日ざしが、濡れた芝草をかがやかせ、芝は葉末を透かした影を複雑に畳んだ。

パッタナディド殿下は、その一つの草かげに、まぎれもないエメラルドの緑光が、斑《ふ》を宿して横たわっているのを見た。しかし王子が濡れた手でその草を分けてみると、そこには土に散ったわずかな光りがよろぼい、草の根が黄金《きん》に光っているだけで、指環の形もなかった。

——清顕は、この空《むな》しい探索の話をあとからきいた。舎監のやり方はそれなりに誠実だったが、王子たちに故《ゆえ》ない屈辱感を与えたことは否めない。果して、これをきっかけに、王子たちは荷物をまとめて寮を出て、帝国ホテルへ移ることになり、清顕には、どうあっても近いうちにシャムへ帰るつもりだと打明けた。

松枝侯爵は息子からこの話をきいて甚だ心を痛めた。もし王子の帰国をこのままに看《み》過《す》ごせば、王子たちの心に取り返しのつかない傷を与えることになり、終生、日本の思い出は忌《い》まわしいものとなって残るであろう。侯爵は学校と王子たちとの対立を解こうと試みたが、王子たちの態度が頑《かたく》なで、こんな仲裁は今のところ見込みがなかった。そこで侯爵はしばらく時を待ち、何よりもまず王子たちの帰国を引止めた上で、その心を柔らげる方法を考えるべきだという思案におちついた。

折しも夏休みが近づいていた。

侯爵は清顕とも相談して、夏休みがはじまったら、王子たちを松枝家の海辺の別荘へ招き、そこへ清顕をつけてやることにしたのである。

三十一

清顕はさらに、本多も共に招いてよいという許しを父から得たので、夏の最初の一日、王子たちを含めて四人の若者は、東京から汽車で発《た》った。

父がこの鎌倉の別荘へ来るときには、駅頭に町長、警察署長その他の大ぜいの出迎えを受け、鎌倉駅から長谷《はせ》の別荘までの道に、海岸から運ばれた白砂が撒《ま》かれるのが常だったが、侯爵は前以《まえもっ》て若者たちを、たとえ王子の身分であろうと、書生扱いをして、決して出迎えになど出ぬように、と町へ申し渡してあったので、四人は駅から人力車に乗って、気楽に別荘へ到着することができた。

青葉に包まれた迂路《うろ》を登りつくしたところに、別荘の大きな石組みの門があらわれる。王摩詰《おうまきつ》の詩の題をとって号した「終南別業」という字が門柱に刻まれている。

この日本の終南別業は、一万坪にあまる一つの谷《やつ》をそっくり占めていた。先代が建てた茅葺《かやぶ》きの家は数年前に焼亡し、現侯爵はただちにそのあとへ和洋折衷の、十二の客室のある邸《やしき》を建て、テラスから南へひらく庭全体を西洋風の庭園に改めた。

南面するテラスからは、正面に大島がはるかに見え、噴火の火は夜空の遠い篝《かがり》になった。由比《ゆい》ヶ浜までは庭づたいに五、六分で歩いてゆける。そこで侯爵夫人の海水浴のありさまを、ここのテラスから侯爵が、遠眼鏡で眺めて打ち興じることがある。しかし庭と海との間にはさまる畑の景色がいかにも不調和なので、そこを遮る松林の植林が、庭の南端をめぐってはじめられ、それがみごとに生い立つ暁には、庭の眺めはただちに海へつながる代りに、遠眼鏡の座興も失われる筈《はず》であった。

夏の日のこの風光の壮麗は、比べるものとてなかった。谷《やつ》が扇なりにひらけているので、右方の稲村ヶ崎、左方の飯島は、あたかも庭の東西の山の尾根からじかにつづいているように眺められ、空も地も、二つの岬に囲まれた海も、目路《めじ》のかぎりが松枝《まつがえ》別業の領内に在るかの感を与えた。そこを犯すものは、ほしいままにひろがる雲の影と、たまさかの鳥影と、沖をゆく小さな船影とだけであった。

従って、雲のたたずまいの魁偉《かいい》に見える夏の季節は、この扇形の山ふところを客席とし、広大な海の平面を舞台とする、雲の乱舞の劇場に臨む思いがした。露天のテラスに寄木《よせぎ》を張ることを肯《がえ》んじない設計技師を叱咤《しった》して、「船の甲板は木ではないか」とやりこめた侯爵が、とりわけ堅いチーク材を市松《いちまつ》に張らせたテラスから、清顕は日がな一日、海の雲の微妙な変化を見つめていたことがある。

それは去年の夏であった。

搔《か》き立てた凝乳のように沖に凝《こご》る積雲の、深い襞《ひだ》の奥にまで沈痛な光りが当っている。その光りが、影を含んだ部分を彫り出して、それをいやが上にも屈強に見せている。しかし雲の谷間の、光りがものうく澱《よど》んでいる部分には、ここの時間よりもはるかにのろい別な時間がまどろんでいるように見える。そして猛々《たけだけ》しい雲の片頰が光りに染められている部分には、逆に、ずっと迅速な、悲劇的な時間が経過しているように見える。そのいずれもが、絶対の無人の境なのだ。だから、まどろみも、悲劇も、そこではまったく同質の戯《たわむ》れなのだ。

目を凝らしていれば少しも形を変えず、つかのま他《よそ》へ目を移していれば、もう形が変っている。雄々しい雲の鬣《たてがみ》が、いつのまにか寝乱れ髪のように乱れている。見つめているあいだは、放心したように、乱れたまま少しも動かない。

何がほどけるのか？　あたかも精神の弛緩《しかん》のように、あれほど光りにみちてはりつめていた白い堅固な形態が、次の瞬間には、もっとも莫迦《ばか》げた柔弱な感情に溺《おぼ》れてしまう。しかもそれは解放なのだ。ちぎれ雲がやがて群がって、庭をふしぎな影の軍勢のように、攻めのぼってくるのを、清顕は見ることがあった。そのとき、砂浜と畑がまず翳《かげ》り、庭の南端からこちらへずっと翳ってきて、修学院《しゅがくいん》離宮の大刈込みを模した、楓《かえで》、榊《さかき》、茶の木、檜葉《ひば》、沈丁花《じんちょうげ》、満天星《どうだん》、木斛《もっこく》、松、柘植《つげ》、槙《まき》などをぎっしりと植え込み刈り込んだ庭の斜面の、今まではげしい日ざしにモザイクのような葉末の色彩をきらめかせていたのが、俄《にわ》かに翳ってくるにつれて、蟬《せみ》の声までも喪のように翳った。

わけても美しいのは夕映えだった。ここから見渡される雲のことごとくは、夕映えの刻限になると、自分がやがて染められる色が、紅《くれな》いか、紫か、柑子《こうじ》いろか、淡緑か、あらかじめ感じ取っているかのようだった。色づく前に、雲は必ず緊張のために蒼《あお》ざめた。

……

「すばらしい庭ですね。日本の夏がこんなに美しいとは、想像もしていなかった」

　とジャオ・ピーは目をかがやかせて言った。

テラスに立った二人の王子の褐色の肌ほど、この場にふさわしいものはなかった。今日、かれらの心は明らかに晴れていた。

清顕と本多が実に強い日光だと感じているのに、王子二人は温和で適度な日光だと感じていた。二人は日向《ひなた》にいて倦《う》まなかった。

「水でも浴びて一休みしたら、庭を御案内しましょう」

　と清顕が言った。

「なぜ一休みする必要があるんです。僕たち四人はこんなに若くてこんなに元気じゃありませんか」

　とクリッサダが言った。

　王子二人にとって、あるいは月光姫《ジン・ジャン》よりも、エメラルドの指環《ゆびわ》よりも、友よりも、学校よりも、何よりも必要なのは「夏」だったのかもしれない、と清顕は考えていた。夏は王子たちのどんな欠乏をも補い、どんな悲哀をも癒《い》やし、どんな不幸をも償うもののように見えた。

　清顕はまだ見ぬシャムの炎暑を偲《しの》びつつ、自分たちの身のまわりに豁然《かつぜん》とひらけた夏に、自分も亦《また》酔うているのを感じた。蟬の声は庭に立ちこめ、冷たい理智《りち》は冷えた汗のように額から蒸発していた。

四人はそのままテラスから一段下ったひろい芝生の央《なか》の、日時計のまわりに集まった。

1716 Passing Shades

と彫られた古い日時計は、首をさしのべた鳥のような形の唐草模様の青銅の針を、丁度北西と北東のあいだ、ローマ数字の十二のところに固定させていたが、影はすでに三時に近づいていた。

本多はその文字盤のSのあたりを指でまさぐりながら、シャムは正確にはどのへんの方角か、と王子たちに訊《き》こうとして、徒《いたず》らに郷愁をそそることをおそれて止《や》めた。そして、われしらず、太陽へ背を向けて、自分の影で日時計をおおい、その三時の影を消してしまっていた。

「そうだ。そうやっていればいい」と、それを見咎《みとが》めてジャオ・ピーは言った。「一日そうやっていれば、時間を消してしまえるんだ。僕は国へかえったら庭に日時計を作らせ、もしすばらしく幸福な一日があったら、召使にひねもす日時計を自分の影でおおわせて、時の移りを止めさせることにしよう」

「召使は日射病で死んでしまうでしょう」

と本多はふたたび烈《はげ》しい日光を文字盤へ導き、三時の影を蘇《よみがえ》らせながら言った。

「いいえ、僕らの国の召使は、一日太陽を浴びていても平気なんだ。日の強さはここの三倍にもなるだろうが」

とクリッサダが言った。

清顕は照りかがやく褐色の肌が、きっと暗い涼しい闇《やみ》を体内に蔵《かく》しているにちがいないと想像した。それで以てかれらは、自分自身の木蔭《こかげ》の中に憩《やす》むのだろうと。

——王子たちに、裏山道の散歩の面白さを、ふと清顕が洩《も》らしたことから、本多も汗を納める暇もなく、みんなについて裏山へのぼらねばならぬ羽目になった。かつてはあれほど何事にも気の進まなかった清顕が、こうして先に立ってゆく勢いを、本多は驚嘆して眺めた。

しかし登りきって尾根がはじまるところに達すると、松の木かげは思うさま海風を孕《はら》み、由比ヶ浜一帯もきらきらかに見えて、登攀《とうはん》の汗はたちまち払われた。

四人の青年は少年の日の活潑《かっぱつ》さを取り戻し、熊笹《くまざさ》や羊歯《しだ》に半ば犯された尾根の細道を、清顕を先頭に立てて進んだ。そのうち清顕は、去年の落葉を踏みしだいていた足を止《とど》め、北西の方を指さして、こう叫んだ。

「ごらん。ここからだけ見えるんだ」

立止った若者たちは、木《こ》の間《ま》を透かして、眼下にひろがる隣りの谷《やつ》の、かなりごみごみした家並《やなみ》の門前町を眺め、そこからそびえ立っている大仏のお姿を発見した。

大仏の丸い背の、衣の襞なども大まかなのが、正面に見え、御顔は横顔ばかり、御胸は丸い肩からなだらかに流れる袖《そで》の流線のむこうにわずかに窺《うかが》われるばかりであるが、日の光りは青銅の肩の丸みをかがやかせ、そのむこうの寛《ひろ》い胸に平らにさす光りが澄みやかである。そしてすでに斜めの日が、青銅の螺髪《らはつ》の一螺《ら》一螺を、克明に浮き出させている。そのわきに垂れている長い耳朶《みみたぶ》は、あたかも熱帯の樹《き》から垂れたふしぎな長い乾果のように見える。

本多と清顕は、これを望むや、たちまち地面に膝《ひざ》まずいた王子たちの行動におどろいた。王子は二人とも、まっすぐに筋のついた白いリネンのズボンを惜しげもなく、濡《ぬ》れた竹落葉の堆積《たいせき》の上に突き、かなたに夏の日を浴びている露仏《ろぶつ》のお姿に合掌した。

清顕と本多とは、不謹慎にちらと目を見交わした。こうした信仰はもはや二人からは遠く、生活のどこを探してみても見当らなかった。そして王子たちの殊勝な礼拝を、嘲《あざけ》るほどの気持はもちろんなかったにせよ、今まで同じ学友と思っていたものが、ふいに観念も信仰も隔たる世界へ飛去ったような気がするのだった。

三十二

裏山をめぐって、庭の隈々《くまぐま》まで歩き廻ると、四人はようやく心も落着き、海風の吹きめぐる座敷に休んで、横浜から運ばれてきて井戸水に冷やされていたレモネードの罎《びん》をあけた。すると、疲労もたちまち癒《い》え、日の落ちないうちに海へ行こうという心逸《こころはや》りにかられて、おのがじし仕度をした。清顕と本多は学習院風に赤褌《あかふんどし》を締め、背中や脇《わき》を透かして千鳥掛けにした白木綿の水着を羽織り、麦藁《むぎわら》帽子をかぶって、おそい王子たちの仕度を待った。やがてあらわれた王子たちは、イギリス製の横縞《よこじま》の海水着の肩から茶褐色に照る肩の肉をあらわしていた。

これほど永い交友であるのに、夏のあいだ、清顕は本多をこの別荘へ招いたことがなかった。一度秋に、招かれて栗拾《くりひろ》いに来たことがあるだけで、従って本多が清顕と海へ出るのは、幼ないころの片瀬の学習院游泳場《ゆうえいじょう》以来であり、そして二人ともそのころは、今ほど格別に親しい友達ではなかった。

四人はまっしぐらに庭を駈《か》け下《お》り、庭はずれのまだ稚《わか》い松林を駈け抜けて、打ちつづく畑のあいだを砂浜へ出た。

游泳の前に忠実に体操をする清顕と本多を、王子二人は笑いころげて眺めた。これはいわば、仏を遠眺めにするばかりで跪坐《きざ》しなかったかれらに対する、軽い復讐《ふくしゅう》を含んだ笑いで、王子たちの目からは、こんな近代的な、ただ自分のためにする戒行が、世にもおかしく見えたのにちがいない。

しかしこのような笑いこそ、王子たちの又とない寛《くつ》ろぎのしるしであり、清顕も久しく、異邦の友人のこれほど朗らかな様子を見たことがなかった。水の中で思うさま戯《たわむ》れたあとでは、もはや清顕は主人役のもてなしの義務をも忘れていられ、王子たちは自国語で、清顕たちは日本語で話し合うために、二人ずつ砂浜に離れ離れになって寝ころんだ。

落ちる日は薄雲に包まれて、先刻の烈《はげ》しさを失っていたが、とりわけ白い清顕の肌にはそれくらいが頃合だった。彼は赤褌一つの濡《ぬ》れた体を、仰向きになってらくらくと砂に任せ、目を閉じた。

本多はその左側に、砂に胡坐《あぐら》をかいて、ただ海に対していた。海はまことに穏やかだったが、その波の眺めが彼の心を魅した。

彼の目の高さと海の高さとは、ほとんど同じ高さとしか思われないのに、すぐ目の前で海がおわり、そこから陸がはじまっているのがふしぎに思われた。

本多は乾いた砂を片方の掌《てのひら》から片方の掌へ移しながら、砂がこぼれて掌が虚《むな》しくなると、またうつつなく新らしい砂をつかみ取りながら、目も心もその海に奪われていた。

海はすぐそこで終る。これほど遍満した海、これほど力にあふれた海が、すぐ目の前でおわるのだ。時間にとっても、空間にとっても、境界に立っていることほど、神秘な感じのするものはない。海と陸とのこれほど壮大な境界に身を置く思いは、あたかも一つの時代から一つの時代へ移る、巨《おお》きな歴史的瞬間に立会っているような気がするではないか。そして本多と清顕が生きている現代も、一つの潮《うしお》の退《ひ》き際《ぎわ》、一つの波打際、一つの境界に他ならなかった。

……海はすぐその目の前で終る。

波の果てを見ていれば、それがいかに長いはてしない努力の末に、今そこであえなく終ったかがわかる。そこで世界をめぐる全海洋的規模の、一つの雄大きわまる企図が徒労に終るのだ。

……しかし、それにしても、何となごやかな、心やさしい挫折《ざせつ》だろう。波の最後の余波《なごり》の小さな笹縁《ささべり》は、たちまちその感情の乱れを失って、濡れた平らな砂の鏡面と一体化して、淡い泡沫《ほうまつ》ばかりになるころには、身はあらかた海の裡《うち》へ退《しりぞ》いている。

かなりの沖に崩れかかる白波から数えて、四段か五段の波のおのおのが、いつも同時に、昂揚《こうよう》と、頂点と、崩壊と、融和と、退走との、それぞれの役を演じつづけている。

あの橄欖《オリーブ》いろのなめらかな腹を見せて砕ける波は、擾乱《じょうらん》であり怒号であったものが、次第に怒号は、ただの叫びに、叫びはいずれ囁《ささや》きに変ってしまう。大きな白い奔馬は、小さな白い奔馬になり、やがてその逞《たくま》しい横隊の馬身は消え去って、最後に蹴《け》立《た》てる白い蹄《ひづめ》だけが渚《なぎさ》に残る。

左右からぞんざいにひろげた扇の形に、互いに犯し合う二つの余波《なごり》は、いつしか砂の鏡面に融《と》け入ってしまうが、その間も、鏡のなかの鏡像は活溌《かっぱつ》に動いている。そこには爪先《つまさき》立った白波の煮立つさまが、鋭利な縦形に映っていて、それがきらめく霜柱のように見えるのである。

退いてゆく波の彼方《かなた》、幾重にもこちらへこちらへと折り重ってくる波の一つとして、白いなめらかな背《そびら》を向けているものはない。みんなが一せいにこちらを目ざし、一せいに歯噛《はが》みをしている。しかし沖へ沖へと目を馳《は》せると、今まで力づよく見えていた渚の波も、実は稀薄《きはく》な衰えた拡《ひろ》がりの末としか思われなくなる。次第次第に、沖へ向って、海は濃厚になり、波打際の海の稀薄な成分は濃縮され、だんだんに圧搾《あっさく》され、濃緑色の水平線にいたって、無限に煮つめられた青が、ひとつの硬い結晶に達している。距離とひろがりを装《よそお》いながら、その結晶こそは海の本質なのだ。この稀《うす》いあわただしい波の重複のはてに、かの青く凝結したもの、それこそは海なのだ。……

……………………。

そこまで考えると、本多の目も心も疲れて、さっきから、本当に寝入ってしまったかと思われる清顕の寝姿に目を移した。

その白い美しいしなやかな体軀《たいく》は、ただ一つ身に着けた赤褌と鮮明な対比をなして、かすかに息づく白い腹が褌の上辺と相渉《あいわた》るあたりを、すでに乾いた砂と貝殻の微細な砕片のきらめきが隈取《くまど》っていた。たまたま清顕は左腕を上げて後頭部にあてがっていたので、左の脇腹の、ほのかな桜の蕾《つぼみ》のような左の乳首よりも外側の、ふだんは上膊《じょうはく》に隠されている部分に、本多は、きわめて小さな三つの黒子《ほくろ》が、集まっているのに目をとめた。

肉体的な徴《しるし》とはふしぎなもので、永い附合にはじめて発見したそんな黒子は、彼には友が不用意に打明けてしまった秘密のように思われて、直視することが憚《はばか》られた。目を閉じると、瞼《まぶた》の裏では却《かえ》って強い白光を放つ夕べの空に、その三つの黒子が、遠い鳥影のように鮮明に泛《うか》んでいる。やがてそれらの羽搏《はばた》きが近づいて、三羽の鳥の形を描いて、頭上に迫ってくるような気がする。

又目をひらくと、清顕は形のよい鼻翼から寝息を立て、うすくひらいた唇のあいだに、潤《うる》んだ潔白な歯を光らせている。本多の目は又もや、彼の脇腹の黒子へ行った。今度はそれが、清顕の白い肉に喰い入った砂粒のように見えたのである。

現に、本多のすぐ目の前で乾いた砂浜は終り、波打際に近い砂地は、ところどころに乾いた白砂の飛白《かすり》を載せて、黒々と引締っていたが、そこには軽い波跡の浮彫《レリーフ》が刻まれ、小石、貝殻、枯葉などが、化石になったようにきっちりと嵌《は》め込まれ、しかもどんなに小さい石でさえ、そこから退《しりぞ》いた水の痕跡《こんせき》を海のほうへ扇なりに展《ひら》いていた。

小石、貝殻、枯葉ばかりではない。打ち上げられた神馬藻《ほんだわら》、小さな木片、藁《わら》しべ、夏蜜柑《みかん》の皮さえも、そんなふうに象嵌《ぞうがん》されているからには、清顕の締った白い脇腹の肉にも、ごく微細な黒い砂の粒子が、喰い入っているのはありうることだ。

これがいかにもいたいたしく思われたので、本多は何とか清顕の目をさまさずに、それを除いてやる工夫はないものかと考えていたが、見つめているうちに、その微小な粒が胸の息づかいにつれて、健やかに動くありさまから、どうしても無機物ではない清顕の肉の一部、すなわち黒子に他ならないと思われてきた。

それは何だか清顕の肉の優雅を、裏切るもののようにも思いなされた。

あまり強い凝視を肌から感じたものか、清顕は突然目をひらき、目が会って戸惑っている友の顔を、項《うなじ》をあげて追うようにして、こう言った。

「僕を助けてくれるか」

「ああ」

「僕が鎌倉へ来たのは、表向きは王子たちのお守《も》りのためだが、本当は、僕が東京にいないという評判をつくるためだったんだ。わかるかい」

「そんなことだろうと思っていたよ」

「貴様と王子たちを置いて、僕はときどき東京へこっそり帰るだろう。あの人に三日も会わずにいることは耐えられないんだ。僕の留守には、王子たちをごまかし、又万一、東京の家から電話があるようなことがあっても、そこをうまくごまかしてくれるのは、貴様の腕だ。今夜も僕は、最終の汽車の三等に乗って東京へゆき、あしたの朝の一番でかえってくる。たのむよ」

「よし」

と本多が力強く受けあうと、清顕は幸福そうに手をさしのべて握手を求めた。それから更にこう言った。

「有栖川《ありすがわ》の宮様の国葬には、貴様のファーザーも出るんだろ」

「ああ、そうらしい」

「うまい時にお薨《かく》れになって下さった。きのうきいたところでは、おかげでどうやら、洞院宮《とういんのみや》家の納采《のうさい》の儀はのびのびになりそうなんだ」

本多はこの友の一言から、清顕の恋がいちいち国事に関わっている、その危険をあらためて肌に感じた。

このとき二人の会話を遮って、王子たちが陽気にもつれ合いながら駈けて来て、クリッサダは息を弾ませて、稚拙な日本語で、

「今、ジャオ・ピーと何を話していたか、わかる？　僕らは、生れかわりの話をしていたんだよ」

と言った。

三十三

日本人の青年二人はこの話に思わず顔を見合わせたが、軽躁《けいそう》なクリッサダには、もと

もと聴手の顔色を窺《うかが》うゆとりなどはなかった。ここ半歳《はんとし》、さまざまな異国の苦労を積んだジャオ・ピーは、それに比べると、赤らめるほどの白い頰こそしていなかったが、そんな話柄《わへい》をつづけることをためらっておられるのがわかった。そして多少文明風にきこえると思われたものか、澱《よど》みのない英語で語りはじめた。

「いや、今、僕はクリと、子供のころたびたび乳母から語り聞かされた本生経《ジャータカ》の話をしていたところで、仏陀《ぶつだ》でさえその過去世では、菩薩《ぼさつ》として、金の白鳥、鶉《うずら》、猿、鹿《しか》の王などに、つぎつぎと生れ変られたのだから、僕たちの過去世は何だろうかと、あてっこをして興じていたのです。クリの前生《さきしょう》は鹿で、僕の前生は猿だと言い張るのが癪《しゃく》にさわるので、僕の前生こそ鹿で、クリのほうこそ猿だったのだ、と言い争っていたんです。君たちは僕らをどう思う?」

どちらに加担しても礼を失することになるので、清顕も本多も微笑したまま答えなかった。そして話頭を転ずるために清顕は、自分たちはその本生経《ジャータカ》については全く無智《むち》だから、その中の何か一つの説話を話していただけないか、と頼んだ。

「では、金の白鳥の話をしましょうか」とジャオ・ピーは言った。「この話は、菩薩であったころの仏陀の、相次ぐ二度の転生《てんしょう》にまつわる物語です。御承知のとおり、菩薩とは、未来で仏の悟りをひらくにいたる前の、修行者の姿であって、仏陀も過去世では菩薩であられたわけです。その修行とは、無上菩提《ぼだい》を求め、衆生《しゅじょう》を利益《りやく》し、諸波羅蜜《はらみつ》の行を修めることですが、菩薩としての仏陀は、さまざまな生類《しようるい》に転生されながら、善行を積まれたのだと云《い》われています。

むかしむかし、ある婆羅門《ばらもん》の家に生れた菩薩は、同じ階級の家から妻を娶《めと》り、三人の娘を儲《もう》けたのちにこの世を去って、遺族は他家へ引取られました。

死んだ菩薩は、次に金の白鳥の胎《はら》に転生しましたが、前生を思い出す智恵を備えていました。やがて菩薩の白鳥は成長して、金の羽根毛におおわれた世にも美しい姿になりました。水の上をこの鳥がゆくと、影は月影のようにかがやきました。木の間《こま》を飛べば、梢《こずえ》の葉叢《はむら》は、金の籠《かご》のように透かされました。時あってこの鳥が枝に憩《やす》むと、時ならぬ黄金《こがね》の果実がみのったかのようでした。

白鳥は自分の宿世《すくせ》が人間であったことをさとり、生きのこった妻や娘たちは、他家へ引取られて、賃仕事でかつかつ口を糊《のり》していることを知りました。そこで白鳥が思うには、

『私の羽毛の一枚一枚は、打てば延びる金の延べ板として売ることができる。これからは、人間界へのこしてきた哀れな貧しい伴侶《はんりよ》のために、一枚ずつこの羽根を与えることにしよう』

白鳥はありし日の妻や娘たちの貧しい暮しを、窓からのぞいて哀憐《あいれん》の情にかられました。一方、妻や娘たちは、窓框《まどかまち》にとまって光り輝やいている白鳥の姿におどろいて、こ

う尋ねました。

『おや、きれいな金いろの白鳥だこと。お前はどこから飛んできたの』

『私はお前たちの、良人《おっと》であり父親であった者だ。死後、金の白鳥の胎に生れ変ったが、こうしてお前たちに会いに来たからには、苦しい暮しを楽にしてやろう』

と白鳥は一枚の羽根を与えて飛び去りました。

こうして白鳥が時折やって来ては一枚ずつ羽根を与えて去るので、母子の暮しは目立って豊かになりました。

ある日のこと、母親が娘たちに言うには、

『禽獣《きんじゅう》の心はわからない。お前たちのお父様の白鳥も、いつここへ来なくなるかわからない。今度来たらその折に、のこらず羽根をむしってしまおう』

『ああ、むごいお母様！』

と娘たちは嘆いて反対したが、欲の深い母は、ある日飛来した金の白鳥をおびき寄せ、両手でつかんで、のこらず羽根毛をむしり取ってしまいました。しかし、ふしぎなことに、むしり取るそばから、さしもの黄金《こがね》の羽毛も鶴《つる》の羽根のように白くなってゆくのでした。飛べなくなった白鳥を、前世の妻は、大きな壺《つぼ》に入れて餌付《えづ》かせ、ひたすら又金の羽毛が生えてくるのを望んでいましたが、再び生えた羽毛はみな白く、羽根の生え揃《そろ》ったとき白鳥は飛び立って、白いかがやく一点になって雲に紛れ、二度と戻っては来ませんでした。……これが僕らが、乳母からきかされた本生経《ジャータカ》の物語の一つです」

本多も清顕もこんな説話が、自分たちも語りきかされたお伽噺《とぎばなし》と、大そうよく似ているのにおどろいたが、話はそれから転生を信じるかどうかという議論になった。

清顕も本多も今までついぞこんな議論に巻き込まれたことがなかったので、些《いささ》か戸惑わずにはいられなかった。清顕はちらとたずねるような目をあげて本多を見た。ふだん我儘《わがまま》な清顕が、抽象的な議論になると、必ずこうして、頼りなげな風情《ふぜい》を示すのが、却《かえ》って本多の心に銀の拍車の一蹴《け》りのように軽く刺って、彼をそそり立てた。

「もし生れ変りということがあるとして」と本多はいくらか性急に話を進めた。「それもさっきの白鳥の話のように、前生を知る智恵がある場合はいいが、そうでなかったら、一度断たれた精神、一度失われた思想が、次の人生に何の痕跡《こんせき》もとどめていず、そこで又、別個の新らしい精神、無関係な思想がはじまることになり、……そうすれば、時間の上に一列に並べられた転生の各個体も、同じ時代の空間にちらばる各人の個体と同じ意味しか持たなくなり、……そもそも転生ということの意味がなくなるじゃありませんか。もし生れ変りということを一つの思想と考えれば、そんなに何の関係もないいくつかの思想を一括する思想なんてあるでしょうか。現に僕たちは何一つ前世の記憶をもっていないのだから、それからしても、生れ変りとは、決して確証のありえないものを証明しようとする無駄な努力みたいですね。それを証明するには、過去世と現在世を等分に眺め、比較対照する思想的見地がなければならないが、人間の思想は、必ず過現未のどれかに偏して、歴史の只中《ただなか》にいる『自分の思想』の家から、のがれようもないからです。仏教では、中道《ちゅうどう》というのがそれらしいけれど、一体、中道とは、人間の持つことのできる有機的な思想かどうか怪しいものですね。

一歩しりぞいて、人間の抱くあらゆる思想をそれぞれの迷妄と考えれば、過去世から現在世へと転生する一つの生命の、過去世の迷妄と現在世の迷妄を、それぞれ識別する第三の見地がなければならないが、その第三の見地だけが、生れ変りを証明することができて、生れ変る当人には永遠の謎《なぞ》にすぎない。そしてその第三の見地とは、おそらく悟りの見地なのだろうから、生れ変りという考えは、生れ変りを超脱した人間にしかつかめないものであって、そこで生れ変りの考えがつかまれたとしても、すでにそのとき、生れ変りというものは存在しなくなっているじゃないか。

僕らは生きていて、死を豊富に所有している。葬《とむら》いに、墓地に、そこのすがれた花束に、死者の記憶に、目《ま》のあたりにする近親者たちの死に、それから自分の死の予測に。

それならば死者たちも、生を豊富に多様に所有しているのかもしれない。死者の国から眺めた僕らの町に、学校に、工場の煙突に、次々と死に次々と生れる人間に。

生れ変りとは、ただ、僕らが生の側から死を見るのと反対に、死の側から生を眺めた表現にすぎないのではないだろうか。それはただ、眺め変えてみただけのことではないだろうか」

「それでは、思想や精神が、死後も人々へ伝えられるのはどうしてなんだ」とジャオ・ピーは物しずかに反対した。

本多は、頭のよい青年の逸《はや》り気から、やや軽んずるような口調で断定した。

「それは生れ変りの問題とはちがいます」

「なぜちがう」とジャオ・ピーは穏やかに言った。「一つの思想が、ちがう個体の中へ、時を隔てて受け継がれてゆくのは、君も認めるでしょう。それなら又、同じ個体が、別々の思想の中へ時を隔てて受け継がれてゆくとしても、ふしぎではないでしょう」

「猫と人間が同じ個体ですか？　さっきのお話の、人間と白鳥と鶉と鹿が」

「生れ変りの考えは、それを同じ個体と呼ぶんです。肉体が連続しなくても、妄念が連続するなら、同じ個体と考えて差支《さしつか》えがありません。個体と云わずに、『一つの生の流れ』と呼んだらいいかもしれない。

僕はあの思い出深いエメラルドの指環《ゆびわ》を失った。指環は生き物ではないから、生れ変りはすまい。でも、喪失ということは何かですよ。それが僕には、出現のそもそもの根拠のように思えるのだ。指環はいつか又、緑いろの星のように、夜空のどこかに現われるだろう」

ここへ来て、王子は悲哀にとらわれて、俄《にわ》かに問題を外《そ》らしてしまったように思われた。

「でもあの指環は、何かの生き物が、こっそり指環に化けていたのかもしれませんね、ジャオ・ピー」と、クリッサダは無邪気に応じた。「そして自分の足で、どこかへ逃げ出して行ったのかもしれませんよね」

「それならあの指環も、今ごろは月光姫《ジン・ジャン》のような美しい人に生れ変っているかもしれない」と、ジャオ・ピーは、忽《たちま》ち自分自身の恋の思い出のなかへ閉じこもってしまった。「ほかの誰からの便りにも、あの人が元気だと言ってくる。そしてどうして月光姫《ジン・ジャン》自身からだけは便りがないのだろう。誰かが僕をいたわっている」

一方、本多はその言葉を聴き流しながら、さっきジャオ・ピーが言ったふしぎな逆説について思いに耽《ふけ》っていた。たしかに人間を個体と考えず、一つの生の流れととらえる考え方はありうる。静的な存在として考えず、流動する存在としてつかまえる考え方はありうる。そのとき王子が言ったように、一つの思想が別々の「生の流れ」の中に受けつがれるのと、一つの「生の流れ」が別々の思想の中に受けつがれるのとは、同じことになってしまう。生と思想とは同一化されてしまうからだ。そしてそのような、生と思想が同一のものであるような哲学をおしひろげれば、無数の生の流れを統括する生の大きな潮《うしお》の連環、人が「輪廻《りんね》」と呼ぶものも、一つの思想でありうるかもしれないのだ。

……

本多がこんな考えに耽っているうちに、清顕は、次第に暮れてゆく砂を蒐《あつ》めて、クリッサダと共に、砂の寺院を一心に建てていた。しかしシャム風の尖塔《せんとう》や鴟尾《しび》は、砂で形づくるのが難かしかった。クリッサダは砂まじりの水滴を巧みに落して、繊細きわまる尖塔を積み重ね、あたかも女の袖《そで》からその黒くてしなやかな指を引き出すように、濡《ぬ》れた砂の屋根から反りかえった鴟尾を注意ぶかく引き出した。が、そうしてつかのま空中へさしのべられた、痙攣《けいれん》して反ったような黒い砂の指は、乾くと共に、もろくも折れて頽《くず》れてしまった。

本多もジャオ・ピーも、議論をやめて、嬉々《きき》として忙しげにしている二人の子供らしい砂遊びに目を移した。砂の伽藍《がらん》にはもう灯が要った。折角精妙に刻み込んだ前面《ファサード》や縦長の窓を、夕闇《ゆうやみ》がすでに均《な》らして、輪郭だけの黒い塊《かたま》りに変えてしまい、砕ける白波が、わずかに臨終の白目のように、この世の消えがての光りをそこだけに蒐めている白を背景にして、寺院はおぼろげな影絵になった。

しらぬ間《ま》に、四人の頭上には星空があった。天の川はありありと天頂にかかり、本多が知っている星の名は少なかったが、それでも銀河をさしはさむ牽牛《けんぎゅう》織女や、二人の媒《なかだ》ちをするために巨大な翼をひろげている白鳥座の北十字星はすぐ見分けられた。

四人の若者は、日のあるうちよりははるかに高まってきこえる波の轟《とどろ》き、昼間はあれほど隔てられてみえた海と砂浜が一つの闇に融《と》け合うありさま、空にはただ数を増す星が威圧するようにひしめくさま、……そういうものに包み込まれていることが、何か見えない巨大な琴のような楽器の中に包み込まれている感じがしていた。

それは正《まさ》しく琴だった！　かれらは槽《そう》の中へまぎれ込んだ四粒の砂であり、そこは果てしのない闇の世界であったが、槽の外には光りかがやく世界があって、竜角から雲角まで十三弦の弦が張られ、たとしえもなく白い指が来てこれに触れると、星の悠々たる運行の音楽が、琴をとどろかして、底の四粒の砂をゆすぶるのだった。

海の夜は微風を載せていた。その潮の香り、打ちあげられた海藻《かいそう》類の立てる匂《にお》いは、若者たちの、涼しさに委《まか》せた素肌の肉体を、わななくような情緒で充《み》たした。潮風の湿り気が肌にまつわると、そこから却って、火のようなものが噴きのぼってきた。

「もう帰ろう」

と突然清顕が言った。

それはもちろん客たちを夕食へ促す意味だった。しかし本多は、彼がひたすら最終の汽車の時刻を気にしているのを知っていた。

三十四

清顕は三日にあげず東京へ忍びに行き、かえってくると本多にだけは、そこで起ったことを詳《つぶ》さに打明け、洞院宮《とういんのみや》家の納采《のうさい》の儀も、はっきり延期になったと告げた。しかしこれはもちろん聡子の結婚が、何らかの障碍《しょうがい》に乗り上げたことを意味するものではなかった。聡子はしばしばお招きをうけて宮家へ伺い、父宮殿下もすでに心易《こころやす》いお扱いをして下さっていた。

清顕はこうした状況に満足しているというのではなかった。彼は何とかして、今度は聡子を終南別業へ呼び寄せて一夜をすごしたいと考えはじめ、この危険な計画に本多の知恵をも借りようとした。しかしそこには、考えるだに面倒な障碍が重なっていた。

或《あ》る大そう蒸暑い晩の寝苦しさに、清顕は浅い眠りのあいだに見たのであろう、今まで見たことのないような夢を見た。こういう眠りの浅瀬には、水もぬるみ、沖から打ち寄せられてきた漂流物のくさぐさが、陸《おか》の芥《あくた》と見分けのつかない形で堆積《たいせき》して、徒渉《かちわた》る人の足を刺すものなのである。

……………清顕はどうしたわけか、ふだん着たことのない白木綿《しろもめん》の着物に白木綿の袴《はかま》という姿で、猟銃を携えて、野中の道に立っている。多少起伏のある野原はそれほどの広野ではなく、彼方《かなた》には家並の屋根々々も見え、野中の道をとおる自転車もあるが、異様な沈痛な光りがそこを領している。夕日の最後の残光のような力のない明るさだが、その光りが空から来るとも地から来るとも定かではない。野の起伏をおおう草も内から緑光を放ち、遠ざかる自転車もそれ自体が、ぼんやりと銀いろに発光しているという具合なのだ。ふと自分の足もとを見ると、下駄の白い太い鼻緒も、足の甲の静脈も、奇妙に明るく浮き出して緻密《ちみつ》に見える。

そのとき光りが翳《かげ》って、空の一角からあらわれた鳥の渡りが、おびただしい囀《さえず》りと共に頭上へ迫ってきたとき、清顕は空へ向けて猟銃の引金を引いた。彼はただ無情に撃ったのではない。いいしれぬ怒りと悲しみのようなものに身内がいっぱいになって、鳥へというよりは、大空の巨大な青い目をめがけて撃ったのである。

すると撃たれた鳥は一せいに落ちて来て、叫喚と血の竜巻が天と地をつないだ。というのは、無数の鳥が叫びながら、血をしたたらしながら、一本の太い柱なりに密集して、際限もなく一個所へ落ちてくるので、滝の水がつづいて見えるように、いつまでもその落下が、音と血の色を伴って、竜巻のように連続しているのである。

そして、その竜巻が見る見る凝固して、天に届く一本の巨樹になった。無数の鳥の屍《しかばね》を固めてできた樹《き》であるから、幹も異様な褐紅色をしていて、枝葉はない。しかし巨樹の形に静まると叫びも途絶え、あたりには又、前と同じ沈痛な光りが漲《みなぎ》って、野中の道を、人の乗っていない新らしい銀いろの自転車がゆらゆらと近づいてきた。

彼は天日を覆《おお》うていたものを自分が払ったのだと誇らしく感じた。

そのとき野中の道を、遠くから、自分と同じ白装束の一団が来るのが見られた。かれらは粛々と進んで来て、一、二間先に立止った。見ればおのおのが、手につややかな榊《さかき》の葉の玉串《たまぐし》を携えている。

清顕の身を潔《きよ》めるために、かれらは清顕の前でその玉串を振り、その音がさやかに響いた。

かれらの一人の顔に、清顕はありありと、書生の飯沼の顔を見出《みいだ》しておどろいた。しかもその飯沼が口をひらいて、清顕にこう言ったのである。

『あなたは荒《あら》ぶる神だ。それにちがいない』

清顕はそう言われて自分の身をかえりみた。いつのまにか、くすんだ藤《ふじ》いろや茜《あかね》いろの勾玉《まがたま》の頸飾《くびかざり》が、自分の頸にかけられていて、その石の冷たい感触が、胸の肌にひろがっていた。しかも自分の胸は、平たい厚い巌《いわお》のようであった。

白衣の人が指呼する方《かた》を見返ると、あの鳥の屍が凝ってできた巨樹からは、あざやかな緑の葉が生い茂って、下枝《しずえ》までがその明るい緑におおわれていた。

……………そこで清顕は目がさめた。

あまり常ならぬ夢であったので、このところ久しくつけていない夢日記をひらいて、できるかぎり詳細に誌《しる》しはじめたが、目ざめたのちも、なお身内には、激しい行動と勇気の火照りがあった。気の火照《ほて》りがあった。彼は今しも一つの戦いから還《かえ》ってきたばかりのような気がした。

——深夜聡子を鎌倉に連れてきて、昧爽《まいそう》に東京へ連れ戻すには、馬車ではいけない。汽車でもいけない。まして人力車では叶《かな》わない。どうしても自動車が要るのである。それも清顕の周辺の家庭の自動車ではいけない。まして聡子の周辺の自動車ではいけない。顔も知らず、事情も知らぬ運転手が、運転する車でなくてはならない。

ひろい終南別業のうちとは云《い》いながら、聡子と王子たちと顔を合せてはならない。王子たちは、聡子の婚約の事情を御存知かどうかは知れないが、顔を見分けられれば厄介の種子《たね》になるに決っている。

これだけの困難をくぐり抜けるには、どうしても本多が働いて、馴《な》れない役を演じなければならなかった。彼は友のために、女を連れて来て連れ戻る約束をしたのである。

彼の頭に浮んだのは級友の豪商の息子の名で、五井《いつい》家の長男であるが、自分の自由になる自動車を持っている友人はこの人一人であり、本多はそのためわざわざ東京へゆき、麹町《こうじまち》の五井家を訪ねて、彼のフォードを運転手つきで一晩貸してもらいたいと頼んだ。

いつも落第すれすれのこの遊び人の青年は、級の名だたる堅物《かたぶつ》の秀才が、こんなたのみ事をしてきたのにおどろき呆《あき》れた。そしてこの機をのがさず横柄《おうへい》なゆとりを十分に示して、理由をちゃんと打明けてくれれば貸さないものでもないと言った。

日ごろの本多にも似合わぬことだが、彼はこの愚物を前に、いかにもおずおずといつわりの告白をすることに喜びを感じた。嘘《うそ》をつくことから言葉が淀《よど》みがちになるのを、思いつめた気持と羞恥《しゅうち》からそうなるのだと、信じ込んでいる相手の顔つきが面白かった。理智《りち》があれほど人を信服させるのが難かしいのに、いつわりの熱情でさえ、熱情がこうもやすやすと人を信じさせるのを、本多は一種苦々しい喜びで眺めた。それは又、清顕の目から見た本多の姿でもあった筈《はず》だ。

「見直したよ。貴様にそんな一面があるとは思わなかった。でも秘密主義は残っているんだな。彼女の名前ぐらい言ってもいいじゃないか」

「房子だ」

と本多は思わず久しく会わない又従妹《またいとこ》の名を言ってしまった。

「それで松枝が一夜の宿を貸し、俺が一夜の自動車を提供するというわけなのか。その代り今度の試験のときはよろしくたのみます」

と五井は半分まじめに頭を下げた。その目は今や友情に輝やいていた。彼は本多の知能と、いろんな意味で対等になったのである。その平板な人生観は確かめられ、

「人間は結局みんな同じだな」

と言う声は安堵《あんど》に充《み》ちていた。本多はそもそもこれを狙《ねら》ったのだ。それと同時に、本

多は十九歳の青年が誰しも手に入れたいと望んでいるロマンチックな名声を、清顕のおかげで手に入れる筈であった。要するにこれは、清顕と本多と五井の三人の、誰にとっても損の行かぬ取引だった。

五井の持っている一九一二年型の最新のフォードは、セルフ・スタータアの発明によって、もう始動のためにいちいち車から降りなければならぬような運転手泣かせの車ではなくなっていた。二段変速機つきのふつうのT型だったが、黒塗りに細い朱の線が扉をふち取り、幌《ほろ》に包まれた後部座席だけはなお馬車の面影をとどめていた。運転手に話しかけるときは通話管に口をあて、運転手の耳もとにひらいている喇叭《らっぱ》へ声を伝えるのであった。屋根にはスペア・タイヤのほかに荷台がつき、長途の旅行に耐えるようにできていた。

運転手の森は、もと五井家の馬車の馭者《ぎょしゃ》であった。彼は大旦那《おおだんな》様附の運転手から運転を習い、警察で免許をとるときには、その師匠を堂々と警察の玄関前に待たせておいて、学科試験でわからない問題にぶつかると、玄関まできききに行って、又戻ってきて答案のつづきを書いた。

本多は夜おそく五井の家へこの車を借りにゆき、聡子の身もとが知れぬように、例の軍人御下宿のところへ車を止めて、蓼科と人力車で忍んで来る聡子を待つ手筈になっていた。蓼科が来ぬことを清顕は望んでいたが、聡子の留守のあいだ、聡子がずっと寝間《ねま》で寝入っているかのごとく装《よそお》うことが、蓼科の大切な役目であれば、来ようにも来られなかった。蓼科は心配をあらわにして、冗々《くだくだ》しく注意を与えながら、ようよう聡子を本多に託した。

「運転手の手前、ずっとあなたを房子さんと呼びますよ」

と本多は聡子の耳に囁《ささや》いた。

深閑とした真夜中の邸町《やしきまち》を、フォードは爆音をとどろかせて出発した。

本多は聡子の、何事も意に介さない、果敢な態度におどろいた。白い洋装で来たので、その果敢が一そう加わってみえたのである。

……本多は友人の女と二人でこうした深夜のドライヴをすることの、ふしぎな味わいを知った。彼はただ友情の化身として、夏の真夜中の女の香水の匂《にお》いがしきりに揺れる車の幌の内に、身を接して坐《すわ》っていた。

それは「他人の女」であった。しかも無礼なほどに聡子は女だった。本多は自分に対する清顕のこんな信頼に、ずっと彼らのふしぎな絆《きずな》であった清顕の冷たい毒が、かつてないほど鮮やかに甦《よみが》えるのを感じていた。信頼と侮蔑《ぶべつ》とが、薄い革手袋と手とのように、ぴったりと貼《は》り合わされ組み合わされたもの。それを本多は清顕の美しさのために恕《ゆる》したのだ。

そしてその侮蔑から身を躱《かわ》すには、自分の高潔さを信じるほかはないのだが、本多は盲目な昔気質《むかしかたぎ》の青年がそうするようにではなく、理智を通してそれを信じることができた。彼は決して飯沼のように、自分を醜いと考える型の男ではなかった。醜いと思ったら最後……、清顕の家来になるほかはないのだ。

もちろん聡子は、疾走する自動車の涼風に髪を乱しながらも、決して節度を崩すことはなかった。二人の間で清顕の名はおのずから禁句になり、房子の名はちいさな架空の親しみのしるしになった。

……………………。

かえり道はまるでちがっていた。

「あ、清様《きよさま》に申上げるのを忘れてしまった」

と、自動車が動きだしてしばらくしてから聡子は言った。しかし引返すことはできなかった。一路東京へ急がなくては、明けやすい夏の末明に家へ帰り着くことが覚束《おぼつか》ない。

「僕が承っておきましょう」

と本多は言った。

「ええ……」

と聡子は躊躇《ちゅうちょ》していた。やがて心を決めたようにこう言った。

「では、こうお伝え下さいまし。蓼科が先頃、松枝家の山田に会って、清様のおつきになった嘘を知ってしまった。清様が持っていらっしゃるように装うていらした手紙は、実は、夙《と》うに山田の目の前で、破り捨てておしまいになっていたものだと、蓼科が知ってしまった。……でも、蓼科のことで御心配なさるには及ばない。蓼科はもう万事を諦《あき》らめて目をつぶっております。……これだけのことを清様へお伝え遊ばして」

本多は言葉どおりに復誦《ふくしょう》して、この神秘な伝言の内容を一切問わずに受け合った。

こうした本多の折目正しい態度が心に触れたのか、聡子は往《ゆ》きとは打って変って能弁になった。

「本多さんは親友のためによくここまでお尽しになるのね。清様は本多さんのような友達をお持ちになって、世界一の仕合せ者だと思わなければいけませんわ。私共女には、本当の友達というものはおりませんの」

聡子の目にはまだ放恣《ほうし》な火の名残があったが、髪は一筋の乱れもなく整えられていた。本多が黙っているので、聡子はやがてうつむいて声を翳《かげ》らせた。

「でも本多さんは私のことを、さぞふしだらな女だと思召《おぼしめ》すでしょうね」

「そんなことを仰言《おっしゃ》ってはいけません」

と本多は思わず強い語調で遮った。そう言う聡子の言葉が、そんな蔑《さげす》むような意味はなくとも、たまたま本多の心に浮んでいた情景を見事に射当てていたからである。

本多は夜を徹した送り迎えの役目を忠実に果し、鎌倉へ着いて清顕の手へ聡子を引渡したときも、又、清顕の手から聡子を受け取って帰るときも、いささかも心の乱れのないことを誇りにしていた。心の乱れがあってよい筈はない。彼自身、この行為によって厳粛な危険に関わり合っている場合ではないか。

しかし、清顕が聡子の手を引いて、月光の庭を木蔭《こかげ》づたいに、海のほうへ駈《か》けてゆくのを見送ったとき、本多はこうして自分が手を貸しているのは確実に罪であり、しかもその罪がいかに美しい後ろ姿を見せて飛び去ってゆくかを見たのである。

「そうね。そんなことを言ってはいけないのね。私が自分のことを少しもふしだらだと思えないのに。

どうしてでしょう。清様と私は怖《おそ》ろしい罪を犯しておりますのに、罪のけがれが少しも感じられず、身が浄《きよ》まるような思いがするだけ。先程も浜の松林を見ておりますと、この松林が、生きてもう二度と見ない松林、その松風の音が、生きてもう二度と聞かれない松風のような気がするのです。刹那《せつな》刹那が澄み渡って、ひとつも後悔がないのでございますわ」

語りながら聡子は、そのたびごとに最後の逢瀬《おうせ》のように思われる清顕とのあいびきが、殊《こと》に今夜は、清寧な自然に囲まれて、どんなに怖ろしい、目のくらむほどの高みに達したかを、つつしみのなさをも犯して、語り残したくてならない気持が、どうして本多にわかってもらえるだろうかと焦《あせ》っていた。それは、死とか、宝石の輝きとか、夕日の美しさとかを、人に語り伝えることの至難に似ていた。

清顕と聡子はあまり顕証《けそう》な月かげを避けて、浜のそこかしこをさまようた。深夜の浜には人影ひとつなかったが、たかだかと舳《みよし》をかかげた漁船が砂に落している黒い影は、あたりが眩《まば》ゆいだけに頼もしく思われた。船の上は月を浴びて、船板も白骨のようである。そこへ手をさしのべると、手が月光に透くかのようだ。

海風の涼しさに、二人はすぐに舟蔭で肌を合せた。聡子はめったに着ない洋服の輝くばかりの白さを憎み、自分の肌の白さも忘れて、すこしも早くその白を脱ぎ捨てて闇《やみ》に身を隠したいと望んでいた。

誰も見ていない筈なのに、海に千々に乱れる月影は百万の目のようだった。聡子は空にかかる雲を眺め、その雲の端に懸って危うくまたたいている星を眺めた。清顕の小さな固い乳首が、自分の乳首に触れて、なぶり合って、ついには自分の乳首を、乳房の豊《ほう》溢《いつ》の中へ押しつぶすのを聡子は感じていた。それには唇の触れ合いよりももっと愛《いと》しい、何か自分が養っている小動物の戯《たわむ》れの触れ合いのような、意識の一歩退《ひとあししりぞ》いた甘さがあった。肉体の外《はず》れ、肉体の端《はな》で起っているその思いもかけない親交の感覚は、目を閉じている聡子に、雲の外れにかかっている星のきらめきを思い出させた。

そこからあの深い海のような喜びまでは、もう一路だった。ひたすら闇に融《と》け入ろうとしている聡子は、その闇がただ、漁船の侍《はべ》らせている影にすぎないと思うとき、恐怖にかられた。それは堅固な建物や岩山の影ではなくて、やがて海へ出てゆく筈のものの、かりそめの影にすぎなかった。船が陸にあることは現実ではなく、その確乎《かっこ》たる影も幻に似ていた。彼女は今にも、そのかなり老いた大ぶりの漁船が、砂の上を音もなく滑り出して、海へのがれてゆくような危惧《きぐ》を抱いた。その船の影を追うには、その影の中にいつまでもいるためには、自分が海にならなくてはならぬ。そこで聡子は、重い充溢《じゅういつ》のなかで海になった。

かれらを取り囲むもののすべて、その月の空、その海のきらめき、その砂の上を渡る風、かなたの松林のざわめき、……すべてが滅亡を約束していた。時の薄片のすぐ向う側に、巨大な「否《いな》」がひしめいていた。松林のざわめきはその音ではなかったろうか。聡子は自分たちが、決して自分たちを許さないものによって取囲まれ、見守られ、守護されているのを感じていた。水盤の水の上に落された油の一滴が、他ならぬその水によって衛《まも》られているように。が、水は黒く、ひろく、無言で、一滴の香油は孤絶の堺《さかい》に泛《うか》んでいた。

何という抱擁的な「否」！　かれらにはその否が、夜そのものなのか、それとも近づいてくる夜明けの光りなのか、弁《わきま》えがつかなかった。ただそれは自分たちのすぐ近くまで犇《ひし》めいていて、まだ自分たちを犯しはじめてはいなかった。

……二人は身を起して、闇から辛うじて頸《くび》をさしのべて、沈みかけてゆく月をまともに見た。そのまどかな月を、空に炳乎《へいこ》と釘《くぎ》づけられた自分たちの罪の徽章《きしよう》だと聡子は感じた。

人影はどこにもなかった。二人は船底に隠した衣類をとり出すために立上った。そして漆黒の闇の名残のような黒い部分を、月に白む腹の下に互《かた》みに眺めた。ほんの短かい間ではあったが、じっと真剣にそこを見ていた。

着るものを着てしまうと、清顕は舟べりに腰かけて、足をぶらぶらさせながらこう言った。

「僕たちが許された仲だったら、とてもこんなに大胆にはなれないだろう」

「ひどい方ね。清様のお心はそれだったのね」

と聡子は怨《えん》じる風情《ふぜい》を見せた。かれらの叩《たた》く軽口には、しかし名状しがたい砂の味わいがあった。すぐかたわらに絶望が控えていたからだ。聡子はなお舟蔭の闇にうずくまっていたが、舟べりから垂れている清顕の足の甲が、月に白く照っているのを戴《いただ》いて、その指先に唇をつけた。

…………………………。

「こんなことを申上げるべきではないかもしれません。でも、本多さんのほかに、きいていただく方はいないのですもの。私のやっていることは、怖ろしいことだと知っております。でも、禁《と》めて下さいますな。いつか結着のつくことは知れているのでございますから。……それまでは一日のばしに、こうしていとうございます。ほかに道はありません」

「覚悟をしていらっしゃるのですね」

と本多は思わず知らず一種の哀切さをこめて言った。

「ええ、覚悟をしておりますわ」

「松枝もそうだと思います」

「ですから一層、あなたにこんな御迷惑をおかけしてはいけないのです」

本多には、この女を理解したいという一種ふしぎな衝動が起っていた。それは微妙な復讐《ふくしゅう》で、彼女が本多を「理解深い友」として扱うつもりなら、彼にも亦《また》、同情でも共感でもない理解の権利がある筈だった。

しかし、こんな恋にみちあふれたたおやかな女、自分のすぐ傍らにいて心ははるか遠くに託《かず》けているこの女を、理解するとはどんな種類の作業であろう。……持ち前の論理的な詮索《せんさく》癖が、本多の中で頭をもたげかけた。

車の動揺は、何度か聡子の膝《ひざ》をこちらへ片寄せたが、二人の膝頭が決してぶつからぬように聡子が身を庇《かば》う機敏さは、小車《おぐるま》を廻す栗鼠《りす》の廻転のような、めまぐるしいものを見る思いで、本多の心をやや苛立《いらだ》たせた。少くとも聡子は決してそんなめまぐるしさを、清顕の前では見せぬだろうと思われた。

「さっきあなたは覚悟をしている、と言われましたね」と本多は聡子の顔を見ずに言った。「それと、『いつか結着がつく』というお気持とは、どういう風につながっているんです。結着がついたときでは、覚悟はおそいのではありませんか。あるいは又、覚悟次第で、結着もつくのではありませんか。僕にはわかっているんです。僕のしているのは残酷な質問です」

「よく訊《き》いて下さいました」

と聡子は安らかに応じた。その横顔を思わず本多は見守ったが、美しい端正な横顔には何の乱れもなかった。そのとき聡子はふと目を閉じたので、天井の仄暗《ほのぐら》い灯はそのさなきだに長い睫《まつげ》の影を深く落し、窓には夜明け前の樹々《きぎ》の繁《しげ》みが、まつわる黒雲のように擦過していた。

森運転手は律儀《りちぎ》な背を向けて、運転にいそしんでいた。運転台との間には厚い硝子《ガラス》の引違い窓が閉ざされ、ことさら通話管へ口をおしあてなければ、二人の会話がきこえる気づかいはなかった。

「私がいつかそれを終らせることができる筈だと仰言《おっしゃ》るのね。清様の親友としてそう仰言るのは御尤《ごもっと》もだわ。私が生きたまま終らせることができなければ、私が死んで……」

そんな言い方を本多があわてて否定することを聡子は望んでいたかもしれないが、本多は頑《かたく》なに黙ったまま、次の聡子の言葉を待った。

「……いつか時期がまいります。それもそんなに遠くはないいつか。そのとき、お約束してもよろしいけれど、私は未練を見せないつもりでおります。こんなに生きることの有難さを知った以上、それをいつまでも貪《むさぼ》るつもりはございません。どんな夢にもおわりがあり、永遠なものは何もないのに、それを自分の権利と思うのは愚かではございませんか。私はあの『新しき女』などとはちがいます。……でも、もし永遠があるとすれば、それは今だけなのでございますわ。……本多さんにもいつかそれがおわかりになるでしょう」

本多は清顕がかつて聡子を、どうしてあんなに畏《おそ》れていたか、その理由がわかるような気がした。

「さっきあなたは、僕にこんな迷惑をかけてはいけない、と仰言いましたね。あれはどういう意味でしたか」

「あなたは立派に正道をお歩みになる方だから。それをこんなことにお関わらせしてはいけない。それはもともと清様がいけないのです」

「僕をそんな正義派だと思っていただきたくないな。なるほど僕の家庭はこの上もない固人《かたじん》の家庭です。しかし、今夜すでに、僕は罪に加担してしまったのです」

「そんなことを仰言ってはいけません」と聡子は強く、怒ったように遮った。「罪は清様と私と二人だけのものですわ」

それはいかにも、本多を庇って言われた言葉のようでありながら、余人を寄せつけない冷たい矜《ほこ》りが閃《ひら》めき、聡子がその罪を、清顕と二人だけの住む小さな水晶の離宮のように思い做《な》しているのがわかった。それは掌《てのひら》に載るほど小さな水晶の離宮で、誰もそこへ入ろうにも小さすぎて入れない。かれらの変身によって、つかのまそこに住むことができるほかには。そしてかれらがそこに住んでいる姿は、微細に、明晰《めいせき》に、外側からありありと見てとれるのだ。

聡子が急にうつむきかかったので、本多はその身を支えようとして、さしのべた手が聡子の髪に触れた。

「ごめんあそばせ。あれだけ気をつけたのに、まだ靴の中に砂が残っているような気がいたしますの。もし気づかずに家で靴を脱げば、靴の係は蓼科ではありませんから、砂を怪しむ女中の告げ口が怖ろしゅうございます」

本多は靴の始末を婦人がするときに、どうしているべきか知らなかったので、一図に窓へ顔を向けて、そのほうを見ないようにしていた。

車はすでに東京の町へ入っていたが、空はあざやかな紫紺になった。暁の横雲が、町の屋根に棚引いていた。一刻も早く車が着くようにと念じながら、彼は又、この人生に又とないふしぎな一夜が明けるのを惜しんだ。耳のせいかと思われるほど、ごくかすかな音が、多分聡子が脱いだ靴から床へ落した砂音が背後にきこえた。本多はそれを、世にも艶《つや》やかな砂時計の音ときいた。

三十五

シャムの王子たちは終南別業の生活に悉《ことごと》く満足されているようだった。

或《あ》る夕刻、四人は庭の芝生へ四脚の籐椅子《とういす》を出させ、晩餐《ばんさん》前の、夕風の涼しい一刻を愉《たの》しんでいた。王子二人は母国語で語り合い、清顕は思いに耽《ふけ》り、本多は書物を膝《ひざ》にひらいて。

「曲《ま》げをあげましょう」

とクリッサダが日本語で言って、みんなに金口のウエストミンスターを配って歩いた。王子たちは、学習院の隠語で煙草《たばこ》を云《い》う「曲げ」という言葉を逸早《いちはや》くおぼえていた。煙草は学校では本来禁制なのだが、高等科の学生にだけは、公然と喫《の》まない限り大目に見られていた。そして学校では半地下室のボイラー・ルームが、煙草喫みの巣窟《そうくつ》で「曲《ま》げ場《ば》」と呼ばれた。

こうして晴れやかな空の下で、誰の目も憚《はばか》らずに喫む煙草にすら、だから一抹の曲げ場の味わいが、その秘密の美味がまつわっていた。英国煙草もボイラー室の石炭の匂《にお》いや、薄闇《うすやみ》のなかでたえず警戒して動かす目の白目の光りや、少しでも煙を豊富に吸おうとして、たえず火口を赤らませる忙《せわ》しなさや、そういうものと結びつけられて、はじめて味わいを増すのであった。

清顕は皆に背を向けて、夕空にゆらめき出す煙のあとを追いながら、沖の雲の形が崩れておぼろげなのが、なお一面ほのかな黄薔薇《きばら》の色に染っているのを見た。そこにも彼は聡子の影を感じた。聡子の影と匂いはあらゆるものにしみ入り、自然のどんな微妙な変様も聡子と無縁ではなかった。ふと風が止《や》んで、なまあたたかい夏の夕方の大気が肌に触れると、そのとき裸の聡子の肌がそこに立ち迷って、じかに清顕の肌に触れるような気がした。少しずつ暮れてゆく合歓《ねむ》の樹《き》の、緑の羽毛を重ねたような木蔭《こかげ》にさえ、聡子の断片が漂っていた。

本多は、いつでも本を手許《てもと》に置かなくては落着かない性分だった。書生の一人がこっそり貸してくれた発禁本の、北輝次郎著「国体論及び純正社会主義」は、二十三歳という著者の年齢が、日本のオットオ・ワイニンゲルたるを思わせたが、そのあまり面白すぎる矯激な内容が、本多の穏やかな理性に警戒心を起させた。彼は過激な政治思想を憎むのではなかった。ただ、彼自身は怒りを知らなかった。それが他人の怒りというものを、伝染性の強い病気のように見せていた。それだけにそういう他人の怒りが面白く読まれるということは、良心にとって面白くない事態だった。

又、王子たちと交わした転生《てんしょう》の議論の、こちらの畑を多少とも肥やすために、この間聡子を東京へ送り帰した朝、そのまま家へ立ち寄って、斎藤唯信著「仏教学概論」を父の本棚から借りて来ていたが、その発端の業感縁起論の面白さが、「マヌの法典」に凝りすぎていた去年の初冬のことを思い出させ、あまり深入りして受験勉強に障《さわ》ってはという配慮から、その先を読むのを控えた。

こうして何冊かの本は、籐椅子の肱掛《ひじかけ》に並べられて、あちこちとすずろにめくられるばかりで、彼はとうとう膝にひらいた一冊からさえ目を離し、そのやや近眼の目を細めて、庭を囲む西側の崖《がけ》のほうを眺めやった。

天頂はまだ明るいのに、崖はすでに影に充《み》ちて、黒々と立ちふさがっていた。しかし崖の尾根をおおう木々のさかんな繁《しげ》みの隙《ひま》に、こまかく織り込まれた西空の白光があった。そうして透いて見える西空の雲母紙《きららがみ》は、夏の一日の色どり賑《にぎ》やかな絵巻の果ての、長い余白のように思いなされた。

……若者たちの、快い疾《や》ましさを含んだ喫煙。暮れかかる芝生の一角に立つ蚊柱。遊泳のあとの黄金《きん》のけだるさ。みちたりた日灼《ひや》け。……

本多は一語も発しなかったけれども、今日を自分たちの若さの、まぎれもない幸福の一日に数えることができると思った。

王子たちにとってもその筈《はず》だった。

王子たちは明らかに、清顕の恋の多忙を見て見ぬふりをしておられたが、又、清顕や本多も、王子たちの、浜辺での漁師の娘たちとの戯《たわむ》れにそしらぬふりをし、その代り清顕が娘たちの父親に、しかるべき涙金を包んでやっていた。そして王子たちが山上から朝毎《あさごと》に拝む大仏に守られて、夏は悠々と美しく老いつつあった。

テラスにあらわれた召使が手紙を載せた銀の盆を光らせて、(この男は本邸とちがってこの銀盆を使う機会が少ないのを残念がり、閑《ひま》な一日をいつも銀盆を磨き立てることに費していたのだが)芝生のほうへ歩いてくるのに、いちはやく気づいたのはクリッサダである。

彼は飛んで行って手紙を受けとり、それがジャオ・ピー宛《あ》ての王太后陛下の親書と知ると、おどけた恭《うやうや》しさで手紙を押し戴《いただ》き、椅子《いす》にかけているジャオ・ピーに捧《ささ》げた。

この気配にはもちろん清顕も本多も気づいていた。が、好奇心を慎しんで、王子が溢《あふ》れる喜びなり懐郷の情なりを、こちらへぶつけて来られるまで待つつもりでいた。手紙の白い厚い紙のひらかれる音は耳にさやかに、夕影に浮ぶ白い矢羽根のような便箋《びんせん》は目に鮮やかだったが、突然、清顕と本多は、鋭い叫びをあげて崩《くず》折れたジャオ・ピーの姿にあわてて立上った。ジャオ・ピーは失神していた。

クリッサダは、日本人の友二人に介抱されている従兄弟《いとこ》を、茫然《ぼうぜん》と眺めて立っていたが、芝生に落ちた手紙をとりあげて読むに及んで、はげしく泣きだして芝に身を伏せた。クリッサダの叫びの意味も、シャム語のとめどもない奔出のために理解しがたく、本多が目をとめて見た親書の文面も、シャム語で書かれていてわからなかった。ただ便箋の上部に王家の紋章の捺金《なつきん》がきらめき、三頭の白象を中心に、仏塔、怪獣、薔薇、剣、王笏《おうしゃく》などを配したその複雑な図柄が、見てとれただけであった。

ジャオ・ピーは人々の手で、早速寝床へ運ばれたが、運ばれるときはすでに茫然と目ざめていた。クリッサダが号泣しつつ、そのあとに従った。

清顕にも本多にも、事情はわからぬながら、いかに不吉な報《しら》せが到来したかが察せられた。ジャオ・ピーはただ枕《まくら》に頭を委《ゆだ》ね、次第に夕闇に紛れ入るその褐色の頰から、一双の真珠のように曇った瞳《ひとみ》を、天井へ向けたまま黙りつづけていた。ようやく、英語で話をするゆとりができたのは、クリッサダのほうが先であった。

「月光姫《ジン・ジャン》が死んだ。ジャオ・ピーの恋人であり、僕の妹である月光姫《ジン・ジャン》が。……それなら僕にだけそれを知らせてくれれば、ジャオ・ピーにこれほどの衝撃を与えずに、折を見て伝える方法もあったのに、王太后陛下は、むしろ僕に衝撃を与えることをおそれて、ジャオ・ピーにお知らせになったものらしい。陛下はその点で、目算ちがいをなさったのだ。それとも陛下は、もっと深いお心遣いから、いっそジャオ・ピーに、いつわりのない悲しみに直面する勇気を、まず与えようとはかられたのかもしれない」

これは日頃のクリッサダにも似合わぬ思慮深い言葉だったが、清顕も本多も、王子たちの熱帯の驟雨《しゅうう》のような劇《はげ》しい嘆きように心を搏《う》たれた。そしてこの稲妻と雷鳴を伴った雨のあとでは、つややかな悲しみの叢林《そうりん》が、いちはやく生い立ち生い茂るだろうことが想像された。

その日の夕食は王子たちの部屋へ運ばれたが、王子は二人とも箸《はし》をつけなかった。しかし時が経《た》つにつれ、客としての義務と礼儀に目ざめたクリッサダは、清顕と本多を呼んで、長い親書の内容を英語に訳してきかせた。

実は月光姫《ジン・ジャン》はこの春から病み、自分で筆をとることもできない病状にありながら、兄と従兄《いとこ》には、決して病気を知らせてくれるなと人々に頼んでいた。

月光姫《ジン・ジャン》の美しい白い手は、次第に痺《しび》れて動かなくなった。窓枠にさし入った一条の冷たい月光のように。

イギリス人の主治医が治療に力をつくしたけれども、痺れが全身に及ぶのを防ぐことができず、はては言語もままならぬようになった。それでも月光姫《ジン・ジャン》は、ジャオ・ピーと別れたままの自分の健やかな姿を、ジャオ・ピーの心の中に保ちたいためか、決して病気を告げるなと廻らぬ口で繰り返して、人々の涙を誘った。

王太后陛下はたびたびその病床を見舞われたが、涙なしに姫のお顔を御覧になること

ができなかった。姫の死をきかれたとき、陛下はすぐさま、

「パッタナディドには私が直接知らせます」

と、人々を制して、仰《おお》せ出された。

「悲しい知らせです。どうか覚悟をして読んで下さい」という文句でその親書ははじまっていた。「あなたが愛していたジャントラパー姫が亡《な》くなりました。病床にあっても、姫がどんなにあなたのことを想《おも》っていたかは、あとに詳しく書きます。それより、母としてまず申しますが、何事も仏の思召《おぼしめし》と諦《あき》めて、王子らしい誇りを保って、雄々しくこの悲報をうけとめて下さることを祈ります。異国にいてこのしらせをきくあなたの気持も察せられ、母も傍《そば》にいて慰めてあげられないことを憾《うら》みとしますが、どうかクリッサダには、あなたが兄になった気持で、心づかい深く、妹の死を知らせてあげて下さい。私がこうして突然の親書を呈するのも、悲しみにめげないあなたの剛毅《ごうき》を信じるからです。そして姫が最後まであなたを想っていたことを、せめてもの慰めにして下さい。死目に会えなかったのを残念にお思いだろうが、あくまで健やかな面影をあなたの心にとどめたかった姫の気持を、察してあげなくてはなりません。……」

——手紙が訳し了《おえ》られるまでじっと聞いていたジャオ・ピーは、ようやくベッドに身を起し、清顕に向ってこう言った。

「こんなに取り乱してしまって、母の訓誡《くんかい》をおろそかにしたと思うと、恥かしくなる。

しかし考えてもみて下さい。

僕がさっきから解こうと思っていた謎《なぞ》は、月光姫《ジン・ジャン》の死の謎ではなかった。それは月光姫《ジン・ジャン》が病んで死ぬまでの間、いや、すでに月光姫《ジン・ジャン》がこの世にいなくなってからの二十日間、もちろん絶えぬ不安は感じていたけれども、何一つ真実は知らされず、僕がこのいつわりの世界に平然と住んでいられた、というその謎なのだ。

あの海や砂浜のきらめきをあれほどはっきりと見ていた僕の目が、どうしてこの世界の底のほうで進んでいた微妙な変質を見抜くことができなかったのだろう。世界は罎《びん》の中の葡萄酒《ぶどうしゅ》が変質するようにこっそりと変質をつづけていたのに、僕の目はただ罎を透かして、そのかがやく赤紫色に見とれていただけだったのだ。なぜ僕は少くとも日に一度、その味わいのかすかな移りゆきを検証しようとしてみなかったのだろう。朝のそよ風、木々のそよぎ、たとえば鳥の飛翔《ひしよう》や啼《な》き声にも、間断なく目をそそぎ耳を澄ましていることをせず、それをただ大きな生の喜びの全体と受けとって、世界の美しさの澱《おり》のようなものが、日毎にそれを底のほうから変質させていることに気づかなかった。ある朝、もし僕の舌が世界の味わいに微妙な差を発見していたら、……ああ、もしそうしていたら、僕は即座にこの世界が、『月光姫《ジン・ジャン》のいない世界』に変ってしまっていることを、嗅《か》ぎ当てていたにちがいないのだ」

そこまで言ううちにジャオ・ピーは又もせき上げてきて、涙のうちに言葉はもつれて絶えた。

清顕と本多は、クリッサダにジャオ・ピーを委《まか》せて自室へかえった。しかし二人とも眠ることはできなかった。

「王子たちはもう一日も早く帰国したいお気持だろう。誰が何と言おうと、このまま留学をつづける気持にはなられまい」

と本多は二人きりになると、すぐ言った。

「僕もそう思う」

と清顕は沈痛に答えた。彼も王子たちの悲しみに影響されて、云うに云われぬ不吉な思いに沈んでいることはあきらかだった。

「王子たちが発《た》たれるとすると、僕ら二人だけでここにとどまっていることは不自然になる。あるいはファーザーやマザーがここへ来て、一緒に夏を過すことになるかもしれない。いずれにしても、僕らの幸福な夏はおわってしまった」

と清顕は独り言のように言った。

恋する男の心が恋の他《ほか》のものを容《い》れなくなって、他人の悲しみに対する同情さえ失っているのを、本多はありありと認めたが、清顕の冷たい硬い玻璃《はり》の心が、もともと純粋な情熱の理想的な容器《いれもの》であったことを認めぬわけには行かなかった。

——王子たちは一週間後に、英国船で帰国の途につき、清顕と本多は横浜まで送りに行った。夏休み中のことでもあり、ほかに見送りの学友はなかった。ただシャムにゆかりの深い洞院宮《とういんのみや》様が、別当を見送りに遣わされていたが、清顕はこの別当とは二言三言、言葉を交わしただけで冷然としていた。

巨大な貨客船が桟橋を離れ、テープもたちまちちぎれて風に飛び去ると、王子二人の姿は船尾に現われて、はためくユニオン・ジャック旗のかたわらで、いつまでも白い手巾《ハンカチ》を振っておられた。

清顕は船が沖合へ遠ざかり、見送り客も悉《ことごと》く去り、とうとう本多が促さずにいられなくなるまで、夏の西日をしたたかに反射する桟橋に佇《たたず》んでいた。彼が見送っているのはシャムの王子ではなかった。彼は今こそ、自分の若さの最良の時が、沖合遠く消え去ってゆくのを感じた。

三十六

——秋が来て、学校がはじまると、清顕と聡子の逢瀬《おうせ》はいよいよ限られ、夕まぐれに人目を忍んで散歩をするにも、蓼科が前後をよく確かめてついて歩いた。

瓦斯灯《ガスとう》の点灯夫をさえ憚《はばか》った。瓦斯会社の詰襟《つめえり》の制服を着たかれらが、鳥居坂の一角に残る瓦斯灯の、マントルをかぶせた火口《ほぐち》に、携えた長い棒の尖《さき》で点火してまわる、あの宵ごとのせわしない儀式が終り、界隈《かいわい》に人通りが絶えるころになって、二人は曲りくねった裏道を歩いた。すでに虫の音《ね》は繁《しげ》く、家々の灯《ひ》もあからさまではなかった。門のない家に主人の今かえった靴音が消え、音高く戸じまりをするのがきこえた。

「もう一二ヶ月のうちに、終りがまいります。宮家もそういつまでも納采《のうさい》をお延ばしになることはありますまい」と、聡子は、わがことのようではなく、むしろのどかに言った。「毎日毎日、あしたがもう終りだろう、取り返しのつかぬことが起るだろう、と思って寝《やす》みますと、ふしぎに安らかに眠れますの。もうこんなに、取り返しのつかぬことをしておりますのに」

「たとえ納采があったあとでも……」

「何を仰言《おつしや》るの、清様。罪もあまり重くなれば、やさしい心を押し潰《つぶ》してしまいます。そうならぬうちに、あと何度お目にかかれるか、数えていたほうがましでございます」

「君はのちのちすべてを忘れる決心がついているんだね」

「ええ。どういう形でか、それはまだわかりませんけれど。私たちの歩いている道は、道ではなくて桟橋ですから、どこかでそれが終って、海がはじまるのは仕方がございませんわ」

考えてみれば、それは二人が終末について語ったはじめであった。

そしてこの終末について、二人が子供のように無責任な気持でおり、なす術《すべ》もなく、何らの備え、何らの解決、何らの対策も持たないそのことが、純粋さの保証のような気がしていた。しかし、それにしても、口に出してしまえば、終末の観念は二人の心にたちまち銹《さ》びついて離れなかった。

終りを考えずにはじめたのか、終りを考えればこそはじめたのか、そこのところがもう清顕にはわからなくなっていた。雷《らい》が落ちて二人をたちどころに黒焦《くろこ》げにしてくれればよいが、このまま何らの劫罰《ごうばつ》が下らなかったらどうすればよいのか？　清顕は不安を感じた。『そのときもなお、自分は聡子を今のように、烈《はげ》しく愛していることができるだろうか？』

この種の不安も、清顕にとっては最初のものだった。その不安が彼に聡子の手を握らせた。聡子はそれに応《こた》えて指をからめて来たのだが、指のばらばらな縺《もつ》れ具合が煩《わずら》わしくて、ただちに彼女の掌《てのひら》を、萎《しぼ》むほどに清顕は強く握った。聡子は決して痛みを洩《も》らさなかった。しかし清顕の兇暴《きょうぼう》な力はやむことがなかった。遠い二階のあかりの余光を受けて、聡子の目にほのかに涙がにじむのが見られたとき、清顕の心には暗い満足が湧《わ》いた。

彼はかねて学んだ優雅が、血みどろの実質を秘めているのを知りつつあった。いちばんたやすい解決は二人の相対《あいたい》の死にちがいはないが、それにはもっと苦悩が要る筈《はず》で、こういう忍び逢《あ》いの、すぎ去ってゆく一瞬一瞬にすら、清顕は、犯せば犯すほど無限に深まってゆく禁忌の、決して到達することのない遠い金鈴の音《ね》のようなものに聞き惚《ほ》れていた。罪を犯せば犯すほど、罪から遠ざかってゆくような心地がする。……最後にはすべてが、大がかりな欺瞞《ぎまん》で終る。それを思うと彼は慄然《りつぜん》とした。

「こうして御一緒に歩いていても、お仕合せそうには見えないのね。私は今の刹那《せつな》刹那の仕合せを大事に味わっておりますのに。……もうお飽きになったのではなくて？」

と聡子はいつものさわやかな声で、平静に怨《えん》じた。

「あんまり好きだから、仕合せを通り過ぎてしまったのだ」

と清顕は重々しく言った。そういう一種の遁辞《とんじ》を言うときにも、自分の言葉がもう些《いささ》かの子供らしさをも残している心配がないことを清顕は知っていた。

行く道は六本木の町家へ近づいていた。雨戸を閉めた氷屋の軒先に「氷」と染め抜いた旗がはためいているのも、道を占める虫の音のなかでは心もとなげに見えた。さらに行くと、幅広な灯影が暗い道にこぼれていた。聯隊《れんたい》御用の田辺という楽器屋が、何か急ぎの仕事があって、夜業をしているのである。

二人はその灯影を避けて歩いたが、目のはじに、硝子窓《ガラスまど》のなかのまばゆい真鍮《しんちゅう》の照りが映った。新らしい喇叭《らっぱ》が懸けつらねてあり、思わぬ明るい灯火の下で、それが真夏の演習地に於《お》けるがように照りかがやいている。試しに吹き鳴らしているらしい、鬱《うっ》して爆《はじ》けるかと思うとたちまち潰《つい》える喇叭の響きがそこから起った。清顕はその響きに不吉な曙《あけぼの》を感じた。

「お引き返しあそばせ。そこから先は人目がうるそうございます」

といつのまにかすぐうしろに来ている蓼科が、清顕に囁《ささや》いた。

三十七

洞院宮家では、聡子の生活に何の干渉もなさらず、又治典王《はるのりおう》殿下は軍務にお忙しく、周囲でも殿下が聡子にお会いになる機会を作ろうとせず、殿下も強《た》ってそれをお望みになる御様子もなかったが、これらのことは決して宮家が冷たくなさっているわけではなくて、こういう御縁組の場合の慣例と言ってよかった。もう結婚のお決りになった方同士が、繁《しげ》くお会いになるようなことは、害にこそなれ益にはならない、というのが、周囲の人たちの考えだった。

一方、もし妃《きさき》になられる方の家が、家柄において多少欠けるようなことがある場合には、妃となる心得のため、さまざまな教養を新たに積まねばならないが、綾倉伯爵《はくしゃく》家の教育の伝統は、いつ娘が妃に挙げられても困らぬような用意に充《み》ちていた。その雅《みや》びは聡子にいつ何時《なんどき》でも、妃らしい歌を作らせ、妃らしい書を書かせ、妃らしい華を生けさせることができるほどに熟していた。十二歳のとき妃に挙げられたとしても、その点の心配は些《いささ》かもなかったろう。

ただ、今まで聡子の教養のうちになかった三つのことだけは、伯爵夫妻も気をつかって、はやばやと娘に仕込んでおこうと考えた。それは妃殿下がお好みの長唄《ながうた》と麻雀《マージャン》であり、治典王殿下御自身がお好みの洋楽のレコードであった。松枝侯爵は、伯爵からこの話をきくと、ただちに一流の長唄の師匠を出稽古《でげいこ》に通わせ、又、テレフンケンの蓄音器と、手に入るかぎりの洋楽レコードを届けさせたが、麻雀ばかりは師範を探すのに骨を折った。もともと侯爵は、自分が英国風に撞球《どうきゅう》に凝っているのに、却《かえ》って宮家がそういう卑俗な遊戯を遊ばすのを不本意に思っていた。

そこで麻雀のうまい柳橋《やなぎばし》の待合の女将《おかみ》と一人の老妓《ろうぎ》が、たびたび綾倉家へ遣わされ、蓼科もまじえて一卓を囲んで、聡子にその手ほどきをはじめたが、もとより侯爵家の払いでこの老妓には遠出の玉《ぎょく》がついていた。

こんな玄人《くろうと》をまじえた女四人の会合は、ふだんは寂しい綾倉家では、異例の面白い賑《にぎ》わいになる筈《はず》だったが、蓼科はひどくこれを嫌った。品位を傷つけるという理由を装《よそお》って、実は何よりも、聡子の秘密に対する玄人の鋭い目を怖《おそ》れていたのである。

さらでだにこの麻雀会は、伯爵家にとって、松枝侯爵の密偵を引き入れるのも同じことだった。蓼科のいかにも排他的な権高《けんだか》な態度は、たちまち女将と老妓の矜《ほこ》りを傷つけ、その反感が侯爵の耳に入るのに三日とかからなかった。侯爵は折を見てごくものやわらかに伯爵にこう言った。

「あなたの御老女が綾倉家の格式を大切にするのはいいが、この場合はそもそもが宮家のお好みに合せるためなのだから、多少の妥協もしてほしいものだ。柳橋の女共は、少くとも、光栄ある奉仕だというので、忙しい時間を割いて伺っているのだから」

伯爵がこの抗議を蓼科に伝えたので、蓼科の立場は甚だむずかしいものになった。

もともと女将も老妓も聡子と初対面ではなかった。例の花見の園遊会のときに、女将は裏で采配《さいはい》を振い、老妓は俳諧《はいかい》師に扮《ふん》していたのである。第一回の麻雀会の折、女将は伯爵夫妻に婚約の祝辞を述べ、大袈裟《おおげさ》な祝物も持参し、

「何というお美しいお姫様《ひいさま》でいらっしゃいましょう。それにお生れついてのお御《お》品《ひん》をお持ちでいらっしゃいますから、このたびの御縁結びで殿様もどんなにか御満足でいらせられましょう。私共がお相手をさせていただくだけで、一生の思い出になりますし、もちろん内聞にではございますが、孫子《まご》の代まで語り伝えたいと存じます」

と殊勝な挨拶《あいさつ》をしたが、別室で四人だけで麻雀の卓を囲むと、表向きの顔ばかりもしていられなくなって、いかにも恭《うやうや》しげに聡子を見る目に潤《うるお》いがときどき消えて、乾いた批評の河床があらわれた。蓼科は自分の時代おくれの銀細工の帯留の上にも、同じ視線を感じていやに思った。

わけても、

「松枝様の若様はどうしておいでででしょう。私はあんな男前の若様をほかに存じませんよ」

と、老妓が麻雀の牌《パイ》を動かしながら何気なく言いかけたとき、女将が実に巧みにさりげなく話頭を転じたのを、蓼科は感じとって神経を病んだ。それはただ話題のはしたなさを咎《とが》めるためだけであったのかもしれないのだが……。

聡子は蓼科の入知恵で、この二人の女の前ではつとめて口数を少くしていた。女の体の明暗に対して誰よりも目の利《き》く箸のこの女たちの前で、聡子は心をひらかぬように気をつけるあまり、今度は別の心配が生れた。聡子が鬱《うつ》した気分を見せすぎれば、このお輿入《こしい》れに不本意らしいという口さがない噂《うわさ》のもとになるからであった。体をいつわれば心を見破られ、心をいつわれば体を見破られる惧《おそ》れがあったのである。

その結果、蓼科は蓼科らしい才覚を働らかせて、麻雀会を打ち切ることに成功した。伯爵にはこう言ったのである。

「女共の讒言《ざんげん》をそのままお取上げ遊ばすとは、松枝侯爵様らしからぬことに存じます。あの女共はお姫様のお気が進まぬ様子を私におしつけて、――何せお姫様のお気が乗らないのはあの人たちの責任《せめ》になりましょうから――、私が権高だなどと告げ口をいたしましたに相違ございません。いかに侯爵様のお心遣《こころや》りでも、御当家に玄人の女が出入りするのは芳《かん》ばしくございませんし、それに、もうお姫様は麻雀のいろはお覚えになりましたから、お輿入れののちお相手だけ遊ばして、いつも負けておいでになるほうがお可愛らしゅうございます。ここらで麻雀は打切りということにいたしとうございますが、それでも侯爵様がお退《ひ》きになりませんようでございましたら、この蓼科がお暇《いとま》をいただきとう存じます」

伯爵はもちろん脅迫を含んだこんな提案を受け入れないわけには行かなかった。

——そもそも蓼科は、松枝家の執事の山田の口から、手紙に関する清顕の嘘《うそ》をきいたとき、今後清顕の敵に廻るか、それともすべてを承知の上で清顕と聡子の望みどおりに動くかの、岐路に立たされたわけだった。そして結局、蓼科はあとのほうを選んだ。

これは聡子に対する本物の愛情に拠《よ》るものだったと云《い》えようが、同時に蓼科は、事ここに至って生木を裂くことが、聡子の自殺を惹《ひ》き起しはしないかと怖れたのである。それより今は秘密を保ちながら二人の心まかせにして、いよいよという時に自然に諦《あき》らめるのを待つほうが得策と考えられ、一方、こちらは秘密を守ることに全力をあげていればよかった。

蓼科には情熱の法則を知悉《ちしつ》しているという自負があったし、露《あら》われないことは存在しないも同様だという哲学があった。つまり蓼科は、主人伯爵をも宮家をも、誰をも裏切っているわけではなかった。まるで化学の実験でもするように、一つの情事を、一方ではわが手で助けてその存在を保証し、一方では秘密を守り痕跡《こんせき》を消して、その存在を否定していればよかった。もちろん蓼科が渡っているのは危い橋だったが、彼女はいつでも最後に綻《ほころ》びを繕う役目をするために、この世に生れてきたのだと信じていた。それまでふんだんに恩を売っておけば、最後には自分の言いなりに相手を動かすことができるのだ。

なるべく頻繁に逢瀬《おうせ》を取持ちながら、情熱の衰えを待とうとしている蓼科は、そうしていること自体が、自分の情熱になっていることに気づかなかった。そして清顕のあんな阿漕《あこぎ》なやり方に対する唯一《ゆいいつ》の報復は、やがては彼から、今度は「聡子とはもう別れたいから、お前から穏便に引導を渡してくれ」と頼みに来られることであり、清顕に彼自身の情熱の崩壊を見せつけてやることだったが、蓼科自身もうこんな夢を半ば信じていなかった。それでは第一聡子が可哀そうではないか。

落着き払ったこの老女の、この世に安全なものなどはないという哲学は、そもそも保身の自戒であった筈が、それがそのまま自分の身の安全をも捨てさせ、その哲学自体を、冒険の口実にしてしまったのは、何に拠るのだろう。蓼科はいつのまにか、一つの説明しがたい快さの虜《とりこ》になっていた。自分の手引で、若い美しい二人を逢《あ》わせてやることが、そして彼らの望みのない恋の燃え募るさまを眺めていることが、蓼科にはしらずしらず、どんな危険と引きかえにしてもよい痛烈な快さになっていた。

この快さの中では、美しい若い肉の融和そのものが、何か神聖で、何か途方もない正義に叶《かな》っているように感じられた。

二人が相会うときの目のかがやき、二人が近づくときの胸のときめき、それらは蓼科の冷え切った心を温めるための煖炉《だんろ》であるから、彼女は自分のために火種を絶やさぬようになった。相見る寸前までの憂《うれ》いにやつれた頰が、相手の姿をみとめるやいなや、六月の麦の穂よりも輝やかしくなる。……その瞬間は、足萎《あしな》えも立ち、盲《めく》らも目をひらくような奇蹟《きせき》に充ちていた。

実際蓼科の役目は聡子を悪から護《まも》ることにあった筈だが、燃えているものは悪ではない、歌になるものは悪ではない、という訓《おし》えは綾倉家の伝承する遠い優雅のなかにほのめかされていたのではなかったか？

それでいて蓼科は、何事かをじっと待っていた。放し飼の小鳥を捕えて籠《かご》へ戻す機会を待っていたとも云えようが、この期待には何か不吉で血みどろなものがあった。蓼科は毎朝念入りに京風の厚化粧をし、目の下の波立つ皺《しわ》を白粉《おしろい》に隠し、唇の皺を玉虫色の京紅の照りで隠した。そうしていながら、鏡の中のわが顔を避け、中空《なかぞら》へ問うようなす黒い視線を放った。秋の遠い空の光りは、その目に澄んだ点滴を落した。しかも未来はその奥から何ものかに渇いている顔をのぞかせていた。……蓼科は出来上った自分の化粧をしらべ直すために、ふだんは使わない老眼鏡をとりだして、そのかぼそい金の蔓《つる》を耳にかけた。すると老いた真白な耳朶《みみたぶ》が、たちまち蔓の突端に刺されて火照《ほて》った。

……

——十月に入って、納采《のうさい》の儀は十二月に行われるというお達しがあった。それについて贄《し》幣《へい》の目録が内示され、

一、洋服地　五巻
一、清酒　二樽《たる》
一、鮮《せん》鯛《だい》　一折

のうち、あとの二つは問題がないが、御洋服地は松枝侯爵が請合って、五井《いつい》物産のロンドン支店長へ長い電報を打ち、英国の極上の別誂《べつあつらえ》の生地をいそいで送らせることになった。

ある朝、蓼科が聡子を起しに行くと、目覚めた顔が色を失っていて、たちまち身を起し、蓼科の手を払いのけて、廊下を走り出し、もう少しで手水《ちょうず》に行き着こうとするところで吐いたが、吐いたものはわずかに寝間着の袂《たもと》を濡《ぬ》らすほどであった。

蓼科は聡子を寝室へ伴い帰り、閉め切った襖《ふすま》の外をたしかめた。

綾倉家では裏庭に雞《にわとり》を十数羽飼っている。時をつくるその声が、白みかかる障子をつんざいて、いつも綾倉家の朝を描き出す。日が高くなっても、雞は鳴きやまない。聡子

はその雛の声に包まれて、枕《まくら》にふたたび白い顔を落して目を閉じた。

蓼科はその耳もとへ口を寄せてこう言った。

「よございますか、お姫様《ひいさま》、このことはどなたにも仰言《おつしや》ってはいけません。お召し物の汚れも私が内々で始末いたしますから、決してお次《つぎ》へお下げになってはいけません。召上り物も、これから私が気をつけまして、お次に気取《けど》られぬように、お口に合うものを差上げるように取計らいます。お姫様大事で申上げることでございますから、これからは蓼科の申すとおりに遊ばすのが一番でございますよ」

聡子はあるかなきかに肯《うなず》いたが、その美しい顔に一縷《いちる》の涙が流れた。

蓼科の心は喜びに溢《あふ》れていた。第一に、最初の兆候が蓼科以外の誰の目にも触れないところで起ったということである。第二に、これこそは蓼科の待ち侘《わ》びていた事態だと、起るが早いか自然に納得の行ったことである。これで聡子は蓼科のものになったのだ！

——思えば蓼科にとっては、ただの情念の世界よりも、この世界のほうが得手《えて》だった。かつて聡子の初潮のとき、いちはやく気づいて相談に乗ったように、蓼科はいわば、手ごたえのたしかな血まみれなものの専門家だった。世の中のことすべてにごく稀薄《きはく》な関心しか持たぬ伯爵夫人は、聡子の初潮がはじまって二年あとに、蓼科からそれときいて知ったくらいである。

蓼科はずっと聡子の体に注意を向けることを怠らず、朝の嘔気《はきけ》のあったのちは、聡子の肌の白粉の乗り具合、遠いところから来る不快の予感にひそめられる眉《まゆ》、食物の嗜好《しこう》の変化、起居《たちい》にうかがわれる菫《すみれ》いろのものうさ……そういうものに一つ一つ確証をみとめると、一つの決断に向って躊躇《ちゅうちょ》なく動いた。

「お引きこもりがちではお体に障《さわ》りますよ。散歩のお供をいたしましょう」

こう言われることは大てい清顕と会えるという符牒《ふちょう》であるから、そんなに明るい午《ひる》さがりの時刻を聡子は訝《いぶか》って、たずねるような目をあげた。

常とちがって蓼科の顔には、人を寄せつけぬものが漲《みなぎ》っていた。国事に関わる名誉が自分の手の内にあることを知っていたのだ。

裏口から出ようとして裏庭づたいに行くと、そこで雞に餌《えさ》をやっている女中を、伯爵夫人が袖《そで》を胸もとに羽交いに合せて眺めている。秋の日光が群れ歩く雞の羽毛をつややかに見せ、物干場の干し物のはためく白を誉れありげに見せている。

聡子は足もとの雞を蓼科が追うにまかせて歩きながら、母に軽く目礼をした。雞たちの羽毛のふくらみから、一歩一歩さし出される肢《あし》が頑《かたく》なに見えた。聡子はそういう生類《しょうるい》の敵意を、何かそういう生類と自分との類縁にもとづく敵意を、はじめて感じるような心地がして、その感じを忌《いま》わしく思った。雞の抜け羽の数枚が、地面に近く、しらじらと漂っていた。蓼科が挨拶をしてこう言った。

「ちょっとお散歩のお供をいたしてまいります」

「散歩ですか？　それは御苦労」

と伯爵夫人は言った。娘の慶事がいよいよ近づいてから、さすがに夫人は落着かぬ風《ふ》情《ぜい》を見せていたが、一方ますます娘には鄭重《ていちょう》に他人行儀になっていた。それが公家《くげ》風のたしなみで、もはやお上のものになった娘には何一つ叱言《こごと》も言わなかった。


二人は竜土町《りゅうどちょう》町内の小さなお社まで歩き、御影石《みかげいし》の玉垣に天祖神社とある、秋祭も果てたあとのせまい境内へ入ってゆき、紫の幔幕《まんまく》を垂れた拝殿の前で頭《こうべ》を垂れてから、小さな神楽堂《かぐらどう》の裏へゆく蓼科へ聡子は従った。

「清様はここへいらっしゃるの？」

と今日は何となく蓼科に圧せられて、聡子はおずおずと訊《き》いた。

「いいえ、おいでになりません。今日は私からお姫様にお願いの筋があって、ここへお連れいたしました。ここなら誰にもきかれる心配はございません」

側面から神楽を見る人の座席になっている石材が二つ三つ横たわっていて、その苔《こけ》を帯びた石の肌に蓼科は、自分の羽織を畳んで掛け、

「お腰がお冷えになりませんように」

と、そこへ聡子を坐《すわ》らせた。

「さて、お姫様」と蓼科は改まって切り出した。「今さら申上げるまでもございませんが、何よりもお上が大切なことは御存知でいらっしゃいますね。

それはもう綾倉家は代々お上のお蔭《かげ》を蒙《こうむ》って二十七代目におなり遊ばしたのでございますから、蓼科風情がお姫様にこんなことを申上げるのは、釈迦《しゃか》に説法でございましょうが、一度お上の勅許を賜わった御縁組は、もうどうすることもできませんし、これに背けばお上の御恩に背くことになります。世の中にこれほど怖《おそ》ろしい罪はございません。……」

それから蓼科は縷々《るる》と説いて、こう言っても決して聡子の今までの行いを責めようというわけではなく、その点では蓼科も同罪であること、ただ表立たないことは罪と思って我身を悔やむには当らぬこと、しかしそれにも限度があって、お子様《ややさま》を宿した上は、物事にいよいよ結着をつける時期が来たこと、今まで蓼科は黙って見ていたが、事ここに至っては、いつまでもずるずるこの恋をつづけるわけにはゆかぬこと、今や聡子は決意を固めて、清顕とも別れを告げ、よろず蓼科の指示に従って事を運ぶこと、……これらのことを、順序立てて、つとめて感情をまじえずに言ってのけた。

蓼科はそこまで言えば、すべて聡子も了解して、自分の思う壺《つぼ》にはまってくれるものと考えていたので、ようやく言葉を切ると、汗のにじんできた額に、畳んだままの手巾《ハンカチ》を軽く押し当てた。

理詰めの話を包むのに、悲しげな共感の表情を以《もっ》てして、蓼科は声まで潤《うる》ませながら、このわが娘よりいとしい娘に、実は本当の悲しみで接していないことに気づいていた。その愛《いと》しさと悲しみの間には柵《しがらみ》があり、聡子をいとしく思えば思うほど、蓼科は自分の怖ろしい決断にひそむ、得体のしれない怖ろしい歓《よろこ》びを、聡子も共にしてくれることを望んだ。一つの畏《おそ》れ多い罪を、別の罪を犯すことによって救うこと。とどのつまりは、その二つの罪を相殺《そうさい》して、二つながら存在しなかったことにしてしまうこと。一つの闇《やみ》に別にこしらえた闇をつきまぜて、そこから怖ろしい牡丹《ぼたん》いろの曙《あけぼの》を招来すること。しかも隠密裡《おんみつり》に！

聡子があまり永いこと黙っているので、蓼科は不安になって重ねて訊いた。

「何でも私のおすすめする通りに遊ばしますね。どう思召《おぼしめ》す？」

聡子の顔は空白で、何のおどろきもあらわしていなかった。蓼科のものものしい言い方が何を意味しているかわからなかったのである。

「それで私にどうしろと言うの。それをはっきり言っておくれでなくては」

蓼科はあたりを見廻して、社前の鰐口《わにぐち》のかすかに鳴る音も、人の立てる音ではなくて、風が立てたのを確かめた。神楽堂の床下で蟋蟀《こおろぎ》がたえだえに啼《な》いていた。

「子《やや》さんを始末遊ばすのでございますよ、一刻も早く」

聡子は息を詰めた。

「何を言うの、懲役に行かなければならなくてよ」

「何を仰言います。この蓼科にお委《まか》しあそばせ。たとえどこかから洩《も》れましても、お姫様も私も、第一、警察が罪に落すことはできません。もう御縁組は決っているのでございますよ。十二月の御納采《のうさい》がすみましたら、ますます安全でございます。そこはそれ、警察も心得ておりますことですから。

でも、お姫様、ここをよくお考え遊ばせ。もしお姫様が愚図々々あそばして、このまま お腹《なか》が大きくおなりになれば、お上はもちろん、世間が承知いたしますまい。どうしても御縁組は破談ということになり、殿様は世間から身をお隠しにならねばならず、しかも清顕様は、苦しい立場にお立ちになって、正直に仰言れば松枝侯爵家も御自分の将来もめちゃくちゃになりますから、白《しら》をお切りになる他はなくなります。そのときお姫様は、何もかもお失《な》くしになるのでございますよ。それでよろしいのでございますか。今はどうしても道は一つしかございません」

「どこかから洩れて、たとえ警察が口をつぐんでいるとしても、いずれ宮家のお耳には入るでしょう。私はどんな顔をしてお輿入《こしい》れをし、そのさきどんな顔をして殿下にお仕えしていればいい、と言うのです？」

「ただの噂《うわさ》にびくびくなさることはございません。宮家でどう思し召そうが、そこはお姫様次第でございます。そして御生涯を、お美しい貞淑なお妃《きさき》としてお送りあそばせばよろしいのでございます。噂などは間もなく消えるに決っております」

「お前は私が決して懲役になどは行かない、牢《ろう》になどは入らない、と保証するのね」

「では、もっと御得心のゆくようにお話いたしましょう。まず第一に、警察は宮家を憚《はばか》って、万が一にもこれを表沙汰《おもてざた》にすることはございません。それでも御心配なら、松枝侯爵をお味方に引入れる手もございます。侯爵様のお口利《くちき》きなら、何事も押えられますし、そもそもあちらの若様のお後始末なのでございますから」

「ああ、それはいけません！」と聡子は叫んだ。「それだけは許しません。決して侯爵にも清様にも、御助力を仰ぐようなことをしてはいけません。それではこちらが卑《いや》しい女になってしまいます」

「まあ、これは、仮りにそう申上げたばかりでございますから。

第二に、法の上でも、私はお姫様をお庇《かば》いする決心を固めております。お姫様は私の企《たく》らみに何も知らずにお乗りになって、麻酔のお薬を知らずに嗅《か》がされて、なにする羽目におなりになったことにいたせばよろしいのでございます。その場合は、いかほど表沙汰になりましょうと、私が罪を一身に着れば事は済みます」

「では私は、どうあっても牢へ入るようなことはないとお言いなのね」

「その点はお心安く遊ばしませ」

そう言われて、聡子の顔に泛《うか》んだのは安堵《あんど》ではなかった。そして聡子は意外なことを言った。

「私は牢に入りたいのです」

蓼科は緊張が解けて、笑いだした。

「お子達のようなことを仰言って！　それは又何故《なにゆえ》でございます」

「女の囚人はどんな着物を着るのでしょうか。そうなっても清様が好いて下さるかどうかを知りたいの」

――聡子がこんな理不尽なことを言い出したとき、涙どころか、その目を激しい喜びが横切るのを見て、蓼科は戦慄《せんりつ》した。

この二人の女が、身分のちがいものかは、心に強く念じていたのは、同じ力の、同じたぐいの勇気だったにちがいない。欺瞞《ぎまん》のためにも、真実のためにも、これほど等量等質の勇気が求められている時はなかった。

蓼科は自分と聡子が、流れを遡《さかのぼ》ろうとする舟と流れとの力が丁度拮抗《きっこう》して、舟がしばらく一つところにとどまっているように、現在の瞬間瞬間、もどかしいほど親密に結びつけられているのを感じた。又、二人は同じ歓びをお互いに理解していた。近づく嵐《あらし》をのがれて頭上に迫ってくる群鳥の羽搏《はばた》きにも似た歓びの羽音を。……それは、悲しみや愕《おどろ》きや不安や、そのどれとも似ていながらちがっていて、歓びとしか名付けようのない荒々しい感情だった。

「では、とにかく、私が申上げるとおりに遊ばして下さいますね」

と蓼科は、秋の日ざしに上気したような聡子の頬を眺めて言った。

「このことは、何もかも一切清様にお知らせしてはいけません。もちろん私の体のこと一切ですよ。

お前の言うなりになるにせよ、ならぬにせよ、安心しておいで、他のどなたも容《い》れず、お前とだけ相談して、私が一番いいと思う道を選びましょう」

聡子の言葉にはすでに妃の威厳があった。

三十八

納采《のうさい》の儀がいよいよ十二月に行われるという話を、十月のはじめ、清顕は父母との夕食のあいだにきいた。

父母はこの礼式に大そう興味を示して、有職故実《ゆうそくこじつ》の知識を競い合った。

「綾倉さんでは、別当をお迎えするのに、正寝《せいしん》の間《ま》をおしつらえにならねばなりますまいが、どのお部屋をお宛《あ》てになるおつもりでしょう」

「立礼だから立派な洋間があればそれに越したことはないが、あの家では奥座敷に布を敷いて、玄関から布を敷き渡してお迎えするほかはあるまいね。宮家の別当が属官二人を連れて馬車で乗り込むわけだが、綾倉でも大高檀紙《おおたかだんし》に御受書を書いて同じ紙で包み、紙撚《こより》の二本結びで紐《ひも》をかけたのを用意しなくてはならん。別当は大礼服で来るわけだから、お受けする伯爵のほうも爵服でなくてはなるまい。そういう些末《さまつ》なことは、万事綾倉のほうが専門家だから、こちらで口を出すことは何もない。こちらはただ金の心配をしてやればよいのだ」

——その晩、清顕の胸はさわいで、自分の恋にいよいよ鉄鎖が巻きついてくる、その床《ゆか》を引きずって近づく暗い鉄の響きをきいた。しかし勅許の下りたときに彼をかり立てたような晴れやかな力は失われていた。あのとき彼をあれほど鼓舞した「絶対の不可能」という白磁のような観念には、すでにこまかい罅《ひび》がいちめんに入っていた。そしてあの決意がみのらせた激烈な歓喜の代りに、今は一つの季節のおわりを見つめている者の悲しみがあった。

諦《あきら》めようとしているのだろうか、と自ら問うた。そうではなかった。勅許はあれほど狂おしく二人を結びつける力として働らいたのに、その延長にすぎない納采の官報は、今度はありありと、外部から二人を引き裂こうとしている力として感じられた。そして前の力には心の赴くままに処してゆけばよかったのだが、後《あと》の力にはどう処してよいのかわからなかった。

あくる日清顕は、連絡場所の軍人御下宿の主人に電話をかけ、聡子とすぐ逢《あ》いたいという伝言を蓼科にたのんだ。その返事は夕方までにもらうことになっていたので、学校に出ていても、講義は耳に入らなかった。放課後、学校の外からかけてみた電話は、蓼科からの返り言をこんな風に伝えた。それは、御承知のとおりの事情だから、ここ十日ほどはお逢わせすることができない、時期が来ればすぐお知らせするから、それまで待ってもらいたい、というのである。

彼はその十日を、待ちこがれる苦しみの裡《うち》にすごした。以前、聡子に冷たくしていたころの自分の行いの報いが来たのをはっきりと感じた。

秋は深まり、紅葉《もみじ》の色づくにはまだ早かったが、桜だけが紅《あか》く燻《くす》んだ葉をすでに散らしていた。友を招く気もなくて一人で過す日曜はとりわけ辛《つら》く、池を移る雲の影を眺めていた。又、遠い九段の滝を茫然《ぼうぜん》と見つめ、なぜかくも続いて落ちる水が尽きぬかを訝《いぶか》り、なめらかな水の連鎖のふしぎについて考えた。それが自分の感情の姿のような気がしたのである。

空《むな》しい不如意《ふにょい》の気持が体内に澱《よど》むと、あるところは熱く、あるところは冷たく、身を動かすのも重いけだるさと焦躁《しょうそう》とが一緒に来て、病気のようだった。彼はひとり広い邸内をそぞろ歩き、母屋《おもや》の裏の檜林《ひのきばやし》の径《こみち》へ入った。蔦葉《つたば》が黄ばんだ自然薯《じねんじょ》を掘っている老いた庭男に行き会ったりした。

檜の梢《こずえ》にのぞかれる青空から、きのうの雨の点滴が落ちてきて、清顕の額にかかった。

それさえ額に穴を穿《うが》つほどの、清くて激しい音信が来たような気がして、自分が見捨てられ忘れられているのではないかという不安を救った。待つばかりで、何事も起らないのに、辻《つじ》を大ぜいのうつろな足音が交叉《こうさ》して通るように不安や疑惑が往来《ゆきき》をして、心は多忙だった。そして彼は自分の美しささえすら忘れていた！

——十日たった。蓼科は約を守った。しかしその逢瀬《おうせ》の吝嗇《りんしょく》なことが彼の心を引裂いた。

聡子が仕度の着物を誂《あつら》えに三越へゆく。伯爵夫人も一緒にゆく筈《はず》であったのが、風邪気味で伏《ふせ》っているので、蓼科だけがお供をする。そこで清顕と待合せることができるが、呉服売場では番頭に顔を見られて面白くない。獅子《しし》の彫像のある入口のところで、午後三時に待っていていてほしい。百貨店から出てきた聡子の姿を見たら、そのまま見すごして、聡子と蓼科のあとをつけてきてもらいたい。やがて二人は近所の人目につかぬ汁粉屋へ入るから、そのあとから汁粉屋へ入ってゆけば、そこで何がしかの時間、話ができる。待たせてある俥《くるま》には、まだ百貨店内にいるように装《よそお》っておくのである。

清顕は学校を早退して、制服をレインコートに包んで襟章《えりしょう》を隠し、制帽は鞄《かばん》に入れて、三越入口の人ごみの中に立った。聡子が出てきて、悲しげな、燃えるような一瞥《いちべつ》をよこして、街路へ出た。言われたとおりにした清顕は、閑散な汁粉屋の一隅で向い合せに坐《すわ》ることができた。

心なしか聡子と蓼科の間には、何かのわだかまりがあるように見えた。そして聡子の顔はいつになく化粧が浮いて、強《し》いて健やかに作っているのがありありとわかった。語尾に力がなく、髪が重たげである。清顕は忽《たちま》ち目の前に、かつて色鮮やかだった絵図が、ひどく色褪《いろあ》せて展《ひら》かれているのを見た。彼が十日間あれほど切実に見たいと願っていたものとは、それは微妙に違っていた。

「今夜は逢えないの？」

と清顕は心急《こころせ》いて訊《き》きながら、決してはかばかしい返事が来ぬことを予感していた。

「御無理を仰言《おっしゃ》らないで」

「何が無理だ」

と清顕の言葉は激して、心はうつろだった。

聡子はうなだれたかと思うと、もう涙を流していた。あたりの客を憚《はばか》って、蓼科が白い手巾《ハンカチ》をさしだして、聡子の肩を押した。その肩の押し方がやや邪慳《じゃけん》に感じられたので、清顕は鋭い目で蓼科を睨《にら》んだ。

「何という目つきを遊ばします」と、蓼科は言葉にあふれるような無礼をこめて言った。「私が若様とお姫様《ひいさま》のために、死ぬほどの苦労をしておりますのが、おわかり遊ばしませんか。いいえ、若様ばかりではない、お姫様もこれほども察しては下さらない。もう私などはこの世にいないほうがよろしいのでございます」

三つの汁粉が卓に運ばれたが、手をつける者はなかった。小さな漆の蓋《ふた》の外れに、熱い餡《あん》が紫がかって、春泥のようにはみ出しているのが徐々に乾いた。

逢瀬は短かく、又十日ほどあとに逢うという不確かな約束をして二人は別れた。

その晩、清顕の苦悩は果てしがなく、いつまで聡子は夜の約束を拒むだろうと思うと、彼は世界全体から拒まれているように感じて、その絶望の只中《ただなか》で、もはや自分が聡子に恋しているということに疑いがなくなった。

今日の涙を見ても、聡子の心が清顕のものであることは明らかだったが、同時に、心の通い合うだけでは、もう何の力にもならぬことがはっきりしたのだ。

今彼が抱いているのは本物の感情だった。それは彼がかつて想像していたあらゆる恋の感情と比べても、粗雑で、趣きがなく、荒れ果てて、真黒な、およそ都雅からは遠い感情だった。どうしても和歌になりそうではなかった。彼がこんなに、原料の醜さをわがものにしたのははじめてだった。

眠れない一夜をすごして、蒼《あお》ざめた顔で登校すると、本多がすぐ見咎《みとが》めて訊いてくれた。このためらいがちな心こまやかな質問に、清顕は涙を誘われそうになった。

「きいてくれ。彼女はもう僕と寝てくれそうもないんだ」

本多の顔には、童貞らしい混迷があらわれた。

「それはどういうわけだ」

「いよいよ納采が十二月に決ったからだろう」

「それで身をつつしもうというわけなのか」

「そうとしか考えようがない」

本多には友を慰めるべき言葉が何もなかった。そして自分の体験を以《もっ》てそうすることができず、いつもながらの一般論を引き出すほかはないのを悲しく思った。彼は友の代りに無理にも木の梢へ上って、地上を俯瞰《ふかん》して、心理分析を施す必要があった。

「貴様は鎌倉であゝして逢っているあいだ、ふと自分は倦《あ》きたのじゃないか、と疑問を持ったことがあると言ったね」

「でも、それはほんの一瞬のことだ」

「聡子さんはもう一度、もっと深くもっと強く愛されるために、そんな態度をとりだしたのじゃないか」

しかし清顕の自愛の幻想がこの場の慰めになると思った本多の計算はまちがっていた。すでに清顕は自分の美しさに対して一顧も与えていなかった。そして聡子の心に対してさえも。

重要なのは、二人が誰憚らず、心おきなく、自由に逢うことのできる場所と時間だけだった。それはもはやこの世界の外《そと》にしかないのではないかと疑われた。そうでなければ、この世界の崩壊の時にしか。

大切なのは心ではなくて状況であった。清顕の、疲れた、危険な、血走った目は、二人のためにするこの世の秩序の崩壊を夢みていた。

「大地震が起ればいいのだ。そうすれば僕はあの人を助けにゆくだろう。大戦争が起ればいいのだ。そうすれば、……そうだ、それよりも、国の大本《おおもと》がゆらぐような出来事が起ればいいのだ」

「貴様は出来事というが、誰かがそれをしなくてはならない」と本多は、この優雅な若者をあわれむような目で見て言った。皮肉も嘲笑《ちようしよう》も友を力づける場合だとさとったからだ。「貴様がやればいいじゃないか」

清顕は正直に困惑を顔にあらわした。恋に忙しい若者にはその暇はなかった。

しかし本多は、自分の言葉が、ふたたび友の目に点じた一瞬の破壊の光りに魅せられていた。目の澄んだ神域の闇《やみ》の中を、狼《おおかみ》の群が走るようだ。力の行使にはいたらない、清顕自身にすら気づかれない、瞳《ひとみ》の中だけではじまって終る、その狂暴な魂のつかのまの疾駆の影……。

「どういう力がこの手詰りを打開できるだろうか。権力だろうか、金力だろうか」

と清顕は独り言のように言ったが、松枝侯爵の息子がそんなことを言うのに多少滑稽《こつけい》を催おして、本多は冷たく反問した。

「権力だとしたら、貴様はどうする」

「権力を得るためなら何でもしよう。でも、それには時間がかかる」

「権力も金力もはじめから役に立ちはしないさ。忘れてはいけない。貴様は、権力も金力も歯の立たない不可能をはじめから相手にしたんだ。不可能だからこそ、貴様は魅せられたんだ。そうだろう？　それがもし可能になったら、瓦《かわら》と同じだろう」

「しかし一度ははっきり可能になったんだ」

「可能になった幻を見た。貴様は虹《にじ》を見た。それ以上何を求めるんだ」

「それ以上……」

と清顕は口ごもった。その途絶えた言葉の向うから、本多が予測もしなかった広い大きな虚無のひろがる気配に、本多は戦慄《せんりつ》した。本多は思った。『自分たちが交わす言葉は、ただ深夜の工事場に乱雑に放り出された沢山の石材だ。その工事場の上にひろがっている広大な星空の沈黙に気づいたら、こんな風に石材は口ごもるほかはないだろう』

　第一時限の論理学の講義がおわり、血洗いの池を囲む森の小径を歩きながら、二人はその話をしたのであるが、第二時限がはじまる時が迫り、今来た道を引返した。秋の森の下道には、目に立つさまざまのものが落ちていた。湿って重なり合い茶いろの葉脈が際立《きわだ》った夥《おびただ》しい落葉、団栗《どんぐり》、青いままにはじけて腐った栗、煙草《たばこ》の吸殻、……その間に、ねじけて、白っぽい、それがいかにも病的に白っぽい毛の固まりを見つけて、本多は立止って瞳を凝らした。幼ない土竜《もぐら》の屍《しかばね》だとわかったときに、清顕も蹲踞《うずく》まって、朝の光りを頭上の梢がみちびくままに、黙ってこの屍をつぶさに眺めた。

白く見えたのは、仰向きに死んでいる胸のあたりの毛だけが白いのが目を射たのである。全身は濡《ぬ》れそぼった天鵞絨《ビロード》の黒さで、小さな分別くさい掌《てのひら》の白い皺《しわ》には泥がいっぱいついていた。足搔《あが》いて、皺に喰い込んだ泥だとわかる。嘴《くちばし》のような尖《とが》った口が仰《あお》のいて裏側が見えるので、二本の精妙な門歯の内側に、柔らかな薔薇《ばら》いろの口腔《こうこう》がひらいていた。

二人は時を同じゅうして、かつて松枝家の滝口にかかっていた黒い犬の屍を思い出した。あの犬の屍は、思いがけず念入りな供養《くよう》を享《う》けたのである。

清顕は、毛のまばらな尻尾《しっぽ》をつまんで、幼ない土竜の屍を、自分の掌の上にそっと横たえた。すでに乾ききった屍は、不潔な感じを与えなかった。ただ卑《いや》しい小動物の肉体のとどめている盲《めく》ら滅法な労役の宿命が忌《いま》わしく、そのひらいた小さな掌の微細な造りがいやらしかった。

彼は又、その尾をつまんで立上り、小径が池のほとりに接すると、事もなげに屍を池へ投《ほう》った。

「何をするんだ」

と本多は、友のその無造作に眉《まゆ》をひそめた。一見学生らしい粗暴な振舞のうちに、彼は清顕の常ならぬ心の荒廃を読んでいた。

三十九

七日たち、八日たっても、蓼科からの連絡は絶えたままであった。十日目に、軍人御下宿の主人に電話をかけてみると、蓼科は病気で臥《ふせ》っているらしいという返事があった。数日たった。蓼科はまだ本復していないと告げられたので、それが遁辞《とんじ》ではないかという疑いが兆《きざ》した。

清顕は狂おしい思いにかられて、夜、麻布へひとりで行って、綾倉家のあたりをうろついた。鳥居坂界隈《かいわい》の瓦斯《ガス》灯《とう》の下をゆくときに、明りの下へさしだした手の甲が蒼《あお》ざめてみえるのに心を挫《くじ》かれた。死の迫った病人は、よく自分の手を眺めるものだ、という言い伝えを思い出したのだ。

綾倉家の長屋門はひたと閉ざされ、うす暗い門灯が、風化して墨の字のところだけ浮き出た表札をさえ読みにくくさせていた。一体この邸《やしき》の灯火は乏しかった。彼は聡子の部屋のあかりが、決して塀外からは見えないことを知っていた。

人の住まぬ長屋の櫺子《れんじ》窓《まど》は、子供のころ清顕と聡子がここへ忍び入って、その黴《かび》の匂《にお》いにみちた仄暗《ほのぐら》い部屋々々に怖くなり、外《そと》の光りをなつかしんでつかまった櫺子の埃《ほこり》を、そのまま積んでいるように思われた。そのとき、お向いの家の緑があれほど眩《まば》ゆく逆巻いて見えたからには、五月だった。そして、これほど密な欄子が、その樹々《きぎ》の緑を区切らなかったからには、二人の幼ない顔はそれほど小さかったのだ。苗売が通った。その呼び声の茄子《なす》、朝顔などの尾を引く呼名を、二人はまねて笑い合った。

この邸で学んだことは沢山あった。墨の香りが記憶の中にいつも淋《さび》しく纏綿《てんめん》し、淋しさの記憶が彼の心に優雅とわかちがたく結びついた。伯爵が見せてくれた写経の紫紺地と金、京都御所風の秋草の屛風《びょうぶ》、……それらのものにも、かつては煩悩《ぼんのう》の肉の明るみが射《さ》していた筈《はず》であるが、綾倉家ではすべてが黴と古梅園の墨の匂いとに埋《う》もれていた。そして今、清顕がこうして拒まれてしまった塀の内で、優雅が久々にそのなまめかしい輝やきを蘇《よみがえ》らせているときに、彼はそれに指を触れることもできないのだ。

塀外から辛うじて見える二階の淡い灯が消えたのは、伯爵夫妻が眠りに就いたのであろう。伯爵はむかしから早寝だった。聡子は寝《い》ねがてにしているのであろう。しかしその灯は見えない。清顕は塀ぞいに裏門までまわって、思わず指が、黄ばんで干割《ひわ》れた呼鈴の釦《ボタン》へ伸びようとするのを抑えた。

そして自分の勇気のなさに傷つけられて、我家へ戻った。

——おそろしい無風の数日がすぎた。又さらに数日がすぎた。彼はただ時をすごすために学校へゆき、かえってからは勉強を放擲《ほうてき》した。

来夏の大学の受験を目ざして、勉強に精を出す者は本多を含めて際立《きわだ》って見え、無試験の大学を志す者は運動にいそしんでいた。そのいずれとも歩調を合わすことができない清顕は、ますます孤独になった。話しかけても返事をしないことの多くなった清顕は、皆からうっすらと疎《うと》まれていた。

ある日学校からかえると、執事の山田が玄関に待ち構えていて、

「今日は侯爵様が早く御帰りで、若様と撞球《どうきゅう》を遊ばしたいと、撞球室でお待ちかねでいらっしゃいます」

と告げた。これはあまり異例な命令であったので、清顕の胸はさわいだ。

侯爵がごく稀《まれ》に、気まぐれを起して清顕を撞球に誘うのは、家で夕食をしたあとの酔余に限られていた。こんな昼日中からそういう気を起した父は、よほどの上機嫌か、よほどの不機嫌でなければならなかった。

清顕自身も、日のあるうちにその部屋を訪れたことはほとんどなかった。そこで重い扉を押して入って、悉《ことごと》く閉めたままの窓の波形硝子《ガラス》を透かす西日が、四方の壁の槲《オーク》の鏡板をかがやかせているのを見たときに、彼は見知らぬ部屋へ入ってゆくような気がした。

侯爵はうつむいてキューをさしのべ、一つの白球を狙《ねら》っていた。キューへかけた左手の指が、象牙《ぞうげ》の琴柱《ことじ》のように角立《つのだ》ってみえた。

清顕が制服の姿で、半ばあけたままの扉のところに佇立《ちょりつ》していると、

「ドアを閉めなさい」

と侯爵は緑の盤面へうつむけた顔に、緑のほのかな反映を宿したまま言ったので、清顕は父の顔色を読むことができなかった。

「それを読んでみろ。蓼科の書置だ」

と、ようよう侯爵は身を起して、キューの尖《さき》で、窓ぎわの小卓の上に置かれた一通の封書を指し示した。

「蓼科が死んだのですか」

と封書をとった手が慄《ふる》えるのを感じながら、清顕は反問した。

「死んではおらん。助かったのだ。死んではおらんだけに、……一そう怪《け》しからんことだ」

と侯爵は言った。そしてなお息子のそばへ近づかぬように自ら制しているような素振を示した。

清顕は躊躇《ちゅうちょ》していた。

「早く読まんか！」

と侯爵ははじめて鋭利な声を出した。清顕は立ったまま、長い巻紙に書かれた遺書を読みはじめた。……

書置のこと

この書状が侯爵様のおん目に触るるときは、蓼科はすでに世になきものと思《おぼ》し召されたく存じまいらせ候《そうろう》。まことにまことに罪深き行いの償いに、賤《しず》の命の玉の緒を絶つに先立ち、わが罪のほども懺悔《ざんげ》しまいらせ、命をかけたるお願いも申上げんためにいそぎしたため候。

当綾倉家聡子姫は、蓼科の懈怠《けだい》より、此程《このほど》御懐妊《かいにん》の兆有之《これあり》、恐懼《きょうく》に耐えぬ次第に御座候間、一刻も早き御始末をおすすめ申上げ候処《ところ》、何としてもお聴き入れなく、時を移せば大事にもなるべきこととて、一存にて綾倉伯爵様に一部始終をお打明けまいらせ候えども、伯爵様には「弱った、弱った」と仰《おお》せらるるばかりにて、何の御決断も遊ばされず、やがて月を越せば御始末も日々に難《かた》くなり、お国の一大事ともならんと存ぜられ、もとはみな蓼科の不忠より出《い》でたることに候えば、今はただ、身を捨てて、侯爵様にお縋《すが》り申上ぐるほかはなきものと存じまいらせ候。

侯爵様にはさだめし御立腹と拝察仕《つかまつ》り候えども、御姫様御懐妊も御内輪のことと存じまいらせ候間、何卒《なにとぞ》、何卒、御賢察御賢慮の程願い上げまいらせ候。老いの死急ぎを不憫《ふびん》と思し召され、御姫様のおんこと、何卒くれぐれもよろしく、草葉の蔭《かげ》よりおん願い申上げ候。あらあらかしこ。

……読みおわった清顕は、そこに自分の名が書かれていなかったことに一瞬味わった卑怯《ひきよう》な安堵《あんど》をもかなぐり捨て、父を見上げた自分の目が、白《しら》を切る目に見えないことを念じていた。しかし唇は乾き、顳顬《こめかみ》が熱く波打つのが感じられた。

「読んだか？」と侯爵は言った。「御姫様懐姙も内輪のことだから、御賢察御賢慮をお願いするという件《くだ》りを読んだか？　いくら親しくても、綾倉と家《うち》との間柄は内輪とは云《い》えない。しかも蓼科は敢《あえ》て内輪と言っておる。……お前に何か申し開きがあるなら、言ってみるがいい。このお祖父《じい》さんの肖像画の前で言ってみろ。……もし俺の推測がちがっていたら、あやまろう。父親として、もともとこんな推測はしたくはなかった。実に唾棄《だき》すべきことだ。唾棄すべき推測だ」

あの不まじめな楽天家の侯爵が、これほど怖《おそ》ろしげに、又、偉大に見えたことはなかった。侯爵は祖父の肖像画と、日露戦役海戦の図を背に負うて、片手の掌《てのひら》に、いらいらとキューを打ち当てながら立っていた。

日露戦役の画は日本海海戦敵前大回頭の巨大な油絵で、画面の半ば以上を大洋の暗緑色の波濤《はとう》が占めていた。いつも夜見るその波浪は、殊《こと》に灯火の照りに不分明《ふぶんみよう》になって、暗い壁面と一ト《ト》つながりの凹凸の闇《やみ》にすぎなかったが、昼見る波の重く鬱《うつ》した茄子色《なすびいろ》が手前に重畳《ちようじよう》とそそり立ち、暗緑のうちにも明るい色を彼方《かなた》へ畳み、ところどころ波頭が白くしぶき、しかもその激情的な北の海が、一せいに大回頭をしつつある艦隊のなめらかな水尾《みお》のひろがりを許しているさまは、すさまじく眺められた。画面を縦に沖へつながる大艦隊の煙は等しく右へ流れ、空は北方の五月らしい淡い若草いろをその冷たい青の裡《うち》に包んでいた。

これに比べると、大礼服姿の祖父の肖像画には、不屈な性格に愛嬌《あいきよう》がにじみ出て、今も清顕を叱咤《しつた》するよりも、温かい威を以《もつ》て、教えさとしているように思われた。清顕はこの祖父の絵姿へ向ってなら、何事も告白できるような気がした。

彼の優柔不断の性格が、この祖父のふくらんだ重い瞼《まぶた》、頰の疣《いぼ》、厚い下唇の前では、たとえ一時的にも、明るく癒《い》やされるような気がした。

「申し開きすることはありません。仰言《おつしや》るとおりです。……僕の子供です」

と清顕は伏目にもならずに言うことができた。

こういう立場に置かれた松枝侯爵の心は、実のところ、その威嚇《いかく》的な外観とは逆に、困惑の極にあった。彼はこんな立場に立つのがもともと得手《えて》ではなかった。そこですぐ激しい叱責がこれにつづくべきところが、口のなかで独り言を言うだけになった。

「蓼科のばばあが一度ならず二度までも、お耳拝借をやりおった。前はたかが書生の不義のことだからよいとして、今度はかりにも侯爵家の息子を……。それで首尾よく死にもしよらん。あの業《ごう》つくばりが！」

心の微妙な問題をすりぬけるのにいつも呵々《かか》大笑ですましてきた侯爵は、同じ微妙さに対して怒るべきときには、どうしてよいかわからなかった。この赤ら顔の、いかにも逞《たくま》しい風貌《ふうぼう》の男が、その父と截然《せつぜん》とちがっていたところは、わが子に対してさえ、鈍感で因業な男と思われまいとする見栄《みえ》を持っている点だった。旧弊でない怒り方をしようとする結果、侯爵はその怒りが理不尽な力を失うのを感じたが、一方、怒りにとっては有利なことに、彼は自己反省からはもっとも遠い人間だった。

父のわずかな逡巡《しゅんじゅん》が清顕に勇気を与えた。亀裂《きれつ》から迸《ほとばし》る清らかな水のように、この若者が生涯で発した一番自然な言葉が口から出た。

「それでも、とにかく聡子は僕のものです」

「僕のもの、だと？　もう一度言ってみろ。僕のもの、だと？」

侯爵は息子から、自分の怒りの撃鉄を引いてもらったことに満足していた。これで安心して彼は盲目になれるのだ。

「今さら何を言う。聡子に宮家から縁談があったとき、あれほど『異存がないか』と確かめたじゃないか。『今なら引返せるのだから、少しでも気持に引っかかりがあれば、そう言え』と私が言ったじゃないか」

侯爵の怒りは、「俺」と「私」がちゃんぽんに使われ、罵《ののし》りのために「私」が、懐柔のために「俺」が使われたりする錯誤によく現われていた。キューを持つ手の慄えがありありとわかるほど、侯爵は玉台づたいに迫って来ていた。清顕にはじめて怖れが芽生えた。

「そのときお前は何と言った？　え？　何と言った？　『何も引っかかりなんかありません』と言ったのだぞ。かりにも男の一言じゃないか。それでもお前は男か。私はどうもお前を柔弱に育てすぎたことを悔んでいたが、こうまでとは知らなかった。お上のお許しの下りた宮家の許婚《いいなずけ》に、手をつけたばかりか、子まで孕《はら》ませた。家名を傷つけ、親の顔に泥を塗った。これ以上の不忠不孝はこの世にあるまい。昔なら、親の私が腹を切ってお上にお詫《わ》びせねばならぬところだ。根性の腐り果てた、犬猫のやることだ、お前の行跡は。おい、清顕、お前はどう思っている。返事をせんか。まだ、ふてくされる気か。おい、清顕……」

　父の喘《あえ》ぎが言葉を弾ませているのを感じるやいなや、清顕はふりあげられたキューを避《よ》けて身を飜《ひるが》えそうとしたが、したたかな一打を制服の背中へ受けた。背中を庇《かば》おうとしてうしろへ廻した左手が、さらに打たれて急速に痺《しび》れ、頭へ来た次の一打が外《そ》れて、逃げ口の扉を探している鼻柱へ当った。清顕はそこの椅子《いす》につまずいて、椅子を抱くようにして倒れた。たちまち鼻血が鼻孔にあふれた。キューはそれ以上追っては来なかった。

　おそらく清顕は一打毎《ごと》に、ちぎれちぎれの叫び声をあげていた。ドアがひらいて、祖母と母が現われた。姑《しゅうとめ》の背で侯爵夫人は慄えていた。

侯爵はなおキューを握ったまま、烈《はげ》しく喘いで、棒立ちになっていた。

「何事です」

と清顕の祖母は言った。

その一言ではじめて母の姿に侯爵は気づいたが、そこに母のいることがまだ信じかねる風だった。まして妻が事態の急に気づいて、姑を呼びに行ったのだという推測までは心が届かなかった。母が隠居所を一歩でも離れることは、それほど異例だったのである。

「清顕が不始末を仕出来《しでか》したのです。そこのテーブルの蓼科の書置をお読みになればわかります」

「蓼科が自害でもしたのかい」

「書置を郵便でもらって、綾倉へ電話をしてみたら、……」

「ええ、そうしたら？」と母は小卓の傍らの椅子にかけて、帯の間からゆっくり老眼鏡をとりだした。黒天鵞絨《くろビロード》のケースの口を、財布でもひろげるように入念に押しひらく。

姑が、倒れている孫のほうへ一瞥《いちべつ》もくれない心遣《こころや》りを、侯爵夫人ははじめて察した。侯爵を一手に引受けようという気構えを示しているのである。それと知ると、夫人は安心して清顕のところへ駈《か》け寄った。彼はすでに手巾《ハンカチ》を出して、血だらけの鼻を押えていた。目に立つほどの傷はなかった。

「ええ、そうしたら？」

とすでに巻紙を繰りながら、侯爵の母は重ねて訊《き》いた。侯爵の心の中ではすでに何かが挫《くじ》けていた。

「電話をして問い合せてみたら、命はとりとめて、今は養生しているが、どうしてそれを御存知だ、と伯爵が不審そうに訊くじゃありませんか。どうやらこの私宛《あて》の書置のことは知らぬらしい。私も蓼科がカルモチンを嚥《の》んだなどという話は、一切世間へ洩《も》らさぬように、とよく伯爵に注意しておきました。しかし、どう考えても、こちらの清顕に科《とが》のあることですから、先方ばかりを責めるわけにも行かず、まことに不得要領な電話になりました。なるべく近い機会に、会っていろいろ相談したい、と伯爵にも言ってきましたが、いずれにしろ、こちらの態度が決らなくては、動くわけには行きませんしね」

「それはそうだ。……それはそうです」

と老婆《ろうば》は手紙へ目を走らせながら、上の空で言った。

その肉の厚いつややかな額と、太い輪郭で一気に描かれたような顔立ちに、いまだにのこる昔の日灼《ひや》けの色、その切髪《きりがみ》を無造作にただ黒々と不自然に染めた白髪染《しらがぞめ》、……こうした剛健な田舎風なものすべては、却《かえ》ってふしぎにも、このヴィクトリアン様式の撞《どう》球《きゅう》室に、切って嵌《は》めたように似合っていた。

「しかしこの書置には、清顕の名はどこにもないじゃないか」

「内輪云々《うんぬん》というところをお読みなさい。あてこすりだと一目でわかります。……それに清顕は自分の口から、あれは自分の子だと白状したのです。お母さんは曾孫《ひまご》をお持ちになろうというわけですよ。それも日蔭者の曾孫をね」

「清顕がそれでも誰かを庇《かば》って、嘘《うそ》の白状をしたのかもしれませんよ」

「何をか言わんや、ですね。お母さんが御自分で清顕にお訊きになったらいいでしょう」

彼女はやっと孫のほうを振向いて、五、六歳の子供へ言うように、慈愛をこめてこう言った。

「いいか、清顕。祖母《ばば》のほうをちゃんとお向き。祖母《ばば》の目をよく見て答えるんだよ、そうすれば嘘は言えないから。今、お父さんが言いなすったことは本当かね」

清顕は背中にのこる痛みをこらえながら、まだ止らない鼻血を拭《ぬぐ》って、真赤な手巾を握りしめて向き直った。整った顔だけに一そう、乱雑に拭われて血の斑《まだ》らが残った秀《ひい》でた鼻尖《はなさき》が、潤《うる》んだ目もとと共に、仔犬《こいぬ》の濡《ぬ》れた鼻尖のように稚《おさ》なく見えた。

「本当です」

と清顕は鼻声で言い捨てると、又いそいで、母のさし出す新らしい手巾で鼻孔を押えた。

そのとき清顕の祖母が言った言葉ほど、自由に疾駆する馬の蹄《ひづめ》の響きを以て、そこらに秩序正しく立ち並んでいたと見えたものを、さわやかに蹴《け》散《ち》らしてしまう言葉はなかった。祖母はこう言ったのである。

「宮様の許婚《いいなずけ》を孕《はら》ましたとは天晴《あっぱ》れだね。そこらの、今時の腰抜け男にはできないことだ。そりゃ大したことだ。さすがに清顕はお祖父様の孫だ。それだけのことをしたのだから、牢《ろう》へ入っても本望だろう。まさか死刑にはなりますまいよ」

祖母は明らかに喜んでいた。きびしい唇の線が弛《ゆる》み、しかも永年の鬱積がそこに解き放たれて、今の侯爵の代になってからこの邸《やしき》に澱《よど》んだものを、自分の言葉で一挙に打ち払ったような満足感に溢《あふ》れていた。それはひとり、息子である現侯爵の科《とが》のみではなかった。この邸《たく》のまわりにあるもの、十重《とえ》二十重《はたえ》に彼女の晩年を遠巻きにしてやがて押しつぶそうと企らんでいる力への、祖母のこんなしっぺがえしの声は、明らかに、あの、今は忘れられた動乱の時代、下獄や死刑を誰も怖れず、生活のすぐかたわらに死と牢獄の匂《にお》いが寄せていたあの時代から響いてきていた。少くとも祖母たちは、屍体《したい》の流れてくる川で、おちついて食器を洗っている主婦たちの時代に属していた。それこそは生活というものだった！　そしてこの一見柔弱な孫が、ものの見事に、その時代の幻を眼前に蘇《よみがえ》らせてくれたのである。祖母の顔にはしばらく酔うような表情が泛《うか》んでいたが、あまりのことに返す言葉も知らない侯爵夫妻は、じっと遠くから、侯爵家の母としてはあまり人前に出したくないその野趣に富んだいかつい老婆の顔を、呆然《ぼうぜん》と眺めていた。

「何ということを仰言《おっしゃ》る」と、ようやく放心からさめた侯爵は力なく言い返した。「それでは松枝の家《いえ》も破滅です。お父さんに対しても申訳ないことになりましょう」

「それはそうだ」と老いた母親はすぐに応じた。「お前の今考えるべきことは、清顕の折檻《せっかん》などではなくて、松枝の家をどうして守るかということだ。お国はもとより大切だが、松枝の家も大切だ。私どもは綾倉さんの家のように、二十七代もお上の禄《ろく》を喰《は》んできた家とはちがうのだからね。……それでお前はどうしたらいいとお考えです」

「何事もなかったことにして、納采《のうさい》から婚儀まで、このままに押し進めるほかはないでしょう」

「その覚悟は立派だが、それには一刻も早く聡子さんのお腹《なか》の子を始末する必要がある。それも東京近辺でやって、もし新聞社にでも嗅《か》ぎつけられたらえらいことになる。何かいい知恵はありませんか」

「大阪がいい」と、しばらく考えていて侯爵は言った。「大阪の森博士に極秘でやってもらえばいい。そのためには金を惜しみますまい。しかし、聡子を自然に大阪へやる口実がなければならないが……」

「綾倉の家なら、向うに親戚《しんせき》も沢山あるし、納采の決った挨拶《あいさつ》に行かせるには、丁度いい時機じゃないか」

「しかし、いろんな親戚に会わせて、体の調子を気づかれたりしては、却ってまずい。……そうだ、いいことがある。奈良の月修寺の御門跡《ごもんぜき》のところへ、お別れの挨拶に行かすのが一番じゃありませんか。あそこはもともと宮門跡のお寺だし、それだけの挨拶を受けてしかるべき格式を備えている。どこから見ても不自然ではない。聡子も子供のときから、御門跡に可愛がられていたことだし。……そこでまず大阪へ行かせて、森博士の手当を受けて、一日二日静養させて、それから奈良へ行かせればいい。それには聡子の母親がついて行くだろうが……」

「それだけではいけない」と老婆は厳しく言った。「綾倉の奥方はあくまでも向う方の人だ。こちらからも誰かがついて行って、博士の処置のあとさきをよく見極めなくてはいけない。それには女であることが必要だが、……ああ、都志子《つじこ》、お前が行きなさい」

と清顕の母へ向って言った。

「はい」

「お前が監視役について行くのです。奈良まで行くには及ばない。すませるべきことを見極めたら、お前一人、一刻も早く東京へかえって報告をするのです」

「はい」

「お母様の仰言るとおりだ。そうしなさい。出発の日取は私が伯爵と相談して決め、万《ばん》遺漏のないようにしなくてはならん。……」

——清顕はもはや自分は後景にしりぞき、自分の行為も愛も、すでに死んだものとして扱われ、祖母や父母が、すぐ目の前で、死者の耳に逐一きこえていることも意に介さずに、こまごまと葬儀の相談をしているような心地がした。いや、葬儀に先立って、何ものかがすでに葬《ほうむ》られていた。そして清顕は、一方では衰え果てた死者でもあり、一方では叱《しか》られ傷ついた一人の途方に暮れた子供でもあった。

すべては、行為の当人の意志とかかわりなく、相手の綾倉家の人たちの意志をも無視して、みごとに整理され決定されてゆきつつあった。さっきあれほど奔放な口をきいた祖母でさえ、非常事態を処理するというすばらしい快楽的な仕事に打ち込んでしまっていた。祖母ももともと清顕の繊細さとは無縁の性格だったが、不名誉な行為のうちに野性的な高貴を見出《みい》だすその同じ能力が、名誉を守るために真の高貴をすばやく手の内に隠してしまうという能力にもつながっていて、それは彼女が、鹿児島湾の夏の日光からよりも、むしろ祖父から、祖父を通じて学んだ能力だと思われた。

キューで打って以来、はじめて清顕のほうをまともに見て、侯爵はこう言った。

「お前は今日から謹慎して、学生の本分にかえって、大学の受験の勉強に精を出すのだ。いいか。俺はこれ以上は何も云《い》わん。お前が男になるかならぬかの岐《わか》れ目《め》だぞ。……聡子とはもちろん、もう一切会うことはならん」

「昔で言えば、閉門蟄居《ちっきょ》だね。勉強に飽きたら、ときどき隠居所へ遊びに来るがいい」

と祖母が言った。

そして清顕は、今の父侯爵が、世間体《せけんてい》をおそれて、息子を勘当することもできない立場にいるのを知った。

四十

綾倉伯爵は、怪我《けが》や病気や死というものに対して、極端に臆病《おくびよう》な人だった。

朝、蓼科が起きて来ないので騒ぎになり、枕許《まくらもと》に発見された遺書が、すぐさま伯爵夫人の手もとへ届けられたが、それが更に伯爵に渡されると、彼は黴菌《ばいきん》のついたものを扱うように指先でつまんで開けた。内容は、伯爵夫妻と聡子に対して、自分の不行届を詫《わ》び、永年の恩顧を謝しているだけの、誰に見られてもかまわないような簡単な遺書であった。

夫人がすぐ医師を呼んだが、もちろん伯爵は行ってみようともせず、事後の報告を夫人から詳しくきいただけだった。

「カルモチンを百二十錠ほど嚥《の》んだようでございます。本人はまだ意識が戻ってはおりませんけれど、先生がそのように言うておられます。何やら、手足をばたばたさせるやら、体を弓なりにひきつらせるやら、仰山な騒ぎをいたしまして、あのお婆《ばあ》さんにどうしてこんな力があるのやら、わからんようでございましたけれど、ようよう皆で押えつけて、注射やら、胃洗滌《せんじよう》やらをいたしまして、(胃洗滌は浅ましくて、私はよう見ませんでしたけれど)、命はとりとめると先生も請合うておいででした。

やはり専門の方はちがいます。こちらが何も言わぬ先から、蓼科の息をお嗅《か》ぎになって、

『ああ、蒜《ひる》のような匂《にお》いがする。カルモチンだ』

とすぐお当てになりました」

「どれほどで治るということやった？」

「十日ほどは静かにしていなくては、と仰言《おつしや》っておいででした」

「このことは決して世間へ洩《も》れぬように。家の女どもにもよう口止めをし、医師にもようたのんでおかねばならぬ。聡子はどうしている？」

「聡子は部屋に引きこもっております。蓼科のところへ見舞に行こうともいたしません。あの有様を見れば、聡子の今の体では、何かと障《さわ》りが出ましょうし、又、蓼科があのこいとをこちらへ打明けてまいりましてから、ずっと蓼科とは口をきいていない聡子が、今さら急に見舞に行くのも気がさすのでございましょう。聡子はそっとしておいてやるのがよいと存じます」

——五日前に蓼科が思い余って、伯爵夫妻に聡子の妊娠《にんしん》を打明けたとき、蓼科は自分もひどく叱責《しつせき》される代りに、伯爵もひどく狼狽《ろうばい》するだろうと思っていたが、まことに張り合いのない反応があっただけで、蓼科はいよいよ焦慮して、松枝侯爵宛《あて》の遺書を送っ

てから、カルモチンを嚥んだのであった。

まず聡子がどうしても蓼科の進言を受けつけず、一日一日と危険は増すのに、誰にも言うな、と命ずるばかりで、いつになっても決断がつきそうにない。蓼科は思いあぐねた末に、聡子を裏切って、伯爵夫妻に打明けたのであるが、夫妻はあまり呆然《ぼうぜん》としてしまったためか、まるで裏庭の雞《にわとり》が猫に引かれたという話をきく顔つきをしていた。

こんな重大な話をきいた明る日も、又明る日も、伯爵は蓼科と顔を合せながら、このことに触れる気配がなかった。

伯爵は心底から困っていたのである。しかし、自分一人で処理するにはあまりに大きく、人に相談するにはあまり面伏《おもぶ》せな事柄は、できれば忘れていてしまいたかった。夫妻は聡子には、何かの処置をとるまで一切黙っていようと申し合せたが、感の鋭くなっている聡子は蓼科を詰問《きつもん》してそれと知ると、蓼科とは口をきかなくなって、部屋にこもりきりになってしまった。家の中には、ふしぎな沈黙が立ちこめていた。蓼科は外部からの一切の連絡には、病気と告げさせて応じなかった。

伯爵は妻とさえ、この問題について立入った話をしていなかった。たしかに怖《おそ》ろしい事態であり、急を要する案件ではあるが、それだけに一日のばしにするほかはなく、さりとて奇蹟《きせき》を信じているのでもなかった。

この人の怠惰には、しかし、一種精妙なものがあった。何事も決めかねるということには、あらゆる決断に対する不信があったのは確かだが、この人は言葉のふつうの意味の懐疑家ですらなかった。綾倉伯爵は、ひねもす思いに屈していても、耐えられるだけの感情の豊かさを、一つの解決へ持ち込むことを好まなかった。物思いは家伝の蹴鞠《けまり》に似ていた。どんなに高く蹴上げても、又忽《たちま》ちにして地に落ちて来ることは知れている。たとえ、あの難波宗建《なんばむねたけ》のように、鹿革《しかがわ》の白鞠の紫の執皮《とりかわ》を摘《つま》んで蹴上げたのが、十五間の紫宸殿《ししんでん》の屋上をみごとに越えて、人々の嘆賞を呼んだにしても、鞠はたちまち小御所《こごしょ》の御庭に落ちたのだ。

あらゆる解決には、趣味のよさに於《おい》て欠ける点があったから、誰かがその趣味のわるさを引受けてくれるのを待ったほうがよい。それは落ちた鞠を受けとめてくれる他人の沓《くつ》でなければならない。そして自分の蹴った鞠といえども、それが空中に泛《うか》んだ瞬間、不測の鞠自体の気まぐれを生じて、思わぬ方《かた》へ吹き流されるかもしれないのだ。

伯爵の脳裡《のうり》には、一向に破滅の幻が浮んで来なかった。勅許を得た宮の許婚《いいなずけ》が、他の男の胤《たね》を宿したことが大事でないなら、この世に大事などあるべきでないが、どんな鞠もいつまでも自分の手中にある筈《はず》はない。託《かず》けるべき他人が現われるだろう。伯爵は決して自分をじらせることなどできない人だったから、結果としていつも人をじらせることになった。

——そして蓼科の自殺未遂におどろかされた明る日に、伯爵は松枝侯爵の電話に接したのである。

侯爵がこの内緒事をすでに知っているのは、正にありえないような出来事だった。しかし伯爵は家の中に内通する者があるとしても、今さらおどろかない覚悟を決めてはいたが、もっとも内通の疑わしい蓼科当人が、きのう一日意識を喪《うしな》っていたとすると、あらゆる筋の立ちそうな推測が怪しくなった。

そこで伯爵は夫人から、蓼科の症状がもうかなりよく、話もすれば、食欲《しょくよく》も出たときいて、非常な勇気を振い起して、一人で病室へ見舞に行く気になった。

「あなたは来てくれないでよろしい。私が一人きりで見舞ったほうが、あの女も本当のことを言うだろう」

「むさくるしい部屋でございますから、不意のお見舞では蓼科も困りましょう。あらかじめそう言ってやって、身のまわりを片づけさせてやりましょう」

「それがいい」

それから綾倉伯爵は二時間待たされた。病人が化粧をはじめたというのである。

蓼科は特に母屋《おもや》の内に一室を与えられていたが、日も射《さ》さぬ四畳半で、床を敷けば一杯になった。伯爵がその部屋を訪れたことは一度もなかった。ようやく迎えが来て行ってみると、畳の上に伯爵のための椅子《いす》が設けられ、蒲団《ふとん》は片づけられて、蓼科は座蒲団を何枚か重ねた上に肱《ひじ》をつき、掻巻《かいまき》を羽織って、お辞儀をする額をその重ねた座蒲団に押し当てるようにして主人を迎えた。しかし、その額の丹念に梳《くしけず》られた生え際《ぎわ》まで、色濃く沈澱《ちんでん》している水白粉《みずおしろい》を庇《かば》うために、蓼科が、それほど弱っていながら、額と座蒲団の間に些少《さしょう》の隙間《すきま》を保って、お辞儀をし了《おお》せたのに伯爵は目をとめた。

「えらいことであった。しかし助かって、本当によかった。あまり心配をかけるものではない」

と伯爵は椅子に腰かけて病人を見下ろす位置になるのを、決して不自然だとは思わぬが、何か声も心も届かぬような思いがしながら口を切った。

「勿体《もったい》のうございます。畏《おそ》れ多うございます。何とお詫びを申上げたらよろしいか……」

蓼科はなお顔を埋めたまま、懐紙をとりだして目頭に当てるらしかったが、これも亦《また》、白粉を庇っているのが伯爵にはわかった。

「医者も言うているが、十日も養生すれば本復するそうだ。遠慮をせずに、ゆっくり養生をしたらよい」

「ありがとうございます。……こんなありさまで、死に損いをいたしまして、ただただお恥かしゅうございます」

小菊を散らした小豆いろの掻巻をかぶってうずくまった姿には、どこか人間離れのした、黄泉路《よみじ》を一度辿《たど》って引返して来た者の忌《いま》わしさが漂っていた。伯爵はこの小部屋の茶簞笥《ちゃだんす》や小抽斗《こひきだし》にまで、ある穢《けが》れがまとわっているような気がして、落着かなかった。そう思うと、うつむいた蓼科の襟足《えりあし》が、あまり丹念に白く塗られ、髪も毛筋一つ乱れず梳られているのが、却《かえ》って云《い》おうようなく忌わしく見える。

「実は今日、松枝侯爵から電話があって、もうこのことを知っておられるのにおどろいた。お前に何か覚えがあろうかと思って、訊《き》いてみるのだが……」

と伯爵は何気なくその問を口に出したが、口に出すことによっておのずから解ける問があるもので、彼がそう言いかけながら、答を予《あらかじ》め直感してはっとしたのと、蓼科が顔をあげたのと一緒であった。

蓼科の顔はいつにもまして、京風の厚化粧の極みを示していた。唇の内側から京紅の茜《あかね》が射し出《い》で、皺《しわ》を埋めた白粉の上を均《な》らそうとして更に塗り込めた白粉が、きのう嚥んだばかりの毒に荒らされた肌に馴染《なじ》まず、化粧がいわば顔いちめんに生い出でた黴《かび》のように漂っていた。伯爵はそっと目をそむけて、言いつづけた。

「お前が侯爵に前以《まえもっ》て書置を送ったのだな」

「はい」と蓼科は面をあげたまま、少しもひるまぬ声で言った。「本当に死ぬつもりでございましたから、あとを万事おねがいするつもりで書送ったのでございます」

「何もかも書いたのか」

と伯爵は言った。

「いいえ」

「書かずにおいたこともあるのだな」

「はい。書かずにおいたこともいろいろございます」

と蓼科は晴れやかに言った。

四十一

そう訊《き》きながら伯爵は、侯爵に知られては困ることを脳裡《のうり》に如実《にょじつ》に描いていたわけではないが、書かずにおいたこともいろいろあると蓼科が言うのをきくと、急に不安になった。

「書かずにおいたことということそれは何や」

「何を仰《おお》せられます。今、『何もかも書いたのか』とお尋ね遊ばすから、そう申上げたまでで、殿様がそうお尋ね遊ばすからには、殿様のお心に在ることが何かございましょう」

「思わせぶりをいうものではない。こうして私一人で見舞に来たのは、誰憚《はばか》らぬ話ができると思ったからだ。はっきり言うたがよい」

「書かなかったことはいろいろございます。なかでも、八年前に、北崎《きたざき》の家で殿様から伺いましたことは、私の心一つに蔵《しま》って死ぬつもりでございました」

「北崎……」

その名を伯爵は、不吉な名をきくように、身慄《みぶる》いしてきいた。そこで蓼科の意味するところも明瞭《めいりよう》になった。明瞭になったが、不安がいよいよ募って、もう一度確かめる気になった。

「北崎の家で、私が何と言った」

「梅雨の晩でございますよ。御忘れ遊ばす筈《はず》はございませんよ。お姫様《ひいさま》はおいおいよずいておいでになったとは申しながら、まだ十三歳でいらっしゃいました。あの日は、めずらしく松枝侯爵様がお遊びにおいでになった日で、侯爵様がおかえりになってから、殿様は御気色《みけしき》がおよろしくなく、それでお気晴らしに北崎へお越しになったのでございます。その晩、私に何と仰せられました」

……もう蓼科の言わんとするところはわかっている。あのときの伯爵の言葉を独鈷《とつこ》にとって、自分の越度《おちど》をのこらず伯爵のせいにしようとしているのである。伯爵には蓼科の服毒さえ、本当に死ぬ気があったのかどうか俄《にわ》かに疑わしくなってきた。

今、重ねた座蒲団《ざぶとん》の上から上げた蓼科の目は、白壁のような厚化粧の顔に二つ穿《うが》たれた黒い矢狭間《やざま》のように見える。その壁の内側の闇《やみ》には過去が立ちこめ、矢は闇の奥から、明るい外光に身をさらしているこちらを狙《ねら》っているのである。

「今ごろ何を言う。あれは冗談で言ったことだ」

「さようでございましょうか」

忽《たちま》ちその矢狭間の目がさらに窄《すぼ》まって、そこから鋭い闇が搾《しぼ》り出されるような感じを伯爵は抱いた。蓼科は重ねて言った。

「でもあの晩、北崎の家で……」

――北崎。北崎。伯爵の忘れたい記憶にまつわる名を、蓼科のしたたかな唇がしきりに呼んだ。

あれを最後にもう八年間足を踏み入れたことのない北崎の家が、造作の細目まであありと目に浮んでくる。門も玄関もない、そのくせかなりな広さの庭に板塀をめぐらした坂下の家。湿った、暗い、蛞蝓《なめくじ》の出そうな玄関を、四、五足の黒い長靴《ちょうか》が占めていて、長靴の内側の汗と脂《あぶら》に蒸れた代赭《たいしゃ》いろの革の斑《まだら》がちらと見え、そこから外側へ撥《は》ね返っている汚れた縞《しま》の幅広の短かい引紐《ひきひも》に、持主の名が書いてある。玄関先にまで粗暴な放歌高吟がひびき渡っている。日露戦役の最中の軍人御下宿という安全な職業が、この家に与えているいかにも質実そうな外見と厩舎《きゅうしゃ》の匂《にお》い。伯爵は奥の離れへ案内されるまで、避病院の廊下を歩くように、そこらの柱に袖《そで》が触れるのをさえ憚った。彼は人間の汗などというものが、しんそこから嫌いだった。

あの八年前の梅雨の晩、訪客の松枝侯爵を送り出してから、伯爵は片附かぬ気持を持て余していた。そのとき蓼科が伯爵の顔色を敏感に読んでこう言ったのだ。

「北崎が何か面白いものを手に入れまして、ぜひ御前様の御覧に入れたいと申しております。お気晴らしに今夜にでもお出ましになりませんか」

蓼科は聡子が寝《しん》に就いてから「親戚《しんせき》へ遊びに行」ったりする自由があったし、伯爵と、夜外《そと》で落合うのは難かしくなかった。北崎は伯爵を慇懃《いんぎん》に迎え、酒を出し、古い一巻の巻物を持って来て、恭《うやうや》しく卓上に置いた。

「大そうやかましゅうございます。出征する方がございまして、今夜は壮行会をしておりますので。お暑うございましょうが、雨戸を閉めましたほうが……」

母屋《おもや》の二階の軍歌の合唱と手拍子を憚って、北崎がそう言った。伯爵はそうさせた。すると却《かえ》って雨音にひたと包まれるような気がした。源氏襖《げんじぶすま》の彩色がこの部屋に、何か人を窒息させるような、追いつめられたなまめかしさを与えていた。この部屋自体が秘本の中にあるようだった。

北崎の皺《しわ》の多い、いかにも畏《かしこ》まった風情《ふぜい》の実直な手が、卓の向うから巻物の紫の紐を解き、伯爵の前に、まず物々しい讃《さん》をひろげた。無門関の公案の一つが引いてある。

「趙州《じょうしゅう》、一庵主《あんじゅ》の処《ところ》に到《いた》って問う、

有りや有りや。

主、拳頭を竪起《じゅき》す。

州、水浅うして是《こ》れ舡《ふね》を泊する処にあらず、といって便《すなわ》ち行く」

あのときの蒸暑さ。うしろからあおいでいる蓼科の団扇《うちわ》の風にすら、炊《た》かれた空気の、蒸籠《せいろう》のような熱気がこもっていた。酒がまわってきて、雨が後頭部の内側にふりこめているような音を立てていて、外側の世界には無邪気な戦争の勝利があった。そして伯爵は春画を見ていたのである。北崎の手がつと空中に泳いで、蚊をはたいた。それから音を立てておどろかせたことを詫《わ》びた。伯爵は北崎の白い乾いた掌《てのひら》に、潰《つぶ》れた蚊の小さな黒点と血をちらと認めて、穢《けが》れた感じを持った。その蚊はどうして伯爵を刺さなかったのか？　彼はそんなに凡《すべ》てから護《まも》られていたと云《い》えるだろうか？

巻物の画はまず屏風《びょうぶ》の前に対座している柿色《かきいろ》の衣の和尚《おしょう》と若後家の一景からはじまっていた。俳画風の筆づかいで洒脱《しゃだつ》に書き流され、和尚の顔は、滑稽《こっけい》で魁偉《かいい》な男根そのものの感じに描かれていた。

次に和尚が突然のしかかって若後家を犯そうとし、若後家は抗《はむか》うが、すでに裾《すそ》は乱れている。次に二人は素肌で相擁しているが、若後家の表情は和んでいる。

和尚の男根は巨松の根のようにわだかまり、和尚の顔は恐悦の茶いろの舌を出している。若後家の、胡粉《ごふん》で白く塗られた足の指は、伝来の画法によって、悉《ことごと》く内側へ深く撓《たわ》められている。からめた白い腿《もも》から顫動《せんどう》が走って、足指のところで堰《せ》かれて、曲げられた指の緊張が、無限に流れ去ろうとする恍惚《こうこつ》を遁《の》がすまいと力んでいるように見える。伯爵には女が健気《けなげ》に見えた。

一方、屏風の外では、小僧どもが木魚や経机に乗ったり、肩車をしたりして、一心に屏風の内側をのぞき、すでに昂《たか》ぶったものを滑稽に抑えかねている。ついに屏風が倒れる。素裸の女は前を隠して逃げようとし、和尚にはすでに叱《しか》る力もなく、狼藉《ろうぜき》をきわめた場面がここからはじまる。

小僧たちの男根は、ほとんど身丈と同じほどに描かれている。画家は尋常の寸法では納得できない煩悩《ぼんのう》の重荷を現わそうとしたのである。一せいに女へ襲いかかるときに、かれらはみな、言うに言われぬ悲痛な滑稽を顔に刻んで、男根を肩一杯に担《かつ》ぎ上げてよろめいている。

女は苦役の果てに、全身が蒼《あお》ざめて死んでしまう。魂は飛んで、風に乱れる柳の木蔭に現われる。女は女陰の顔をした幽霊になったのだ。

このとき絵巻の滑稽はかき消えて、陰惨の気が漲《みなぎ》り、一人ならず数人の女陰の幽霊が、髪もおどろに、朱の口をひらいて男たちに襲いかかる。逃げ惑う男たちは、疾風のように飛来する幽霊に抗するすべもなく、和尚をも含めて、悉く男根を幽霊たちの口の力で引抜かれてしまう。

最後の情景は浜辺である。浜には男を失った赤裸の男たちが泣き喚《わめ》いている。暗い沖へ向って、今し奪い取った男根を満載した一艘《そう》の船が、髪をなびかせ、蒼い手を垂れて、岸に泣き叫ぶ男たちを嘲《あざけ》っているあまたの女陰の幽霊を乗せて、船出している。沖を目ざす舳《みよし》も女陰の形に刳《く》られ、その尖《さき》には房をなす女陰の毛が潮風になびいている。……

——見終ると伯爵は、何とも云えない陰気な気分になった。酒が廻っているので、ますます気持が片附かないが、さらに酒を命じて黙って呑《の》んだ。

それでいて目の底には、絵巻の女の一途《ず》な足指の撓みが残っている。その卑猥《ひわい》な白さの胡粉の色が残っている。

それから起ったことは、あの梅雨のものうい熱気と、伯爵の嫌悪《けんお》からとしか言いようがない。

この梅雨の晩よりさらに十四年前、奥方が聡子を懐胎中に、蓼科に伯爵のお手がついた。すでにその時蓼科は四十歳を超えていたのであるから、伯爵の甚だしい気紛《きまぐ》れとしか云いようがないが、しばらくして沙汰《さた》は止《や》んだ。伯爵自ら、それからさらに十四年を経て五十路《いそじ》半ばの蓼科と、こんなことになろうとは夢にも思っていなかった。そしてこの晩のことがあって以後、伯爵は二度と北崎の家の閾《しきい》をまたがなかった。

松枝侯爵の来訪、傷つけられた矜《ほこ》り、梅雨の夜、北崎の離れ座敷、酒、陰惨な春画……すべてが寄ってたかって伯爵の嫌悪をそそり立て、自分を瀆《けが》すことに熱中させて、そんな所業に駆り立てたのだとしか思えない。

蓼科の態度に、毛筋ほどの拒否も見られなかったことが、伯爵の嫌悪を決定的にした。『この女は十四年でも、二十年でも、百年でも待っているつもりなのだ。お声がかかれば、いつ何時《なんどき》でも用意おさおさ怠りなく』……伯爵は自分にとっては全く偶然から、或《あ》る突きつめた嫌悪から、よろめき入った暗い木蔭《こかげ》に、じっと待伏せしていたあの春画の幽霊を見たのである。

そして又、そういうときの蓼科の一糸乱れぬ振舞、恭謙な媚態《びたい》、閨《ねや》の教養においては誰にもひけをとらないという矜りが丸見えなのが、伯爵に対して或る威圧的な作用を及ぼすことは、十四年前と同じであった。

しめし合わせてでもいたのか、北崎はもう決して顔を見せない。二人で言葉も交わさずにいる事後の闇を雨音が包み、軍歌の合唱は雨音をつんざいて、今度は語句もきわやかに耳に届いた。

「鉄火はためく戦場に
護国の運命《さだめ》、君に待つ
行け忠勇の我が友よ
ゆけ君国の烈丈夫」

――伯爵は急に子供になった。溢《あふ》れてくる怒りを愬《うった》えたい気持になり、召使に言うべきではない主筋同士の話を縷々《るる》と打明けた。それというのも、伯爵には自分の怒りに、祖先伝来の怒りがこもっていると感じられたからだった。

その日、松枝侯爵はやって来て、挨拶《あいさつ》に出た聡子のお河童頭《かっぱ》を撫《な》で、多少酒気を帯びていたせいか、子供の前で、突然こんなことを言った。

「ああ、お姫《ひい》さんは実に美しくおなりだ。成長されたときの美しさは想像に余る。小父さんがよいお婿《むこ》さんを探して上げるから心配するな。何事も小父さんに任せてくれれば、三国一のお婿さんを世話してあげる。お父上には何も心配はかけず、金襴緞子《きんらんどんす》に、一丁もつづく嫁入道具の行列を調えてあげる。綾倉家の代々から一度も出たことのないような長い長い豪勢な行列をね」

伯爵夫人はちらと眉《まゆ》をひそめたが、そのとき伯爵は柔和に笑っていた。

はずかしめに対して笑っている代りに、彼の祖先は、少しは優雅の権威を示して抗《はむか》ったものだった。しかし今では、家伝の蹴鞠《けまり》も廃絶し、俗人どもにちらつかせる餌《えさ》もなくなった。本物の貴族、本物の優雅が、それを少しも傷つける気なぞはない、善意に充《み》ちた贋物《にせもの》の無意識のはずかしめに、ただあいまいに笑っているだけなのだ。文化が、新らしい権力と金との前で、あいまいに泛《うか》べるこの微笑には、ごく弱い神秘がほのめいていた。

そういうことを蓼科に語った上で、伯爵はしばらく黙っていた。優雅が復讐《ふくしゅう》するときには、どんな仕方で復讐するだろうか、と考えていたのである。いかにも長袖者流《ちょうしゅうしゃりゅう》の、袖に炷《た》きしめる香のような復讐はないものだろうか。袖でおおいかくされた香の緩慢な燃焼、ほとんど火の色も見せずに灰に変ってゆくひそかな経過、煉《ね》り固めた香がひとたび炷かれると、微妙なかぐわしい毒を袖に移して、いつまでもそこにとどまるような……。

そこで伯爵は、たしかに蓼科に、「今から頼んでおく」と言ったのである。

すなわち、聡子が成人したら、とどのつまりは松枝の言いなりになって、縁組を決められることになるだろう。そうなったら、その縁組の前に、聡子を誰か、聡子が気に入っている、ごく口の固い男と添臥《そいぶし》させてやってほしい。その男の身分はどうあってもかまわない。ただ聡子が気に入っているということが条件だ。決して聡子を生娘のまま、松枝の世話する婿に与えてはならない。そうしてひそかに、松枝の鼻を明かしてやることができるのだ。しかしこのことは、誰にも知らせず、私にも相談せず、お前の一存でおかした過《あやま》ちのように、やり通してくれなくてはならない。ところでお前は、閨のことにかけては博士《はかせ》のようだが、生娘でないものと寝た男に生娘と思わせ、又反対に、生娘と寝た男に生娘ではなかったと思わせる、二つの逆の術を聡子に念入りに教え込むことができるだろうか？

蓼科はそれに対して、しっかりとこう答えた。

「仰言《おっしゃ》るまでもございません。二つながら、どんなに遊び馴《な》れた殿方にも、決して気づかれる心配のない仕方がございます。それはよくよくお姫様にお教え申上げましょう。それにしても、あとのほうは、何のためでございますか」

「結婚前の娘を盗んだ男に、大それた自信を持たせぬためだよ。生娘と知って、下手に責任を持たれてはかなわぬ。その点もお前に委《まか》せておく」

「承りましてございます」

と蓼科は、軽く「御意」と言う代りに、四角四面な挨拶で請け合った。


……………………。


——今、蓼科は八年前のその夜のことを言っているのである。

伯爵には痛切にその言わんとするところがわかるが、蓼科ほどの女が八年前に請合ったそのことの、思いもかけぬ事情の変化に盲目であった筈はない。相手は宮家であり、松枝侯爵の取り持ちとは云いながら、綾倉家を再興すべき縁組であり、すべては八年前に伯爵が怒りにまかせて予測した事態とはちがっている。それを押して、蓼科が古証文どおりに行動したのは、故《ことさ》らそうしたものとしか思われない。しかも秘密は松枝侯爵の耳へすでに入ってしまった。

蓼科はすべてをこうして破局へ持ち込むことによって、怯惰《きょうだ》な伯爵の敵《あえ》てしなかった竹篦《しっぺ》返《がえ》しを、堂々と侯爵家へ向って働いたつもりなのであろうか？　それともそれは、侯爵家へ向ってではなく、他ならぬ伯爵その人に対する復讐だったのであろうか？　伯爵がそれについてどう振舞おうと、八年前の寝物語を蓼科の口から侯爵に告げられては困るという、負目《おいめ》は残っているのである。

伯爵はもう何も言うまいと思った。起ったことは起ったことであるし、侯爵家の耳に入った以上、自分も相当の厭味《いやみ》を言われることは覚悟せねばならぬが、その代り侯爵が強大な力を揮《ふる》って、何とか弥縫策《びほうさく》を講じてくれるであろう。すべては人まかせの段階に入ったのだ。

ただ一つ、伯爵に明らかになったことは、蓼科が、口では何と言っても、心では何一つ詫びる気はないということだった。詫びる気が少しもなくて毒を嚥《の》んだ老婆《ろうば》が、白粉《おしろい》入れにころがり込んだ蟋蟀《こおろぎ》のような化粧をして、小豆いろの掻巻《かいまき》を羽織ってうずくまった姿は、それが小柄であればあるほど、世界中にひろがるような鬱陶《うっとう》しさに充ちていた。

伯爵は気づいた、この部屋も亦《また》、北崎のあの離れと同じ畳数だと。たちまち、耳の底に雨の笹鳴《ささな》りがきこえて来、時ならぬ蒸暑さが腐敗を早めるように襲ってきた。蓼科が又白く塗り込めた顔をあげて、何か喋《しゃべ》ろうとしている。その乾いた、縦皺の一杯寄った唇の内側に、電灯のあかりがさし入って、濡《ぬ》れた口腔《こうこう》の充血と見紛《みまが》う京紅《きょうべに》の紫紅色が照り添うた。

蓼科は何を言おうとしたのだろうか、伯爵は察しがつくような気がした。蓼科がやったことは、彼女自身が言うように、すべて八年前のあの夜にかかっており、ただ伯爵にあの一夜を思い出させるためにやったことではなかろうか。あれ以来、二度と蓼科に関心を示さなくなった伯爵に。……

急に伯爵は子供のように残酷な質問がしたくなった。

「まあ、助かって何よりであったが……、お前には、はじめから、本当に死ぬ気はあったのかね」

怒るか泣くかするかと思われた蓼科は、嫣然《えんぜん》と笑った。

「さあ、……殿様が死ねと仰言って下さったら、本当に死ぬ気になったかも存じません。今からでもそうお命じ下されば、やり直しをいたしますよ。尤《もっと》も、そうお命じあそばしながら、八年ののちには、又お忘れになるのでもございましょうが……」

四十二

松枝侯爵《こうしゃく》は、綾倉伯爵と会ってみて、伯爵が一向物に動じない様子をしているのに毒気を抜かれたが、侯爵の出す要求を悉《ことごと》くすらすらと受け入れるのに機嫌を直した。何事も仰言《おっしゃ》るとおりにする。侯爵夫人の同行も心強いし、大阪の森博士に極秘裡《ごくひり》にすべてを委《まか》せることができるのは、願ってもない倖《しあわ》せである。今後のことは一切侯爵家の指示に従うからよろしく、という挨拶《あいさつ》であった。

綾倉家からはたった一つ、つつましい条件が出され、侯爵もそれを肯《うべな》わざるをえなかった。それは聡子が東京を発《た》つ直前に、一目だけ清顕に会わせてくれ、というのである。もちろん二人だけで話をしようと望むのではない。双方の親の附添の上で、一目会わせてくれれば心が済む。この希望が叶《かな》えられれば、今後一切、聡子は清顕に会わぬと約束する。……これはもとより聡子自身の発意であるが、親もそれだけは叶えてやりたいと思っている、と綾倉伯爵はためらいがちに申し入れた。

この出会を不自然に見せぬためには、侯爵夫人の同行が役に立つであろう。息子が母親の旅立ちを見送るのは自然であるし、そのとき聡子と挨拶ぐらい交わすのもおかしくはない。

こうして話が決ると、侯爵は夫人の進言によって、忙しい森博士を極秘裡に東京へ呼び寄せた。十一月十四日の聡子の出発まで一週間のあいだ、博士は侯爵家の客となり、ひそかに聡子を見張り、伯爵家から連絡のあった時は、すぐ駈《か》けつけることのできるように待機していた。

というのは、刻々に流産の危険がひそんでいたからである。もし流産となれば、博士が手ずから処置をして、決して外部へ洩《も》れないようにしなくてはならぬ。又、はなはだ危険な大阪行の長旅には、博士が別の客車でひそかに同行することになっていた。

こんな風に産婦人科の大家の自由を奪い、思いのままに頤使《いし》するについて、侯爵の使った金は莫大《ばくだい》なものだった。もしこれらの計画が幸運に恵まれれば、聡子の旅はもっとも巧みに世間の目をくらますものとなるであろう。何故《なぜ》なら妊娠《にんしん》中の婦人の汽車旅行などという冒険を、世間は夢想だにしないからである。

博士は英国仕立の背広を着た、一分の隙《すき》もないハイカラ紳士だったが、体軀《たいく》はずんぐりして、顔立ちにはどことなしに番頭風なところがあった。診察のとき、枕《まくら》に上等の奉書紙を敷き、患者ごとにそれをぞんざいに丸めて捨てて、新たな一枚を敷くことが、博士の評判の一部をなしていた。きわめて慇懃鄭重《いんぎんていちょう》で、おもてに微笑を欠かさなかった。上流婦人の顧客を沢山持ち、技は神に入り、牡蠣《かき》のように口が固かった。

博士はお天気の話が好きで、ほかにはこれと云《い》って話題がないのに、きょうはばかに蒸すようだとか、一雨ごとの暖かさだとか云いながら、十分に相手を魅した。漢詩をよくし、ロンドンの見聞を、七言絶句の二十首にまとめて、「竜動詩鈔《ロンドンししょう》」という私家版の詩集を出したことがある。三カラット大のダイヤの指環《ゆびわ》をはめていて、診察の前には仰々しく、そのたびに顔をしかめて、抜きにくそうにそれを抜いて、かたわらの机へ乱暴に放ったが、博士がその指環を置き忘れたという話はきいたことがなかった。博士の八字髭《はちのじひげ》は、いつも雨後の羊歯《しだ》のような暗い光沢を帯びていた。

綾倉伯爵夫妻は聡子を連れて、宮家へ旅立ちの御挨拶に伺う必要があった。馬車では危険もいよいよまさるので、侯爵が自動車を手配し、森博士は山田の古背広を借りて執事に変装し、助手台に乗り込んで同行した。若宮が演習に出ておられて御在宅でなかったのは幸いだった。聡子は御玄関先で妃殿下に御挨拶をして引下った。危ぶまれたこの往復も、何事もなくて済んだ。

十一月十四日の出発の折には、宮家から事務官を見送りに差遣わされるとの御沙汰《ごさた》があったが、御遠慮申上げた。こうしてすべては侯爵の計画どおりに恙《つつが》なく運び、綾倉一家と松枝母子とは、新橋駅で落合うことになった。博士は二等車の一角にそしらぬ顔で乗り込んでいる筈《はず》だった。尼門跡《あまもんぜき》への暇乞《いとまご》いの旅といえば、誰に聞かれても立派な名目《みょうもく》であるから、侯爵は、夫人と綾倉一家のために、展望車を予約していた。

新橋・下関間の特別急行列車は、朝の九時半に新橋を発ち、十一時間五十五分で大阪へ着くのである。

米国建築師ブリジェンスの設計により、明治五年に建てられた新橋駅は、その木骨石張りの斑入《ふい》りの伊豆石の色もくすみ、十一月の澄んだ朝の光りに軒蛇腹《のきじゃばら》の影を鮮明に刻んでいた。侯爵夫人はお供も連れない旅の、かえりの一人旅を思って今から緊張していたので、恭《うやうや》しく鞄《かばん》を抱いている助手台の山田や、清顕とも、ほとんど口をきかぬままに駅へ着いた。三人は車寄せから高い石段を昇った。

汽車はまだ入っていなかった。左右に線路を控えたひろい頭端式ホームには、朝の光線が斜めに大まかにさし入って、その中に微細な埃《ほこり》を舞わしていた。旅立ちの不安から、侯爵夫人は何度も深い吐息をついた。

「まだお見えでない。何かあったのではないかしら」

と夫人が言っても、山田からは、ただ、その眼鏡の白光をうつむけて、

「はは……」

という畏《かしこ》まった無意味な返事が返ってくるにすぎない。それを承知でいながら、夫人はそう言わずにはいられないのである。


清顕は母の不安を知りつつ助け舟も出さずに、やや離れて佇立《ちょりつ》している。彼は気が遠くなりそうな思いを、その固い起立の姿勢で保っていた。自分が縦に垂直に倒れているように感じた。力を失ったまま、空気の中へ、立姿を鋳込《いこ》まれているかのようだった。ホームはひえびえとしていたが、彼は制服の蛇腹の胸を反らせて、待つ苦しみのあまり内臓まで凍ってしまったような気がした。

列車が展望車の欄干を見せて、光りの帯を縫いながら、重々しく後尾からホームへ入ってきた。そのとき夫人は、列車を待つ人々のなかに、森博士の八字髭を遠く認めて、少し安心した。博士とは大阪まで、非常の場合を除いて、一切お互いに知らぬふりをする約束ができていたのである。

山田が夫人の鞄を展望車へ運び入れ、夫人が何やかと指図をしているあいだ、清顕は車窓からホームをじっと窺《うかが》っていた。綾倉伯爵夫人と聡子が、人ごみの中を来るのが見

えた。聡子は着物の襟《えり》を虹《にじ》いろのショールに包んでいたが、ホームの屋根の外れから射《さ》す光りの中へ現われたとき、その無表情な顔が凝固した乳のように真白に見えた。

清顕の胸は悲しみと至福にさわいだ。そうして母親に附添われてきわめて徐々《しずしず》と近づいてくる聡子を見ていると、一瞬、自分のところへ来る花嫁を迎えているような気がした。そしてその儀式の速度には、一滴々々疲労がしたたって積るような、胸苦しい喜びの緩《のろ》さがあった。

展望車に乗り込んだ伯爵夫人は、鞄を担《かつ》がせた下男をそのままにして、遅くなったお詫《わ》びを言った。清顕の母はもちろん丁寧に挨拶を返したけれども、こころもち権高《けんだか》な不機嫌を眉間《みけん》に残していた。

聡子は虹色のショールを口もとに当て、始終母親の肩の影へ隠れるようにしていた。清顕とは尋常に挨拶を交わしたが、すぐ侯爵夫人にすすめられて、緋《ひ》いろの椅子《いす》に深々と腰を下ろした。

清顕には聡子が遅れて来た理由がはじめてわかった。この苦く澄んだ水薬《すいやく》のような十一月の朝の光りのなかで、言葉も交わさずにすぎる別れの時間の永さを、少しでもつづめようと思ったからにちがいない。清顕は夫人同士が話しているあいだ、うつむきがちな聡子へ落す自分の視線が、熱烈な注視になりがちのことを怖《おそ》れていた。もちろん心はそのような注視をのぞんでいる。しかし清顕が怖れているのは、聡子の脆《もろ》い白さを、過激な日光で灼《や》いてしまうことである。ここで働らく力、ここで通じる感情は、何かきわめて微妙なものでなければならず、自分の情熱がそのためには粗暴な形をとりすぎているのを清顕は知った。彼の中にかつて生れたためしのない感情だが、聡子に謝罪したいような気持が起って来た。

着物の下の聡子の体を、自分は隅々まで知っている。その肌のどこがまっ先に羞恥《しゅうち》に紅《あか》らみ、どこがしなやかに撓《たわ》み、どこが、その中に白鳥が捕われているかのように、羽ばたきの顫動《せんどう》を透かして見せるかを知っている。どこが喜びを愬《うった》え、どこが悲しみを愬えるかを知っている。知悉《ちしつ》しているものすべてが、おぼろに微光を放って、聡子の体を着物の上からも窺わせるのだが、今、心なしか聡子が袂《たもと》でいたわっている腹のあたりにだけは、彼のよくは知らぬものが芽生えている。十九歳の清顕には、子供というものへの想像力が欠けていた。それは暗い熱い血と肉にひしと包まれた形而上《けいじじょう》的な何かだった。

それにしても、清顕は、自分から聡子の内部へと通じる唯一《ゆいいつ》のものが、その子供という名の部分にわだかまり、やがてそれが無残に断たれて、二人の肉は又永遠の別々の肉になるという事態を、なす術《すべ》もなく見送っているほかはないのだ。「子供」はむしろ清顕自身だった。彼にはまだ何の力も具《そな》わっていなかった。みんなが愉《たの》しげに遊山《ゆさん》へゆくのに、罰に留守居をしていなくてはならない子供の、取残された心細さ、口惜しさ、淋《さび》しさの限りが彼の身を慄《ふる》わせた。

聡子は目をあげて、ホームに接する向うの窓のほうをうつろに見た。内部から投げかける影だけに占められたその目には、もはや自分の姿が映る余地のないことを、清顕はひしひしと感じた。

窓外に鋭い呼笛《よびこ》がひびいた。聡子は立上った。それがいかにも決然と、渾身《こんしん》の力で立上ったように清顕には見えた。伯爵夫人が、あわててその肱《ひじ》を取った。

「もう汽車が出るわ。お降りにならないと」

と聡子は、うれしげにさえきこえる、やや上ずった声で言った。清顕は母と、旅先の注意や留守の注意など、どこの母子の間にも交わされるような、あわただしい会話をはじめることを余儀なくされた。清顕はそんなになめらかに芝居をやっていることのできる自分を訝《いぶ》かった。

ようやく彼は母と離れて、短かい別れの挨拶を伯爵夫人と交わし、いかにも軽い序《つい》での感じで、聡子に向って、

「じゃあ、気をつけて」

と言った。言葉にも軽い弾みを持たせ、その弾みを動作にも移して、聡子の肩に手を置こうと思えば置くこともできそうだった。しかし、彼の手は痺《しび》れたようになって動かなかった。そのとき正《まさ》しく清顕を見つめている聡子の目に出会ったからである。

その美しい大きな目はたしかに潤《うる》んでいたが、清顕がそれまで怖れていた涙はその潤

みから遠かった。涙は、生きたまま寸断されていた。溺《おぼ》れる人が救いを求めるように、まっしぐらに襲いかかって来るその目である。清顕は思わずひるんだ。聡子の長い美しい睫《まつげ》は、植物が苞《ほう》をひらくように、みな外側へ弾《はじ》け出て見えた。

「清様《きよさま》もお元気で。……ごきげんよう」

と聡子は端正な口調で一気に言った。

清顕は追われるように汽車を降りた。折しも腰に短剣を吊《つ》り五つ釦《ボタン》の黒い制服を着た駅長が、手をあげるのを合図にして、ふたたび車掌の吹き鳴らす呼笛がきこえた。

かたわらに立つ山田を憚《はばか》りながら、清顕は心に聡子の名を呼びつづけた。汽車が軽い身じろぎをして、目の前の糸巻の糸が解《ほど》けたように動きだした。聡子も、二人の夫人も、ついに姿を現わすことのなかった後尾の欄干が、たちまち遠ざかった。発車の勢いのよい煤煙《ばいえん》が残されて、ホームに逆流し、あたりには、荒《すさ》んだ匂《にお》いに充《み》ちた時ならぬ薄暮が立ちこめた。

四十三

一行が大阪へ着いた翌々日の朝、侯爵夫人は宿を一人で出て、最寄の郵便局へ行って電報を打った。手ずから電報を打つようにと、侯爵に固く言い含められていたからである。

生れてはじめて郵便局というところへ行った夫人は、一々戸惑いながら、お金を汚ないものと決めて手を触れることなしに先頃生涯を終った或《あ》る公爵夫人のことを思い浮べていた。良人《おっと》との間に取決めていた暗号の電報は、どうやら打てた。

「ゴアイサツ　ブジニ　スミマシタ」

夫人は肩の荷を下ろした気持というものを、如実《にょじつ》に味わったような気がした。すぐ宿へかえり、仕度を取り纏《まと》め、伯爵夫人に見送られて、大阪駅からひとり帰りの汽車に乗った。見送りのために、伯爵夫人は、一時、病院から、聡子のそばを脱け出してきたのである。

聡子はもとより偽名で、森博士の病院に入院していた。博士が二三日の安静を主張したからである。伯爵夫人はずっと附添っていたが、容態はまことによいのに、聡子がそれ以来一言も口をきかなくなったことに思い悩んだ。

入院はあくまで大事をとるための、懇《ねんご》ろな処置であったので、院長が退院を許したときは、聡子の体はすでに相当な運動にも耐えられる状態になっていた。悪阻《つわり》も止《や》み、身も心もかるがるとしている筈《はず》であるのに、聡子は頑《かたく》なに口をきかなかった。

かねての予定どおり、母子は月修寺へ暇乞《いとまご》いに行き、そこで一泊してから、東京へかえるのである。二人は十一月十八日の午《ひる》さがり、桜井線帯解《おびとけ》の駅に下り立った。まことに美しい小春日和《びより》で、黙っている娘を憚《はばか》りながらも、伯爵夫人の心は和んだ。

老尼《ろうに》を煩《わずら》わさぬために、着く時刻は知らせてなかったので、駅の人にたのんで俥《くるま》を呼んでもらったが、俥はなかなか来なかった。待つあいだ、夫人は何を見るにつけても物めずらしく、娘は一等待合室に残して物思いに耽《ふけ》るに委《まか》せ、人気《ひとけ》のない駅の周辺をそぞろ歩いた。

すぐ目についた立札は、近くの帯解寺《おびとけでら》の案内であったが、

「日本最古安産求子祈願霊場。

文徳《もんとく》・清和両帝、染殿《そめどの》皇后勅願所。

帯解子安《こやす》地蔵、子安山帯解寺」

とある文字が、聡子の目にふれないでよかったとまず思った。俥が来たら、この立札が目にとまらぬように、停車場の軒深く俥を入れて聡子を乗せてやらねばならぬ。伯爵夫人にはその立札の文字が、うららかな十一月の空の光りに包まれた風景の只中《ただなか》に、思いがけず、一点にじんだ血の滴《しずく》のように思われた。

井戸を脇《わき》に控え、白壁に瓦《かわら》屋根の帯解駅は、威丈高な土蔵を持った築泥《ついじ》塀《べい》の旧家と相対していた。その土蔵の壁の白、築泥の白も、明るく映えているのに、しみ入る幻のように静かだった。

鼠《ねずみ》いろに照っている霜解けの道を歩き出すのは難儀だったが、線路ぞいに立ち並ぶ枯

木が、向うへゆくほど順々に高くなって、線路をこえる小さな陸橋にまで及び、その橋の袂《たもと》に、大そう美しい黄いろいものが見えるのに誘われて、夫人は裾《すそ》をからげて坂道をのぼった。

それは橋の袂に置かれた懸崖《けんがい》の小菊の鉢であった。それが橋詰のほのかに青い柳の下に、幾鉢もぞんざいに置いてある。陸橋と云《い》っても、馬の鞍《くら》ほどに小さな木橋で、その木の欄干に、弁慶縞《べんけいじま》の蒲団《ふとん》が干してある。蒲団は存分に日を吸って、今にもうごめき出しそうに膨れている。

橋の周辺には民家があって、襁褓《むつき》を干したり、赤い布を伸子《しんし》にしたりしている。軒につらねた干柿《ほしがき》は、まだ潤沢な、没日《いりひ》のような色をしている。そしてどこにも人影がない。伯爵夫人は道の奥からゆるゆると二台の黒い幌《ほろ》が近づいて来るのを見て、聡子を呼びにいそいで駅のほうへ駈《か》け戻った。

——あまりうららかだったので、二台の俥は幌を外して走った。二三の旅籠《はたご》のある町を抜けて、しばらく田の間の道をゆき、むこうの山々をひたすら目ざしてゆくと、その山ふところに月修寺があるのである。

道のべには二三の葉をのこすだけの、たわわに実った柿の木があり、田という田は、迷路のように懸けつらねた稲架《はざ》に賑《にぎ》わっていた。先行の夫人は、ときどき娘の俥をふりかえった。ショールを膝《ひざ》に畳んで、項《うなじ》をめぐらして、周囲の景色に気をとられている聡子の様子を眺めて、少し安心した。

山道にかかるほどに、俥は人の歩みよりも遅くなった。二人の車夫はいずれも老人で、足もとが覚束《おぼつか》なげに見える。しかし急ぎの用事は何もないから、却《かえ》って景色がよく眺められていいと夫人は考えた。

月修寺の石の門柱が近づいたが、門内にはゆるやかに昇ってゆく坂道と、一面の白い芒《すすき》の穂を透かして見える仄青《ほのあお》い空と、低い山なみの遠望のほかには、何もない。

「ここからお寺までの眺めをよう覚えておおき。私共は来ようと思えばいつでも来られるが、お前は遠出もままならぬ身分におなりなのだから」

と、とうとう俥を止めて汗を拭《ふ》いている車夫の対話を越えて、夫人は娘へ呼びかけた。聡子は答の代りに、ものうげな微笑をうかべて、軽くうなずいた。

俥は動き出したが、坂道でもあり、そのゆるやかなことは前にまさっていた。しかし門内へ入って俄《にわ》かに木深《こぶか》くなるので、日ざしはもう汗ばむほどでもなくなっていた。

夫人の耳には、さっき俥が止ったとき、この季節に昼の虫のすだきがきこえたのが、まだ耳鳴りのようにかすかに残っていたが、やがてその目は、道の左方にいよいよ夥《おびただ》しくなる柿の実の鮮やかさに魅せられた。

つややかに日に照る柿は、一つの小枝にみのった一双の片方が、片方に漆のような影を宿していた。或る一本《ひともと》は、枝という枝に赤い粒を密集させ、それが花とちがって、のこる枯葉がかすかにゆらぐほかは風の力を寄せつけないので、夥しく空へ撒《ま》き散らされた柿の実は、そのまま堅固に鋲留《びょうど》めでもしたように、不動の青空へ嵌《は》め込まれてしまっていた。

「紅葉《もみじ》が目につきませんね。どうしてだろう」

と夫人は百舌《もず》のように声を張り上げて、うしろの車へ呼びかけたが、答はなかった。

道のべの草紅葉さえ乏しく、西の大根畑や東の竹藪《たけやぶ》の青さばかりが目立った。大根畑のひしめく緑の煩瑣《はんさ》な葉は、日を透かした影を重ねていた。やがて西側に沼を隔てる茶垣の一連《ひとつら》がはじまったが、赤い実をつけた美男葛《びなんかずら》がからまる垣の上から、大きな沼の澱《よど》みが見られた。ここをすぎると、道はたちまち暗み、立ちならぶ老杉《ろうさん》のかげへ入った。さしもあまねく照っていた日光も、下草の笹《ささ》にこぼれるばかりで、そのうちの一本秀《ひい》でた笹だけが輝やいていた。

俄かに冷気が身にしみたので、夫人はもう返事を期待せずに、うしろの俥へ、ショールを肩にかける仕草をしてみせた。もう一度ふりかえった夫人の目のはじに、ひるがえるショールの虹《にじ》が映った。口をきかぬながら、聡子の従順はよくわかった。

二台の俥が、黒塗りの門柱のあいだを通ったとき、道のまわりにはさすがに内苑《ないえん》の気配が濃くなって、夫人はここへ来てはじめて見る紅葉に嘆声をあげた。

黒門内に色づいているこの数本の紅葉は、敢《あえ》て艶《あで》やかとは云いかねるけれど、山深く凝った黒ずんだ紅《べに》が、何か浄化されきらない罪と謂《い》った印象を夫人に与えた。それが夫人の心に、突然、錐《きり》のような不安を刺した。うしろの聡子のことを考えていたのである。紅葉のうしろのかぼそい松や杉は空をおおうに足らず、木《こ》の間《ま》になおひろやかな空の背光を受けた紅葉は、さしのべた枝々を朝焼けの雲のように棚引かせていた。枝の下からふりあおぐ空は、黒ずんだ繊細なもみじ葉が、次から次へと葉端を接して、あたかも臙脂《えんじ》いろの笹縁《レエス》を透かして仰ぐ空のようだった。

つらなる敷石の奥に玄関の見える平唐門《ひらからもん》の前で、伯爵夫人と聡子は俥を下りた。

四十四

門跡《もんぜき》にお目にかかるのは、夫人も聡子も、去年の御上京の折以来、丁度一年ぶりのことで、門跡のほうでも今度の来訪を、どんなにたのしみにしておいでになったかということを、まず一老《いちろう》が話すうちに、二人が待つお十畳に、二老《じろう》に手をひかれて門跡がお出ましになった。

伯爵夫人がこのたびの聡子のお輿入《こしい》れの口上を申上げると、

「おめでとう。この次な、こなたへごあっしゃるときは、お寝殿へ成らっしゃるわけやなあ」

と門跡は仰言《おつしゃ》った。寺のお寝殿は宮家をお迎えする部屋である。

聡子はここへ伺ってからは、さすがに沈黙を守りとおすわけには行かず、言葉すくなに受け答えをしていたが、見ようによっては、憂《うれ》いはただ恥らいとも見えたであろう。もちろんつつしみ深い門跡は、それについて怪訝《けげん》な顔さえなさらず、中庭に並べられたみごとな菊の鉢植を伯爵夫人がほめそやすと、

「村の菊作りがな、毎年こうして持って参じて、講釈をやかまし言いやすけれど」

と言われて、一老に、菊作りの言葉をそのまま、これは紅《くれな》いの一文字菊の一本作り手綱植え、これは黄の管物菊《くだものぎく》の一本作り手綱植え、などと説明をおさせになった。

やがて門跡はみずから、二人を書院へ伴われ、

「今年の紅葉は遅そもじでなあ」

と仰言りながら、一老に障子を開け放たせ、枯れそめた芝と築山《つきやま》の美しいお庭を示された。数本の大紅葉が、いずれも頂きだけを赤く染めて、下枝《しずえ》へ移るに従って、杏子色《あんずいろ》に、黄に、淡緑に薄れてゆき、その頂上の赤も、凝結した血のように黒ずんだ赤であった。山茶花《さざんか》がすでに咲き初《そ》め、庭の一角に、なめらかな枝をくねらせた百日紅《さるすべり》の枯枝の光沢《つや》が、却《かえ》って艶《あで》やかに見えた。

又、お十畳に戻って、門跡と夫人が、よもやまのお話をしているうちに、短日《たんじつ》は暮れ

た。

夕食には結構なお祝いの膳《ぜん》が出て、めでたい赤のお飯《ばん》も供され、一老や二老がいろいろおもてなしに努めたけれども、座は一向に浮き立たなかった。

「今日は御所では『お火たき』や」

と門跡が言われたので、一老が、かつて御所勤めのころに見聞したその宮中行事の、火を高く焚《た》いた火鉢を央《なか》にして、命婦《みょうぶ》がとなえる呪文《じゅもん》を覚えていて、まねて見せた。

それは十一月十八日に行われる古い行事で、主上のおん前で、天井に届くほど火鉢に高く火を焚いて、白の袿袴《けいこ》の命婦がこう唱えるのである。

「焚ァき、焚ァき、お火焚きのう、御霊《ごりょう》どんのう、お火焚きのう、蜜柑《みかん》、饅頭《まんじゅう》、欲しやのう……」

そして火に投じた蜜柑や饅頭が程よく焼けたのを主上へ奉る《たてまつ》のだが、こういう秘事のまね事はいかにも不謹慎と思われるのに、座を賑《にぎ》わそうとする一老の心を思いやられたのであろう、門跡のお咎《とが》めはなかった。

——月修寺の夜は早く、五時にはすでに門を閉めた。薬石《やくせき》がおわってしばらくのち、一同はそれぞれ寝所へ引取り、綾倉母子は客殿に案内された。母子はあしたの午後までゆっくり名残を惜しみ、明晩の夜行で東京へかえる筈《はず》であった。

母子二人になると、夫人は、あまりに憂いの勝った今日一日の聡子の非礼に、一言注意を与えようと思ったけれども、大阪のつづきの聡子の気持も推し量られて、差控えたまま床に入った。

月修寺の客殿の障子は闇《やみ》の中にも粛然と白く、十一月の夜の冷気に紙の繊維も一筋ごとに霜を漉《す》き込んだように見え、紙細工の引手の、十六弁の菊と雲を白く透かしたのをありありと泛《うか》べていた。六つの菊が桔梗《ききょう》をとり巻いた、柱の釘隠《くぎかく》しは、闇の高みの要所要所を引き締めていた。風のない晩であるから、松風もきこえはせぬが、外には深い山林のたたずまいが色濃く感じられた。

夫人は、ともあれ、自分にとっても娘にとっても辛《つら》い務めがのこらず終り、これからは徐《おもむ》ろな平安が来るという思いにただ心をつないで、傍らで眠りがてにしている娘の気配を感じながらも、ほどなく眠りに落ちた。

夫人が目をさましたとき、傍らには娘の影がない。寝間着も床の上にきちんと畳まれているのが、暁闇《ぎょうあん》のうちの手さぐりでそれとわかった。一旦《たん》は心がさわいだが、手水《ちょうず》にでも立ったのだろうと考えて、一先《ひとま》ず待った。そのうちに、又急に痺《しび》れたように胸が冷えて、手水へ行ってみたが、いなかった。まだ人の起きてくる様子はなく、空は藍色《あいいろ》におぼめいていた。

そのとき遠くお清所《きよどころ》で物音がしたので、そこへ行くと、早起きのお次《つぎ》の者が、夫人の姿を見てあわてて膝《ひざ》まずいた。

「聡子を見ませんでしたか」

と夫人は訊《き》いた。お次の者はおそれおののいて、ひたすら首を振るばかりで、案内を一切拒んだ。

夫人はあてどもなく寺の廊下をゆき、たまたま起きてきた二老に事の次第を打明けた。二老は仰天して、案内に立った。

渡り廊下のはての本堂のうちに、蠟燭《ろうそく》のゆらめきが遠く映った。こんなに早くお勤めをしている人があるべきではない。花車《はなぐるま》の模様の絵蠟燭が二つ点ぜられ、仏前に聡子が坐《すわ》っていた。夫人にはそのうしろ姿が全く見覚えがないような感じがしたが、聡子は髪を自ら切っていた。その切った髪を経机に供え、数珠《じゅず》を手にして、一心に祈っていたのである。

夫人は娘が生きていることにはじめてほっとした。そして一瞬前まで、娘が決して生きてはいまいと確信していたことに、あらためて気がついた。

「お髪《ぐし》を下ろしたのね」

と夫人は、娘の体を搔《か》き抱くようにして言った。

「お母《たあ》さん、他に仕様はございませんでした」

とはじめて母へ目を向けて聡子は言ったが、その瞳《ひとみ》には小さく蠟燭の焰《ほのお》が揺れているのに、その目の白いところには、暁の白光がすでに映っていた。夫人は娘の目の中から射《さ》し出たこのような怖《おそ》ろしい曙《あけぼの》を見たことはない。聡子が指にからませている水晶の数珠の一顆《か》一顆も、聡子の目の裡《うち》と同じ白みゆく光りを宿し、これらの、意志の極みに意志を喪《うしな》ったような幾多のすずしい顆粒の一つ一つから、一せいに曙《さが》がにじみ出していた。

——二老は事の顚末《てんまつ》をいそいで一老に告げ、二老の役目が終って退ると、一老は綾倉母子を伴って、門跡の寝所の前へゆき、襖《ふすま》の外から声をかけた。

「御前《ごぜん》、御起床《おひなり》であらっしゃいますか」

「はい」

「お許し遊ばして」

襖をあけると、門跡は褥《しとね》の上に端座していた。伯爵夫人がつかえつかえ言った。

「実は聡子が、只今《ただいま》、御本堂で、われから髪を下ろしておりまして……」

門跡は襖の外を透かし見て、聡子の変り果てた形容《かたち》に目をとめたが、いささかの愕《おどろ》きの色も浮べずにこう言われた。

「やっぱしなあ。そういうことやろと思ておりました」——ややあって、思いついたように、これにはいろいろ事情もあろうから、聡子だけ一人ここに残って、心ゆくばかり話してゆくように、伯爵夫人も遠慮していただいたほうがよかろう、と仰言ったので、お言葉どおり、夫人と一老は退り、聡子だけがお部屋に残った。

——このあいだ、取り残された伯爵夫人のお相手を、一老がつとめていたが、夫人は朝食にも手をつけず、その心労のほどが察せられるので、一老は夫人の気を紛らせようにも、どういう話題を選んでよいのか困った。ずいぶん時が過ぎて、門跡のお呼びがあった。そこで、自分の娘を前にして、夫人は門跡から思いもかけぬお話を承った。聡子の遁世《とんせい》の志は明らかであるから、月修寺の御附弟《ごふてい》に聡子を迎え入れたいというお話なのである。

先程から夫人がひとりで考えていたことは、さまざまな弥縫策《びほうさく》に尽きていた。聡子がよくよくの決心をしたことは疑いがないが、髪が元へ戻るには数ヶ月から半年もかかろうから、剃髪《ていはつ》さえ思い止《とど》まらせれば、その数ヶ月を、何とか旅先の発病という風に繕って、納采《のうさい》も先へのばしていただき、かたがた、伯爵や松枝侯爵の説得の力を借りて、聡子の飜意《ほんい》を促すことができるかもしれない。この気持は、門跡のお言葉を伺っても、衰えるどころか、ますます熾《さか》んになった。ふつう御附弟になるには、一年間の修行の期間があって、そのあとの得度式ではじめて剃髪となる手順を踏むのであるから、いずれにしても、すべては聡子の髪の伸び具合にかかっている。もし聡子の飜意が早ければ、……夫人の心にみごとな奇想が湧《わ》いた。巧《うま》く行けば、精巧な鬘《かつら》で納采の時期を凌《しの》ぐことさえできるかもしれないのだ。

夫人は一先ず聡子をここに残して、一刻も早く帰京して、善後策を講ずるに如《し》くはない、といちはやく心を固めた。そこで門跡にはこう挨拶《あいさつ》した。

「お言葉ではございますが、旅先で急に起ったことでございますし、宮家にも累《るい》の及ぶことでございますから、すぐ東京へかえりまして、主人と相談の上、出直してまいりたいと存じますが、いかがでございましょうか。その間、聡子の身柄はお預かり下さいますように」

聡子は母のこんな口上にも眉《まゆ》一つ動かさなかった。夫人はもうわが子と口をきくのさえ憚《はばか》られるような心地がした。

四十五

これほどの変事を、帰宅した夫人からきいた綾倉伯爵は、一週間もなすことなく遷延《せんえん》して、松枝侯爵を怒らすことになったのである。

松枝家では、聡子はとっくに帰宅して、宮家への帰京の言上も、早速すましているものと思い込んでいた。これは侯爵にも似合わぬ手抜かりだったが、侯爵夫人の帰京とその報告によって、水も洩《も》らさぬ計画が成し遂げられたことを知った侯爵は、その後の成行については楽観し切っていたのである。

綾倉伯爵はただ放心していた。破局というものを信じるのはいくらか下品な趣味だと考えられたから、そんなものは信じなかった。破局の代りに仮睡《まどろみ》というものがあるのだ。

だらだら坂が未来のほうへ無限に下りてゆくのが見えていても、鞠《まり》にとっては転落が常態で、おどろくべきことは何もなかった。怒ったり悲しんだりするのは、何かの情熱を持つことと同様に、洗煉《せんれん》に飢えている心が犯す過誤のようなものだ。そうして伯爵は、決して洗煉になぞ飢えてはいなかった。

ただ引延ばすことだ。時の微妙な蜜《みつ》のしたたりの恵みを受けるのは、あらゆる決断というものにひそむ野卑を受け容《い》れるよりもましだった。どんな重大事でも放置しておけば、その放置しておくことから利害が生れ、誰かがこちらの味方に立つのである。これが伯爵の政治学であった。

そういう良人《おっと》のかたわらにいると、夫人も亦《また》、月修寺で感じた不安が一日一日薄らぐのを覚えた。こんな際、蓼科が家にいず、何かと妄動をしないのは幸いである。蓼科は病後の身を養うために、伯爵の心づかいで、ずっと湯河原へ湯治に行っていた。

一週間目に侯爵から問合せがあり、さすがの伯爵もそれ以上隠し了《おお》せているわけには行かなくなった。電話口で、実はまだ聡子は帰宅していない、と告げられた松枝侯爵は、一瞬声を絶った。侯爵の胸にはこのときあらゆる不吉な予測が群がった。

侯爵は夫人を伴って、早速綾倉家を訪れた。はじめ伯爵は、曖昧《あいまい》をきわめた返事をしていた。ついに真相を知ると、松枝侯爵は、激怒して、卓を拳《こぶし》で撃った。

——十畳の和室を不恰好《ぶかっこう》に改造した綾倉家のただ一間《ひとま》の洋間で、二組の夫婦は、永い附合にも一度も見せなかった裸の顔をさらしていた。

とはいうものの、夫人同士は顔をそむけ合って、自分の良人のほうばかりを盗み見ている。男同士が相対しているのだが、伯爵のほうはうつむきがちで、卓布へかけている手も雛《ひな》の手のように白く小さいのに、侯爵はその裏にしっかりした精力の裏打を欠いているとはいいながら、怒った癇筋《かんすじ》が眉間《みけん》に逆立った大癋見《おおべしみ》の面《おもて》を思わせる逞《たくま》しい赤ら顔である。夫人たちの目にも、とても伯爵のほうに勝目がありそうには思われない。

事実、はじめ怒鳴り散らしていたのは侯爵のほうだったが、怒鳴っているうちに、さすがに侯爵は、何から何まで強い立場の自分が威丈高になっている間《ま》の悪さを感じていた。目の前にいる相手ほど、衰えた弱小な敵はなかった。顔色もわるく、黄ばんだ象牙《ぞうげ》を彫り込んだような、薄い稜角《りょうかく》の整った顔立ちが、悲しみとも困惑ともつかぬものを浮べて黙り込んでいる。伏目がちな目は、深い二重瞼《ふたえまぶた》が、一そうその目の陥没と寂寥《せきりょう》を際《きわ》立《だ》たせ、侯爵は今さらながらそれを女の目だと思った。

伯爵の、だるそうな、不本意げな、身を斜《はす》かいに椅子《いす》に掛けた風情《ふぜい》には、侯爵の血統のどこにも見当らぬ、あの古いなよやかな優雅が、もっとも傷つけられたすがたでありありと透かし見られた。それは何か、汚れ果てた白い羽根の鳥の亡骸《なきがら》のようだった。啼《な》き声は佳《よ》かったかもしれないが、肉も美味ではなく、所詮喰《しょせんた》べられない鳥の。

「嘆かわしいことです。情ない事態です。お上に対して、国家に対して、顔向けのならないことになってしまった」

と侯爵は、しゃにむに巨大な言葉を並べて怒りをつないだが、その怒りの綱が、危うく切れそうになっているのを感じてもいた。決して論理を持たず、決して行動を起さないこの伯爵に対する怒りは徒爾《とじ》だった。そればかりではない。侯爵は怒れば怒るほど、その激情が自分にはねかえって来るほかはないことを徐々に発見していた。

それをはじめから伯爵が企《たく》らんだものとはまさか思えない。しかし伯爵は動かずにいて、どんな怖《おそ》ろしい破局に立ち至ろうと、それをそっくり相手のせいにしてしまえる立場を、守りつづけて来たのはたしかなことに思われる。

そもそも息子に文雅の教育を授けてくれるように頼み込んだのは侯爵自身である。今度の禍《わざわい》の端緒をなしたのは清顕の肉体にちがいないが、それもそもそもは清顕の精神が幼時から綾倉家に毒されていたからと云《い》えるにしても、その毒される原因を作った大本《おおもと》は、侯爵自身である。今も又、土壇場《どたんば》でこうなることを予見せずに、強《し》いて聡子を関西へ送ったのも侯爵自身である。……こうしてみると、侯爵の怒りはすべて侯爵自身へ返って来ざるをえぬ仕組になっている。

おしまいに侯爵は、不安にかられながら、疲れ果てて黙ってしまった。

部屋の四人の沈黙は、永くつづいてあたかも行《ぎょう》のようになった。白昼の鶏鳴が裏庭からひびいてくる。窓の外には初冬の松が、風が吹くたびに、神経質な針葉の光りを揺らしている。この応接間の只《ただ》ならぬ気配を察してか、家じゅうに人の立てる物音は一つもない。

とうとう綾倉夫人が口を切った。

「私の不行届きからこんなことになりまして、松枝さんにもお詫《わ》びの申上げようもございません。こうなりました上は、一日も早く聡子を翻意《ほんい》いたさせまして、納采《のうさい》もそのままお進めいただいたほうがよろしいかと存じます」

「髪はどうなさる」

と松枝侯爵はすぐ切り返した。

「その点は、いそいでよい鬘《かつら》でも誂《あつら》えまして、世間の目を繕うてゆきますうちに……」

「鬘か。それは気がつかなかった」

皆まで言わせぬうちに、侯爵はやや甲高い喜びの声をあげた。

「なるほどそれは気がつきませんでした」

と侯爵夫人はすかさず良人に追随した。

それから侯爵の乗気にみんなが乗って、鬘の話でもちきりになった。客間にははじめて笑い声が起り、四人は争って、投げ与えられたこの小さな肉片のような妙案にとびついた。

しかし四人が同じ度合で、この妙案を信じているわけではなかった。少くとも綾倉伯爵は、そんなものの効用を露ほども信じていなかった。信じていない点では、松枝侯爵も同様だったかもしれないが、侯爵のほうは、威風を以《もっ》て信じているふりをすることができた。そこで伯爵もいそいでその威風に倣《なら》った。

「若宮さんもまさか聡子の髪にはお触りになるまい。よしんば多少不審に思われても」

と侯爵は笑いながら、不自然に声をひそめて言った。

一時的にも、四人はこの虚偽を取り囲んで仲良しになった。この場に一等必要であったものは、こんな形のある虚偽であったと今にしてわかった。聡子の心は誰の念頭にもなく、聡子の髪だけが国事に関わっていた。

松枝侯爵の先代は、あのようなおそるべき膂力《りょりょく》と情熱で、明治政府を打ち樹《た》てることに貢献したが、そうして獲た侯爵家の名誉が、今や一個の女の鬘に関わっていることを知ったら、どんなに落胆したろう。そういう微妙で陰湿な手品は、松枝家のお家の芸ではなかった。それはむしろ綾倉家のものだった。綾倉家の持っている優雅と美の死んだいつわりの特質に心を奪われたばかりに、今、松枝家は否応《いやおう》なしにその片棒を担《かつ》がされる羽目になったのである。

それにしてもそれは、まだここには存在していない鬘、聡子の意志に関わりなく夢みられた鬘にすぎなかった。が、もし首尾よく鬘をそこへ嵌《は》め込むことができれば、一度ばらばらにされた嵌絵は、何の隙間《すきま》もない玲瓏《れいろう》たる完成を迎えることができた。そこですべては鬘一つに懸っているように思われ、侯爵はこの想念に熱中した。

みんなはこの見えない鬘について論じ合って我を忘れた。納采のためにはおすべらかしの鬘が、ふだん用には束髪の鬘が要るであろう。どこに人目があるか知れないから、入浴中といえども聡子はそれを外してはならない。

一人一人が心のうちに、聡子がもはや冠《かぶ》ることに決っている鬘の、本物の髪よりもさらにつややかで流麗な、射干玉《ぬばたま》のような髪のすがたを思い描いた。それは無理強いに授けられる王権だった。宙に泛《うか》んでいる黒い結い上げた髪のうつろな形と、そのあでやかな光沢。昼の光りの只中に泛んだ夜の精髄。……その下にあるべき顔を、美しい一つの悲しんだ顔を嵌め込むことがいかに難事であるか、四人は誰しも考えぬではなかったが、つとめて考えないようにしていた。

「今度はぜひ伯爵御自身が、きっぱりした御態度で、説得に行っていただきたい。奥方ももう一度御足労ねがうとして、妻《さい》ももう一度お供をさせます。本当は私も行かねばならぬところだが……」と侯爵は体面にこだわって言った。「私まで行っては世間が何事かと思うだろう。私は行きますまい。今度の旅はすべて極秘にしていただいて、妻《さい》の不在も、世間へは病気という風に言い繕いましょう。そして私は東京で手をまわして、何とか秘密裡《ひみつり》に精巧な鬘を作る腕のよい職人を探し当てましょう。もし新聞記者にでも嗅《か》ぎつけられたら、大へんなことになるが、その点は私にお委《まか》せ下さい」

四十六

清顕は再び母が旅仕度をするのに愕《おどろ》いたが、母は行先も用事も言わず、ただ他言を禁じて旅立った。清顕は聡子の周辺に只《ただ》ならぬ事の起っている気配を感じたが、身辺はたえず山田に見張られていて、何一つ思うに委《まか》せなかった。

綾倉夫妻と松枝夫人は、月修寺へ行って、おどろくべき事態にぶつかった。聡子はすでに剃髪《ていはつ》していたのである。

——かくも急な落飾には以下のような経緯があった。

あの朝、聡子からすべてを聴かれたとき、門跡《もんぜき》は聡子を得度させるほかには道がないことを即座にさとられた。宮門跡の伝統のある寺を預る身として、何よりお上を大切に思われる門跡は、こうして一時的にはお上に逆らうような成行になっても、それ以外にお上をお護《まも》りする法はないと思い定め、聡子を強《た》って御附弟《ごふてい》に申し受けたのである。

お上をあざむき奉《たてまつ》るような企てを知って、それを放置することは門跡にはできなかった。美々しく飾り立てられた不忠を知って、それを看過することはできなかった。

こうして、ふだんはあれほどつつしみ深くなよやかな老門跡が、威武も屈することのできない覚悟を固められた。現世のすべてを敵に廻し、お上の神聖を默ってお護りするために、お上の命《めい》にさえ逆らう決心をされたのである。

この門跡の決意を目《ま》のあたりに見た聡子は、いよいよ世を捨てる誓いを新たにした。ずっと考えてきたことではあるが、ここまで門跡が聡子の本願を叶《かな》えて下さるとは思っていなかった。聡子は仏に遭った。その志の固さを、門跡も亦《また》、鶴《つる》のような一目で見抜かれたのだ。

得度式までは一年の修行の期間を置くべきであるが、ここにいたって、落飾を早めようという考えは門跡も聡子も同じであった。しかしさすがに門跡は、綾倉夫人が戻る前にそうしようとは考えておられなかった。その門跡のお心の中には、せめて残る髪への名残を清顕に惜しませてやろうというお気持があった。

聡子は急いでいた。毎日、子供が菓子をねだるように、剃髪をせがんだ。とうとう門跡も折れて、こう仰言《おつしや》った。

「剃髪《おたれ》を上げたらな、もう清顕さんには会えへんが、それでよろしいか」

「はい」

「もうこの世では会わんと決めたら、そのときに御髪《おぐし》を剃《た》れて進ぜるが、後悔しやしたら悪いさかいに」

「後悔はいたしません。この世ではもうあの人とは、二度と会いません。お別れも存分にしてまいりました。ですから、どうぞ……」

と聡子は清い、ゆるぎのない声で言った。

「ほんまによろしいな。ほな、あすの朝、お髪《ぐし》を剃《た》れ上げましょう」

と門跡はさらに一日の余裕を置いた。

綾倉夫人は戻らなかった。

こういう間にも、聡子は自ら進んで、寺の修行の生活に身を涵《ひた》していた。

そもそも法相宗《ほっそうしゅう》は教学的な、行よりも学を重んずる宗派で、とりわけ国家の祈願寺としての性格が強く、檀家《だんか》もとらない。門跡が時折冗談のように、「法相には『ありがたい』ということも何もあらへん」と言われるように、ただ弥陀《みだ》の本願を恃《たの》む浄土宗が興《おこ》るまでは、「ありがたい」という随喜の涙はなかった。

又、大乗仏教には本来戒律らしい戒律もなく、寺内の掟《おきて》に小乗戒を援用するくらいであったが、尼寺では、梵網経《ぼんもうきょう》の菩薩戒《ぼさつかい》、すなわち、殺生戒《せっしょうかい》、盗戒、婬戒《いんかい》、妄語戒にはじまって破法戒におわる四十八戒を一応の戒律としていた。

むしろきびしいのは、戒律よりも修行であって、聡子はこの数日で、早くも、法相宗の根本法典である唯識三十頌《ゆいしきさんじゅうじゅ》と般若心経《はんにゃしんぎょう》を諳《そら》んじていた。朝は夙《はや》く起きて、門跡のお勤めの前に、御堂《みどう》のお掃除をし、お勤めについてお経を習った。すでに客分としてのもてなしを捨て、門跡から指導を委《ゆだ》ねられた一老《いちろう》は、人が変ったようにきびしくなった。

得度式の朝、聡子は身を清めて墨染の衣を着、御堂で数珠《じゅず》を手に合掌していた。門跡がまず剃刀《かみそり》で一剃《そ》りされたあとを、一老が手馴《てな》れた剃り方で剃りつづけるあいだ、門跡は般若心経をお唱えになり、二老《じろう》はこれに和した。

「観自在菩薩。

行深《ぎょうじん》般若波羅《はら》蜜多《みた》時。

照見五蘊《うん》皆空。

度一切苦厄。……」

聡子も和して目を閉じているあいだ、徐々に肉の船の底荷は取去られ、錨《いかり》は放たれて、この重い豊かな読誦《とくしょう》の声の波に乗って、漂いだすような心地がした。

聡子は目を閉じつづけている。朝の御堂の冷たさは氷室《ひむろ》のようである。自分は漂ってゆくが、自分の身のまわりには清らかな氷が張りつめている。たちまち庭の百舌《もず》がけたたましく啼《な》き、この氷には稲妻のような亀裂《きれつ》が走ったが、次には又その亀裂は合して、無瑕《むか》になった。

剃刀は聡子の頭を綿密に動いている。ある時は、小動物の鋭い小さな白い門歯が齧《かじ》るように、ある時はのどかな草食獣のおとなしい臼歯《きゅうし》の咀嚼《そしゃく》のように。

髪の一束一束が落ちるにつれ、頭部には聡子が生れてこのかた一度も知らない澄みやかな冷たさがしみ入った。自分と宇宙との間を隔てていたあの熱い、煩悩《ぼんのう》の鬱気《うつき》に充《み》ちた黒髪が剃り取られるにつれて、頭蓋《ずがい》のまわりには、誰も指一つ触れたことのない、新鮮で冷たい清浄《しょうじょう》の世界がひらけた。剃られた肌がひろがり、あたかも薄荷《はっか》を塗ったような鋭い寒さの部分がひろがるほどに。

頭の冷気は、たとえば月のような死んだ天体の肌が、じかに宇宙の灝気《こうき》に接している感じはこうもあろうかと思われた。髪は現世そのもののように、次々と頽落《たいらく》した。頽落して無限に遠くなった。

髪は何ものかにとっての収穫《とりいれ》だった。むせるような夏の光りを、いっぱいその中に含んでいた黒髪は、刈り取られて聡子の外側へ落ちた。しかしそれは無駄な収穫だった。かつてあれほど艶《つや》やかだった黒髪も、身から離れた刹那《せつな》に、醜い髪の骸《むくろ》になったからだ。かつて彼女の肉に属し、彼女の内部と美的な関わりがあったものが残らず外側へ捨て去られ、人間の体から手が落ち足が落ちてゆくように、聡子の現世は剝離《はくり》してゆく。……

青々とした頭になったとき、門跡はいとおしげにこう言われた。

「出家のあとの出家が大切や。今の覚悟には本当に感心申したわ。この上はな、心を澄ましてお修行したら、そなたはきっと、尼僧《にそう》の中の光りになるさかいに」

――以上がかくも急な剃髪の経緯であった。しかし綾倉夫妻も松枝夫人も、聡子のその転身におどろきながらも、まだ諦《あき》めてはいなかった。鬘《かつら》の余地は、なお残されていたからである。

四十七

訪れた三人のうち、綾倉伯爵はしじゅう温顔を湛《たた》えながら、ゆっくりと聡子や門跡《もんぜき》とも、さあらぬ世間話をして、一度も聡子の飜意《ほんい》を促すような口ぶりを示さなかった。毎日、松枝侯爵から、結果の如何《いかん》を問い合せる電報が届いた。しまいに綾倉夫人は泣いて聡子に頼んだけれども、甲斐《かい》がなかった。

三日目に、綾倉夫人と松枝夫人は、あとに残る伯爵ひとりを恃《たの》みにして、東京へかえった。伯爵夫人は心労のあまり、帰宅と同時に床に就いた。

伯爵一人はそれから一週間のあいだ、なすこともなく月修寺に滞在した。東京へかえるのが怖かったのである。

伯爵が一言も聡子の還俗《げんぞく》をすすめるようなことを言わないので、門跡もそのうち警戒を解いて、聡子と伯爵を二人きりにしておく暇をも与えた。しかし一老《いちろう》はそれとなく父子の様子を窺《うかが》っていた。

冬の日だまりの縁先に、父子はいつまでも黙って対座していた。枯枝のあいだにほのかな雲と青空が懸り、百日紅《さるすべり》の枝に鶲《ひたき》が来て、戛々《かつかつ》と啼《な》いた。

ずいぶん永いこと父子は黙っていた。やがて伯爵が、おもねるような微笑をにじませて、こう言った。

「おまえのおかげでお父《でえ》さんも、これからは世間へあまり顔出しができんようになるな」

「お恕《ゆる》しあそばして」

と聡子は感情をまじえずに、平らかに答えた。

「この庭にはいろいろ鳥が来るな」

としばらくして、又、伯爵が言った。

「はい。いろいろまいります」

「今朝も散歩に出てみたが、柿《かき》も鳥に啄《ついば》まれて、熟して、落ちるだけだ。拾う者もない」

「はい。そのようでございます」

「もうそろそろ雪が降るやろう」

と伯爵が言ったが、答はなかった。父子はまたそのまま、庭に目を遊ばせながら、黙っていた。

あくる朝、伯爵はとうとう発《た》った。何の収穫も得ずに帰ってきた伯爵を迎えた松枝侯爵は、もはや怒らなかった。

　この日はすでに十二月四日で、納采《のうさい》の儀までには一週間しかなかった。侯爵は秘密裡《ひみつり》に警視総監を邸《やしき》へ呼んだ。警察の力を借りて聡子を奪回しようと企てたのである。警視総監は奈良の警察へ極秘の指令を発したが、宮門跡の寺へ踏み込むについては宮《く》内省《ないしょう》との間に悶着《もんちゃく》を起すおそれがあり、年千円に充《み》たぬ金であっても御内帑《おないど》金《きん》の下りている寺に指一本触れるわけには行かなかった。そこで警視総監は非公式に自ら西下して、私服の腹心を従えて、月修寺を訪れた。一老の手を経て渡された名刺を見ても、門跡は眉《まゆ》一つ動かされなかった。

　茶を供され、一時間ほど門跡のお話を伺うと、警視総監はその威に押されて引き退《さが》った。

　松枝侯爵は打つべき手はすべて打った。しかし、すでに宮へ御辞退に伺うほかに道はないことをさとった。宮からはたびたび事務官が綾倉家へ遣わされて、綾倉家のふしぎな応対に困惑していた。

　松枝侯爵は綾倉伯爵を邸へ呼んで因果を含め、聡子を「強度の神経衰弱」とする国手の診断書を宮家へ持参し、このことを宮家と松枝・綾倉両家との間の極秘の事柄にすることによって、秘密を頒《わか》つことの信頼感から、父宮のお怒りを和らげようという策を授けた。そして世間へは、ごく思わせぶりに、宮家からの、理由の明らかでない突然の婚約破棄の申入れにより、聡子が世をはかなんで遁世《とんせい》したという風に噂《うわさ》を流せばよかった。こうして原因と結果を顚倒《てんとう》させることにより、片や宮家は、多少憎まれ役ではあるが面目と威光を保ち、片や綾倉家は、不名誉ではあるが世間の同情を買うことができるのである。

しかしこれをやりすぎてはいけない。やりすぎると、綾倉家へ同情が集まりすぎて、宮家としては、因《いわ》れのない世間の不人気に対して釈明の必要に迫られ、聡子の診断書を公表せざるをえなくなるからである。新聞記者などには、宮家側からの婚約破棄と、聡子の落飾とを、あらわに因果づけないようにすることが肝要で、ただその二つの事件を並べて、時間を先後させればよいのである。それでも新聞記者は真相を知りたがる。そのときは、いかにも辛《つら》そうに、因果関係をほのめかして見せ、但《ただ》しその点については筆を抑えてもらえばよいのだ。

こういう相談がまとまると、侯爵は早速小津《おづ》脳病院の小津博士に電話をかけ、至急松枝侯爵邸へ極秘裡に往診においでいただきたいと頼んだ。小津脳病院ではこういう貴顕の突然の申出にからまる秘密は、まことによく保たれていた。博士の到着ははなはだ遅れ、その間引き留めておかれた伯爵の面前で、もはや侯爵は苛立《いらだ》ちを隠さなかったが、この場合に限って迎えの車を出すわけにも行かないので、ひたすら待つほかはなかった。

到着した博士は、洋館の二階の小応接室へ通された。煖炉《だんろ》の火があかあかと焚《た》かれ、侯爵は自己紹介と伯爵の紹介をすませたのち、葉巻をすすめた。

「御病人はどちらに？」

と小津博士はたずねた。

侯爵と伯爵は顔を見合わせた。

「実はここにはおりません」

と侯爵は答えた。

会ったこともない病人の診断書をこの場で書け、と云《い》われたときに、小津博士は色を作《な》した。そのこと自体よりも博士を怒らせたのは、侯爵の目の中に、博士がきっとそれを書くだろうという予測が、ひらめいていているように思われたからである。

「何のために、こういう無礼な申し出をされるか。私を金で動くそこらの幇間《ほうかん》医者と一緒に考えておられるのか」

と博士は言った。

「私共は決して先生がそのような方だとは思っておりません」と侯爵は、葉巻を口から離して、しばらく部屋のなかを彷徨《ほうこう》して、煖炉の焰《ほのお》が肉づきのよい頬の慄《ふる》えを照らし出している博士の顔を遠くから眺めて、深く鎮《しず》めた声でこう言った。「その診断書は、大《おお》御心《みこころ》を安んじ奉《たてまつ》るために必要なのです」

――松枝侯爵は診断書を手に入れると、早速洞院宮《とういんのみや》の御都合を伺って、暮夜、御殿に参上した。

幸い若宮は、聯隊《れんたい》の演習にお出ましでお留守であった。特に治久王《はるひさおう》殿下にじきじきにお目通りをしたいと申し入れてあったので、妃殿下も席を外しておいでになった。

洞院宮はシャトオ・イケムをおすすめになり、御機嫌麗《うる》わしく、今年の松枝邸の花見の面白かったことなどをお話しになった。こうして御相対《ごあいたい》でお目にかかることは久々であるから、侯爵もまず、一九〇〇年のオリンピック競技の折のパリの昔話などを申上げ、例の「三鞭酒《シャンペン》の噴水のある家」のこと、そこでのさまざまな逸話をお話しして打ち興じた。この世には何の煩《わずら》いもないかのように思われた。

しかし、侯爵には、宮がその威風堂々たる御風采にもかかわらず、お心の内で不安と恐怖を以《もっ》て侯爵の言葉を待っておいでのことがよくわかっていた。宮は数日後に近づいた納采の儀について、何一つ御自分からは語り出そうとされなかった。その立派な半白のお髭《ひげ》は、日を受けた疎林《そりん》のように灯影を浴びて、お口もとを時々すぎる戸惑いの影を透かした。

「実は夜分こうして参上いたしましたのは」と侯爵は、あたかもそれまでのどかに飛んでいた小鳥が、一直線に巣箱へ飛び込むような身軽さで、わざと軽佻《けいちょう》に本題へ入った。「何と申上げてよいかわからぬ不祥事の御報告に参りましたのです。綾倉の娘が脳をわずらったのでございます」

「え？」

と洞院宮は愕《おどろ》きの目を瞠《みひら》かれた。

「綾倉も綾倉で、このことをひた隠しにいたしまして、私にも相談なく、聡子を尼にして世間体《せけんてい》をつくろうようなことをいたしながら、今日まで殿下に、内情をお打明けする勇気を持たなかったのでございます」

「何ということだ。この期《ご》に及んで」

宮は唇を深く嚙《か》まれ、お髭は唇の形のままに伏して、煖炉のほうへ伸ばされたお靴の尖《さき》をじっと見つめておいでになった。

「ここに小津博士の診断書がございます。何と一ト月も前の日附で、綾倉はこれを私にさえ隠していたのでございます。すべては私の目が届きませんことから起ったことで、何とお詫《わ》びを申上げてよいか……」

「病気とあれば仕方がないが、何故《なぜ》早くそう言ってくれなかったものだろう。関西への旅というのもそれだったのか。そういえば、挨拶《あいさつ》に来たときに顔色が勝《すぐ》れないのを、妃が心配しておった」

「脳の煩いで、この九月から、いろいろ奇矯な振舞があったということが、今になって私の耳に入りました」

「こうなれば致し方がない。明朝、早速、お詫び言上に参内しよう。お上は何と仰《おお》せられるか。その際、この診断書は御覧に入れなければなるまいが、借りられるだろうね」

と宮は仰言《おつしや》った。

宮が一言も若宮の治典王《はるのりおう》殿下のことを仰せ出されないところに、宮のお心の気高さが現われていた。侯爵は侯爵で、その間《かん》、宮の御表情の移りかわりに怠りなく目を注いでいた。一つの暗い波濤《はとう》が揺れて立ち、鎮まるかと見えて波は深く陥没して、又立上った。何分かののちに、侯爵はもう心を安んじてよいと思った。もっとも怖《おそ》れていた瞬間は過ぎ去った。

——その夜、侯爵は深更まで、妃殿下をまじえて善後策の御相談にあずかったのち、御殿を退出した。

あくる朝、宮が参内のお仕度をしておいでのときに、折悪《おりあ》しく若宮が演習からお帰りになった。宮は一室に若宮を伴われて、事情をお打ち明けになったが、その若い雄々しいお顔にはほんの少しの動揺も見られず、すべてを父宮へお委《まか》せする、と仰言ったばかりで、怨《うら》みはおろか、怒りの片鱗《へんりん》もお示しにならなかった。

徹夜の演習のお疲れで、父宮をお見送りになると匆々《そうそう》寝所へ籠《こも》られたが、さすがにお寐《やす》みになれない御様子を察して、妃殿下がお見舞いになった。

「昨晩、松枝侯爵がその報告に来たのですね」

と若宮は、徹夜に多少血走ってはおられるが常のごとく強いたじろがない眼をあげて、母宮に仰言った。

「そうです」

「私は何となく、ずっと以前、私が少尉《しょうい》のころに、宮中で起ったことを思い出しました。そのことは以前にお話し申上げましたね。私が参内したとき、廊下でたまたま、山県《やまがた》元帥《げんすい》に会いました。忘れもしませんが、表御座所の廊下でした。元帥は拝謁《はいえつ》を終って退出するところであったと思います。いつものように通常軍服の上に広襟《ひろえり》の外套《がいとう》を着て、軍帽を眼深《まぶか》にかぶって、両手をぞんざいにかくしへつっこんで、軍刀を引きずるようにして、あの暗い長い廊下を歩いて来ました。元帥は軍帽の庇《ひさし》の下から、あの決して笑わない鋭い目で私のほうをちらりと見ました。元帥が私を何者か知らなかったわけはありません。しかし元帥は、つと不機嫌に顔をそむけて、答礼もせずに、そのまま傲岸《ごうがん》な外套の肩を聳《そび》やかして、廊下を立去りました。

私はなぜか今、そのことを思い出していたのです」

――新聞は、「洞院宮家の御都合による」婚約破棄を報じ、従って世間があれほど慶祝の望みをかけていた納采の儀の取止《とりや》めを報じた。家の中で起っていることを一切知らされなかった清顕は、新聞ではじめてそれを知った。

四十八

このことが公《おおやけ》になってから、侯爵《こうしやく》家の清顕に対する監視はいよいよ厳しく、学校へも執事の山田がついて来て見張るようになった。事情を知らない学友は、この小学生のような御大層な通学に目を瞠《みは》った。しかも侯爵夫妻は、その後、清顕と顔を合わせても、事件について語ることが一切なかった。松枝家ではすべての人間が、何事も起らなかったかのように振舞っていた。

世間はさわいでいた。清顕は学習院の相当な家の息子でも、事の真相に少しも近づかず、人もあろうに清顕に向って、事件の感想を求めたりするのにおどろいた。

「世間じゃ綾倉家に同情しているようだけれど、僕は皇族の尊厳を傷つける事件だと思うね。聡子さんという人が頭がおかしいということは、あとからわかったというじゃないか。どうして前以《まえもつ》てわからなかったものだろう」

清顕が返答に迷っていると、本多がそばから助け舟を出してくれることがある。

「病気だったら、症状が出るまでわからないのは当り前じゃないか。よせよ、そんな女学生みたいな噂話《うわさばなし》は」

しかしこの種の「男らしさ」の仮装は、学習院では通じなかった。第一、こういう会話にそれらしい結論を下す消息通であるためには、本多の家柄は十分でなかった。「あれは僕の従妹《いとこ》でね」とか、「あれは僕の伯父の妾腹《しょうふく》の息子でね」とか、犯罪や醜聞に対して多少の血縁のあることを誇りつつ、同時にそれによって一向傷つけられない自分の高貴な無関心を誇りつつ、冷たい顔で、世間の有象無象の噂とはちがう内幕の一端を、ちらとほのめかすことができなければ、消息通の資格がなかった。この学校では十五、六の少年も、えてして、

「内府がそれについて頭を痛めていてね、ゆうべファーザーのところへ相談の電話をかけてきたよ」

とか、

「内務大臣が風邪と云《い》ってるのは、参内するとき、あわてて馬車の踏板を踏み外して捻《ねん》挫《ざ》したんだよ」

とかいう口をきくのであった。

しかし、ふしぎに今度の事件では、清顕の永年《ながねん》の秘密主義が功を奏したのであろう、彼と聡子との間柄について知る友もなく、又、松枝侯爵がどう関わっているかという事情に明るい者もなかった。ただ綾倉家の親戚《しんせき》に当る公家《くげ》華族はいた。彼はしきりに、美

しくて聡明《そうめい》な聡子が、頭がおかしいなどということはありえないと主張したが、これは却《かえ》って自分の血筋の擁護と受け取られて、冷笑を買った。

これらすべてのことは、もちろん清顕の心を不断に傷つけていた。が、聡子がその身に引受けた公の不名誉に比べれば、自分が人の指弾も受けずに私《ひそ》かに傷ついたとしても、いわば卑怯者《ひきょうもの》の悩みでしかなかった。学友がこの事件のこと、聡子のことを口にするたびに、彼は、折しも冬の深まる遠山《とおやま》の雪が、空気のきわめて澄んだ朝、二階の教室の窓から望まれるのにも似て、聡子が遠く高く衆目の前に、その輝やかしい潔白を黙って掲げている姿を見るように感じた。

遠い絶顚《ぜってん》に輝く白は清顕の目にだけ映り、清顕の心だけを射当てていた。彼女は、罪、不名誉、狂気を一身に引受けることによって、すでに潔《きよ》められていた。そして自分は？

清顕は時折大声で自分の罪を告白してまわりたい気持にかられることがあった。だが、そうしては聡子の折角の自己犠牲も無になるのだ。それを無にしても良心の重荷を取り払うのが本当の勇気か、虜囚に等しい今の生活に黙って耐えるのが正しい忍苦か、はっきり見分けをつけることは難かしかった。ただ、心にどれほどの苦悩を積んでも、何もせずにじっとしていることが、すなわち、父や一家の希望にも叶《かな》っているという事態は耐えがたかった。

無為と悲しみは、かつての清顕には、一等親しみ易《やす》い生活の元素であった筈《はず》だ。それをたのしみ、それに飽かず身を涵《ひた》していられる能力を、彼はどこで失《な》くしてきたのか？人の家へ傘を忘れてくるように無造作に。

今では清顕には、悲しみと無為に耐えるにも希望が要った。その気配もなかったので、自分で希望を作った。

『彼女の狂気という噂は、議論の余地もないほどのいつわりだ。そんなことは到底信じられない。それなら彼女の遁世《とんせい》と落飾も、ひょっとすると仮りの装《よそお》いにすぎないかもしれぬ。聡子はただ一時のがれに、宮家へのお輿入《こしい》れを避けるために、つまりは僕のために、こんな思い切った芝居を打ったのかもしれないのだ。それなら世間のさわぎが納まるまで場所こそ異《こと》にしておれ、二人が肚《はら》を合せて、水を打ったように静まり返っていればいいのだ。彼女が葉書一枚よこさないのも、その沈黙が、明らかにこのことを語っているからではないか』

聡子の性格を清顕が信じているなら、こんなことはありえないとすぐ気づくだろうに、もし聡子の勝気がかつての清顕の怯惰《きょうだ》が描いた幻にすぎぬとしたら、その後の聡子は彼の腕の中で融《と》けた雪なのだ。一つの真実ばかり見つめているうちに、ともすると清顕は、その真実を今までかつかつ成立たせて来たいつわりの永続を信じていた。そのとき彼は希望において欺瞞《ぎまん》に加担していた。

かくてこの希望には卑《いや》しげな影があった。彼が聡子を美しく思い描こうとすれば、そこには希望の余地がなかった筈だからである。

彼の硬い水晶の心を、われしらず、やさしさや憐憫《れんびん》の夕陽が染めかけていた。人にやさしさを与えたくなった。彼は周囲を見廻した。

甚だ古い家柄の侯爵の息子で、お化けと呼ばれている学生があった。癩病《らいびょう》だという噂だったが、癩病患者を通学させるわけもないから、何かほかの、伝染性のない病気だったにちがいない。髪は半ば脱け落ち、顔色は灰黒色で光沢がなく、背は曲り、教室でさえ特に許されて学帽を深く冠《かぶ》っているので、どんな目をしているのか見た人がなかった。しじゅうものの煮えるような音を立てて洟《はな》を啜《すす》り、誰とも口をきかず、休み時間というと本を抱えて校庭の外れの草地へ坐《すわ》りに行った。

もちろん清顕も、もともと科もちがうこの学生とは、全く口をきいたことがなかった。いわば清顕が在校生の中での美の総代なら、同じ侯爵の息子でありながら、彼は醜と影と陰惨を代表していた。

お化けがいつも坐りにゆく草地は、冬の日だまりに蒸れた枯草が温かいのに、誰しもそこを避けていた。清顕が近づいてそこに坐ると、お化けは本を閉じ身を固くして、いつでも逃げられるように腰を浮かした。沈黙のなかを柔らかい鎖を引きずるような洟を啜る音だけがしていた。

「いつも何を読んでるの」

と美しい侯爵の息子がたずねた。

「いや……」

と醜い侯爵の息子は本を引いて背後に隠したが、清顕はレオパルヂという名の背文字を目に留《と》めた。素早く隠すときに、表紙の金の箔捺《はくお》しは、一瞬、枯草のあいだに弱い金の反映を縫った。

お化けが話に乗って来ないので、清顕はやや離れたところへ体をずらせ、制服の羅紗《ラシャ》についてくる夥《おびただ》しい枯芝を払いもせずに、地面に片肱《かたひじ》を支えて足を伸ばした。すぐ向うには、居心地の悪そうな風にうずくまって、本をひろげかけて又閉めたりしているお化けの姿がある。清顕は自分の不幸の戯画をそこに見るような気がして、やさしさの代りに、軽い怒りを心に抱いた。温かい冬の日は押しつけがましい恵みに充《み》ちていた。そのとき、醜い侯爵の息子の姿態に、徐々にほぐれるような変化が起った。彼の屈した足はおそるおそる伸ばされ、清顕と反対の肱を支えて、頭のかしげ方、肩の聳《そび》やかし方、体の角度も清顕とそのままに、あたかも一対の狛犬《こまいぬ》のような形に納まったのである。目深《まぶか》な制帽の庇《ひさし》の下の唇は、別して笑っているようには見えないけれども、少くとも彼が諧謔《かいぎゃく》を試みていたのはたしかだった。

美しい侯爵の息子と、醜い侯爵の息子は対になった。清顕の気まぐれなやさしさや憐憫に対抗して、お化けは怒りも感謝も示さない代りに、正確な鏡像のような自意識のありたけを駆使して、とにかく対等の一つの形を描いてみせた。顔を見ずにいれば、制服の上着の蛇腹からズボンの裾《すそ》にいたるまで、二人は明るい枯芝の上に、みごとな対称をなしていた。

清顕の接近の試みに対して、これほど親しみに充ちた完全な拒絶はなかった。しかし清顕は、拒絶されることによって、これほどひたひたと漂い寄せるやさしさに接したこともなかった。

近くの弓道場から、いかにも冬の風の凝結を思わせる矢色の弦音《つるおと》や、それに比してゆるんだ太鼓のような的に当る矢音がきこえた。清顕は自分の心が鋭い白い矢羽根を失ってしまったのを感じた。

四十九

学校が冬休みに入ると、勉強家は早くも卒業試験の準備に手をつけだしたが、清顕は本に触るのもいやになった。

来年の春、学校を卒業して、夏の大学入学試験を受けるのは、本多のほかに級の三分の一ほどにすぎず、多くは無試験の特権を利して、東京帝大なら欠員の多い学科や、京都帝大や東北帝大へゆく筈《はず》だった。清顕も、父の意嚮《いこう》にかかわらず、無試験の道を選ぶであろう。京都帝大へ入れば、聡子のいる寺へはそれだけ近くなるのである。

　してみれば、さしあたり、彼は公明正大な無為に委《ゆだ》ねられていた。十二月のうちに雪が二度降って積ったが、彼は雪の朝も子供らしい快活さに溢《あふ》れることがなく、窓の帷《とばり》を引いて、中ノ島の雪景色を感興なく眺めて、いつまでも床《とこ》の中にいた。そうかと思うと、邸内の散歩にも目を光らす山田に仕返しをして、ことさら朔風《さくふう》の吹きすさぶ夜、足の不自由な山田に懐中電灯を持たせ、外套《がいとう》の襟《えり》に頤《あご》を埋めて、激しい歩調で紅葉山《もみじやま》へ駈《か》け上らんばかりにして登ることもあった。夜の森のざわめき、梟《ふくろう》の声、足もとの覚束《おぼつか》ない道を、炎のような足取で登ってゆくのは快かった。次の一歩《ひとあし》が、柔らかい生物《いきもの》のような闇《やみ》を踏んで、それを踏みつぶしそうに思われた。冬の星空は、紅葉山の頂きに闌干《らんかん》と展《ひら》けた。

　押し詰ったころ、飯沼の書いた文章の載っている新聞を、侯爵家へ届けてきた者があった。侯爵は飯沼の忘恩に激怒した。

　それは右翼団体の出している小部数の新聞で、侯爵によれば、恐喝同様の手口で上流社会の醜聞をあばくのを事にしている新聞であるが、飯沼が事前に金を貰《もら》いに来るほど身を落しているならば格別、そういう沙汰《さた》もなくてこんなことを書いたのは、公然たる挑発の忘恩行為だというのであった。

　文章はいかにも国士風で、「松枝侯爵の不忠不孝」という見出しがついていた。此度《このたび》の御縁組の中に立ったのは、実は松枝侯爵であるが、かりにも皇族の御婚姻が皇室典範に詳しく規定されているのは、万々一の場合の皇位継承の順位に関わりがあるからである。あとになってわかったとはいえ、頭のおかしい公家《くげ》の娘をお世話して、勅許までいただき、納采之儀《のうさいのぎ》寸前になって、事があらわれて瓦解《がかい》しても、侯爵自身は世間へ名前の出ないのをよいことに、恬然《てんぜん》として恥じないのは、大なる不忠であるのみならず、維新の元勲たる先代侯爵に対しても、不孝の極みである、と弾劾《だんがい》している。

父の激怒にもかかわらず、清顕はこれを読んだときに、まず、飯沼が署名入りで書いていること、清顕と聡子のいきさつを百も承知していながら、聡子の脳病を信じているようなふりをして書いていること、などに、くさぐさの疑問を抱き、今はどこに住んでいるかもわからぬ飯沼が、忘恩を犯してまで、ひそかに清顕に彼の所在を知らせ、ひたすら清顕に読ませるためにこれを書いたのではないか、という印象を持った。少くともこの一文は、清顕が父侯爵のようになってくれるな、という暗示的な教訓を含んでいるように思われた。

急に飯沼が懐《なつか》しくなった。あの不器用な情愛にふたたび接して、それを揶揄《やゆ》してやることが、今の自分にとって一等慰めになるような気がした。しかし父が怒っている最中に飯沼に会ったりすれば、ますます事を面倒にするばかりで、それを押して会おうとするほどの懐しさはなかった。

むしろ会い易《やす》いのは蓼科《たでしな》のほうかもしれないが、自殺未遂以来、清顕はこの老女に云《い》いしれぬ忌《いま》わしさを感じていた。遺書によって清顕を父へ売った以上、この女は自分が手引をして逢《あ》わせる人たちを、のこらず売って快とするような性格の持主にちがいなかった。咲いたあとで花弁を引きちぎるためにだけ、丹念に花を育てようとする人間のいることを、清顕は学んだ。

一方、父侯爵はほとんど息子と言葉を交わすこともなくなった。母もこれに追随して、息子をそっとしておくことだけしか考えていなかった。

怒っている侯爵は、実は怖《おそ》れていたのである。表門の請願巡査が一人増員され、裏門をも新たに二人の請願巡査が守った。が、その後侯爵家への脅迫やいやがらせもなく、飯沼の言説ももっと表立ったところへ波及することもなくて、その年も暮れた。

クリスマス・イヴには、家作の二軒の西洋人から招待状が来るならわしだった。どちらの招待に応じても片手落になるので、どちらへも出ず、その代り両家の子供たちへプレゼントを贈るのが侯爵家のとって来た態度であったが、今年清顕は何となく、西洋人の家庭の団欒《だんらん》の中で心を休めたい気持になって、母を介してたのんでみたが父はゆるさなかった。

その理由として、父は、片手落になるからとは言わず、借家人の招待に応じては、侯爵家の息子の品位が傷つけられる、という言い方をした。このことは暗に、父が清顕の品位の保ち方についてなお疑念を抱いていることを示していた。

年の暮の侯爵家は、大晦日《おおみそか》一日では片附かぬ大掃除を、毎日なしくずしに続けて多忙を極めた。清顕にはすることは何もない。ただこの年が終るという痛切な思いは胸を嚙《か》み、この年こそ、二度と還《かえ》らぬ生涯の絶頂の年だったという感懐が日ましに濃くなった。

人々の立ち働らいている邸《やしき》をあとにして、清顕はひとりで池へボートを漕《こ》ぎ出そうと思った。山田が追って来てお供を申し出たが、清顕は邪慳《じゃけん》に断わった。

枯蘆《かれあし》や敗荷《やれはす》を押し倒してボートを出そうとすると、数羽の野鴨《のがも》が翔《た》った。大袈裟《おおげさ》な羽《は》搏《ばた》きと共に一瞬晴れた冬空にくっきりと泛《うか》んだその小さな扁平《へんぺい》な腹が、少しも水に濡《ぬ》れない柔らかな羽毛の絹の照りを見せた。蘆のしげみの上を、その影は歪《ゆが》められて走った。

池のおもてに映る青空と雲の色は冷たかった。清顕はオールで攪《かきみだ》す水面が、鈍い重い波紋をひろげるのをふしぎに思った。その重い暗い水が語るようなものは、玻璃質《はりしつ》の冬の空気にも雲にもどこにもなかった。

彼はオールを憩《やす》め、母屋《おもや》の大広間のほうを見返った。そこに立ち働らく人々の姿が、遠い舞台の人のように眺められた。まだ氷りはしないが、鋭く尖《とが》った音になったように聴かれる滝は、中ノ島の向う側になって目には見えず、はるか紅葉山の北辺に、枯枝を透かして残る汚れた雪がはだらに見えた。

やがて清顕は、中ノ島の小さな入江の杭《くい》にボートをつなぎ、松の色褪《いろあ》せた頂きへ登って行った。三羽の鉄の鶴《つる》のうち、嘴《くちばし》を天へさしのべた二羽は、冬空へ向って鋭い鉄の矢尻《じり》を番《つが》えているかのようだった。

清顕はすぐ枯芝の温かい日だまりを見つけて、そこに仰向きに寝ころんだ。後頭部へ廻していれば誰の目にもつかず、完全無欠の一人きりになることができるのだ。そうした両手の指さきが、漕いだオールの冷たい痺《しび》れを宿しているのを感じると、突然、人前では見せないみじめな感慨のありたけが胸にひしめいてきた。彼は心に叫んだ。

『ああ……「僕の年」が過ぎてゆく！　過ぎてゆく！　一つの雲のうつろいと共に』

心の中で、今の自分の境涯に言葉の鞭打《むちう》ちを加えるように、次々と、無残な誇張を怖《おそ》れない言葉が湧《わ》き立った。それこそかつての清顕が一切自分に禁じていた言葉だった。

『すべてが辛《つら》く当る。僕はもう陶酔の道具を失《な》くしてしまった。物凄《ものすご》い明晰《めいせき》さ、爪先《つまさき》で弾《はじ》けば全天空が繊細な玻璃質の共鳴で応じるような、物凄い明晰さが、今世界を支配している。……しかも、寂寥《せきりよう》は熱い。何度も吹かなければ口へ入れられない熱い澱《よど》んだスープのように熱く、いつも僕の目の前に置かれている。その厚手の白いスープ皿の、蒲《ふ》団《とん》のような汚れた鈍感な厚味と来たら！　誰が僕のためにこんなスープを注文したのか？

僕は一人取り残されている。愛慾《あいよく》の渇き。運命への呪《のろ》い。はてしれない心の彷徨《ほうこう》。あてどない心の願望。……小さな自己陶酔。小さな自己弁護。小さな自己偽瞞《ぎまん》。……失われた時と、失われた物への、炎のように身を灼《や》く未練。年齢の空《むな》しい推移。青春の情ない閑日月。人生から何の結実も得ないこの憤ろしさ。……一人の部屋。一人の夜々。……世界と人間とからのこの絶望的な隔たり。……叫び。きかれない叫び。……外面の花やかさ。……空っぽの高貴。……

……それが僕だ！』

——彼は紅葉山の枯枝に集まる夥《おびただ》しい鴉《からす》が、音《ね》に立てずにはいられない欠伸《あくび》のような声を一せいに挙げて、お宮様のある緩丘のほうへ飛び移る羽搏きを頭上に聴いた。

五十

年が改まって間もなく、御歌会始の宮中行事があり、十五歳の年からの慣例に従って、綾倉伯爵が、むかし施した優雅の教育の年一度の名残として、清顕の拝観を誘うことになっていたが、まさか今年はその沙汰《さた》があるまいと思っていたのに、今度は宮内省《くないしょう》を通して参観の許可が下りた。伯爵は恥かしげもなく、今年も御歌所寄人《おうたどころよりゅうど》を勤めており、伯爵の口ききであることは明白だった。

松枝侯爵は息子から示されたその許可証と、四人の連名の寄人の中にある伯爵の名を見て眉《まゆ》をひそめた。彼は優雅のしぶとさと、優雅の厚顔を改めてありありと見た。

「例年のことだから、行くがいい。もし今年だけ行かなければ、家《うち》と綾倉家の間が不和になったように人からとられるし、本来、あの問題については、家と綾倉家との間には何の関わりもない建前なのだから」

と侯爵は言った。

清顕は例年のその儀式に馴染《なじ》み、たのしみにしてさえいた。その場におけるほど、伯爵が威風を添え、かつ、ふさわしく見えることはなかった。今ではそういう伯爵を見ることも苦痛にすぎまいが、清顕には、何か自分の中にも一度来て宿ったことのある歌の残骸《ざんがい》を、まざまざと眺め飽かしたい気持があった。そこへ行けば、聡子を偲《しの》ぶこともできると思ったのである。

清顕はすでに自分を、松枝家という岩乗《がんじよう》な一族の指に刺った「優雅の棘《とげ》」だとはさらさら考えなくなっていた。さりとて自分も亦《また》、その岩乗な指の一本に他ならぬと、思い直したわけではない。彼がかつてわが内に信じた優雅は涸《か》れ果て、魂は荒廃し、歌の原素となるような流麗な悲しみはどこにもなく、体内をただうつろな風が吹いていた。今ほど優雅からも遠く、美からさえ遠く隔たった自分を感じたことはなかった。

しかし、自分が本当に美しいものになるとはそのようなことだったかもしれない。こんなに何も感じられず、陶酔もなく、目の前にはっきりと見えている苦悩さえ、よもや自分の苦悩とは信じられず、痛みさえ現《うつつ》の痛みとも思われぬ。それは何よりも癩病人《らいびようにん》の症状と似通っていた、美しいものになるということは。

清顕は鏡を見る習慣を失っていたので、その顔に刻まれた憔悴《しょうすい》と憂《うれ》いが、いかにも「恋にやつれた若者」の絵姿を成していることに気づかなかった。

ある日、一人きりの夕食の食膳《しょくぜん》に、やや黒ずんだ洋紅の液体を充《み》たした小さな切子《きりこ》硝子《ガラス》のグラスが出た。給仕の婢《はしため》に何かと訊《き》くのも面倒だったので、清顕は葡萄酒《ぶどうしゅ》だろうと見当をつけて一気に呑《の》み干した。すると舌に異様な感触が残り、暗く滑らかな後味が尾を引いた。

「何だ」

「鼈《すっぽん》の活血《いきち》でございます」と婢は答えた。「御たずねがないかぎり、こちらから申上げてはいけないと、言いつかってまいりました。コックが、若様に元気をおつけするのだ、と申しまして、お池から捕えてまいりまして、料理《りょうり》たのでございます」

その不快な滑らかなものが胸元をすぎるのを待つうちに、清顕は子供のころ何度か召使におどかされて心に描いた、暗い池から頭をもたげてこちらを窺《うかが》う忌《いま》わしい鼈の幻影を再び見た。それは池底のなまぬるい泥に身を埋め、ときどき半透明の池水を、時間を腐蝕《ふしょく》させる夢や悪意の藻《も》をかきわけながら泛《うか》び上り、永年に亘《わた》って清顕の成長にじっと目を凝らして来たのであるが、今突然その呪縛《じゅばく》が解かれ、鼈は殺され、彼は知らずにその活血を呑んでいたのだ。そこで突然、何かが終ってしまった。恐怖は従順に清顕の胃のなかで、何か未知の、不可測の活力に姿を変えはじめていた。

——御歌会の披講は、預撰歌《よせんか》のうち、まず下﨟《げろう》からはじめ、順次上﨟《じょうろう》に及ぼしてゆくのが例である。最初だけは端作《はしづくり》から読んで、次に官位氏名を読み、次のからは、端作は読まずに、直ちに官位氏名を読んだのち、本文へ移ってゆくのである。

綾倉伯爵は名誉ある講師《こうじ》を勤めていた。

天皇皇后両陛下に東宮殿下も御臨席あらせられ、伯爵のなよやかな美しく澄んだ発声をきこしめした。その声には罪のひびきもなく、悲しげなほど明朗で、一首一首読み進むものうげな速度は、あたかも冬の日をあらたかに浴びた石段を、神官の黒塗りの沓《くつ》が一歩一歩のぼってゆく速度を思わせた。その声には何ら性の香りがなかった。そこで咳《しわぶき》一つきこえない御所の一間《ひとま》の沈黙を、伯爵の声だけが占めているときも、声が言葉を超えてまで人々の肉に戯《たわむ》れかかることはたえてなかった。ただ明るい悲愁を帯びた、一種恥知らずの優雅が、伯爵の咽喉《のど》から直ちに出て、絵巻の霞《かすみ》のように場内に棚引くのであった。

臣下の歌はみな一反《かえ》り読まれるだけであるが、東宮殿下の御歌は、

「……といえることをよませたまえる日つきのみこの御歌」

と読み上げ、二反りする。

皇后の御歌は三反り詠吟講頌《こうしよう》し奉《たてまつ》り、発声まず初句をうたえば、二句目から講頌の全員が合唱する。皇后の御歌が読み上げられるあいだ、ほかの皇族や臣下はもちろん、東宮殿下も御起立あそばされ、拝承したまうのである。

今年の御歌会始の皇后の御歌は、殊《こと》に美しく気高い御作であった。起立して拝承しながら、ひそかに窺う目に、遠く、鳥の子を二枚重ねた御懐紙が、伯爵の白く小さい女のような手の中に拝されたが、その御懐紙は紅梅の色であった。

あれほど世間を震撼《しんかん》させた事件のあとにもかかわらず、清顕は伯爵の声に、いささかの慄《ふる》えも気おくれも、いわんや、娘を俗世から失った父親の悲しみも、何一つ窺われないことにもはや愕《おどろ》かなかった。それはただ美しい、無力な、澄明《ちようめい》な声が奉仕しているのにすぎなかった。伯爵はそうして千年先も、声の美しい鳥のように奉仕するにちがいない。

御歌会始は、ついに最終段階に入った。すなわち主上の御製が読み上げられるのである。

講師はうやうやしく聖上の御前にすすみ、御硯蓋《すずりぶた》の上の御歌をいただき、五反り詠吟講頌し奉る。

伯爵の声は一トきわ澄みやかに御製を詠じ、

「……といえることを詠ませたまえる大御歌《おおみうた》」

と読み上げた。

その間《かん》、清顕は畏《おそ》れ多く竜顔を仰いだが、幼時先帝に頭を撫《な》でていただいた思い出などが胸に迫り、先帝よりも御羸弱《ごるいじゃく》にお見受けする当今《とうぎん》が、読み上げられる御製をきこしめしても、何ら誇りかな色をお泛べになるではなく、氷のような平淡さを持しておいでになるのを、——ありえないことではあるが——、清顕に対する御怒りを秘めておいでになるように感じて恐懼《きょうく》した。

『お上をお裏切り申上げたのだ。死なねばならぬ』

清顕は、漠とした、けだかい香の立ちこめる中に倒れてゆくような思いで、快さとも戦慄《せんりつ》ともつかぬものに身を貫かれながら、そう考えた。

五十一

二月に入って、卒業試験を目近《まぢか》に控え、学友たちが忙しそうにしているなかで、何事にも興味を失った清顕一人は超然としていた。そういう清顕の勉強を本多は助けるのに吝《やぶさ》かではなかったが、何か清顕に拒まれているように感じて差控えた。彼は清顕が、何ものにもまして「うるさい友情」を嫌っていることを知っていた。

このとき父が突然清顕に、オックスフォードのマートン・カレッジへの入学をすすめ、この十三世紀に創立された由緒《ゆいしょ》あるカレッジへは、特に主任教授の伝手《つて》があって入りやすいが、そのために学習院の卒業試験だけは通っていなければならぬと言い出した。侯爵はやがて従《じゅ》五位にもなるべき息子が、日に日に蒼《あお》ざめ衰えてゆく姿を見せつけられて、救済の方法を考え出したのである。この救済の方途はあまり見当外れに思われたので、却《かえ》って清顕の感興をそそった。そこでこの申出を大そう喜ぶふりをしていようと心に決めた。

かつては人並に西洋に憧《あこが》れたこともあったが、心が日本のもっとも繊細もっとも美しい一点に執着している今では、世界地図をひろげてみても、広漠とした海外の国々はおろか、赤く塗られた小さい海老《えび》のような日本でさえ俗悪な感じがした。彼の知っている日本は、もっと青い、不定形な、霧のような悲しみの立ちこめている国だった。

父侯爵はさらに撞球《どうきゅう》室の一方の壁に、大きな世界地図を貼《は》らせた。気宇を雄大ならしめようと思ったのである。しかし地図の冷たい平板な海は彼の心をそそらず、よみがえって来るのは、それ自体が体温を持ち脈搏《みゃくはく》を持ち血潮と叫びを持つ巨大な黒い獣のような夜の海、あの悩ましさのかぎりにとどろいていた鎌倉の夏の夜の海だけであった。

彼は人には語らなかったが、しばしば眩暈《めまい》に襲われたり、軽い頭痛におびやかされたりするようになっていた。不眠は次第に募っていた。夜の臥床《ふしど》では、あしたこそ聡子の手紙が来て、出奔の日時と場所を打合せ、どこか人知れぬ田舎町の土蔵造りの銀行のある町角あたりで、走り寄る聡子を迎えて腕に思うさま抱きすくめる情景を、次々と巨細《こさい》に想像した。しかしその想像には、錫箔《すずはく》のように冷たい破れやすいものが裏に貼りついていて、時々その裏側が蒼然《そうぜん》と透けて見えた。清顕は枕《まくら》を涙に濡《ぬ》らし、深夜に聡子の名を何度となく空《むな》しく呼んだ。

するうちに聡子は夢と現《うつつ》の堺《さかい》に、突然、ありありと姿を現《げん》ずるようになった。もはや清顕の夢は、夢日記に誌《しる》すような客観的な物語を編むことがなくなった。ただ願望と絶望が交互に来て、夢と現実が互《かた》みに打消し合い、あたかも海の波打際《なみうちぎわ》のように定めない線を描いていたが、その滑らかな砂上を退《ひ》く水の水鏡に、突然、聡子の顔が映るのであった。これほど美しくこれほど悲しげな面影はなかった。夕星《ゆうずつ》のようにけだかく煌《きら》めく顔は、清顕が唇を寄せるとたちまち消えた。

日ましに、ここを遁《のが》れ出したい思いは彼の心の中の抗しがたい力になった。すべてのものが、時間が、朝が、昼が、夕べが、又、空が、樹々《きぎ》が、雲や北風が、諦《あき》らめることしかないと告げているのに、なお不確定な苦しみが彼を苛《さいな》みつづけているのなら、何事にまれ確定的なものをこの手につかみたく、ただ一言であれ聡子の口から疑いようのない言葉をききたくなった。言葉が無理なら、ただ一目顔を見るだけでもよかった。彼の心は狂わんばかりになった。

一方、世間の噂《うわさ》は急速に鎮《しず》まっていた。勅許が下り納采《のうさい》にまで至って、その直前で婚約が破れたという未曾有《みぞう》の不祥事は次第に忘れられ、世間はこのごろ海軍の収賄《しゅうわい》問題へ怒りを移していた。

清顕は家出の決心をした。が、警戒されて小遣一つ与えられていなかったので、自由になる金は一銭もなかった。

本多は清顕から借金を申し込まれておどろいた。彼は、父の方針で、自分の手で出し入れできる多少の預金を持たされていたので、それを全額引出して用立てた。何一つ用途は訊《き》かなかった。

本多が学校へ持って来たその金を、清顕に手渡したのは二月の二十一日の朝である。晴れて、寒さの厳しい朝だった。金をうけとると、

「始業までまだ二十分あるだろう。見送りに来てくれよ」

と清顕が気弱そうに言った。

「どこへ」

と本多はおどろいて問い返したが、門は山田に固められていることを知っていたからである。

「あっちだ」

と清顕は森のほうを指さして微笑した。久々に友の顔に蘇《よみがえ》った活力を本多は快く眺めたけれども、そのために赤みが射《さ》すではなく、却って緊張に蒼ざめてみえる瘦《や》せた面輪《おもわ》

は、春の薄氷《うすらひ》が張りつめたようだった。

「体は大丈夫なのか」

「少し風邪気味なんだ。でも大丈夫だ」

と清顕は先に立って森の径《こみち》を快活に歩きだしながら答えた。友のこんな快活な足取を久しく見ない本多は、その足取の行く果てをもう察していたけれど、口には出さなかった。

　朝日の縞目《しまめ》が深く下りて、そこかしこの浮木《うきぎ》の形なりに錯雑した氷面を見せている沼を、暗澹《あんたん》と照らし出しているのを眼下に見ながら、二人は小鳥の声の忙しい森を抜け、学校の地所の東端へ出た。そこから緩やかな崖《がけ》が、東の工場街へ裾《すそ》をひろげている。ここらあたりは鉄条網がぞんざいに編まれて塀の代りをし、よくその破れから子供たちが忍び込んでくる。鉄条網の外は雑草の勾配《こうばい》がしばらくつづき、道に接する低い石垣のところに又低い柵《さく》がある。

　二人はそこまで来て立止った。

　右方には院線電車の線路が走り、目の下には存分に朝日を浴びた工場街が、鋸屋根《のこぎりやね》のスレートを輝やかせ、すでにさまざまな機械の唸《うな》りのまじり合った海のような音を立てていた。煙突は悲愴《ひそう》にそそり立ち、煙の影は屋根を這《は》い、工場にまじる細民街の物干を翳《かげ》らせていた。夥《おびただ》しく盆栽を飾った床《ゆか》を屋根から迫《せ》り出している家もあった。どこかでたえず、何かが光り、点滅していた。或《あ》る電柱では電工の腰の鋏《はさみ》が、ある化学工場の窓には幻のような焔《ほのお》が。……そして唸りが一ヶ所で絶えたかと思うと、鉄板を叩《たた》く槌《つち》のけたたましい音の連鎖が迫《せ》り上って来たりした。

かなたには澄んだ太陽があった。すぐ眼下には、今しも清顕が駈《か》け去ってゆくであろう学校沿いの白い道があって、低い軒の影がそこに鮮明に印され、数人の子供が石蹴《いしけ》りをして遊んでいるのが見えた。光りもせぬ錆《さ》びた一台の自転車がそこを通った。

「じゃ、行ってくるよ」

と清顕は言った。それは明らかな「出発」の言葉だった。友がこれほど青年にふさわしい晴れやかな言葉を口にしたのを、本多は心に銘記した。鞄《かばん》さえ教室へ置きざりにして、制服に外套《がいとう》だけで、その桜の金釦《きんボタン》を列《つら》ねた外套の襟元《えりもと》を左右へ粋《いき》にひろげて、海軍風の詰襟と、純白のカラーの細い一線を、やわらかな皮膚を押しあげている若い咽喉仏《のどぼとけ》のあたりに見せている清顕は、制帽の庇《ひさし》の影に微笑を含みながら、破れた鉄条網の一部を革手套《かわてぶくろ》の片手でたわめ、身を斜《はす》かいに乗り超えようとしていた。……

――清顕の失跡はたちまち家へ告げられ、侯爵夫妻は動顚《どうてん》した。しかし又しても祖母の意見がその場の混乱を救った。

「わかっているじゃないか。本人は外国へ留学するのをあれほど喜んでいるのだから安心だ。とにかく外国へは行くつもりで、その前に聡子に別れを告げに行ったのだ。それも行先を言えば止められるに決っているから、黙って行っただけだ。そうとしか考えようがないじゃないか」

「しかし聡子は会わぬと思いますがね」

「それならそれで諦らめて帰ってくるだろう。若い者には、本人の気の済むまでやらせてやることだ。あんまり縛りすぎたから、こんなことになったのです」

「あんなことがあったのだから、当然じゃありませんか、お母様」

「だから今度のことも当然です」

「しかしどうあろうと、こんなことが世間へ洩《も》れては大変だから、早速警視総監にそう言ってやって、極秘に探らせましょう」

「探るも探らぬもない。行先はわかっている」

「早く引捕えて連れ戻さなくては……」

「それはまちがいだ」と老婆《ろうば》は目を怒らせ、大声をあげた。「それはまちがいだ。そんなことをすれば、今度は取返しのつかぬことを仕出来《しでか》すかもしれない。

もちろん万一の用心に、こっそり警察に探らせるのはいいでしょう。居処《いどころ》がわかったら、すぐ報告させるのは、それはいい。しかし目的も行先もわかっているのだから、巡査に遠くから気取《けど》られぬように監視させておけばいい。ここのところは、一切あの子の行動を縛らずにおいて、遠くから目をつけていればよい。すべて穏便にね。事を大きくしないですませるには、他に道はない。今しくじったら、えらいことになりますよ。これだけははっきり言って置く」

――清顕は二十一日の晩大阪のホテルに泊り、あくる朝早くホテルを出て、桜井線帯《おび》解《とけ》駅まで汽車に乗り、帯解の町の葛《くず》の屋《や》旅館という商人宿に部屋をとった。部屋をとるとすぐ俥《くるま》を命じて、月修寺を志した。門内の坂道を俥を急がせ、平唐門《ひらからもん》に着いたところで下りた。

彼は白々と閉《た》て切った玄関の障子の外から声をかけた。寺男が出てきて、名前と用向をきき、しばらく待たせられて、一老《いちろう》があらわれた。しかし決して玄関へ上げようとはせず、門跡《もんぜき》は会わぬと云っておられること、まして御附弟《ごふてい》は人に会われることはない、と剣もほろろの応待で追い返した。こういう応待はもとより多少予期されたところであったので、清顕はそれ以上押さずに一旦《たん》宿へ帰った。

彼は明日に望みを繋《つな》いでいた。一人でつらつら考えるのに、この最初の失敗は、俥に乗って玄関先まで行った心の緩みに起因するように思われた。それはもとより一刻を争う気の逸《はや》りに出たことであるが、聡子に逢《あ》うことは一つの希願なのだから、たとい人が見ていようが見ていまいが、少くとも門前で俥を捨てて行くべきだった。かりにも何かを行《ぎょう》じなくてはならない。
宿の部屋は穢《きたな》く、食事は不味《まず》く、夜は寒かったが、東京にいるのとちがって、すぐ近くに聡子の生きているという思いが、心に多大の安らぎを与えた。その晩彼は久しぶりに熟睡した。

あくる日の二十三日は、気力も大いに充《み》ちているように思われたので、午前中に一度、午後に一度、二度とも俥を門前に待たせて長い参道を登って訪れたが、寺の冷たい応待は渝《かわ》らなかった。帰路咳《せき》が出て、胸の奥底がかすかに痛んだから、宿へかえって入浴も慎しんだ。

その夕食から、田舎の宿にしては法外な馳走《ちそう》が出、もてなしが目に見えて変った。部屋も無理《むりじ》強いに宿の最上の部屋へ移された。清顕は婢《はしため》を問いつめたが、答えなかった。しつこく問ううちに、やっと謎《なぞ》が解けた。婢の話では、きょう清顕の留守中に、駐在巡査が来て清顕のことを問い質《ただ》し、非常に身分の高い家の若様だから鄭重《ていちょう》に扱わなくてはならぬ、又、巡査の調べは本人には絶対に秘してもらわねばならぬが、もし出立《しゅったつ》の際は至急こっそりと告げてほしい、と云《い》って帰って行ったことを知った。清顕は急がなければならないと考えて、心が焦《あせ》った。

あくる日の二十四日の朝は、起きるとから不快で、頭は重く、体は倦《だる》かった。しかし、ますます行じ、ますます苦難を冒すほかに、聡子に会う手だてはないと思われたので、俥もたのまず、宿から寺まで小一里の道を歩いて行った。幸い美しく晴れた日ではあったが、歩行は辛《つら》く、咳は深まるばかりで、胸の痛みは時折、胸の底に砂金を沈めたように感じられた。月修寺の玄関に立ったとき、又激しい咳に襲われたが、応待に出た一老は顔色も変えずに同じ断わりの文句を言った。

次の日の二十五日には、寒気がして熱が出てきた。今日はよほど休もうと思ったけれども、俥を呼んで行くだけは行き、同じように拒まれて帰った。清顕の望みは絶えかけていた。熱ばむ頭で考えるかぎり考えたが、策はなかった。とうとう宿の番頭にたのんで、本多宛《あ》ての電報を打ってもらった。

「スグキテクレ。タノム。サクライセン、オビトケノ、クズノヤニイル。コノコト、チチハハニハ、ゼッタイシラスナ。マツガエ、キヨアキ」

——そうして、寝苦しい夜をすごして、二十六日の朝になった。

五十二

この日、大和平野には、黄ばんだ芒野《すすきの》に風花《かざはな》が舞っていた。春の雪というにはあまりに淡くて、羽虫が飛ぶような降りざまであったが、空が曇っているあいだは空の色に紛れ、かすかに弱日《よろび》が射《さ》すと、却《かえ》ってそれがちらつく粉雪であることがわかった。寒気は、まともに雪の降る日よりもはるかに厳しかった。

清顕は枕《まくら》に頭を委《ゆだ》ねたまま、聡子に示すことのできる自分の至上の誠について考えていた。昨夜とうとう本多に助力をたのんだから、本多は今日にも駈《か》けつけて来てくれるにちがいない。本多の友情で、あるいは門跡《もんぜき》の心を動かすことができるかもしれない。しかし、その前にするべきことがある。試みるべきことがある。誰の助けも借りずに、自分一人の最後の誠を示すことが。思えばそれほどの誠を、自分はまだ一度も聡子に示す機会がなかった。あるいは怯惰《きょうだ》から、今までその機会を避けてきた。

今自分にできることは一つしかない。病が篤《あつ》ければ篤いほど、病を冒して行《ぎょう》ずることに、意味もあり力もある筈《はず》だ。それほどの誠に聡子は感応するかもしれないし、しないかもしれない。しかし、今やたとい聡子の感応が期待できなくても、自分に対して、そこまで行じなくては気の済まぬところへ来ている。聡子の顔をぜひ一目見たいという翹《ぎょう》望《ぼう》は、はじめ彼の魂のすべてを占めていたが、そのうちに魂自体の動きがはじまって、その望みをも目的をも乗り超えてしまったように思われた。

しかし彼の肉体は、挙げて、そのさまよい出る魂に抗していた。熱と鈍痛が、全身に重い金糸を縫い込んだようにしみわたり、彼は自分の肉体が錦繡《きんしゅう》に織り成されているかのように感じた。四肢の筋肉は無力であるのに、ひとたび腕を持ち上げようとすれば、さらした素肌はたちまち鳥肌立ち、腕自体が思うさま水を充《み》たした釣瓶《つるべ》よりも重くなった。咳《せき》は胸の奥へ奥へと進み、墨を流したような空の奥の、遠雷のようにたえず轟《とどろ》いていた。力は指先からさえ喪《うしな》われ、倦《だる》い不本意な肉体に、ただ一つ、真摯《しんし》な病熱が貫き通っていた。

彼は心にひたすら聡子の名を呼んだ。時は空《むな》しく過ぎた。今日になってはじめて宿の者に病気が気づかれ、部屋は温められ、何くれとなく世話を焼いて来たが、彼は看護も、医者を呼ぶことも頑《かたく》なに拒んだ。

午後になって、清顕が俥《くるま》を呼ぶように命じたとき、婢《はしため》はためらって宿の主人に告げた。説得に来た主人に、元気なところを見せるために、彼は立上って、人手も借りずに、学校の制服と外套《がいとう》を着てみせなければならなかった。俥が来た。彼は宿の者が押しつける毛布に膝《ひざ》を包んで出発した。それだけ身を包んでいるのに、おそろしく寒かった。

黒い幌《ほろ》の隙間《すきま》から、ほのかに雪片が舞い込んでくるのを見て、清顕は去年の雪の中を、聡子と二人で俥を遣《や》ったあの忘れがたい思い出に突き当り、胸をしめつけられるような心地がした。事実、胸はきしんで痛んでいた。

彼はその揺れる薄闇《うすやみ》にうずくまって頭痛に耐えている自分がいやになった。前面の幌を外し、鼻口を襟巻《えりまき》に覆《おお》うて、外の景色のうつろいを熱に潤《うる》む目で追っていたほうがましだった。もう苦痛に充ちた内面を思わせるようなものは何一ついやだった。

帯解《おびとけ》の町のせまい辻々《つじつじ》をすでに俥は抜けて、かなたに霞《かす》む山腹の月修寺まで、田畑のあいだをひたすら行く平坦《へいたん》な野道にかかっていた、稲架《はざ》の残る刈田にも、桑畑の枯れた桑の枝にも、又その間の目ににじむ緑を敷いた冬菜畑にも、沼の赤みを帯びた枯蘆《かれあし》や蒲《がま》の穂にも、粉雪は音もなく降っていたが、積るほどではなかった。そして清顕の膝の毛布にかかる雪は、目に見えるほどの水滴も結ばないで消えた。

空が水のように白んでくると思うと、そこから稀薄《きはく》な日がさしてきた。雪はその日ざしの中で、ますます軽く、灰のように漂った。

いたるところに、枯れた芒が微風にそよいでいた。弱日《よろび》を受けてそのしなだれた穂の和毛《にこげ》が弱く光った。野の果ての低い山々は霞んでいたが、却って空の遠くに一箇所澄んだ青があって、遠山の頂きの雪がかがやいて見えた。

清顕は、しんしんと鳴っている頭でこの風景に対しながら、自分は実に何ヶ月ぶりかで外界というものを見たと思った。それは実にしんとした場所だった。俥の動揺と重い瞼《まぶた》とが、その景色を歪《ゆが》ませ、攪拌《かくはん》しているかもしれないけれど、悩みと悲しみの不定形な日々を送ってきた彼は、こんなに明晰《めいせき》なものには久しく出会わなかった気がした。しかもそこには人の影は一つもなかった。

すでに月修寺を包む竹藪《たけやぶ》の山腹が近づいていた。門内の坂道の左右の松並木も際立《きわだ》ってきた。二本の石柱を立てただけの門が、畑中の迂路《うろ》のかなたに見えたとき、清顕は痛切な思いに襲われた。

『俥のまま門を入って、玄関先まで三町あまり、そこも俥を乗りつづけてゆけば、今日、聡子は決して会ってはくれぬような気がする。あるいは寺で、今、微妙な変化が起っているかもしれないのだ。一老《いちろう》が門跡を説得し、門跡もついに心折れて、今日もし僕が雪を冒して来たら、聡子と一目なりとも会わせる手筈になっているかもしれないのだ。しかし、もし僕が俥を乗り入れれば、それが向うの心に感応して、又微妙な逆転が起って、聡子に会わせぬことに決るかもしれない。僕の最後の努力の果てに、むこうの人たちの心に何かが結晶しかかっている。現実は今、多くの見えない薄片を寄せ集めて、透明な扇を編もうとしている。ほんの一寸《ちょっと》した不注意で、要《かなめ》は外れ、扇は四散してしまうかもしれないのだ。……一歩退《しりぞ》いて、もし俥のまま玄関まで行き、今日も聡子が会ってくれないとすれば、そのとき僕は自分を責めるにちがいない。「誠が足りなかった。どんなに大儀であっても、俥を下りて歩いて来ていれば、その人知れぬ誠があの人を搏《う》って、会ってくれたかもしれないのに」と。……そうだ。誠が足りなかったという悔いを残すべきではない。命を賭《か》けなくてはあの人に会えないという思いが、あの人を美の絶頂へ押し上げるだろう。そのためにこそ僕はここまで来たのだ』

彼にはそれが理の立った考えか、それとも熱に浮かされた譫妄《せんもう》か、見分けがつかなくなった。

彼は俥を下りて、門前で待っているように言って、門内の坂道をのぼり出した。

又少し空が展《ひら》けて、薄日のなかに雪が舞っていたが、道のかたわらの藪の中で雲雀《ひばり》らしい囀《さえず》りがきこえた。松並木にまじる桜の冬木には青苔《あおごけ》が生え、藪にまじる白梅の一本が花をつけていた。

すでに五日目、六回目の訪れであるから、目をおどろかすものは何もない筈なのに、今、俥から、綿を踏むような覚束《おぼつか》ない足を地へ踏み出して、熱に犯された目で見廻すと、すべてが異様にはかなく澄み切って、毎日見馴《みな》れた景色が、今日はじめてのような、気味のわるいほど新鮮な姿で立ち現われた。その間も悪寒《おかん》はたえず、鋭い銀の矢のように背筋を射た。

道のべの羊歯《しだ》、藪柑子《やぶこうじ》の赤い実、風にさやぐ松の葉末、幹は青く照りながら葉は黄ばんだ竹林、夥《おびただ》しい芒、そのあいだを氷った轍《わだち》のある白い道が、ゆくての杉木立の闇へ紛れ入っていた。この、全くの静けさの裡《うち》の、隅々まで明晰な、そして云《い》わん方ない悲愁を帯びた純潔な世界の中心に、その奥の奥の奥に、まぎれもなく聡子の存在が、小さな金無垢《きんむく》の像のように息をひそめていた。しかし、これほど澄み渡った、馴染《なじみ》のない世界は、果してこれが住み馴れた「この世」であろうか？

歩むうちに息が苦しくなり、清顕は路傍の石に腰を下ろした。何枚も衣類を隔てているのに、石の冷たさは直ちに肌に触れるように感じられた。彼は深く咳き、咳くほどに、手巾《ハンカチ》に吐いた痰《たん》が鉄銹《てつさび》のいろをしているのを見た。

咳がようやく納まると、彼は頭《こうべ》をめぐらして、疎林《そりん》のかなたに遠く聳《そび》えている山頂の雪を眺めた。咳が涙を呼んだので、その雪は潤み、一そう煌《きら》めいて見えた。そのときふと、十三歳の記憶が蘇《よみがえ》って、春日宮《かすがのみや》妃のお裾持《すそもち》を勤めて仰ぎ見た、あの漆黒のお髪《ぐし》の下のまばゆいおん項《うなじ》の白さが眼前に髣髴《ほうふつ》とした。あれこそは彼が人生において、目のくらむような女人の美に憧《あこが》れたはじめであった。

再び日は翳《かげ》り、雪の降り方はやや密になった。彼は革の手套《てぶくろ》をとって、掌《てのひら》に雪を受けた。熱い掌に、雪は落ちると見る間に消えた。その美しい手は少しも汚れていず、肉刺《まめ》一つ出来ていなかった。ついに自分は、生涯にわたって、この優美な、決して土にも血にも汗にも汚れることのない手を護《まも》った、と清顕は考えた。ただ感情のためにだけ用いられた手。

——彼はやっと立上った。

このまま雪の中を寺まで辿《たど》りつけるか危ぶまれて来たのである。

やがて杉木立の下に入ると風はいよいよ寒く、耳に風音がはためいて来た。杉の木《こ》の間《ま》の水のような冬空の下に、冷たい漣《さざなみ》の渡る沼が見えはじめ、ここをすぎれば、さらに老杉《ろうさん》は鬱蒼《うつそう》として、身にふりかかる雪もまばらになった。

清顕はただ次の足を前へ運ぶことのほかには念頭になかった。彼の思い出は悉《ことごと》く崩壊し、少しずつ躙《にじ》り寄ってゆく未来の薄皮を、少しずつ剝《は》がしてゆく思いだけがあった。

黒門は知らぬ間《ま》に通りすぎ、雪に染った菊花の瓦《かわら》を庇《ひさし》につらねた平唐門《ひらからもん》がすでに目に迫った。

――彼が玄関の障子の前に崩折《くずお》れると、はげしく咳いたので、案内を乞《こ》うまでもなかった。一老が出て来て、彼の背を撫《な》でた。清顕は夢うつつに、聡子が今、自分の背を撫でていてくれる、といいしれぬ幸福感を以《もっ》て考えていた。

一老は昨日までのように、すぐ断わりの口上を言わずに、そこへ清顕を置きざりにして中へ去った。永遠に思われるほど永い時を清顕は待った。待つうちに、霧のようなものが目先にかかって、苦痛と浄福の感じがおぼろげに一つに融《と》け合った。

何か女同士のあわただしい会話がきこえていた。それが止《や》んだ。又、時がたった。現われたのは一老一人であった。

「やはり、お目もじは叶《かな》いません。何度お出《い》で遊ばしても同じことでございます。寺の者をお供いたさせますから、お引取り遊ばして」

そして清顕は、屈強な寺男に扶《たす》けられて、雪の中を俥まで帰った。

五十三

二月二十六日の深夜、帯解《おびとけ》の葛《くず》の屋《や》旅館に到着した本多は、清顕が只《ただ》ならぬ容態にあるのを見て、そのまま早速東京へ連れ帰ろうと思ったけれども、病人は肯《き》かなかった。夕刻田舎の医者が呼ばれて診察の結果、肺炎の兆候があると言った由《よし》である。

清顕は明日本多が、どうしても月修寺を訪れて、門跡《もんぜき》に直々《じきじき》にお目にかかり、お心を変えて下さるように懇願することを望んでいた。門跡は第三者の言葉ならば、ひょっとするとお耳にお入れになるかもしれないのだ。そしてもしお許しが下りたら、この体を月修寺まで運んでくれ、と清顕は言った。

本多は抗《さか》らいはしたが、結局、病人の言を容《い》れて明日まで出立《しゅったつ》を延ばし、自分は何としてでも門跡にお目にかかって、清顕の希望に添うように力をつくすが、万一叶《かな》えられなかった場合は、すぐ一緒に帰京することを固く約束させた。その夜を徹して、本多は清顕の胸の湿布を代えてやった。宿の暗いランプの下で、清顕のさしもの白い胸も、湿布のために一面にほの赤くなっているのが見えた。

卒業試験は三日後に迫っていた。本多の両親はこんな際の旅行にもちろん反対すると思われたが、清顕の電報を見せられた父が、何も詳しいことを訊《き》かずにまず「行け」と言い、母もこれに従ったのが、本多には意外であった。

終身官でなくなったために俄《にわ》かに退職を命ぜられた旧友たちに殉じようとしながら、果せなかった本多大審院判事は、息子に友情の尊さを教えようと思ったのである。本多は往《ゆ》きの車中でも試験勉強に精を出し、ここへ来て夜を徹しての看護のあいだも、論理学のノオトをかたわらにひろげていた。

ランプの黄いろい霧のような光輪の中に、二人の若者の心に抱かれた二つの対蹠《たいしょ》的な世界の影が、鋭くその尖端《せんたん》をあらわしていた。一人は恋に病み、一人は堅固な現実のために学んでいた。清顕は夢うつつに、混沌《こんとん》とした恋の海を海藻《かいそう》に足をからめ取られながら泳いでおり、本多は地上に確乎《かっこ》と建てられた整然たる理智《りち》の建造物を夢みていた。熱に病む若い頭と、冷めた若い頭とが、この早春の寒夜の古びた宿の一間《ひとま》に寄り添うていた。そしておのおのが、自分の世界の終局的な時間の到来に縛られていた。

本多がこれほど清顕の脳裡《のうり》にあるものを、決して自分のものにすることができないと、痛切に感じたことはなかった。清顕の体は目前に横たわっているが、その魂は疾駆していた。ときどき夢うつつに聡子の名を呼ぶらしい紅潮した顔は、少しも憔悴《しょうすい》したように見えず、むしろふだんよりも活々《いきいき》として、象牙《ぞうげ》の内側に火を置いたように美しかった。しかしその内部へ、指一本触れることはできないのを本多は知っていた。どうしても自分がそれに化身できない情念というものがある。いや、自分はどんな情念にも化身することはできないのではないか。内部へそういうものの浸透を許す資質が、自分には欠けている。友情にも富み、涙をも知っているつもりであるが、本当に「感じる」ためには何かが欠けている。どうして自分は、整然とした秩序を外にも内にも保つことに専念し、清顕のように、火や風や水や土、あの不定形な四大《しだい》を体内に宿すことがないのだろうか。

——彼は又、こまかい、乱れのない字で埋まったノオトへ目を戻した。

「アリストテレスの形式論理学は、中世末葉まで欧洲《おうしゅう》学界を支配したりき。これを時代的に二期に分たんに、まず『古論理学』は、『オルガノン』中の『カテゴリー論』『命題論』を祖述せるものにして、『新論理学』は、十二世紀半ば、羅甸《ラテン》語による『オルガノン』全訳の完成により緒に就きたりと云《い》うを得べし。……」

彼はそういう文字が、風化した石のように自分の脳裡から一つ一つ剝《は》がれ落ちるのを感じずにはいられなかった。

五十四

寺の朝は早いときいていたから、暁のうたたねからさめて、朝食をとると匆々《そうそう》、本多は俥《くるま》を命じて出支度をした。

清顕は床の中から潤《うる》んだ目をあげた。枕《まくら》に頭を委《ゆだ》ねたまま、ただたのむ眼差《まなざし》になっているのが、本多の心を刺した。本多はそのときまで、寺には一応当ってみるだけにして、重症の清顕を一刻も早く東京へ連れ戻るという気持に傾いていたのであるが、その目を見てから、どうしても自分の力で清顕を聡子に会わせてやらねばならないと思うようになった。

幸いこの朝は春めいて暖かかった。月修寺へ着いた本多は、掃除をしていた寺男が、彼の姿を遠くから見るなり内へ走り入ったのに気づいて、清顕と同じ学習院の制服が相手に警戒の心を起させたのを知った。名乗らぬ先から、応対に出た尼僧《にそう》の顔には、人を寄せつけぬ固さがあった。

「松枝《まつがえ》のことで東京から参りました友人の本多と申します。御門跡《ごもんぜき》にお目通りできましょうか？」

「しばらくお待ち遊ばして」

本多は玄関の上《あが》り框《かまち》で永いこと待たされているあいだ、もし断わられたらああも言おうこうも言おうと心づもりをしていると、やがて同じ尼僧が現われて、座敷へ通されたのは意外な心地がした。わずかながら、希望も兆《きざ》した。

又その座敷で永く待たされた。障子が締め切ってあるので見えない庭のほうで、鶯《うぐいす》の声がしている。障子の引手の切紙細工の、菊と雲の紋様がほのぼのと泛《うか》んでいる。床の間に、菜の花と桃が活《い》けてあって、菜の花の黄は鄙《ひな》びて強く、ふくらみかけた桃の蕾《つぼみ》は暗い枝と薄青い葉から抜きん出ている。襖《ふすま》はみな白無地だが、由緒《ゆいしょ》ありげな屛風《びょうぶ》が立ててあるので、本多はにじり寄って、その狩野《かのう》派の画風に大和絵風の色彩を加えた月次《つきなみ》屛風の図柄をつぶさに眺めた。

季節は右手の春の庭からはじまり、白梅や松のある庭に殿上人《てんじょうびと》たちが遊んでおり、檜《ひ》垣《がき》の内の御殿の一部が金の叢雲《むらくも》から半ばあらわれている。左へ移るにつれて、さまざまな毛色の春駒《はるごま》が躍動し、池はいつか田に移って、早乙女《さおとめ》たちの田植がえがかれている。黄金《こがね》の雲の奥から小滝が二段にたぎり落ち、池辺の草の青と共に、夏を告げ知らす。水無月祓《なづきばらえ》の白い幣《ぬさ》を立てて殿上人は池辺に集い、仕丁《じちよう》や朱《あけ》の衣の小舎人《ことねり》が侍している。赤い鳥居に鹿《しか》の遊ぶ神苑《しんえん》から、白馬《あおうま》が曳《ひ》き出され、弓を携えた武官が祭の仕度に急ぐと見る間《ま》に、すでに紅葉《もみじ》を映す池は冬枯れに近づき、金《きん》をまぶした雪のうちに、鷹《たか》狩りがはじまっている。竹林は雪を置き、竹のひまひまには金地《きんじ》の空がかがやいている。枯蘆《かれあし》のあいだから白い犬が、頸毛《くびげ》の赤もほのかに矢のように冬空を飛び去ってゆく一羽の雉《きじ》に吠《ほ》えかけている。人の手の鷹は、威ある眼差で、じっとこの雉の飛び去る方《かた》を見つめている。……

月次屏風を見終って席に戻っても、まだ門跡はあらわれなかった。さっきの尼僧が、折敷《おしき》に菓子と茶を載せたのを持って来て、間もなく門跡がお出ましになると告げて、こう言った。

「おゆるゆるあそばして」

卓の上には、押絵の小筥《こばこ》が置かれている。ここの尼僧の手づくりに相違なく、何とはなしに歯がゆい細工から察すると、聡子自身の未熟な手に成ったものかもしれない。小筥の四辺には千代紙が貼《は》り交ぜられ、蓋《ふた》には押絵が盛り上っているが、その色合がいかにも御所風で、重苦しいほどに華美に華美が打ち重ねてある。押絵の図柄は胡蝶《こちょう》を追う童子であるが、紫と赤の比翼の蝶を追う裸の童子は、御所人形そのままの目鼻立ちと肥《ふと》り肉《じし》に、白ちりめんの肌を丸々とふくらませていた。本多は、早春のさびしい田畑をすぎ、荒涼とした冬木の坂道をのぼって来て、こうして訪れた月修寺のほの暗い客間の中心で、はじめて、煮詰めた飴《あめ》のように重たい女の甘さに出会った気がした。

衣《きぬ》ずれの音がして、一老《いちろう》に手をひかれた門跡のおん影が障子にさした。本多は居住いを正したが、動悸《どうき》をとどめかねた。

門跡はずいぶんお年を召しておられる筈《はず》であるが、紫の法衣からあらわれたつややかな小さなお顔は、黄楊《つげ》を彫ったように清らかで、どこにも年齢の塵《ちり》をとどめておられなかった。門跡はにこやかに座を占められ、一老が端近《はしぢか》に控えていた。

「東京からお越しやしたそうですな」

「はあ」

本多は門跡の前へ出ると言葉が詰った。

「松枝さんの御学友やおっしゃってます」

と一老が言葉を添えた。

「ほんまになあ、松枝さんの若さんもおいとしいことやけれど……」

「松枝はひどい熱を出しまして、宿で臥《ふせ》っております。電報をもらいまして、私がいそいでこちらへまいりました。今日は松枝に成り代って、お願いに上ったのでございます」

とはじめて本多は澱《よど》みなく口上を述べた。

本多は法廷に臨む若い弁護士はこうもあろうかという気持になった。裁判官の気持などには斟酌《しんしゃく》なく、ただ主張し、ただ弁護し、ただ身の明しを立ててやらねばならぬ。彼は自分と清顕との友情から説き起し、清顕の現在の病状と、彼が聡子に一目会うためなら命をも賭《か》けていることを告げ、清顕にもしものことがあれば、悔いは月修寺の側に残るであろうとまで言った。本多の言葉も熱し体も熱して、うすら寒い寺の一間《ひとま》にいながら、彼は自分の耳朶《みみたぶ》が火を発して、頭が燃え立つように感じていた。

さすがに彼の言葉は、門跡と一老の心を動かしたようだったが、二人とも沈黙を守っていた。

「どうか私の立場も察していただきたいと存じます。私は友人に苦境を愬《うった》えられて金を貸し、その金で松枝は旅に出ました。その松枝が旅先で重態になったことについても、松枝の御両親に対して責任を感じますが、この上は一刻も早く病人を東京へ連れ戻すのが当然だとお考えになりましょう。私も常識としてはそう考えます。しかし、そこを押して、あとでどんなに私が御両親の怨《うら》みを受けるかも覚悟の前で、こうして松枝の願いを叶《かな》えて下さるように、参上したのでございます。それは松枝の目が必死に望んでいることを叶えてやりたいと思う気持からで、あの目を御覧になったら、御前《ごぜん》もきっとお心を動かされることと思います。私としましても、松枝の病気を治すことよりも、もっと大切なことを松枝が望んでいるのを、看過《みすご》すわけにはまいりません。不吉な話ですが、私には何だか松枝がこのまま治らないような気がしてなりません。彼の最期《さいご》のお願いをこうしてお伝えに上ったのでございますから、何とか仏の御慈悲で、聡子さんと一目だけ会わせてやれるようになれば、と存じますが、どうしてもお許しはいただけないでしょうか」

門跡は依然黙っておられる。

本多はこれ以上口をきいては、却《かえ》って門跡の御飜意《ほんい》を阻《はば》むことになるのを惧《おそ》れて、心はなお激して波立ちながら、口をつぐんだ。

冷え冷えとした部屋は寂《せき》としている。雪白《せっぱく》の障子は霧のような光りを透かしている。

そのとき本多は、決して襖一重《ふすまひとえ》というほどの近さではないが、遠からぬところ、廊下の片隅か一間《ひとま》を隔てた部屋かと思われるあたりで、幽《かす》かに紅梅の花のひらくような忍び笑いをきいたと思った。しかしすぐそれは思い返されて、若い女の忍び笑いときかれたものは、もし本多の耳の迷いでなければ、たしかにこの春寒《はるさむ》の空気を伝わる忍び泣きにちがいないと思われた。強《し》いて抑えた嗚咽《おえつ》の伝わるより早く、弦が断たれたように、嗚咽の絶たれた余韻がほの暗く伝わった。そこですべては耳のつかのまの錯覚であったかのように思われだした。

「なかなかなあ、私が厳しいこと言うて」と門跡はようよう口をお切りになった。「それで、お二人を逢《あ》わせんようにしていると、思わしゃるかも知れんけど、ほんまはなあ、人の力で止《と》められるものやないのと違いますか。もとは聡子さんが、み仏の前に誓うたことですさかいにな。もうこの世ではな、逢わんと誓うたところから、み仏が逢わさんようにお取計いあらしゃってるのやろう思てますけど。ほんまに、若さんはおいとしいことですけどな」

「では、やはりお許しをいただけないのでしょうか」

「はい」

門跡のお返事には云いしれぬ威があって、言葉をお返しする術《すべ》もなかった。それは天空をも絹のようにかるがると引裂く力を持った「はい」だった。

……それから思いに屈している本多に向って、門跡が美しいお声で、いろいろと尊いお言葉を下さったのを、今は清顕の落胆を見たくないばかりに、すずろに辞去を渋っている本多の耳は、あまり身を入れて伺っていなかった。

門跡は因陀羅網《いんだらもう》の話をされた。因陀羅は印度《インド》の神で、この神がひとたび網を投げると、すべての人間、この世の生《しょう》あるものは悉《ことごと》く、網にかかって遁《のが》れることができない。生きとし生けるものは、因陀羅網に引っかかっている存在なのである。

事物はすべて因縁果の理法によって起るということを縁起と名附けるが、因陀羅網はすなわち縁起である。

さて、法相宗《ほつそうしゆう》月修寺の根本法典は、唯識《ゆいしき》の開祖世親《せしん》菩薩《ぼさつ》の「唯識三十頌《ゆいしきさんじゆうじゆ》」であるが、唯識教義は、縁起について頼耶縁起《らやえんぎ》説をとり、その根本をなすものが阿頼耶識《あらやしき》である。そもそも阿頼耶とは、梵語《ぼんご》 ālaya の音表で、訳して蔵といい、その中には、一切の活動の結果である種子《しゆうじ》を蔵《おさ》めているのである。

われわれは、眼・耳・鼻・舌・身・意の六識の奥に、第七識たる末那識《まなしき》、すなわち自我の意識を持っているが、そのさらに奥に、阿頼耶識があり、「唯識三十頌」に、

「恒に転ずること暴流のごとし」

と書かれてあるように、水の激流するごとく、つねに相続転起して絶えることがない。この識こそは有情の総報の果体なのだ。

阿頼耶識の変転常ならぬ姿から、無着《むじやく》の「摂大乗論《しようだいじようろん》」は、時間に関する独特の縁起説を展開した。阿頼耶識と染汚《ぜんま》法《ほう》の同時更互因果と呼ばれるものがそれである。唯識説は現在の一刹那《いつせつな》だけ諸法（それは実は識に他ならない）は存在して、一刹那をすぎれば滅して無となると考えている。因果同時とは、阿頼耶識と染汚法が現在の一刹那に同時に存在して、それが互いに因となり果となるということであり、この一刹那をすぎれば双

方共に無になるが、次の刹那にはまた阿頼耶識と染汚法とが新たに生じ、それが更互に因となり果となる。存在者（阿頼耶識と染汚法）が刹那毎《ごと》に滅することによって、時間がここに成立している。刹那々々に断絶し滅することによって、時間という連続的なものが成立っているさまは、点と線との関係にたとえられるであろう。……

——次第々々に本多は、門跡のお説きになる深淵《しんえん》な教義に、身を引き入れられるように感じたが、場合が場合とて、彼の究理的な精神は動き出さず、いきなり雨あられと浴びせられる仏教用語のむずかしさ、又、時間的経過を当然そのうちに含んで無始以来継起してきた筈の因果が、同時更互因果という、一見矛盾したような観念の操作によって、却って時間そのものを成立たせる要素だと説明されたことなど、……さまざまのわかりにくい思想に疑問を呈して、お教えを仰ぐ心のゆとりもなかった。それに、門跡のお言葉の一トくさり毎に、「さいでございますなあ」「さいでいらっしゃいますな」「さいでございますわな」などといちいち打つ一老の相槌《あいづち》のうるささに心を苛立《いらだ》たせられ、今は門跡の挙げられた「唯識三十頌」や「摂大乗論」の書名のみを心にとどめ、他日ゆっくり研究して、その上で疑問を質《ただ》しに伺えばよいのだと思ったりした。そして本多は、門跡の仰言《おっしゃ》るそういう一見迂遠《うえん》な議論が、現在の清顕や自分たちの運命を、あたかも池を照らす天心の月のように、いかに遠くから、又いかに緻密《ちみつ》に、照らし出しているかに気づかなかった。

本多はお礼を申し述べて、匆々《そうそう》に月修寺を辞した。

五十五

東京へかえる汽車のなかで、清顕の苦しげな様子は、本多を居たたまれない気持にさせた。一刻も早く東京へ着きたいとあせるばかりで、勉強も手につかなかった。こうして、あれほど望んだ逢瀬《おうせ》も果されずに、重い病いを得て、寝台車に横たわったまま東京へ運ばれる清顕を見ていると、痛切な後悔が本多の胸を嚙《か》んだ。あのとき、彼の出奔の手助けをしたのは、果して、本当の友人の行為であったろうか？

しばらく清顕がうとうとすると、本多は寝不足の頭が却《かえ》って冴《さ》えて、さまざまな回想が行き交うに任せた。そんな回想の中に、月修寺門跡《もんぜき》の二度の法話がそれぞれ全く別様の印象で泛《うか》んできた。一昨年の秋にうかがった最初の法話は、髑髏《どくろ》の水を呑《の》む話であって、そのあと本多はそれを恋の比喩《ひゆ》になぞらえ、自分の心の本質と世界の本質を、それほど鞏固《きょうこ》に結び合わせることができたらすばらしいと考えて、その後、法律の勉強から、マヌの法典の輪廻《りんね》思想にまで及んだのであったが、今朝うかがった二度目の法話は、その解きがたい謎《なぞ》の唯一《ゆいいつ》の鍵《かぎ》を、かすかに目の前で揺らしていただいたようにも思われる一方、あまりに難解な飛躍に充《み》ちて、謎は一そう深められてしまったようにも思われた。

汽車は明朝六時に新橋に着く筈《はず》であった。夜はすでに更《ふ》け、汽車のとどろきの合間を乗客たちの寝息が占めていた。向い合った下段の寝台をとり、清顕を看取《みと》りながら、本多は自分の寝台で夜を明かすつもりだった。寝台の帷《とばり》は開け放ち、清顕のどんな些細《ささい》な変化にも、すぐ応じられる気組でいながら、本多は窓外の夜の野を硝子《ガラス》ごしに眺めた。

野の闇《やみ》は濃く、夜空は曇って、山の稜線《りょうせん》もさだかでないので、汽車はたしかに走っているのに、闇の景色の移りゆきは覚束《おぼつか》なかった。何か小さな焰《ほのお》や、小さな灯火が、闇の鮮やかな綻《ほころ》びのように時折現われたが、それが何かの方角の目じるしになるではなかった。轟々《ごうごう》という音は、汽車の音ではなくて、むなしく線路の上を辷《すべ》っているこの小さな汽車をめぐる広大な闇のとどろきのように思われた。

　荷造りをしていよいよ宿を出るときに、清顕が、宿のあるじから借りたのでもあろう、粗末な便箋《びんせん》に走り書きしたものを本多に渡して、これを母なる侯爵《こうしゃく》夫人に渡してくれ、とたのまれたのを、本多は大切に制服の内かくしに蔵《しま》っていた。所在なしにそれを取り出して、乏しい灯の下で読んだ。鉛筆書きの字は慄《ふる》えていて、ふだんの清顕の字のようではない。彼はいつも稚拙だが、大まかで力のある字を書いた。

「母上様。

本多に上げてほしいものがあります。私の机の中にある夢日記です。本多はそんなものが好きです。ほかの人が読んでもつまりません故《ゆえ》、ぜひ本多に上げて下さい。清顕」

これを書置のつもりで、力のない指で書いたことがありありとわかる。しかし本当に書置のつもりなら、母に対して多少の挨拶《あいさつ》もあるべきだが、清顕はただ事務的な依頼をしているだけなのである。

病人の苦しげな声をきいて、本多は忽《たちま》ち紙片を蔵ってから、向いの寝台へ移って、その顔をうかがった。

「どうした」

「胸が痛い。刃物で刺されるような痛みなんだ」

と清顕は切迫した息で途切れ途切れに言った。なす術《すべ》も知らず、本多は痛みを訴える左の胸の下のほうを軽く擦《さす》ってやっていたが、仄暗《ほのぐら》い灯火の端がわずかに及んでいる清顕の顔はいたく苦しんでいた。

しかし苦しみに歪《ゆが》んだその顔は美しかった。苦痛がいつにない精気をそこに与え、顔に青銅のような厳しい稜角をも与えていた。美しい目が涙に潤《うる》んで、険しく寄せた眉根《まゆね》のほうへ引き寄せられているさまは、眉の形が引き絞られて一そう雄々しくなっているために、瞳《ひとみ》の点滴の黒い悲愴《ひそう》な輝やきを増していた。形のよい鼻翼は、空中に何ものかをとらえようとするかのようにあがき、熱に乾いた唇から、前歯の燦《きら》めきが阿古屋貝《あこやがい》の内側の光彩を洩《も》らしていた。

やがて清顕の苦しみは鎮《しず》まった。

「眠れるか。眠ったほうがいいぜ」

と本多は言った。彼は今しがた見た清顕の苦しみの表情を、何かこの世の極みで、見てはならないものを見た歓喜の表情ではなかったかと疑った。それを見てしまった友に対する嫉妬《しっと》が、微妙な羞恥《しゅうち》と自責の中ににじんできた。本多は自分の頭を軽く揺《ゆす》った。悲しみが頭を痺《しび》れさせてしまって、次々と、自分にもわからない感情を、蚕の糸のように繰り出すのが不安になった。

一旦《たん》、つかのまの眠りに落ちたかのごとく見えた清顕は、急に目をみひらいて、本多の手を求めた。そしてその手を固く握り締めながら、こう言った。

「今、夢を見ていた。又、会うぜ。きっと会う。滝の下で」

本多はきっと清顕の夢が我家の庭をさすろうていて、侯爵家の広大な庭の一角の九段の滝を思い描いているにちがいないと考えた。

——帰京して二日のちに、松枝清顕は二十歳で死んだ。

第一巻　おわり

＊後註——『豊饒の海』は『浜松中納言物語』を典拠とした夢と転生《てんしょう》の物語であり、因《ちな》みにその題名は、月の海の一つのラテン名なる Mare Foecunditatis の邦訳である。

解説

佐伯彰一

『豊饒《ほうじょう》の海』四部作は、三島由紀夫最後の、そして最も問題的な作品である。四部作というスケールの巨大さのみではなく、いわば本質的に強烈な挑戦をふくんだ作品であり、今なお解きほごしがたい数々の謎《なぞ》と問題をはらんで、ぼくらの前に屹立《きつりつ》している。

まず指摘したいのは、『豊饒の海』が、そもそも近代小説の大前提と常識に向って正面切った反抗をくわだてた作品という点である。三島流の壮大な反・小説の試みといっていい。

一見したところ、この四部作はいかにも小説らしい小説とうつる。『春の雪』、『奔馬』、『暁の寺』、『天人五衰』という四部構成も、一種の大河小説の試み、パノラミックな日本の現代史の小説化とさえ見えかねない。たしかに、『豊饒の海』は日露戦争後の明治末という、わが国の現代史の分水嶺《ぶんすいれい》ともいうべき時点から描き始めて、昭和七年から太平洋戦争にかけての時期、さらには執筆時におけるぎりぎりの現在までも取りこもうとしていた。副主人公で、観察者、記録者役の本多繁邦は、十八歳の青年として作中に登場して、やがて八十歳の老翁として最後の場面にも現われる。丸々二世代にわたる歴史的な時間が、この四部作を通じて流れすぎてゆく訳だ。こうした長い時間の経過は、近代小説としてなるほど例外的には違いないが、フォークナーのヨクナパトゥファ連作の例などを思い合せるなら、たんに時間の物さしの長大さをもって、三島四部作の特異性と見なすことは出来ない。

『豊饒の海』における歴史的、年代記的な時間は、じつは作者の仕掛けた一つのわなであり、トリックとすらいえるのではなかったか。時間の流れそのものを定着するところに作者の意図はなく、むしろ時間から脱け出し、時間を超えることに作者の的はしぼられていた。時間の超克、棄却が目ざされていたと思われる。

これは、いささか唐突で、身勝手な批評家の独断といわれるだろうか。しかし、四部作のそれぞれに、いわば時間の極北を目がけて、もがき、身をよじらせながら、虚空に跳躍をあえてする趣きがみとめられるではないか。なるほど六十年間という歴史的な時間の枠《わく》は一応立てられてあるものの、ゆるやかで恒常的な時間のリズムの実感は、ここには欠けている。年代記的な時間は、むしろ飛びこえらるべきハードルとしてそこに据えられているのだ。ここでの主役は、あくまで瞬時の、そして激烈なドラマにあり、ドラマチックな決断によって、時間をたち切り、たち超えること——ひたすらこうした希求に身をやきつくす主人公ばかりが、次々と登場してくる。

そして、第一巻『春の雪』の末尾の註で、作者自身の明言しているように、これは「『浜松中納言物語』を典拠とした夢と転生《てんしょう》の物語」であった。平安朝のあの胸苦しいまでにロマンチックで、夢と現実の境界さえ定かならぬような物語におけると同様に、ここでも主人公の「夢」が異常に大きな役割をあたえられ、主人公の「転生」、生れ変りといった異常事すら「夢」の予言通りに、「夢」にみちびかれて成就するのである。

果して作者自身、こうしたロマンチックな「転生」を心から信じていたのだろうか——というのは、あまりに正面切った野暮ったすぎる疑問といわれそうだが、魂の永生ではないにせよ、せめて転生を信じたい気持が、作者の内側で働いていたことは否めまい。なるほど、『浜松中納言物語』という「典拠」はあり、古典を下敷きにして現代的ヴァリエーションをこころみるのは、『近代能楽集』の作者にとってお手のもののお家芸であったけれども、そもそも自分に無縁な古典作品を原型としてえらび取ることなど考えられないばかりか、能楽なるジャンルもまた、いわば永遠の情念のドラマ、滅びざる執念の謳《うた》い上げに他ならぬという事情を見のがすことは出来ない。文字通りに、不滅の魂の信者ではなかったにしろ、魂こそ、——純粋情念こそ歴史をふみこえ、時間をのりこえ得るという思念にくり返し心惹《ひ》かれるタイプの作家だったことは、疑いの余地がない。

そこで、一巻ごとに主人公は夭折《ようせつ》をかさねながらも、くり返しべつの形に蘇《よみがえ》ってくるという本書をつらぬく基本パターンは、あくまで個人単位の、個の完結を大前提とし、立て前とする西欧型の近代小説に対する大いなる挑戦、正面切ったアンチテーゼ提出の企てであったと言い切りたいのである。いや、魂の永生、蘇りというばかりか、およそ魂というものの存在自体に疑いの眼が向けられているのが現代だとすれば、この三島四部作は、現代に巾《はば》ひろくゆきわたった通念、現代人の常識そのものに対する果敢な挑戦状といえるだろう。

いかにも大胆不敵な企てであり、前代未聞の捨身業であった。完結後、時間がたつにつれて、その凄《すさ》まじいまでの挑戦性は、色あせるどころか、一きわ鮮明な色彩を加えて浮び上ってくるように思われる。現代人の常識という定かならぬ、しかし圧倒的に巨大な怪物に向って否！をさしつけようという企て。そして又、近代小説の正統という、ただならぬ重圧感をそなえた相手に対して、いわば単身で真剣勝負を挑みかけようという実験。本書をつらぬく基本テーマが念頭にうかんだ瞬間、また漠たる思念が、はっきりと四部作の計画にこりかたまってきた際、作者をとらえたに違いない、心のおののきと昂《たかぶ》りはどうだったろう。そのアイディアの鮮烈さと独創性に対する、ふき上げてくるような歓喜と自信と同時に、根深い畏《おそ》れとためらいをおぼえずにいられなかったのではないだろうか。

それだけに、作者はここでいかにも用心深く、慎重周到に、この壮大果敢な企てのための用意と工夫をこらしている。とりわけ第一部の『春の雪』は、魅力的な導入部たらねばならぬと同時に、後につづく三巻のために十分な伏線をはりめぐらしておく必要がある。見られる通り『春の雪』は、いかにも入念見事にしつらえられた恋愛ロマンスであり、その背景、道具立てといい、凝った描写ぶりといい、起承転結の鮮やかさといい、物語らしい物語の魅力をたっぷりそなえている。近代小説に対する挑戦といった大それた企図など、こちら側の思いすごしかといいたくなるほどにも、型通りの悲恋ロマンスの体をそなえている。

作者の歿後《ぼつご》、その一部が発表された「創作ノート」によれば、『春の雪』の筋立ては、さる貴族的な名家に起った実際の事件にもとづいているようだ。もちろん事実そのままではないが、松枝侯爵家の敷地、庭園の描写から、その家柄の背景にいたるまで、かなりの所まで、現実のモデルが下敷きに使われているらしい。「禁ぜられた恋」という筋立ても、いまだ京都風なみやびの匂い濃厚だった明治の宮廷にこそふさわしい出来事であり、ドラマであった。何としても成就しがたい恋という所に、この第一巻における劇的な緊張が集中していることは、まず疑えない事実である。

しかし、それだけではないのだ。まず開巻早々に現われる「日露戦役写真集」の描写にご注目いただきたい。「得利寺附近の戦死者の弔祭」と題されたこのセピア色の写真は、不思議なナマナマしさで読者の心に迫ってきて、忘れがたい残像、余響を残さずにおかない。「構図がふしぎなほど絵画的で、数千人の兵士が、どう見ても画中の人物のようにうまく配置されて、中央の高い一本の白木の墓標へ、すべての効果を集中させている」と紹介されているが、「画面の丁度中央に、小さく、白木の墓標と白布をひるがえした祭壇と、その上に置かれた花々が見える。／そのほかはみんな兵隊、何千という兵隊だ」というこの「弔祭」の光景は、じつに的確な筆致で描きとめられて、胸苦しいような喚起力をもって迫ってくるのだ。

「前景の兵士たちも、後景の兵士たちも、ふしぎな沈んだ微光に犯され、脚絆《きやはん》や長靴《ちようか》の輪郭をしらじらと光らせ、うつむいた項《うなじ》や肩の線を光らせている。画面いっぱいに、何とも云えない沈痛の気が漲《みなぎ》っているのはそのためである。

すべては中央の、小さな白い祭壇と、花と、墓標へ向って、波のように押し寄せる心を捧《ささ》げているのだ。野の果てまでひろがるその巨《おお》きな集団から、一つの、口につくせぬ思いが、中央へ向って、その重い鉄のような巨大な環《わ》を徐々にしめつけている。……」

日露戦争は、しばしばわが国の近代化の一つの到達点をなすもの、幕末の開国以来の急速な西欧化、近代的な「富国強兵」計画の輝かしい成果として語られる。西洋の近代兵器と軍隊をもって、たしかに西洋の代表的な軍事強国であったロシヤとまともに渡り合い、これを打ち破ることが出来たのだから、公的なレベルでは、その通りに違いない。しかし、『豊饒の海』の作者は、これを独特な角度から照らし出す。つまり、死の季節の到来として描き出すのだ。巻頭にすえられたこの忘れ難い情景のイメージは、一切をひたすら死者に、死の方向に「集中」している。死の儀式化こそここにおける焦点をなすものであり、これは巻末における主人公松枝清顕の死と照応しているばかりでなく、四部作全体をつらぬく死のテーマをいち早く鋭利なかたちで告知するものであった。

日露戦争ばかりでなく、わが国の近代史、現代史は、死者の視点からこそとらえ直さるべきだという主張がこめられていると受けとってよく、死者の眼のもとにすえ直すことで、現代的な常識の転換、顚倒《てんとう》が目ざされている。死者たちの無量の思い、彼らの目がけ、献身したもののうちにこそ、世界の意味の核心は秘められており、こうした思いの連鎖、持続のうちにこそ歴史を超え得る契機を探り直すべきだ、と作者は語りかけているように思われる。

しかし、じつの所、この四部作の主題はそこには止っていない。そこから、さらに一歩踏み出そうとしている。というのは、仏教の唯識論であり、これによって作者は、死者の光学を裏づけながら、しかもさらにその再転換を企てるのだ。とくに第三部、第四部にかけてその敷衍《ふえん》、展開がみられるのだが、『春の雪』でもいち早くその露頭が見つかる。冒頭の場面に「奈良近郊の月修寺」の門跡が登場して、一場の法話をおこなう。この挿話《そうわ》は、もちろん清顕の恋人綾倉聡子の行く先を暗示し、予兆するものだが、同時に四部作総体のしめくくりをなす『天人五衰』結末の場面へとそのまま直結している。

しかも門跡の登場が、いま一つの死の儀式と結びつけられてもいる点を、読者よ、見のがさないで頂きたい。このきわめて挑戦的な大作は同時にいかにも緻密《ちみつ》入念な模様に織り上げられているのだ。

(昭和五十二年六月、文芸評論家)

解説

小池真理子

小説を読んで、ほんものの昂《たかぶ》りを覚えるというのは、そう何度も経験できることではない。

あらかじめ用意された安手の感動や興奮とは無縁の、文字通りの没我のひととき。本を開き、活字を追い始めたとたん、脳内スクリーンに小説世界が立ち上ってくる。気がつけば時空を超え、目の前にある現実を忘れ去り、物語の中に紛れ込んでしまっている。

それにしてもなぜ、かくも易々《やすやす》と三島の世界に入りこめるのか、わからない。三島由紀夫という作家が紡《つむ》ぎだす、知的でロマネスクな、美しい文章に溺《おぼ》れるからか。崇高な悲劇の物語に幻惑されて、最後のカタストロフに至るまで、ひと思いに突き進みたくなるからなのか。それとも私が勝手に三島を偶像化し、それにならって読み進んでいこうとするために、幸福な魔法がとけずにいてくれるに過ぎないのか。

『仮面の告白』を読んだのは高校二年の時だった。すぐに三島に夢中になった。十八の誕生日を迎えた翌月、十一月のよく晴れた日の午後だったが、三島自決の報道を目《ま》の当たりにした。以来、この年齢に至るまで、三島由紀夫という作家は私の中では唯《ゆい》一《いっ》絶対の、揺るがぬ場所を占め続けてきた。

ただの熱烈な愛読者に過ぎないかもしれない。したがって批評精神には悉《ことごと》く欠けている。なりふりかまわぬ思いこみが烈《はげ》しすぎ、冷静さを失う傾向があることも充分自覚している。

だが、誇張でも何でもなく、私には実際に、たとえばこの『春の雪』の、作中の女たちがまとう絹の着物の衣擦《きぬず》れの音、帯を解く音、馬車をひく馬の蹄《ひづめ》の音が聞こえてくるのである。恋しい男と密会するために出向いた鎌倉の、夜更《よふ》けた浜辺で聞く松林のざわめきが間近に迫ってくるのである。

靴の中に入りこんだ砂の感覚を、私自身が足裏に感じる。暮れなずんだ空に星が瞬《また》き始めているのが見える。光を失い、やがて訪れる夜と溶け込んでいく海の水面が見渡せる。音もなく降りしきる雪のにおい、雨に濡《ぬ》れた木立を吹き抜けていく風の香りまで嗅《か》ぎとれて、いにしえの禁断の恋に自分自身を重ね、あまりの息苦しさに身悶《みもだ》えしてしまう……。

三島由紀夫が本書『春の雪』の執筆を始めたのは、一九六五年六月。『新潮』での連載がスタートしたのは同年九月号からであり、最終回を書き終えたのは翌一九六六年十一月二十六日だった。

十一月二十六日、という日付に思わず身震いを覚える。それからほぼ四年後の同月二十五日、三島由紀夫は「楯《たて》の会」の制服に身を包み、自らの手で人生の幕をおろすことになる。この符合は単なる偶然なのか。それとも三島流の深層心理が育《はぐく》んだ「必然」だったのか。

今更、説明するまでもないが、『春の雪』はそれに続く『奔馬』、『暁の寺』そして『天人五衰』と共に、「豊饒《ほうじょう》の海シリーズ」と銘打たれた四部作の一巻目にあたる。

この大長編の構想について、三島がインタビューなどで答えたことをまとめると、一巻目（本書）は古典的恋愛小説（たおやめぶり）、二巻目は英雄的な行動小説（ますらおぶり）、三巻目はエキゾチックなバロックふうの物語（異国ぶり）、最終巻はSFじみたアヴァンギャルドふう……と表現されている。

四巻それぞれ、時代設定が大正時代、昭和七年、昭和十六年、昭和四十五年……と大きく移り変わり、主要登場人物もそれに伴って年齢を重ねていく。だが、三島は初めからこのシリーズを年代記ものにするつもりは毛頭なかったようで、「時間がジャンプし、個別の時間が個別の物語を形づくり、しかも全体が大きな円環をなす」ものにしたかったと述べている（一九六九年二月二十六日付・毎日新聞夕刊）。

それにしても、この優雅で気品あふれる荘厳《そうごん》な悲劇仕立ての小説は、なんという美しさに満ち満ちていることか。隅々まで丹念に練り上げられた文章。選び抜かれた言葉と比喩《ひゆ》の数々。惜しげもなく本物の贅沢《ぜいたく》が描かれ、本物の貴族が息づいている。彼らの思いつめた吐息が、こちらのうなじにそっと吹きかけられてくるのを感じる。

恋する二人をめぐる心象風景は、静かな聖堂の回廊に張りめぐらされた巨大な細密画を思わせる。紡ぎだされる言葉はみるみるうちに堆《うずたか》く積み上げられていき、やがてそこに崇高な大伽藍《だいがらん》が現れて、読者は圧倒され、息をのむ。

「私がもし急にいなくなってしまったとしたら、清様、どうなさる？」

松枝家《まつがえ》の庭で摘んだ竜胆《りんどう》の花を手に、聡子《さとこ》は清顕《きよあき》にそう訊《たず》ねる。その瞬間から、穏やかだったはずの日常に軋《きし》みが生じる。悲劇の火蓋《ひぶた》が音もなく切って落とされる。

少しでも経験を積んだ者なら、女からのその種の問いかけは、常々好もしいと思っている相手にみせる罪のない媚態《びたい》に過ぎないことは簡単にわかるはずだ。しかし、聡子より二つ年下の、過剰な感受性と憂《うれ》いをもてあまして生きている清顕には理解できない。

幼いころ共に遊んだ伯爵《はくしゃく》家の美貌《びぼう》の令嬢は、もはや幼友達と呼ぶにはあまりにもまぶしい、大人の女性に成長している。注意深く封印し、意識しないようにしていた彼女から、いとも思わせぶりにそんな質問を放たれた彼は、彼女の真意を推し量るどころか、うすよごれた大人の男女の駆け引きを提示されたように感じて興ざめし、怒りすら覚える。

誰もが認める似合いのカップルになるはずだった二人は、その時からおそるべき速さですれ違い、すれ違っては狂おしく求め合い、悲劇の階段を転げ落ちていくのである。

この二人に深くかかわり、以後、「豊饒の海」シリーズを牽引《けんいん》するための重要な役割を果たすのが、清顕の親友、本多である。

「清顕と本多は、同じ根から出た植物の、まったく別のあらわれとしての花と葉であったかもしれない」と本文にもあるように、本多は法曹の道に進むべく、自然法から西洋哲学にいたるまで深く学び、思索に耽《ふけ》っている。そのかたわら、清顕と聡子の恋を応援して憚《はばか》らない。二人が明らかに禁を犯していくことになるとわかっていながら、喜んで後押しさえする。彼は、まっしぐらに悲劇に向かって進もうとしている友を美しい、とさえ思う。

清顕と聡子の交情は「熱い闇《やみ》」だが、しかしそれは本多にとって、「他の何ものでもない、魅惑」だった。そして、「この生を奥底のほうからゆるがす魅惑は、実は必ず、生ではなく、運命につながっていた」と彼は考えるに至る。

三島は後日、『春の雪』について、「あれは私小説なんだよ」とつぶやいたという（村松剛著『三島由紀夫の世界』）。聡子や清顕、本多にモデルがいたのだとしても、それは驚くに値しない。モデルがいようがいまいが、聡子も清顕も本多も、すべて三島の分身、かつて三島の中を通りすぎていった恋情および、その苦悩としか思えないからだ。

現代人に「恋愛の障壁」が失われて久しい。姦通罪《かんつう》もないのだから、婚姻している者と情を通じたところで、法の裁きは受けない。恋愛は自由になり、その分だけまことの恋愛は描きにくくなった。

だが、『春の雪』では三島が言うところの「至高の禁」が描かれている。

「高い喇叭《らっぱ》の響きのようなものが、清顕の心に湧《わ》きのぼった。『僕は聡子に恋している』(中略)『優雅というものは禁を犯すものだ、それも至高の禁を』」

これは聡子と宮家子息との縁談に勅許がおりたことを知ったあとの、清顕の述懐である。

時は大正時代。勅許がおりた後も、宮家の許嫁《いいなずけ》と交情し続ける、というのは、考えられる中でも最大級のおそろしい禁忌だが、それはかえって二人の恋の火に油を注ぐ。聡子は凛々《りり》しく覚悟を固める。「どんな夢にもおわりがあり、永遠なものは何もないのに、それを自分の権利と思うのは愚かではございませんか。(中略)もし永遠があるとすれば、それは今だけ」と語る聡子の覚悟のほどは、隅々まで澄み渡っていて、おかしな言い方かもしれないが、清々《すがすが》しい。或《あ》る種の「義」に満ちているようにも思える。

自らが選んだ人生を受け入れ、「義」に生きる女と化した聡子は、まっしぐらに破滅に向かって突き進み、さらには現世におけるしがらみを雄々しく断ち切っていく。聡子もまた、作者の分身として描かれているのは間違いない。

ロマンティシズムも感傷も、観念的で堅固なロジックも、強さも弱さもすべて、本多をふくめ、登場する三人の中にちりばめられている。それらはまさしく、作者である三島由紀夫本人ではないか。

「豊饒の海」と銘打たれたシリーズだが、ここで言う「海」というのが、我々の知っている「海」ではなく、「月の海」すなわち、月面にある水のない乾いた穴であることは三島自身が幾度も語っている。

ところが三島は、現実の「海」については、あたかも海そのものに取りつかれているかのように言葉を駆使し、不要と思われるほどの文字数を費やしながら、絢爛《けんらん》たる情景描写を繰り返してきた。「海」は常にこの作家にとって、特別なものだった。しかしそれは、眼前に広がる壮大な大海原としての「海」ではなく、彼の心の中にだけ見える「彼岸」だったようにも思える。

となれば、「豊饒の海」の「海」に水がない、というのは、何を意味していたのだろう。「水のない海」に「豊饒」という不釣り合いな言葉を添えてみせた作家の、後に辿《たど》る道が見えてくるようでもある。

このシリーズ四作品においては、たびたび法相宗《ほっそう》の「唯識論」と、輪廻《りんね》転生の哲学が語られる。この世のものはすべてまぼろし、とする、難解すぎて理解できない「唯識」の世界だが、ニーチェの永劫回帰の思想とどこか似ていなくもない。世界はどこまでも円環していて、時間は無限に続き、何度でも繰り返され、永遠にめぐっていく、とでも言えばいいのか。それはまさしく仏教の輪廻転生に通じる。

始まったものは終わらずに繰り返されるが、もとはと言えば始まりという概念すらない世界。ニヒリズムの極致のごとき哲学の、その終わりなき円環に身を委《ゆだ》ねたいと願ったのもまた、他ならぬ三島由紀夫自身だったのではないかと思われる。

自決という手段をとって自らの生に幕をおろした三島の、これはおそらく、死を意識し始めたころに書き始められた作品だろう。そんなふうに決めつけてみたい気持ちが強く働くせいもあろうが、『春の雪』には随所に死のにおいが嗅ぎとれる。それはとてつもなく魅惑的で、三島の美しい文章を際立《きわだ》たせ、読む者を桃源郷に導く。

私たちは大正の時代に逆戻りし、雪の降りしきる東京の屋敷町の中、車夫の引く車に揺られる美しい男女が、寄り添い、わななくようにくちびるを重ね合う、そのすぐそばで息をひそめる。そして、ひたひたと近づいてくる悲劇の気配を感じながら、胸焦《こ》がすのである。

本書の中、三島はこう綴《つづ》る。

「どうしたら若いうちに死ねるだろう、それもなるたけ苦しまずに。卓の上にぞんざいに脱ぎ捨てられた花やかな絹のきものが、しらぬ間に暗い床へずり落ちてしまっているような優雅な死」

老いへの道が、ただひたすら凪《な》いだものであるはずもない。現に私自身が実感していることである。

それを承知の上で、老いた三島の作品を読みたかった、と思う。たとえ老いても、三島が世俗の垢《あか》をたっぷり身にまとった、ものわかりのいい好々爺《こうこうや》になどなるはずもない。

悲劇の果ての果てに訪れる老成。たとえて言えば、これ以上ないほど尖《とが》りきった氷柱が、落日のぬくもりと共に少しずつ溶け、静かに滴《したた》り落ちていくような作品を書いてもらいたかった。一ファンの勝手な妄想である。

しかし、一方で、これほど完成された四部作の後、彼が書いたかもしれない作品は、皮肉にも何ひとつ想像できずにいる。

老成した三島由紀夫など、もとより存在のしようもないと思うほかはない。

（令和二年九月、作家）

この作品は昭和四十四年一月新潮社より刊行された。

三島由紀夫著
仮面の告白

女を愛することのできない青年が、幼年時代からの自己の宿命を凝視しつつ述べる告白体小説。三島文学の出発点をなす代表的名作。

三島由紀夫著
花ざかりの森・憂国

十六歳の時の処女作「花ざかりの森」以来、巧みな手法と完成されたスタイルを駆使して、確固たる世界を築いてきた著者の自選短編集。

三島由紀夫著
愛の渇き

郊外の隔絶された屋敷に舅と同居する未亡人悦子。夜ごと舅の愛撫を受けながらも、園丁の若い男に惹かれる彼女が求める幸福とは？

三島由紀夫著
禁色

女を愛することの出来ない同性愛者の美青年を操ることによって、かつて自分を拒んだ女達に復讐を試みる老作家の悲惨な最期。

三島由紀夫著
潮（しおさい）騒
新潮社文学賞受賞

明るい太陽と磯の香りに満ちた小島を舞台に海神の恩寵あつい若くたくましい漁夫と、美しい乙女が奏でる清純で官能的な恋の牧歌。

三島由紀夫著
金閣寺
読売文学賞受賞

どもりの悩み、身も心も奪われた金閣の美しさ——昭和25年の金閣寺焼失に材をとり、放火犯である若い学僧の破滅に至る過程を抉る。

三島由紀夫著

宴《うたげ》のあと

政治と恋愛の葛藤を描いてプライバシー裁判でかずかずの論議を呼びながら、その芸術的価値を海外でのみ正しく評価されていた長編。

三島由紀夫著

真夏の死

伊豆の海岸で、一瞬に義妹と二児を失った母親の内に萌した感情をめぐって、宿命の苛酷さを描き出した表題作など自選による11編。

三島由紀夫著

奔馬
（豊饒の海・第二巻）

昭和の神風連を志した飯沼勲の蹶起計画は密告によって空しく潰える。彼が目指したものは幻に過ぎなかったのか？　英雄的行動小説。

三島由紀夫著

暁の寺
（豊饒の海・第三巻）

〈悲恋〉と〈自刃〉に立ち会った本多繁邦は、タイで日本人の生れ変りだと訴える幼い姫に出会う。壮麗な猥雑の世界に生の源泉を探る。

三島由紀夫著

天人五衰
（豊饒の海・第四巻）

老残の本多繁邦が出会った少年安永透。彼の脇腹には三つの黒子がはっきりと象嵌されていた。〈輪廻転生〉の本質を劇的に描いた遺作。

三島由紀夫著

手長姫　英霊の声
―１９３８－１９６６―

一九三八年の初の小説から一九六六年の「英霊の声」まで、多彩な短篇が映しだす時代の翳、日本人の顔。新潮文庫初収録の九篇。

三島由紀夫著

午後の曳航《えいこう》

船乗り竜二の逞しい肉体と精神は登の憧れだった。だが母との愛が竜二を平凡な男に変えた。早熟な少年の眼で日常生活の醜悪を描く。

三島由紀夫著

盗賊

死ぬべき理由もないのに、自分たちの結婚式当夜に心中した一組の男女——精緻微妙な心理のアラベスクが描き出された最初の長編。

三島由紀夫著

鏡子の家

名門の令嬢である鏡子の家に集まってくる四人の青年たちが描く生の軌跡を、朝鮮戦争直後の頽廃した時代相のなかに浮彫りにする。

三島由紀夫著

美徳のよろめき

優雅なヒロイン倉越夫人にとって、姦通とは異邦の珍しい宝石のようなものだったが……。魂は無垢で、聖女のごとき人妻の背徳の世界。

三島由紀夫著

近代能楽集

早くから謡曲に親しんできた著者が、古典文学の永遠の主題を、能楽の自由な空間と時間の中に〝近代能〟として作品化した名編8品。

三島由紀夫著

サド侯爵夫人・わが友ヒットラー

獄に繋がれたサド侯爵をかばい続けた妻を突如離婚に駆りたてたものは？　人間の謎を描く「サド侯爵夫人」。三島戯曲の代表作2編。

三島由紀夫著
美しい星
自分たちは他の天体から飛来した宇宙人であるという意識に目覚めた一家を中心に、核時代の人類滅亡の不安をみごとに捉えた異色作。

三島由紀夫著
青の時代
名家に生れ、合理主義に徹し、東大教授への野心を秘めて成長した青年の悲劇的な運命！光クラブ社長をモデルにえがく社会派長編。

三島由紀夫著
女神
さながら女神のように美しく仕立て上げた妻が、顔に醜い火傷を負った時……女性美を追う男の執念を描く表題作等、11編を収録する。

三島由紀夫著
永すぎた春
家柄の違いを乗り越えてようやく婚約にこぎつけた若い男女。一年以上に及ぶ永すぎた婚約期間中に起る二人の危機を洒脱な筆で描く。

三島由紀夫著
沈める滝
鉄や石ばかりを相手に成長した城所昇は、女にも即物的関心しかない。既成の愛を信じない人間に、人工の愛の創造を試みた長編小説。

三島由紀夫著
獣の戯れ
放心の微笑をたたえて妻と青年の情事を見つめる夫。死によって愛の共同体を作り上げるためにその夫を殺す青年――愛と死の相姦劇。

津村記久子著

とにかくうちに帰ります

うちに帰りたい。切ないぐらいに、恋をするように。豪雨による帰宅困難者の心模様を描く表題作ほか、日々の共感にあふれた全六編。

津村記久子著

この世にたやすい仕事はない

芸術選奨新人賞受賞

前職で燃え尽きたわたしが見た、心震わすニッチでマニアックな仕事たち。すべての働く人の今を励ます、笑えて泣けるお仕事小説。

橋本治著

「三島由紀夫」とはなにものだったのか

三島の内部に謎はない。謎は外部との接点にある――。諸作品の精緻な読み込みから明らかになる、"天才作家"への新たな視点。

D・キーン
松宮史朗訳

思い出の作家たち

―谷崎・川端・三島・安部・司馬―

日本文学を世界文学の域まで高からしめた文学研究者による、超一級の文学論にして追憶の書。現代日本文学の入門書としても好適。

川端康成
三島由紀夫著

川端康成
三島由紀夫 往復書簡

「小生が怖れるのは死ではなくて、死後の家族の名誉です」三島由紀夫は、川端康成に後事を託した。恐るべき文学者の魂の対話。

新潮文庫編

文豪ナビ 三島由紀夫

時代が後から追いかけた。そうか！ 早すぎたんだ――現代の感性で文豪の作品に新たな光を当てる、驚きと発見に満ちた新シリーズ。

春《はる》の雪《ゆき》

―豊饒の海・第一巻―

新潮文庫　み－3－21

昭和五十二年七月三十日　発行
令和元年八月十日　八十六刷
令和二年十一月一日　新版発行
令和六年四月五日　五刷

著者　三《み》島《しま》由《ゆ》紀《き》夫《お》

発行者　佐藤隆信

発行所　株式会社新潮社

郵便番号　一六二―八七一一
東京都新宿区矢来町七一
電話　編集部(〇三)三二六六―五四四〇
　　　読者係(〇三)三二六六―五一一一
https://www.shinchosha.co.jp

価格はカバーに表示してあります。

乱丁・落丁本は、ご面倒ですが小社読者係宛ご送付ください。送料小社負担にてお取替えいたします。

印刷・大日本印刷株式会社　製本・株式会社大進堂

ISBN978-4-10-105049-2 C0193

新潮文庫

春の雪

（豊饒の海・第一巻）

三島由紀夫著

新潮社版

2400